暗涌

二湘——著

北京出版集团公司
北京十月文艺出版社

献给我的父亲刘超勤和母亲伍巧容，谢谢你们的爱。

时间是离弦的箭，
是无限的空，
是不断的开始与不断的结束。

——**岳雯**

目　录

CONTENTS

第一卷

喀布尔的白梨花

喀布尔每条街道都令人目不转睛

埃及来的商旅穿行过座座市场

人们数不清她的屋顶上有多少轮皎洁的明月

也数不清她的墙壁之后那一千个灿烂的太阳

——阿富汗民谣

第一章

吴贵林一行到达喀布尔的时候，天已近黄昏。太阳如一颗没有温度的咸蛋黄，温软地挂在天际。从机场一开出来就是尘土飞扬，窗外灰蒙蒙的天，像是打底的薄薄的灰色秋衣，映衬着不远处一座座土黄的山，黄土崖上密密匝匝镶嵌着一个一个颜色斑驳的土房子，有几分像他小时候住过的土坯房。这让他对这个地方生出了一种模糊的熟悉感，像是回到他的老家，回到童年那个天色清沉的梅雨天。他像是看到了一个遥远的小小的身影，站在高高的青霞山巅，山下是漆黑若梦的一片片瓦檐和绿幽幽的稻田。然而眼前那粗粝嶙峋的山峰又全然不似他的故土，故乡的山是清润而绵延的，他心里生出了一丝哀凉。

他们坐的是改装过的路巡，装了厚厚的防弹铁甲，如穿山甲一般在黄土路上行进。车子开了约莫四十分钟的样子，抵达联合国机构大院。此时暮色转浓，天边的群山不再嶙峋，而是成了一个淡黑色的剪影。防弹车在第一道门口停下，司机递给荷枪实弹的门卫一张证明。门栏升起，车子继续前行。到了第二道门口，警卫开始查车，他低下头，手电光束在车的底盘上晃动着——是想看看底盘是否有炸弹。车子继续前行。到了第三道岗，车子上上来一个警卫，让他们每个人出示证件，贵林忙把他的美国护照递给他。警卫看看照片，再看看贵林，没有说什么，神情冷漠地把护照还给他。第四道岗的警卫带了条黑黑的警犬，穿制服的警卫领着和他一样眼光凌厉的警犬在车子周围绕了一圈。

贵林旁边坐着一个马来西亚人，是和他同机抵达的，名字叫恩达。他说恩达的意思就是鸟。他原先还在贵林耳边叽叽咕咕，四道岗哨查下来，他已经脸色苍白，再无半句话。“这鸟人”，贵林在心里暗骂了一句。不过，老实说，他也没有想到警戒这么严格，心里也生起了一丝惧意。他不知道在这个陌生的国度会度过怎样的一年，不知道命运在此布下了怎样的迷局。

车子终于开进了联合国大院，推开死沉死沉的车门，他下了车，注视着眼前这个四四方方的大院。它如一座小小的城池，静默地横亘在他的眼前。而城池之外的远山已是漆黑一片，和黑色的天际浑然一体。

从美国到阿富汗没有直达的航班，他先是从旧金山飞到迪拜，再从迪拜到喀布尔。一整天的旅行，贵林觉得疲惫不堪，脑子发晕，脚上发软。一进临时的接待处，他就倒在床上。只是他躺在那，身上黏糊糊的，却怎么也无法入眠。他勉强起身去冲了个澡，还是睡不着，辗转反侧，到了下半夜迷迷糊糊睡了过去。屋外隐隐响起一个孩子嘤嘤的啼哭，他追随着那个声音走出了房子，却走进了重重迷雾，连天连地的雾，看不见路，看不见他自己，看不见光，他大声地喊："月月，月月！"世界在迷雾中寂然无声，周围没有一丝回响，他心里一阵凄然，凉的泪就顺着脸颊流了下来。他醒转过来，在喀布尔的第一个黑夜里拭去了眼角的泪。

他醒得很早，外面有微光照了进来。他看到床头有一个古怪的八角形台灯，散发着陌生而神秘的气息。他不记得昨晚见过这盏灯，似乎这是一盏有魔法的阿拉丁神灯，忽隐忽现。墙上挂着两个时钟，蹊跷的是，两个时钟的时间不一样。他努力放轻松，让每一根神经慢慢适应这个绕了大半个地球抵达的地方。似乎这个新地方让脑子运转也迟缓下来，他看着那钟表发了半天呆，终于决定起身走动一下。他下了床，稍作洗漱，出了门，沿着小路在院子里走动。院子里有不少花草，小骨朵的玫瑰，一丛丛的，粉白的颜色，看起来即要开败，颓意洒在每一朵花苞上。绕过玫瑰丛，转过一大片灰白的砖房，蓦然之间，一个游泳池展现眼前。泳池大约是二十五米长，一池蓝莹莹的水荡漾着。旁边的绿草坪上铺着地毯，斜七歪八躺着晒太阳的人，男的光着上身，下面是条大裤衩，女的穿着比基尼，乍一看过去，白花花的一片。他站在那，有些发蒙。

"亨利！"贵林听到有人叫他的英文名字，回过头，是保罗，另一个和他同机抵达的联合国雇员，是个白人和黑人的混血儿。

“没想到有这么多女的，阿富汗多危险的地方。”他跟保罗说。

“联合国不能有性别歧视的。”保罗说，“这些女人身材真好呢。”他的眼睛发亮。

贵林的身体也不由紧了一下，抬起头，目光越过这座城池高墙上重重的铁刺滚网，他看到不远处清真寺细而圆润的湖蓝色螺旋尖顶，看到更远处的群山伫立在天地之间，清灰坚硬，而近在眼前的却是一片暖暖的蓝色泳池。不同的色调，不同的世界，静默无声地重叠在喀布尔的灿烂千阳里。

他休整了两天就正式上班了。他要去工作的地方是阿富汗国家统计局，他是联合国人口基金组织的雇员，被派去那里做计算机培训老师。他们坐的是联合国的车子，也是一辆改装过的路巡。车子穿过喀布尔市区，他凝神看着车窗外。街头是低矮的房子，多是土黄色和灰白，斑驳陈旧。车辆很多，机动车旁边还有骑自行车的人，路巡沉缓地在车流里慢慢前移，他像是又回到了上个世纪家乡的那座小城。只是眼前的这个城市更多了几分疮痍，不时有断垣在他眼前闪过，路上更是颠簸，有一处甚至有一个大坑，坑里的泥土还带着几分鲜黄色——十之八九是近日新炸出来的坑。

车子开了约莫二十分钟的光景，停在阿富汗国家统计局的门口。这是一栋两层楼的火柴盒式样的楼房，老式的结构。贵林记起小时候在大连上的向阳小学就是这个式样的楼房。他到达会议室的时候，已经有三两个统计局的雇员等在那了。他们有些穿着阿富汗传统长袍，有些穿着衬衫。贵林和他们用英语交谈，基本沟通还是没有什么问题，只是他们带着阿富汗口音的英语有几分难懂，他有几处没有听真切，却是不好意思发问。倒是他们之间有个小伙叫阿布杜拉的在他上课时问了好几个问题，有几处显然是没有听懂他带着中式口音的英文。

一天很快就结束了。不算特别累的一天，这样的日子也不算坏的，他想。坐在回联合国大院的专车上，他注视着车窗外的喀布尔。这个城市在暮色中再一次沉淀成灰黄，一弯残月斜挂远山，他看着那月亮，心情也再次沉郁。“×！”他骂了自己一句，他实在是憎恶自己的心情不受自己掌控，忽而就能坠入深谷。

他在临时接待处住了一段时间，被告知可以到联合国大院之外的地方租住，但是住宿的地方必须得到联合国安全官的首肯，必须拉好铁丝网，还要请四个保镖。他有些烦腻了联合国大院，主要是进出岗哨太多，实在太不自由。他于是在外面看了几处地方。有一处是另外一个联合国雇员租住的地方，已经拉好铁丝网了。房主是个菲律宾人，贵林去看房子的那日他那双大而无神的眼睛直盯着贵林，看得贵林有些慌张。还有一处是一个小旅馆样式的地方，看着还挺干净，但是他看到旅舍门口的字样心里有些不舒服。那上面用英文和普什图语两种语言写着“司机不得入内”，白底红字，看起来冷冰冰的，让他想起“华人与狗不得入内”。为什么不让司机入内？他搞不懂。

还有一个地方是几个有钱人家的房子，每家带有一个小小的院子，连在一起，侧门打通，各成一局又可以融通。越过土墙，他看到后面小斜坡上一树树淡白的梨花，枝枝串串，香雪海一般徜徉在整个山坡上，一脉脉清香也从那梨树上飘然而至。他心里一动，熟悉的花海，就是它了。据说房主都去了国外，他就和房主的代理签了合同。墙上的铁丝网也已经拉好了，他请了四个尼泊尔的保镖，又请安全官去视察了一番，确信足够安全后，他在一个星期后搬了过去。和他一同搬过去的还有恩达和保罗。

搬到这个地方后出入的确自由了很多，尽管出门还是有很多限制。一个周末他一个人偷偷地出了门，穿过一座石桥，没走几步就到了正街上。大街上声音嘈杂，放着普什图语的歌，有清脆的自行车铃声从他身后响起，一个裹着头巾的男人从他背后倏地飞驰而过。没走几步，他居然看到一家花店，一朵朵盛开的鲜花插在红色的塑料水桶里，灿烂招展，整条土灰的街也跟着明亮起来。这样的鲜活是坐在防弹车上无法感受到的，他心里不由清爽起来。刚走过花店没多久，他就碰上了一个人，留着小胡子，穿着灰色的衬衣。他把贵林拦下来，用半生不熟的英语说他是便衣警察，要查他的证件。

"现在很多塔利班的恐怖分子经常在这一带出没。"小胡子说。

"难道我看起来像恐怖分子？"贵林大吃一惊。小胡子磕磕巴巴地解释说塔利班很多人是哈扎拉人。哈扎拉人是蒙古人的后裔，和华人看起来是有几分像。这可是贵林没有想到的，他只好拿出身上的一个工作证给小胡子看。小胡子说这个不行，要护照。贵林说没有护照，谁会带着护照出门呢？

小胡子便说我用车子送你回到你的住处吧，到了你那再查查你的护照。贵林狐疑地看了他一眼，贵林听说最近很多恐怖分子装成警察把人给绑架了。别不是小胡子自身就是塔利班吧？小胡子像是看出了他的担心，说好吧，我们先去前面的警亭。贵林悬着心跟着小胡子走了几个街区，看到一个土黄色简陋的房子，房子从外面看和别的民居没有不同，只是门是向着街的方向开。里面有几个穿着浅灰色制服的警察。贵林算是放下心了。

他坐上他们的皮卡，一开始还有些拘谨，慢慢地也放松了。车上两个警察挺友好，小胡子问他从哪里来。贵林想说中国，马上意识到自己明明是美国护照，从加州飞到喀布尔的。他于是回答，他是中国人，从美国飞过来的。小胡子看看他，有些疑惑。贵林本想跟他解释一番，想想还是算了。他的路线迁徙图颇为复杂，从南到北，又从北到南。从东到西，现在又从西到了东。“中国的东西好。”旁边一个胖胖的警察说，“便宜，不过质量不太好。塔利班经常炸不中目标的时候就说炸弹是中国制造。”贵林颇有些尴尬。说话间，车子就到了他的住处。他上了楼，拿了他的护照给他们看。小胡子看看护照上的相片，再看看贵林：“这是你？比现在年轻多了。”贵林拿过那本护照，还是三年前的相片，那时的他的确年轻。额角没有一根白发。“这是我吗？”他重复着那句话，没有回答小胡子的问题。

隔壁房间的恩达看到几个警察，问贵林怎么回事，贵林如实说了。“下次我跟你一起去。”恩达一直想出去走走，却没有那个胆子，他有些怕塔利班。比起来，贵林更怕联合国的安全官。他们要是抓到联合国雇员私自出行，是要开除的。过了几天，恩达又央求贵林带他出去，贵林想想答应了。两个人便偷偷地溜了出去。一开始还在正街上逛荡，走了一阵，恩达说是要解手，他这么一说贵林也觉得憋得慌了，两个人绕到一个偏僻的地方，不远处是一排排的铁丝网。

恩达突然说：“看！”贵林抬眼看到不远处冰蓝的天空上晃晃悠悠坠下来七八个伞包，黑色的伞包。像是一个个硕大无比的乌鸦从天而降。贵林一边撒尿，一边看着那些伞包慢慢地坠了地，匍匐在大地上，像是泄了气的气球屋。而在那些黑色的羽翼包裹之下，是一个个巨大的木制集装箱。

他们两个起了好奇心，绕了过去，发现原来这是一个美军空军基地。门口站着两个持枪的美国大兵。

“走吧。”恩达拉着他往回走。贵林正要转身，门口又来了一个士兵，是个亚裔的士兵。像，太像一个人了，贵林这么想着，忍不住冲着那个人喊：“雅各布！”

一阵枪声响起。

贵林惊得凝住了，只听得“啊！”的一声惨叫，旁边的恩达已经倒了下去。

贵林忙蹲下身扶他，周围又是一串串被子弹打起来的土泡泡。再看恩达，脚背上在流血，好在不是子弹打的，而是子弹打中的碎石头反弹到脚背上。

两个荷枪实弹的美国兵走了过来。贵林忙用英语解释说他们是联合国组织的雇员，只是偶尔路过这里。大概是他的英文比较流利，士兵脸上不是那么紧张了。

“这个地方闲人不能靠近的，你们知道吗？”一个高个子深褐色眼睛的美国士兵说。

贵林连连点头，想从兜里掏出证件，不想却把手机掏了出来。

“把手机扔掉！”高个子的士兵瞬间又变了脸，厉声喝道。贵林像扔烫手山芋一般把手机扔了出去。

“恐怖分子用手机引爆炸弹，你不知道吗？”过了良久，美国兵看看没什么反应，声音又柔和了一些。贵林点头，他又看到了旁边的那个亚洲兵，高高的亮亮的额头，像，实在是像，可是他怎么好像压根不认识自己呢？贵林不敢再说什么，美国兵捡起手机还给贵林。贵林扶着恩达匆匆离开了这个是非之地。

这之后很长一段时间，贵林不太敢出去，只是闷在房间里。后山坡的梨花慢慢败了。梨花的花期短，先是刮了一阵风，落了半树芬芳，树上的花变得稀稀落落。又连着几天雨，梨花落尽，地上缤纷落英，雪白地铺了一层。春天单薄得只剩下树影绰绰了。

梨树枝头站立着一种说不出名的鸟儿，有些像鸽子又有些像乌鸦，土灰的颜色，羽毛全无光泽，头比鸽子小。每日清晨就在枝头咕咕地叫个不停。夏天就在这咕咕的叫声中倏然而至了。喀布尔的日头不是一般的烈，简直是白日灼心。阳光从各个空隙里流淌出来，空气里的湿气瞬间抽空。整个城市像一碗热干面，又干又燥。贵林那天出门上班一看这日头，赶紧回到房子里拿出防晒霜，想了想，又把它扔了回去。以前秦翊欧出门前总是在脸上涂一层厚厚的防晒霜，还一定要给他涂，他总是不肯，嫌太油腻。他找了个棒球帽，戴在头上。

有一天到了阿富汗统计局，贵林发现来了个中国人，这回是实打实的中国人，而不是他这样的假洋鬼子。来的人名叫沈昌，是中国国家统计局派出来的，他在阿富汗待了快一年了，前一阵回了趟国。他年龄和贵林相仿，长得白净，一个啤酒肚子，像个暄暄乎乎的大馒头，北京人，说起话来刹不住车。贵林好久没听到人说中国话了，见到同胞，顿生亲切，两个人用中文聊得痛快。这之后中午两个人就都是凑在一起说说闲话。

秋天却是悄然而至了。喀布尔四季分明，但是因为山上没有多少树，秋意不是那么张扬，只是夏天那股肆热如潮水一般退去，人顿觉精爽了好多。很快便到了阿富汗的开斋节，这是穆斯林最大的节日，也是斋月的最后一天。斋月里，穆斯林日落之前都不能进食，日落之后方可用餐。贵林上班时看几个同事都是有气无力，好在过了开斋节，就可以正常进食了，不禁为他们松了口气。不过，他们似乎都觉得这是理所当然。穆斯林每日要做五次祷告。统计局有一个专门的房间给他们做祷告。贵林有一回看到他们在做祷告，先是双手交叉放在胸前，护在心口，嘴里念念有词，然后额头、鼻子、嘴、整个身子都匍匐在地，虔诚至极。

开斋节过了没多久就是中秋节，小沈说要带贵林去一家中国餐厅好好地吃一顿。中秋那晚两个人就去了一家叫金筷子的中餐馆。外面没有任何招牌，看起来就是一个普通的小院落。里面倒是和国内的餐馆类似，一个大包间，窗上挂着两层落地窗帘，一层厚厚的暗绿色的布帘，一层浅白的纱帘。里面开了两大桌，原来这是阿富汗中国商会的中秋聚餐。坐在贵林左手的是新华社的一个记者，叫李羽，是云南景洪的，傣族人，快五十岁了，看得出年轻时是个美女。再过去的一个叫张游保，温州人，是做钢材生意的。

穆斯林不让喝酒，这边很难买到酒。大家喝着茶，聊着天，抽着烟，房子里一片浓稠的乡情。门帘掀开，一个穿着月白色衬衣的女子端着一大盘生煎包进来了。她中等个子，瘦瘦的身子，鹅蛋脸，眼睛不大，浓密的睫毛和上挑的眼角让眼睛有了神。这是一张皎洁俊俏又有些冷淡的脸，虽然算不上一等一的美。她从贵林坐的当口上菜，侧着身子，贵林一眼瞥见她右边的嘴角有一条浅浅的疤痕，这让她看起来和寻常女子有了些不同，到底哪里不同，贵林也说不上。

她把手里的那盘生煎包子放在桌子正中，什么话也没说就退了出去。贵林不由盯着她的背影看了几眼。生煎包子是这家餐馆的招牌菜，上面白白暄暄，下面煎得金黄，还撒了芝麻。贵林很久没有吃到这么正宗的中国菜了，囫囵吞枣地吃了进去，再想夹第二个，早就没有了。没多久那女子又端上来一道菜，尖椒炒肉丝，刀工好，细细的肉丝，红色的辣椒片。穆斯林不吃猪肉，猪肉在这边很稀罕，餐馆的程老板说这还是他们借助驻扎喀布尔的美军的关系，通过美军的渠道从德国进口的猪肉，实在是珍稀。这菜没上一会儿，大家也是风卷残云地扫荡一空。

吃了饭，程老板说是来唱卡拉 OK 吧。这边娱乐活动少，有卡拉 OK 的也就是这么一两家餐馆，大家都说好。程老板就从一个小柜子里找出一大堆的光碟，大家就开始唱了起来，歌曲都比较老，贵林不唱，就和旁边的人聊天。做钢材生意的张老板说他的钢厂就是用阿富汗历年战争中遗留下的坦克、装甲车等废铁做原材料，变成一根根钢筋，再卖给阿富汗人造房子、修桥梁。新华社的李记者说有次采访车子爆胎了，刚停下来，就上来几个人把他们的包抢走了。贵林听得兴致盎然又有些胆寒。

那边程老板招呼厨房里的员工："林师傅，圆圆，都别忙了。一起来唱歌，今天是中秋。"

贵林把"圆圆"听成了"月月"，心里一惊，话也不说了，眼睛直盯着那个穿白衬衫的叫圆圆的女服务员。那女的倒也不怯，迎着他的目光居然就坐到他近旁了。

"你叫月月？"贵林问她。女子说是叫圆圆，圆圈的圆。贵林噢了一声，半天说不出话。"怎么，你有个朋友叫月月？"圆圆微微笑。贵林摇头，心绪没有转回来，还是盯着她看，叫圆圆的女子被他看得有些不好意思，开口笑了："大哥有心事？"贵林心想这个女子眼色厉害，忙勉强一笑，说没有，把眼睛转开，就不再说话了。两个人就冷了场，过了好一阵，圆圆问了句："你是哪里人？"

"湖南。"贵林答了一句，又问，"你呢？"

"沈阳。"

贵林听了心里一动，想起自己小时候在辽宁也住过，不过他什么也没说，只是问："怎么想起到阿富汗来了？"

"我在的厂子倒闭了，工厂买断，我在家闲了几年，过不下去了，我的一个好姐妹介绍来的。"圆圆回答得倒也爽快。贵林点头，也是不知道说什么好，就说了句半客套半真心的话："你们大厨做的生煎包真好吃。"

圆圆便说："是啊，好手艺。"又问贵林，"大哥咋到这来的呢？"

"嗯，我是联合国雇员，来这工作。"

"这地方可不是个太平地方呢。"圆圆脸上带着笑，说的话却是意味深长。贵林并不想多说，只是淡淡地应了一句："换个环境。"

电视屏幕上显示的是王菲的大头像，旁边写着两个大大的黑字——"暗涌"。程老板说："王菲的歌圆圆最拿手了。来，你来唱。"圆圆推辞不过，只好站起来唱：

就算天空再深
看不出裂痕
眉头仍聚满密云

她唱得不算出色，但是有一股幽然回旋在她的调子里。贵林不再和旁边的人说话，只是看着她唱，她却并没有看他，她什么人都不看。她站在那，纤细的薄薄的身体，衬衣是月白的，皮肤是暗白的，和这灰色调的屋子倒是很配。她的眼睛里似乎有很多内容，又似乎什么也没有。窗帘的一角开着，外面是几个背着枪的尼泊尔保安在亮白圆润的月亮下走来走去，里面是这个谜一般的女子在唱着一首千回百转的歌曲，贵林觉得这一切如此不搭调又如此顺遂，如此奇特。

害怕悲剧重演　我的命中命中

越美丽的东西我越不可碰

…………

看命运光临

然后天空又再涌起密云

贵林看着电视屏幕上的歌词，觉得自己的意识在下沉，像是有什么东西，拽住了他，潜入了湖底。他沉沉地呼出一口气。

她唱完就出去了，大家喊她再来一首她也没有回头。那天大家唱到很晚，大厨林师傅唱了一首《歌唱祖国》，周围的几个人都在悄悄擦眼睛，贵林喉咙也发硬。

最后要散场的时候，她又回来收拾房间。贵林走在后面，她喊住了他："你等等。"说着去了厨房拿了个一次性泡沫盒子塞到贵林手里，"还剩了几个。"她说。

贵林打开一看是几个生煎包子，还热乎呢。小沈凑上来，手里已经拿了一个塞到口里了。

回到住处，夜已深沉，他给国内的父母打了个电话，就躺在床上什么也不想做。一年前的 2008 年，他还在硅谷，一个人的中秋之夜，天上的月亮是灰白而惨淡的，和他的心境一般。他勉强给父母打了中秋问候的电话，就躺在床上发呆。“过去一年多了。”他暗想。

后院的山坡上月又西升，透过飒飒作响的枝叶，贵林看到的是一个和梨花一样淡白的月亮，白而圆的月亮，散发着跟那个女子一样细润的光泽。

第二章

转眼过了两个星期，秋意更浓了，树上的叶子愈见稀疏，空气中有了孱弱的微凉。贵林那天看着日渐零落的枝丫，心里有了些微的戚然，一时动了心思，叫了专车就往金筷子餐馆奔去。他跟自己说，那么好吃的生煎包子，得多吃几个呢。圆圆正在招呼着几拨客人，西方人、华人还有印度人。她一看见贵林就笑了，像水一样的柔情从她的笑意里流淌过来，漫到了贵林的心底。贵林被这柔情渗透着，清凉透彻地渗透着。这是一张无法抗拒的笑脸，贵林暗暗嘲笑了自己一番，还生煎包子，自己跟自己扯淡。

“一个人吗？”她走了过来。

“嗯，我要一屉生煎包子。”他说。

“实在是想念这里的生煎包子。”他又加了一句，说完又有些懊悔，真是此地无银三百两。

圆圆笑了，她一笑，嘴角的那道疤痕就更明显。贵林想，这可是个有故事的女人。

贵林从那以后就常去这家中餐馆，离他的住处不远，可以打打牙祭，可以和圆圆说说话。他现在知道她大名叫章悠圆，大家都叫她圆圆。他对这个女人充满了好奇，也充满了一种模糊的欲望。欲望，他被这个字眼吓了一跳。这个女人，他连她的手指头都没碰一下呢。

联合国的雇员不让坐出租车，贵林有时候是喊联合国的专车开车去金筷子餐馆，更多的时候，他是从一条小路上走过去。那条路比较幽僻，一边是贫民住的土房子，一边是田野。喀布尔的绿色植被很少，很多地方是裸露的黄土，那田野上却长了大片大片的罂粟。粉红色的单瓣花朵，细细的长长的花茎，像是美人长长的脖颈，不胜娇弱地支撑着那张美丽的脸。数不清的花朵凑在一起就成了一片片粉色的云烟，迷离氤氲。

贵林也是到了喀布尔才知阿富汗已然是全世界鸦片输出之首。阿富汗天气适合罂粟生长，产量高，而老百姓因为贫穷，罂粟价格又高，都纷纷改成种植罂粟。在塔利班控制的地方罂粟种植更是普遍，喀布尔少了许多，但依然能见到这样大片的罂粟地。

那个周六的上午他又去了，一个人走着去的。他喜欢这样走过这座城市，打量这个城市，他喜欢这样的心境，永远是过客，永远有权利好奇。路上他看到了一家缝纫小店，便走了进去。这是一家简陋的小店，狭小，不过十米见方，靠墙是个灰白色样的小柜子，里面摆满了各式布匹。后面坐着两个年长的店员，在用锁边机锁边，正前面的店员是个十来岁的少年，在踩缝纫机。贵林想起了小时候家里也有类似的缝纫机，母亲总是把缝纫机机头擦得锃亮。少年像是感受到他凝视的目光，抬起头冲他一笑，露出白白的牙齿。贵林也笑了："可以给你照张相片吗？"少年羞涩地回头看着后面两位年长的人，他们点了点头，少年就放下手里的活计，冲着贵林笑。贵林拿出手机给他照了张相片。

他刚要跟少年说谢谢，就觉得手一抖，手里的手机不见了，另外一个不知从哪里冒出来的少年夺了他的手机就跑。贵林忙追了上去，追了几条街，发现那个少年跑得太快，自己根本追不上，再看看这条街自己并不熟悉，心里有些怕，不敢再追，就停下来在那喘气。贵林想这回又得买新手机了，可惜了那些相片。他是不打算去报案的，这样的事情在喀布尔并不少见，阿富汗警察都没闲工夫管这种小事。

墙角有几个年纪更小的少年坐在地上，眼睛看着他。他们的眼睛深陷，过分大而黑的眼睛使他们的神情总是带着一种轻微的恐惧。他们一动不动地看着贵林，那么安静。贵林知道那些是战争的孤儿，因为战争失去了父亲，母亲也不知去了何处，流浪在街头的孤儿。他们三三两两坐在墙角，土黄色的高墙上是重重的铁丝滚网。贵林突然有些难过，他从钱包里拿出一些阿富汗尼，给他们一人分发了一点。他没想到不一会儿又有好几个孤儿从对面街上走了过来，也是用那种眼神看着贵林，贵林又从钱包里搜出了一些美元，然后匆匆离去。他心里生出了一种无处可藏的凄然。全世界没有父亲的孩子都是安安静静的，他觉得眼泪都要掉了下来。

他继续前行，绕过几条街就到了金筷子餐馆了，只是却没有像往常一样看到圆圆。他坐下来没多久，大厨林师傅就出来了。

“圆圆在吗？”他问了一句。

“不在。”林师傅干巴巴地说。

“她什么时候回来？”

“不知道。”这回林师傅的声音更是冷淡。

贵林不再追问，只说那就来一屉生煎包子吧。

“不巧了，今天没买到猪肉。”林师傅一边说，一边漫不经心地用手指挖着耳朵。

贵林心里忍着火，转身就走了。

回到住处，贵林路过保罗的房间时，被保罗喊住了：“今天晚上咱们这几个小院的联合国雇员要聚餐，你要来吗？”贵林晚上也无事，就答应了。他平日自己也不太做菜，就煮了挂面，控干，然后切了些红萝卜、青菜、肉丝炒在一起。尝了下有些淡，干脆加了一大勺辣子油做了个蹩脚的油泼面。辣子油是他自制的，油烧热了把辣椒粉放进去滚几个来回，简单。临出门又拎了瓶红酒，这还是他前两周专程去联合国大院的供酒处买的。他端了酒菜来到保罗的房间，里面已经挤了好些人了。平日里大家都散住在各个房间里，少有照面，今天难得聚在一起，又都是一些年轻人，自然兴致很高。

恩达做了个马来西亚的椰浆饭。奶白的米饭散发着椰子浓郁的香味，米饭旁边是小银鱼干、肉红色的花生米、浅青色的黄瓜片和几个白水煮蛋，旁边是一小碗赭红色的热辣酱料，看起来有些像沙茶酱。颜色斑斓，香气四溢。“看着就好吃。”贵林看得眼馋。

“这个可是简易版的，没有新鲜椰浆，只能用罐装的椰浆替代，也没有香蕉叶裹着米饭。你下次来吉隆坡我请你吃最正宗的马来食品。”恩达说。恩达尝了下贵林的油泼面，辣得他直咧嘴还一个劲地说好吃。

保罗做的是美国人爱吃的奶酪饺子，饺子里包的是奶酪。贵林到美国那么久，还是吃不惯这种奶酪食品，不得不叹服自己强大的中国胃。还有个联合国雇员是阿富汗本地小伙子，不住在这，是保罗的朋友。他从附近的巴扎买了些烤羊肉串过来。羊肉串是带骨头的，香酥鲜嫩，大家一抢而光。贵林只拿着一串。阿富汗小伙说：“要不哪天你们自己去那个巴扎买，现烤的，比这还好吃。”

美酒美食，大家吃饱喝足，坐在阳台上品尝保罗新沏的咖啡。保罗人看着粗壮，做咖啡的器皿却是精致。咖啡机上面是个透明的玻璃容器，装着一颗颗红棕色的咖啡豆，下面是锃亮的不锈钢研磨机。

“好的咖啡几里地之外就能闻到。这可是埃塞俄比亚的精品Tomoca 咖啡，全世界最好喝的咖啡。”他说起来颇有几分骄傲。贵林不太喝咖啡，也被这浓郁的香气迷住了，忍不住喝了一杯。

“这是埃塞俄比亚买的咖啡吗？”贵林问。

“不是，是在美国买的。我父亲是埃塞俄比亚人，可惜我从来没有去过埃塞俄比亚。”他的眼神闪过一丝黯淡，“我父亲是到美国留学认识了我母亲的，他后来就回到埃塞俄比亚了。”

“噢……”贵林有些疑惑，“难道你们一直没有联系？”

“没有。他离开美国的时候根本不知道我母亲怀了我。而且……他在埃塞俄比亚是有妻子的。他和我母亲分别的时候没有留下联系方式，那还是上个世纪70年代的事情。我后来曾经试图在互联网上寻找我的父亲，但是一直没有找到。”保罗说，“也许哪天我要亲自飞到埃塞俄比亚去找他。”贵林听得有些发呆，保罗一出生父亲就缺席，他成长的道路上从来没有父亲。保罗的父亲该是在地球的某一个角落的，却全然不知自己在这世上还有一个骨血相连的儿子。贵林颇有些唏嘘。他又想起了喀布尔街头那些流浪的孤儿，那些没有父亲的孤儿，心里有些凄然。

大家坐在阳台上闲聊着，黑蓝的天空下是一片轮廓模糊的梨树林，风从山坡的高处吹来，似乎把梨树的轮廓吹得渐又清晰。梨树枝叶在风里沙沙作响，时间缓慢而又宁静地从枝头滑过，从他们的笑声中滑过，笑声里带着些微醺。这样美的一个夜晚。贵林心里突然生出一丝隐隐的没有来由的担心。

贵林有些日子没去金筷子餐厅打牙祭了，这天傍晚他准备去那个阿富汗小伙说的巴扎逛一逛。到了巴扎，他果然找到了那家小店。现切现烤的羊肉串，新鲜，微辣，肥瘦适当，软嫩多汁，伴随着孜然奇特的迷香，吃起来酥麻可口，滋味实在太好。他吃了羊肉串，继续逛巴扎。他在一家家禽店前停住了脚，店前有好几只四四方方的铁笼子，里面有黑褐色和麻栗色的大公鸡，还有稍大只纯白或纯黑的山雉。他盯着看了半天，这异乡的家禽，看起来和家乡的家禽并无两样呢。

“贵林。”他听到有人喊他，用的是中文，一个女人的声音。他顺着那个声音看过去，一个穿着一身纯白的袍子的女人站在不远处看着他。她从头到脚都蒙在白袍子里，像一只白色的硕大的鸽子，只露出了一双眼睛，浓密的睫毛下一双清亮的眼睛。

“圆圆！”贵林欣喜不已，“你怎么在这里？”

“我是陪着店里的几个伙计来购买原材料的。他们都是阿富汗人，我穿着袍子，别人也看不出来，所以还算安全。”见到他，圆圆显然是高兴的。

“这可是个好主意。”贵林知道巴扎这样的地方也是塔利班经常袭击的地方。若不是被烤羊肉串吸引，他也不太敢来这样的地方。

“我挑了好些鸡蛋。其他的也都买好了。”她指指手里的一个篮子，里面有一整板青白壳的大鸡蛋。阿富汗本地的几个伙计也过来了，说咱们买好了就回去吧。圆圆说你们先回，我一会儿就回，这里离金筷子餐馆又不远。伙计们商量了一下，跟贵林说你要负责把这位姑娘安全送回。

已是大下午了。贵林说想去看日落吗，圆圆说好，两个人就往附近的一个小山上走。他们一路走得轻快，一边闲谈着。路上有黑白的羊群，有自由徜徉的公鸡母鸡，有清风，有欢颜，贵林觉得喀布尔的天空从来没有现在这般纯净，自己也久未有如此轻快的心情了。很快就要到山顶，圆圆有些喘，就停住了脚。

“来，我拉着你走。”贵林伸出了手。她犹豫了片刻，伸出了她的手。她的手略略有些粗糙，有些瘦削，他握着，握得很紧，他喜欢手里这种充盈的感觉。到了山顶，两个人并肩站在一座希腊式样神庙的断壁残垣上，残破的圆石柱伫立风中，向着不远处对面山上的几架炮台。当年可是对面那炮台把这座神庙毁灭？站在高处，贵林觉得天地突然就变得空旷，那空旷的感觉如此熟稔。他想起爬到康奈尔大学的钟楼之顶俯瞰整个校园，就会油然而生这种天地之悠悠的感喟。只是在康奈尔看到的是郁郁葱葱的湖光山色，而这里更多是苍黄之色。

“奇怪，这里让我想起康奈尔。”他说。

“噢，康奈尔，好像是一个大学的名字，你在那里念过书？”她看着他。

“是啊，我北大毕业后去了美国留学。”他答道，一时很多前尘往事涌上心头。他怎么突然就置身在地球的另一端一个战火连绵的国度，和一个并不相熟的女子迎风并立呢？

“你不知道我有多羡慕你们这些幸运的人。”圆圆看着他，眼里闪着羡慕的光泽，似乎还有一丝失意，“我都没有上过大学。”他一时不知道说什么好，便拍了拍她的肩膀。两个人都不说话了。

暮色渐浓，天边的颜色迤逦多彩，一层浅黄，一层淡红，一层深紫，交错着，融汇着。喀布尔就在脚下，那个灰黄的千疮百孔的城市，那个处处藏匿着危机和贫穷的喀布尔在满天的晚霞下显得如此安详温暖，如此岁月静好。他一转头，看到她皎洁的面庞，不由伸出手，轻轻地拥住了她的肩膀。她稍微颤了一下，却没有躲开。

暮色中的夕阳如一颗温润的红果子，照耀着此刻的喀布尔和此间的众生。突然之间，远处的光亮穿透几近废墟的神庙，穿过神庙的窗，成了一束束光，那一瞬间，那神庙像是涅槃的凤凰，复又重生，焕发着无与伦比的生机。而神庙前的圆圆身上也有了一层光，宛如雅典卫城的女神雅典娜，散发着圣洁的光芒。贵林看呆了，好一阵才回过神，忙拿出手机照下那一瞬的光与影制造的神迹。

下山的时候，他们都看到了断壁背后的一处花海，紫红色的郁金香，高贵娇嫩，像盛满了美酒的圣杯，大朵大朵地绽放在一尺之遥的残垣下，绽放在墨绿的草地上，看起来如此不真实又如此神妙。

那一定是来自天堂的圣灵之花吧，在这么贫瘠的土地上开得如此绚烂。他摘了一朵给了圆圆，“送给你。”他说。

“这么美的花，我不配呢。”她接过来，眼睛里闪过一道暗色。

“怎么会。和你很搭。”他笑了，他好像很久没有这么轻快地笑过了。

他和她一起搭乘联合国的专车，他要司机绕一下先把她送回餐馆。到了餐馆，她下了车，他看到了急忙迎出来的林师傅，他看了看圆圆手里的花，狠狠地盯了贵林一眼，是那种自己的领地、自己的女人被侵犯了的狠。贵林心里一凛，他突然觉得这两个人关系一定不简单，说不定还上过床吧。他心里生出一丝醋意。

一个星期四，小沈把贵林拉到一角，说昨天在一家做那种生意的中国餐馆看到一个人，特别像圆圆。贵林脑袋嗡的一声，“这不可能。”他坚决地说。“不信你自己去看。”小沈耸耸肩。贵林早就风闻这边有几家中国餐馆其实是挂羊头卖狗肉，有国内来的小姐在那做皮肉生意。小沈以前几次撺掇他去这种中国餐馆吃顿荤的，尝个鲜，贵林都推说不感兴趣，没有去。

这一次他实在太惊诧了，就问小沈要了个地址约好同去。

晚上贵林喊了联合国的专车，先去了小沈住的地方，小沈又喊了辆车子，两个人同去。这家名叫“玉叶”的中国餐馆是一栋两层楼的土黄的房子，乍一看和周围的民居全无区别，高高的土墙，灰色的屋顶，两层楼的灰砖房。和金筷子餐馆一样，也是外面什么标志也没有。小沈去敲门，门上有个小窗户打开了，里面的人看到是小沈，迅速地开了门。他们进去后，开门的人看看外面，又把门紧紧闭上。原来这样的地方只做熟客生意。

房子和贵林住的地方结构倒是大致类似，也是个民宅。一进门是客厅，左边是厨房，后面跟着一长串的房间。阿富汗是伊斯兰国家，都是大家庭，一家生七个八个的是常事，再加上花匠、厨子，每栋房子里都有十来个房间。不同的是这个房子装潢得像个酒吧。灯光是从天花板上几个小灯打下来的，幽暗的几束光懒散地洒在屋子里。客厅里摆了好几个沙发，最左边还有一个台球桌。台球桌上方的墙上挂着一幅劣质的风景印刷画，画上印着一行陌生的普什图文字。房子里灯影斜照，人影绰绰，粗糙又暧昧，还带一丝神秘的异国风情。

沙发上懒懒洋洋地坐着几个人，都是白人或者华人，没有阿富汗人。有几个女的陪着他们有一搭没一搭地说着话。看起来她们生意不是太好。贵林还在打量着房子，一个杏眼银盘脸四十来岁的中年女人走了过来，她拍着小沈的肩膀说："大兄弟有日子没来了。"一口脆生生的东北茬子普通话。小沈忙笑着说："呦，桃姐，多担待，前一阵回国了。"他把身边的贵林介绍给那个叫桃姐的。"美国来的大兄弟啊，多捧场。"桃姐笑着跟贵林说，"我找个书念得多的陪你说话啊。"贵林说不必，就想找一个叫圆圆的来说说话。桃姐说，那是我们这新来的招牌呢，一边招呼着："圆圆，你过来。"灯影绰绰下，一个窈窕的女子走了过来。

贵林眼睛盯着那个从暗处走出来的女子，漆黑的眼睫毛，嘴角有一道淡淡的疤痕。他的心一沉，眼前的女子可不就是那个谜一般的女子，那个让他颇为倾心甚至充满欲望的穿月白衬衫的女子吗？圆圆显然也注意到他和小沈了，脸上露出一丝不安，不过那丝不安很快退去，她莞尔一笑："这位大哥贵姓？"

贵林心里翻腾不已，嘴里勉强说了句姓吴，再无心思说话，就在沙发上坐了下来。圆圆也在他旁边坐了下来，两个人都低着头不说话。过了半天，她像是回应他的疑惑，又像是自言自语：“其实我自己也不知道怎么回事，稀里糊涂的。”她的眼帘垂了下来。贵林并不接话。她有些窘，就站了起来，往台球桌那边走。贵林在沙发上看着她踩着高跟鞋，摇着细细的腰肢从墙上取下一根台球杆。她开了球，屋子里叮当的声音响起来，清脆入耳。她站在那，上身放平，头微抬，下巴抵住球杆，看准了一个红球就是一击。她的大臂带动小臂，这边手架得稳，出球又快又准，干脆利落。本来一个瘦弱的人，动起来就有了几分英爽和狠劲。贵林没想到她球技还不错，心里一跳，不知是因为喜欢还是惶恐，这个女人，不简单的。他站起身走到台球桌前。

两个人打了一回球又都在沙发上坐了下来。贵林抬头一看沙发对面的墙上挂了三个时钟，和他住处的时钟一样，这三个圆形钟表的指针都指在不同的位置。贵林心里的蹊跷又生了起来，兀自说了一句：“为什么那些时钟的时间都不一样？”圆圆也看着那时钟：“阿富汗人就喜欢到处挂时钟，但是时间都不对，大概他们的气质就是散漫，懒得去调整。”贵林点头，他暗想这个地方和地球上别的地方真有些格格不入，时间是混乱的，和时局一样混乱，但是没有人在乎。没有正确的时间，没有错误的时间，大概连时间的概念都没有。他把手机拿了出来，这上面的时间还是准的，快十点了，他说：“挺晚的了，该走了。”圆圆低着头，什么也不说。

他站起来看看，小沈不知道什么时候已经不见了，倒是桃姐走了过来，悄悄地把他拉到一边：“你不开房了？”贵林看看厨房拐角那一长串房间，估摸着小沈在其中一间吧，只是他心里难受，就说他只是被小沈拉来看看新鲜，并没有这个想法。

“是不是嫌我们圆圆不够漂亮啊？”桃姐又说。

“她挺好的。”贵林看看不远处的她，低着头，两只手交叉在一起，不安地揉搓着，他心里倒有几分歉意了。不过他还是坚持要走，要桃姐跟小沈说一声，自己出门打了出租车回到自己的住处了。他有些怕安全官员看到他坐外面的出租车，就要车子在离住处几百米的地方停了下来。

他在清凉的月光里朝着自己的住处走去，平日里地面上的污水纸片在月光里都没了踪迹，似乎月光让所有白日里的污垢都披上了一层洁净。他想，原来月亮真的是个魔术师。他眼前不停闪现的却是第一次见到的那个穿月白衬衣的女子，如月光一样皎洁的女子，他心里便沉闷闷地如压着一样东西。在那样的地方碰到圆圆会让他难受，这是他没有料到的。他和她交往并不多，他没有想到自己会为此难过。她原本是他心里的郁金香，如今知道是个人尽可摘的野花，胸口像是填了块铅，又难受又憋屈，像是自己的女人受了玷污。他一想到别的男人和她交欢的情景，心里就像有只猫在抓，又痒又嫉。他突然又后悔自己没有留在那，身体对她的欲望炽热猛烈，他没有办法抑制这种欲望——他觉得自己在那件事后不配对这个世界拥有任何欲望。但是欲望却是飘浮在人的意识之外的氤氲，就像不断会追随他而来的忧郁和噩梦，都是他没有办法掌控的。

周一上班的时候见到小沈，小沈说：“哎哟，没想到，真的是那个圆圆啊，原来是做这个的。”贵林板着个脸不说话。

小沈却是个没眼色的，接着说：“她好像很喜欢和你说话呢。怎么那么早就走了，也没过夜？”贵林脸上更是铁青，生硬地说：

“联合国有规定，这样的事情不能做的。”

“嗐，联合国那么多雇员，又不让带家属，每个人都守得住？”小沈不屑，“你媳妇又没有千里眼。”

一听到媳妇两个字，贵林心里又添了一丝刺痛，眉头一皱，不再说什么。小沈看他脸色不太好看，也不说什么了。

第三章

贵林有一阵没去金筷子餐厅了。一是心里难受，二是阿富汗人选来临，国家统计局有很多任务，他帮忙备份数据，分析数据，着实没有工夫出去。只是每天晚上入寝的那一刻，他便忍不住想起她，想她曼妙的身姿和她黑色的眼睛。他努力不去想她，或者说想女人，但是这对于三十三岁的他来说，实在不易，大不易。

大选之前的气氛更是紧张。贵林住处的保安增加了好几位，他上班的时候看到大街上也增加了很多持枪的士兵和岗哨。这是阿富汗第二次总统大选，五年前 2004 年的大选算是成功，卡尔扎伊获得 55% 的选票当选阿富汗第一届民主政府的总统，这对塔利班无疑是一个不小的打击。这一次选举，塔利班放出话来，凡是参与大选的人，不管是哪个国家的，格杀勿论。

保罗满不在乎，两只粗壮的手臂交叉抱在胸前，上面的青白文身更加明显。他是个坚定的拥护持枪派。上个世纪 90 年代的时候，他在沙特阿拉伯工作过一段时间。“那时候我还和本・拉登见过面呢，真干起来我也有枪。”他说，“正好练练手。” 恩达耸耸肩，私下偷偷和贵林说保罗吹牛。

10 月 27 号那天是个星期二。贵林下班早，他一个人泡了一包方便面，又煎了一个鸡蛋，胡乱吃了一顿，就躺在小小的沙发上，打开电视，电视上是无趣的肥皂剧，他看着看着眼皮子也开始打架。正在迷迷瞪瞪的时候，他看见奶奶走了进来，奶奶还是穿着一件青白褂子。她说，贵林，你出去走走吧。贵林说，这么晚了，去哪呢。奶奶说，去你想去的地方。贵林还想问哪里是想去的地方，奶奶就不见了。他头往下坠，一下子就坠醒了，原来是个梦。奶奶已经过世很多年了，他极少梦见奶奶。上一次梦见奶奶还是一年多前，正是他痛不欲生的时候，奶奶也只是在梦里看着他，一句话也不说地看着他。这一次，她为什么要这么说呢。贵林疑惑极了。窗外山坡上的梨树林里影影绰绰，像是隐藏着一只怪兽。他顿时觉得房子里也有了一股幽霾，他不由站起身，往外走。可是，要去哪呢？ “去你想去的地方。” 奶奶的声音在他耳边回响，他叫了联合国的路巡专车，他告诉了司机玉叶餐馆的地址。

那个夜晚似乎比他以往在喀布尔待过的所有的夜晚都要黑暗。那条通往玉叶餐馆的路出奇的安静。这安静令他无比的不安。

车子到达玉叶餐馆。贵林下了车，按了门铃。门铃声在黑寂的夜色里格外的刺耳。开门的人把小窗打开，看了他一会儿，把门打开了，大概是上次见过他。

他一进门，桃姐就笑盈盈地迎了上来："吴大兄弟，这可是稀客呢。"

他面无表情地跟桃姐说："我找圆圆。"

"哟，算你运气好，今天是周中，她还有空。"桃姐笑成了一朵向日葵。

圆圆走了出来，有一阵没见她了，她人好像略微瘦了一些，却是更添了几分风致，婷婷嫚嫚，像柳树枝儿一样，在黯淡的光影下摇曳。她看见他的时候眼睛里有了一丝光，但是那光很快也黯淡了下来。贵林却没想到一看到她，身体里的欲望已经把自己充盈得像一只鼓胀的气球。她还没说什么，他就跟桃姐说我今晚要开房。

"这个我可要问问圆圆姑娘，要她自己答应才行。"桃姐的嘴有些歪，笑起来就更歪了。她走到圆圆近旁，轻声地跟她嘀咕了几句。然后扭过头来说，兄弟运气不错，她同意了。

圆圆没有一点表情，带着他往那一长串房间中的一间走去。她是在生气他上一次匆匆而别吗？黑暗中，他牵起了她的手，她想甩掉，他却握得更紧。她的手很凉，他却觉得自己的身体在发热，在膨胀。

他一进门就抱住了她。她一开始还有些反抗，渐渐地就顺了他，手也勾住了他的脖子。他褪去了她的长裙，她美丽的胴体在幽暗的灯光下轻微地颤抖，如一朵摇曳在风中的罂粟花。他的双手在她身上游走，她的细细的腰肢，不盈一握，向下，她的臀光润滑腻，柔软又紧致，充满了无限的弹性。她的双乳，吴盐胜雪，他的嘴贴近了那两团白，慢慢地移到高耸之上的两颗红樱桃，他忍不住咬住了一颗，她轻轻地唤了起来。这声音让他着迷，他更热烈地亲吻她。她的眼神也更加迷离，嘴角带着笑，她一笑，嘴角的那道疤便显现出来。他的手指轻轻地滑过那道疤痕，他顿时如触了电一般，整个身子都肿胀起来，饱满得像一颗子弹。他对她的欲望已经堆积得太久了，他不能再多等一分钟。他紧紧地压住了她，把所有的子弹全数打进了她的身体。他听到她大声地叫了起来。他有些吃惊，忙用手去捂她的嘴。

“×，真爽。”她笑着说，嘴角的疤痕让她俊俏的脸庞添了一丝狂野。他又是一怔，这个女人，真是不一样。

他终于瘫软在她的身上，他们能闻到彼此的气息，沉坠的气息。有多久没有这么痛快淋漓地做爱了。他不知道他对眼前这个善变的女子怀揣着什么样的情分，但是有一点是肯定的，他喜欢她的身体，喜欢和她做爱的感觉，喜欢她大声地叫喊。他以前的女人是不这么喊的。

他抬起头看了看周围。她的房间倒是有些像大学宿舍，一张不大的床、一张桌子和一个双人小沙发。最别致的是她的桌子上有一个透明的玻璃杯，里面插着几朵粉白的玫瑰，青郁的叶子，根茎上有细细的小刺。外面还是黑漆漆的一片，这是个多么古怪的夜晚。

他们躺在那，他的脸转向她，她脸上却安静得像什么都没有发生，刚才的柔情一下子就烟消云散。自己不过是她一个普通的客人吧，他心里有些不忿，伸出手触摸着她嘴角那道疤痕，像是宣布这是他的领地。

“小时候摔的。”她轻描淡写地说，“摔在锅沿上。”

“噢，还好没怎么破相。不然你爸妈肯定特别懊悔。”

“我爸妈早离婚了。”她开了口，眼睛里有了一种漠然，“他们后来又都成了家，还都又生了孩子。我只好跟着我姥姥过。他们偶尔来看看我。”

“噢。”他的嗓音有些沉，“至少他们还来看看你。”

“难道你的父母也离婚了？”她诧异地看着他。

他岔开了话头：“说说你怎么来阿富汗的吧。”

“我不是说过吗？”她语气里有一丝浮躁，“工厂买断，过不下去了。”

“可是，为什么要来这里？”他终于还是忍不住问。

“这里赚钱比餐馆多很多。”她很平静地说，“而且，桃姐说这里是自由的，我们可以挑，不想上床的就陪着喝喝茶。我这头也是可以挑的。”

他沉默了。

“你是不是特瞧不上我？”她的声音低了下去，脸上有了一丝幽怨。

他想他心里的确不能接受这样的事情，他内心还是个传统的人，尽管说起来她也有自由选择的权利。但是他对她生出了一丝怜惜——一个从小没人疼的孩子，一个远走他乡出卖自己身体的女人。

“你还是尽量不要做这个了。你知道，阿富汗是个伊斯兰国家，对这种事情非常排斥的。”他并没有直接回答她的问题。

“所以你还是瞧不起我。”她的脸又冷淡起来。她真是个多变的女子。

“我是真心希望你好。”他说，手绕在了她的腰间，又继续往下探，她把他的手推开。他倒是起了兴头，挑衅似的翻身又压在了她的身上。她一把把他从她身上推下来，力气大得让他始料未及。

“你们这些臭男人，贪得无厌的臭男人。”她站了起来，从包里拿出一支烟，坐在沙发上抽了起来。前一刻还温柔缠绵，现在一下子冷得像块钢。他实在搞不懂她。他一个人躺在这张陌生的软床上，身体里的激情还没有退尽，心里却是空荡荡的。“那我回去了。”他颓唐地说。

“这么晚了，太危险。你明日再回。”她吐出一口烟。

他想了想也是。而且，眼前的这个女人的身上有一种说不出来的魅道，他居然想和她再多待一会儿。

“你睡吧。”她的语气缓和了很多。

他没有再说什么，很久没有这样鏖战了，他已疲惫得一动也不想动。他头枕在那就睡着了——他可真是倦了。他没有睡踏实，他做了一个梦。梦里他走进了一片深幽的白桦林，北方的树，那些树干上像是长满了眼睛，他看到从林里闪过一个熟悉的身影，他追了过去，树上有那么多只猫头鹰，它们都飞了起来，把天遮成了黑色的一片，林子里一下子没有了光亮，他找不到那个熟悉的身影了。

“月月，月月！”他在梦魇里喊了起来，眼角的泪一滴滴流了下来。

“你没事吧。”她摸着他的额头。他彻底醒了过来。多么陌生的地方，旁边是一个他搞不懂的女人。一切都是如此诡异又如此忧伤。

“我记得你第一次看见我就问我是不是叫月月。”她轻声说，现在，她是一只温柔的波斯猫，“月月是你的什么人？”

他沉默了。眼泪突然又无声地流了下来，在漆黑的陌生的黑夜里。

“她是个天使。”他开了口，却怎么也说不下去。

电话响了，是他的手机。联合国雇员都配备手机，每天九点要打电话报平安，不然每个队的队长都会给你打电话问询你的安全情况，每个人每天的安全信息都装在联合国的信息系统里。可是这才凌晨六点多。

“亨利，你在哪里？”是他的队长詹姆士焦急的声音，“你们的住处被恐怖分子袭击，另外几个人电话都不通，你没事吧？”

他的心一沉。

詹姆士知道他不在住处时，口气放松了很多：“按说你不在联合国规定的地方住是违反规定，不过这一次还幸好不在。你先在原地待着，等我通知。”贵林挂了电话，过了半晌，想起来给两个一起搬进来的室友恩达和保罗打了个电话。两个人的电话都打不通，他心里一阵阵发紧。

“没事吧。”圆圆问他，她的眼睛里透出真真切切的关怀。他一把抱住了她，身体一阵阵抖，像风中的梨树叶子。如果不是因为想睡她而到了这里，现在的自己是不是也是生死未卜？

圆圆给他拿了些早点，他却什么也吃不下，只是坐在沙发里发呆。过了一个小时，或许两个小时，或许更长，詹姆士又来了一个电话：“你赶紧去一趟医院。你现在在哪里？”贵林没敢问为什么要去医院，只是报了自己的地址。联合国的专车很快就过来了。贵林本还担心司机问这是什么地方，但是司机看了一眼，什么也没说——玉叶餐馆从外面看就是一个普普通通的民宅。路上司机跟他说了一些大致情况，其实他从手机的新闻上也知道了个大概。

这是一起塔利班策划的恐怖事件。凌晨三点的时候，三个塔利班袭击者装扮成阿富汗警察出现在贵林的住处，那里面同时住着二十五个联合国的雇员。塔利班的人先是把门口的两个警卫撂倒，然后其中两个爬到高墙上用步枪扫射院子里面的人员，另外一个在门口用机关枪扫射赶来的警卫和警察。

“还好院里的警卫爬到了房子顶上回击，塔利班没能进入房内。里面的很多人从后门逃出去了。但是还是有伤亡。”司机说。

贵林没敢问有哪些伤亡，他的心沉重如铅。

詹姆士在医院的门口等着他，脸上阴云密布。他带着贵林往后面的小屋子走。他们走过黑黑的过道，过了几道安检，来到一间小小的房间，周围有几个护士在忙碌着，墙角是一张铁床。

“现在，需要你确认一下这是不是保罗。”詹姆士终于开了口。贵林诧异地看着詹姆士，像是在质疑这件事情的真实性。詹姆士沉默如海。贵林只好一个人往那张床走过去。他的腿很沉重，沉重得像是戴着镣铐，怎么也迈不开。他勉强走近那张床。他最先看到的是床上的那个人手臂上的刺青，青的是叶子，白的是朵花，洁白的马蹄莲。保罗的父亲是埃塞俄比亚人，马蹄莲是埃塞俄比亚的国花。贵林想起那晚在保罗家聚餐，保罗还说要去埃塞俄比亚找他的父亲，而现在，保罗躺在那，一动也不动，眼睛紧闭，嘴微张着，似乎只是沉睡了过去。

贵林心底突然就有一丝丝的疼牵扯了出来，这疼痛牵出了一缕缕旧伤，沉郁也跟着一阵阵袭来。

他嘴角抽搐着想说什么，却是什么话也没说。他什么也说不出来，只是点了点头。

詹姆士拍了拍他的肩膀说，走吧。他们走出了那个小房间，他像是看到身后的房间幻化成一朵巨大的马蹄莲，花的端口发出一阵阵寒光，他被那光亮照得睁不开眼，他一阵眩晕，忙扶住了墙壁。

“现在，我们去看看恩达吧。”过了良久，詹姆士开口说。贵林几乎要叫了出来，还要再来一次吗？但是他太虚弱了，虚弱得什么都说不出来，只是机械地跟着詹姆士下楼，上楼，过了一道又一道门，黑的走廊，走廊里是白晃晃一片穿白衣的医生和护士，看起来跟一个个白色的幽灵一般。

他们走进了一个很大的房间，这个房间里光线比那间小房子好多了，是从窗户里照射进来的自然光。

“亨利！”贵林听到有人喊他，是恩达的声音！谢天谢地，恩达还好，他躺在床上，脸色苍白，右脚上打着厚厚的石膏。

“这回子弹真打进去了。”恩达笑了，贵林也笑了。他握着恩达的手：“感谢上帝，感谢上帝！”贵林喃喃地说，只是他马上又想到了保罗，他谢谢的那个上帝却并没有同样保佑保罗。

“保罗他……”贵林犹豫着说，“保罗被塔利班……”

“不，不是塔利班！”恩达的声音突然大了起来。

“不是塔利班？”贵林疑惑地看着恩达。

“保罗就住在我隔壁房间，我知道得一清二楚。”恩达眼睛发红。

凌晨的时候保罗听到屋外的枪声，马上起身，他以前在中东待过，对枪声特别警觉。当他确认有人袭击时，马上拿起他的来复枪，挨个去敲每个房间的门，然后带着一众人逃到洗衣房，又要他们从洗衣房伺机跑到院子，从院子后门逃到后山坡的梨树林，再从梨树林逃走。只是两位塔利班的人看到了逃遁的人群，枪马上扫射过来，恩达脚上的伤就是那时候被射中的。保罗见此情形，马上开枪反击，他又原路跑回房间，爬到房顶上向两个袭击者开火。高墙上的两个塔利班袭击者被打死了。不过保罗也受了伤。不久阿富汗的大队警察赶来了，门口的那个袭击者就引爆了身上的炸弹，自杀身亡。

“警察来的时候他还给我打了电话，说现在安全了，他只是左胳膊受了伤。”恩达激动起来，“可是马上我看到那些阿富汗的警察一来，不分青红皂白，就是一顿扫射。我再给保罗打电话，就再也打不通了。”恩达声音高了起来，“是那些阿富汗警察渎职，误杀的保罗！”

贵林听得目瞪口呆，半天却只是说了一句：“你看，保罗没有吹牛。”

“是的，他是个英雄，他救了我们这么多人。”恩达眼泪流了下来，贵林抬眼向窗外看去，秋阳那么柔和、温暖，在那秋阳里，一朵朵马蹄莲顺次绽放，纯净优雅，圣洁虔诚，散发着永恒的爱的光泽。

这次袭击共有五个联合国雇员、两个保安和一个阿富汗平民死亡，九个联合国雇员受伤。联合国一向是中立的态度，塔利班也从未袭击过联合国雇员，但是这一次，因为联合国参与阿富汗大选，塔利班一反常态对联合国开了杀戒。

这次事件之后，联合国就规定所有的雇员必须住在联合国大院里。警卫陪同贵林回住处拿东西的时候，贵林看到墙壁上千疮百孔，都是子弹孔。他心里打了个寒噤。那么多弹头，如果那晚他在，保不准哪一颗子弹就打了过来，就像一个转盘，不知道它是停在生，还是停在死。山坡上的梨树叶子早已凋零，唯余枝丫，秋风扫过，凉意四起。他站在阳台上看着山坡上的梨树林，聚餐那夜大家的谈笑声犹在耳边，梨树的枝叶似乎还在沙沙作响。他又想起刚搬到此处，后院山坡花事正盛，满山满坡的芬芳，如今却都归了尘土，一切复归于零。他念及此，心里沉郁怅然，不禁长叹了一声。

这次搬到联合国大院，他被安排在一个宽敞的单间。打开窗就是碧蓝温润的游泳池，越过高墙看到对面也是一个山坡，青翠翠的芳草地一直铺到天边。贵林暗忖，这次运气不错，上次那个临时住的小房间光线阴涩，这里明亮通透，一时把这几日的阴霾吹散了一片。

晚上停电了。贵林到这也碰上几回。喀布尔供电一直是个问题，贵林倒也习惯了，上中学的时候家里也是总停电。一停电母亲就拿出一个应急灯。但是这里没有，一停电什么也做不了，他只好躺在床上。

才不多会儿工夫，就听到一阵阵突突突的声音，床跟着打战。贵林一个打挺站了起来，恐怖袭击？还是地震？不一会儿房间里弥漫着一股难闻的汽油味。贵林到处听了听，终于发现声音来自他的脚下。原来他下面是个仓库，里面装着临时发电的机器，一停电联合国大院就自己供电。突突声响了一宿，贵林也是一宿没睡，第二天就到房间负责人那里要求更换。负责人说现在没有房子，你怕是还得忍一阵。贵林想，还以为捡着个宝，原来是个人人都不要的次品。

他在喀布尔没有太多朋友。小沈和新华社的李记者出事那天给他打了个电话，知道他没事，也没有再打电话。倒是圆圆给他打了好几通电话。出事当天她就打了，贵林说起保罗和恩达的事情，她听得也是唏嘘："亏得那晚我留你。"

贵林说："真要谢谢你。或许是救命之恩也未可知。"

圆圆在电话那头咯咯笑："大恩不言谢，你何时再来？"

贵林说："不知道呢，就是联合国都从阿富汗撤出也有可能，2003年在巴格达的联合国人员被恐怖分子袭击后，全部退出了伊拉克。"

圆圆那头没了话。

"怎么了。"他问。

半天那头终于说了话："你要多保重，离选举还有几天，事事小心为妙。"

贵林久未有人对他如此关怀，问长问短，他心里感念，也是想去会她的，只是现在新搬进联合国大院，出入没有以前那么方便了。况且她那里又是那样一个违规的地方，他更不敢撞在枪口上。他便只简单地说了个好字就挂了电话。

大选终于还是如期举行了，喀布尔的情势还是紧张。贵林每天坐路巡"沙漠王子"出入，安检查得更严了。选举完的第二天，贵林突然接到詹姆士一个电话，说是要临时找一个人押送所有选票到巴米扬，问贵林能不能去。贵林早听说过巴米扬被炸掉的大佛，心想也许有机会去看看，就答应了下来。

一辆全副武装的军用卡车一个小时后到达联合国大院。贵林带好了证件，就跟着几个美国士兵上了车。车子却是在他和恩达遇过一次险的空军基地里停了下来。他上次情形紧张，这次才注意到空军基地附近有一大片的罂粟田。此时罂粟花已然开败，田野里只是灰青的花茎，花儿耷拉在青茎上，荒芜的气息从田野里扑面而来。

扛枪的美国士兵查看了他的证件，让他上了运输机。飞机不大，是C17型号，前面是飞行员、副飞行员的座位，中间是放货物的地方，后面是两排相对靠窗的座位，大概能坐十来个人。他坐下没多久，就上来了两个荷枪实弹的士兵，其中一张亚裔面孔的士兵，一张他熟悉的面孔，他的心猛地一跳。他朝那个亚裔士兵拘谨地一笑。士兵很严肃，只是朝他点了一下头，算是打了招呼。

飞机的螺旋桨转动的声音很大，在轰隆隆的一片声响中，飞机升到了空中，向着巴米扬的方向飞去，飞机下的喀布尔成了黄土高坡，房子也成了一个个火柴盒一般的积木。远处高高的群山手挽着手，连成海，近处是灰黑，远处是深黑，层层叠叠。在高山的脚下，是一群少年，一排排站在那，向着大山的方面。他们看到了飞机，开始跳跃，像是和飞机上的他们招手，像是想要逾越到那高山之巅。飞机越飞越高，少年们渐渐成了一个个黑点，那高山也渐渐变得低矮，成了灰色的一片波涛。

贵林回过头看到他对面那个亚裔士兵挺直的鼻梁，忍不住开口说：你是从加州来的？士兵警觉地看着他，略略点头。

“北加州？”他又问了一句。

他摇头，不再说话。

贵林觉得他实在太像他以前的一个同事雅各布了。贵林离开那家公司五年了，如果真的是雅各布，不至于这么快就把他给忘了吧。又一想，雅各布一个做高科技的，怎么可能突然就来当兵了呢。他把脸转向飞机的窗户，不再看那个士兵。飞机下面变成了苍茫的小土丘，偶尔还有一两条小溪和绿色的村落。马上就要到巴米扬了，远远地他看到了山，土褐色的山，而山上密匝匝地像是陕北的窑洞一般开了好些洞。这就是著名的巴米扬的佛洞了，可叹塔利班在几年前把洞里的佛像都炸掉了，千年的古丝绸之路传承的文化历史也在现代战争中辗转成微尘，再也无迹可寻，也再无悲伤欢喜可言。贵林想到这，又想起了尘土之下的亲人，不免有些黯然。

飞机到了巴米扬，已经有一些荷枪实弹的士兵守卫在一些小型集装箱一样的箱子旁边。他们把装满了选票的箱子放进飞机里，装好后，飞机就往喀布尔飞，到了喀布尔空军基地，又马上装到由军警护卫的卡车上，一路护送到阿富汗选举委员会办公室。

来来回回飞了两趟，还有最后一趟就要收工了。贵林觉得疲惫不堪，坐在飞机上都要睡着了。第三趟终于飞完，所有的选票送到目的地，贵林也要回去，就往空军基地门口那辆军用卡车走去。不远处是那片青灰的罂粟田，一枝枝颓败的罂粟在微风中轻颤着，颤成了一片模糊不清带着晕影的清灰。清灰中，他看见一个穿着蓝色波卡的女人安静而诡异地朝他走来。女人全身被蓝色波卡包裹着，连眼睛都藏在网状波卡之后，看不真切，只看到一团幽黑，散发出一股令人悚然的寒意和戾气。那是一双来自地狱的眼睛，他感到了一阵从未有过的恐惧。

“小心！”他还没有来得及消化内心的恐惧，就听到了一声叫喊，接着，他被扑倒在地，他的身后一阵巨响，随之蹿起一团乌黑的浓烟。他顿觉额头上有热流汩汩而下。他下意识地摸了一把，黏糊糊的，他的手掌成了鲜红一片。巨大的恐惧在他心底“砰”地炸开，几乎击倒了他，他昏厥了过去。

第四章

他醒来时，发现自己脑袋上缠着一圈白纱布，躺在了一个陌生的病床上。周围都是白的，梨花一般的白。旁边躺着那个亚裔士兵。贵林注意到这个医院和上次恩达去的那个医院不太一样。原来这里是美军空军医院，就在空军基地里面，距离贵林被炸的地方很近。

那双恶毒的眼睛来自一个自杀袭击者，她身上带着炸药，她在靠近他的时候引爆了身上的炸弹。是那个亚裔士兵把他推开，救了他。而那个亚裔士兵现在就躺在他的近旁。他还在睡着。他的胸部被炸弹的碎片击中，好在不是要害部位。

贵林躺在那，努力思索短短这几天发生的事情。太多了，太乱了，多得他没有办法厘清一点头绪。他在想，这可真是个混乱不堪、几近坟场的地方。自己为什么要选择来到这样一个地方？两次，两次他都侥幸过关，还会有第三次吗？他突然觉到了一阵阵恐惧，这恐惧冷如黑冰，让他全身发凉。这是他没有想到的。那时候，他听说这个到阿富汗工作的机会，几乎是毫不犹豫地报了名。他觉得无论如何，总比他那时的情境好。他那时痛不欲生，生不如死。阿富汗，那个遥远的国度似乎成了一个可以逃逸的地方。如果注定会死在那，那就死在那吧。但是，真正面临着生和死的时候，他却是畏惧的。他发现自己是留恋着生的，他为自己的懦弱感到一丝羞耻。死其实是需要勇气的，他以为他有向死而生的勇气，但是临到死的悬崖，他才发现他没有，他有决心靠近死，却并没有跳进死亡之谷的勇气。

贵林凝视着临床的那个士兵。

那位亚裔士兵终于醒过来了。他脸色有些白，精神倒还好。

“谢谢你！”贵林诚恳地说。

“不必了。我也是条件反射似的冲上去。”他脸上并没有多少表情，“还好没有把自己的命搭上。”

护士进来给那个亚裔士兵换盐水。

“出生日期？姓名？”她按常规问他。

“1972 年 10 月 4 号，大卫・阮（David Nguyen）。”他机械地回答。这个问题是在医院被问得最多的问题。

“大卫・阮？”贵林重复着这句话，“你是说你姓阮？你是越南人？”

“是啊。”

“那你认识雅各布·阮（Jacob Nguyen）吗？”贵林忍不住问，他和雅各布实在太像了。

“雅各布·阮？我哥哥倒是叫这个名字，但是阮是个很普通的越南姓。”

“雅各布·阮，他在硅谷的平米科公司做过工程师。”

“对，那是他！他比我早半个小时出生。”

贵林笑了，怪不得那么像，原来是孪生兄弟。

“雅各布是我以前的同事，他那时曾说起他和父亲在马来西亚的难民营待了一年，我想当然地以为他没有兄弟姐妹。”贵林说，他那时还是个工程师，公司里的亚裔员工中午常聚在一起吃饭。

“我们并没有同时在那个难民营里。”大卫眯起了眼。

“噢？”贵林心里好奇起来，“为什么没有同时在？”

大卫沉吟了良久，开了口，他的陈述缓慢，稍带着点滞涩。

大卫其实是第二代越南华裔，他有一个中文名字叫阮华勇，哥哥雅各布叫阮华良。

20 世纪 70 年代末的越南西贡，空气里弥漫着亚热带特有的潮湿和黏腻，湄公河两岸是大片齐整整的水椰林，阳光被水椰树的羽状叶子切割成碎金，斑驳地洒在幽绿的水面上。河岸狭窄的马路旁是尖而瘦的房子，不时能见到亚热带常见的根系盘错的大榕树，绿色的叶子连成一片，如巨大的华盖，被湿热的雾气浸润得青翠万千。而在那层层积翠之间点染着团团簇簇火红的凤凰花。

少年华勇在街头刚打了一架，他听到那群孩子叫他华人猪，就忍不住动了拳头。他的父亲阮凯明曾经是南越政府间谍机关的一个职员。南越兵败以后很多政府人员移民去了美国。阮凯明选择了留下。

阮凯明的哥哥，也就是华勇的伯父是一个飞行员，美军撤退的时候从西贡坐直升机到附近的美军军用机场，再从那坐大飞机去了美国，他全家都去了，连他们七十多岁的老母亲也跟着去了。阮凯明没有去，他恋家，以为自己那些隐秘的间谍工作无人知晓，即便北越政府接手，他应该还能过下去。他很快意识到自己错了。他的身份不知什么时候泄露了。邻居开始慢慢地疏远他们一家，并变得很不友好。他供职的地方的老板也对他非常不客气，总是为难他。

不仅是他，两个双胞胎儿子在学校也总是受欺负。老大弱，不敢还手，总是被同学拎出来捉弄。老二脾气拧，经常和欺负哥哥的人干起来，回来总是这里破了皮，那里多了一条血印子。有一次，他家的大门被人涂黑，上面画了一个骷髅头。他开始恐惧，现在不仅仅是不被善待，安全也成了问题。他们一家人成了一叶孤舟。

与此同时，原先南越政府的很多职员处境越来越糟，很多被送进了改造营。阮凯明既是华裔又是南越间谍的身份让他们一家举步维艰。

他们开始策划偷渡移民的方案，决定父子三个先偷渡到马来西亚，然后从那里申请战争难民签证去美国。之所以不能一家四口都去是因为偷渡风险太大，只要一被发现遣送回来就会被关进监狱，必须要有一个人在监狱外面接应，拿钱去打点那些监狱里的狱卒，不然有可能一直被关在监狱里。

他们策划了很多次偷渡都失败了。一开始总是上当受骗，给了蛇头高额定金，到了集合的地方才发现没一个人。后来慢慢总算找着了一些靠谱的蛇头。但是偷渡并不顺利。有一次是天气太恶劣，遇到暴风雨，他们的船只走了一半，迷失方向，绕来绕去，又回到了西贡。幸而这次他们上岸的时候岸上没有巡逻队。还有一次是船只中途被发现，他们被押送回到越南，进了监狱。好在他母亲在外面，拿钱去打点。父子三四个月后从监狱里被放了出来。

“我刚从监狱出来那阵头发是被剃光的，青脑壳一个，那帮人一看就知道我是从监狱里出来的，骂我罪犯分子。我一生气又和他们大干了一架。”阮华勇说到这笑了，脸色还是那么苍白。

“你行吗？”贵林问，担心他身体吃不消。

“还行。”他喝了口水，“一下子想起好多事情了。”他放下水杯继续说，“相信吗？我们一共试了二十次。我的父亲是个极有韧劲的人。他决定要做到的事，最后一定要做到。”

偷渡的蛇头每一个偷渡客要收十两黄金。尝试了很多次偷渡之后，他们已经是一贫如洗。那一次，家里勉强凑出的金条只够一个人走。他的父亲看着他和哥哥华良：“你们两个可以走一个。谁走？”两个人都互相注视着，注视着和自己如此相似的一张脸，什么都没说，似乎这个抉择如此重大，重大到他们从此会走上两条完全不同的道路，重大到他们不敢做出选择。最后，他的父亲指着华勇：“你吧，你皮实些。”华勇默默点头。偷渡的船只严重超载，他的父母亲硬是把只有十二岁的他推到了船上，要他到了马来西亚的难民营再申请去美国。“你先去，我们随后来。”他的父亲说，他的母亲眼里都是泪，什么都没有说。“她一直在哭，哥哥也在哭。”他说。

“十二岁，他们怎么放得下心？”贵林问，眼睛有些湿。

“没有办法的办法，能出去一个是一个。要是待在越南就一点希望都没有了。”他说，眼神有些空洞，陷入了对往事的回忆。

船是夜半从西贡远郊一个偏僻的渔村启程的，是那种能坐一百多号人的机动船。船没开出多久就被南越政府边防军发现了。他们的快艇在后面追。偷渡的船只为了加快速度，把很多东西扔到了海里，食品、饮用水还有汽油。

偷渡的船终于逃离了快艇，开出了越南内海。船开到马六甲海峡的时候，船上的水手开始不安，这一带，因为处在马来西亚、印尼和新加坡三国的水域交界，国际安全合作差，多暗礁和无人的岛屿，海盗盘踞，出没无常。那天快到黄昏的时候，太阳即将落入海平面了。华勇站在甲板上眺望着红得如樱桃一般的落日，远处的海水是蓝绿色的，热带海洋的蓝绿色，水波不兴的蓝绿色，而近处，落日照耀着的水面，像是在翡翠绿上镀了一层薄金，美得诡异又惊心。

“赶紧进到船舱里去！”一个水手对他吼，“海盗来了！”

阮华勇看到船尾五百米的地方一个快艇正全速追赶着他们。他赶紧往船舱里跑，他看到旁边一个四十多岁的母亲带着一个十多岁的女儿赶紧用煤灰往脸上擦，然后换上男人们穿的衬衣。华勇身子一阵阵发抖，坐在母女俩旁边一动不敢动。

他们的船只马上加速，可是他们的汽油不足，怎么也开不快。不到半个小时，就被海盗们追了上来。海盗们训练有素地架上软梯，上了他们的船，一伙人都蒙着黑头罩，只露出一双眼睛。他们好几个人手里拿着半自动冲锋枪。他们先是冲到驾驶室，把罗盘砸烂，然后冲到船舱里，用英语和越南语各说了一遍：“所有人，老老实实，把钱和值钱的东西交出来。不然就把命交出来！”

海盗们两人一组，一个持枪，一个拿着个粗布麻袋，挨个勒令船上的人把钱和珠宝首饰拿出来，扔到麻袋里。

“快，动作快！”他们一边端着枪，一边叫嚷着。

两个海盗走到华勇身边。

“钱，快点！”他们拿枪指着华勇。华勇忙从衣服口袋里拿出一些钱扔进麻袋里。

“就这么点？”高一点的海盗说。他个子单瘦，像根竹竿。他旁边那个矮矮胖胖，倒像根竹笋。

“我一个人，真的就这么多。”华勇刚说完，头上被竹笋用枪托重重地砸了一下。他头上一阵发麻，好在还没有出血。

“你？” 竹竿指着他旁边的小姑娘。小姑娘什么也不敢说，只是看着她旁边的女人。女人赶紧从兜里掏出一沓钱，扔进去。

“女的吧。”竹竿一咧嘴，露出一口烂牙，手就朝女人的胸脯摸了过去。

“妈妈！”旁边的小姑娘叫了起来。

“这也是个女的。”竹竿笑得更响了，一把拉起小姑娘就要往外走。

“留下她。”女人冲了过来，“她还是个孩子！”竹竿还在拉扯着那个女孩。

“留下她，我给你摸！你摸，你摸！”女人不管不顾地冲了上去，抓起竹竿的手就往自己胸口摸。

整个船舱一下子就安静了下来。每个人都看着他们，一言不发地看着他们，眼睛里却喷出了怒火，那一束束愤怒在空气里拧成了一股气流，朝这边涌过来，竹竿有些怕了。女人一下子跪在竹竿面前，用越南话不停地哀求：“留下她，留下她！”她的头重重地磕在地上，额头上磕出了血，一股股往下流。

一个婴儿的声音突然响了起来，声音并不大，却让情势更加令人不安，船舱里被一触即发的火药味满满地填充着。

“算了，算了。”竹笋拉了一下竹竿。竹竿重重地把女孩甩出去。女人衣衫不整地朝女孩爬了过去，她抱着惊恐万分的女孩哭了起来，女孩也在哭。旁边一个五十多岁的男人提醒她们不要哭了。两个人忙停止哭泣，只是抱在那抽泣。

阮华勇说到这，眼眶发红。贵林也是。

“真主安拉是我唯一的主。”没有由头地，贵林用普什图语说了一句，这句话是他的一个阿富汗同事教的，说是碰到恐怖分子能管点用。

海盗把整艘船只洗劫一空后，上了快艇，很快就没了踪迹，只剩下一船人如遇了霜的白菜，全是蔫蔫的。

罗盘被砸烂了，船不能定位，船长只能凭经验往大马的方向开，可是大海苍茫，天和海一样黑，如何能找到方向？第二天天亮的时候，船长发现船只彻底迷失了方向，很快，汽油用尽了，船根本开不动了，只能在大海上飘零，像是被遗弃在时间之外的一叶孤舟。

然而，更残酷的还在后面。

几天前为了逃过越南政府边防，船上扔掉了许多食物和水。再加上这几天在海上漂荡，食物和水已经严重不足，只能限食限水。

一天三次供水，每次只给每个人一个矿泉水瓶盖那么多水。华勇觉得嘴唇刚刚给润湿，水就没了。嗓子眼发干发涩，像是一直在冒烟。

情况越来越糟，有人开始喝自己的尿。海盗抢劫后的第五个黑夜，华勇被一阵凄厉的哭声吵醒。

“我的孩子，我的孩子！”是一个母亲的声音，她的十个月的婴儿断气了。她的哭声如此凄厉，船舱里每一个人都给吵醒了。有人小声地安慰着这个可怜的母亲，但是她根本什么都听不进去，一直在哭，直到她嗓子哭哑，瘫软在地上，昏昏然躺在地上再也哭不动了。天亮的时候，华勇再一次听到这个母亲的哭声，不，不能叫哭，而是低沉的号叫，那不像是从人的嗓子里发出的声音，更像是从某种动物嘴里发出的低号——这个可怜的婴儿的尸体不见了，有人趁母亲昏迷的时候把那个婴儿偷走了。

“为什么？”贵林眼眶噙满了泪，听到这里还是不解。

华勇凄然一笑：“你没有听说过吸血鬼吗？血里有水，水就是命。”贵林全身一凉，愣在了那里。80年代初，他还是个小学生，在北方那个靠着海的城市住着，他并不快乐，但是全然无法想到同一个时间，在地球的另一个海域，会有这样惨绝人寰的事情发生。

“不断地有人饿死，他们的尸体很快就不见了。”华勇眼睛是木的，他机械地说着这些。

“不要再说了！”贵林叫了起来。他的胃一阵阵发酸，几乎就要吐了出来。他原以为自己是世界上最不幸的一个人，经历了世界上最残忍的事情。他把手撑在额头上，像是突然感觉到额头上的伤痛了。

华勇不再说话，两个人又一次陷入了沉默，像海底的暗涌一样的沉默。

过了很久，华勇才又一次开始了他的叙述。

在四处苍茫的海上，时间似乎成了圆环，每日在海面上盘旋。到了第十天，海面上出现了一个黑点。人们麻木地注视着那个黑点，会是另一艘海盗船吗？这只船已经只有原来一半的人了，这些人早已被掳夺得一无所有。

是艘渔船。老天一定是再也不忍心看下去了。

船上的渔民们告诉他们其实离马来西亚也不远了。他们提供了食物、饮水和汽油，还带着难民船走了一段路。

“天使，他们是天使。”华勇说起来嗓音有些颤，这么多年过去了，他依然难以掩饰自己的激动，他反复地说着同一句话，“他们是上帝派来的天使。”

船终于在两天后抵达马来西亚的比东岛。比东岛是一个方圆不过一平方公里的小岛，岛上荒无人烟，距离马来半岛一百九十八公里。马来西亚政府把这里开辟为一个难民营，并把它列为保安区，严禁外人踏足，难民们在此等待第三国家的收容。几乎每天都有难民抵达这个小岛。华勇成了这群后来被称作“越南船民”（Vietnamese boat people）的一员。

难民营周围砌着高墙，像联合国大院那样的高墙，只不过没有铁丝滚网。那时候，东盟五国对越战难民都实行了禁闭营政策，难民被禁闭在营内不能自由行动，更不准外出工作。他们能自由走动的地方就是那个小小的难民营大院。好在后来旁边又分别添加了一座简陋不堪的寺庙和教堂。

“多糟糕，没有自由。”贵林同情地说。

“能让我们上岸就算好的。”华勇眉头紧皱。就在他们的船只抵达前三个月，马来西亚政府向靠岸的一条难民船扫射，阻止难民上岸。死了很多人，海水都染红了，海面上漂满了尸体。许多年后在这里立了一些纪念碑，纪念那些遇难的船民。最显眼的雕像是一个父亲正努力拉住在海水里挣扎的女儿 。自 1975 年到 1995 年，大约有两百万难民逃离越南，投奔怒海，寻找光明，寻找一块可以栖足之地。他们中很多被海盗、饥饿、疾病，或是海上的狂风巨浪阻截，永远地葬身于南海深处。最后只有八十万难民安全抵达别的国家，他们中大约有二十五万在比东难民营居住过。

“你知道为什么南海的海鲜那么美味吗？”华勇嘴角露出一些悲谑的笑，“因为那里有一百多万的越南船民的尸骨喂养了它们。”

贵林张大了嘴。

“比起来，我们算是幸运的。”华勇神情很快就严肃起来。

难民们住的是一间间的平房。每间平房里睡通铺睡着二十来号人。什么都要抢，吃饭尤其如此，稍微慢一点就会饿肚子。夏天热得要死，蚊子又大又毒，房子也没有空调，一屋子的溽热和臭气。这都还罢了，最难以忍受的是总是被人欺负、被人打骂，谁让他是孤身一人呢。别的孩子指使他干这个干那个。他那时刚到，只能忍着。很多个黑夜，他在潮湿的房间里听着海潮一波又一波冲击海岸的声音，他不知道这样的黑夜还要继续多久，但是他知道这里是抵达梦想的必经之路。

有一天中午，他太困了，就躺在床上打盹，突然被脚上传来的剧痛惊醒。他痛楚地尖叫起来，再看脚指头都发红了。不知道是哪位在他的脚指头之间夹了一个棉花条，并且点燃了棉花条。

“谁干的？”他终于爆发了，声音里有一种暴风雨来临之前的冷静和威慑。

“我！怎么着？！”其中一个带头的眼睛有些鼓的男孩斜乜着眼。话没说完，右脸颊已经挨了一拳。

“谁也不准帮忙！”华勇大吼着，“谁帮忙我和谁拼命！”他一边喊着，一边和鼓眼睛扭成了一团。那次打架的结果是他的一个眼圈青了，鼓眼睛却掉了一颗门牙。他的青眼圈在一个月后好了。鼓眼睛的门牙却再也找不回来了，同时找不回来的是他的领头地位。阮华勇替代了他。他打架是不要命地打。不怕打死人，也不怕自己被打死。这样的人谁打得过？他胆子越来越大，经常偷偷地从墙上爬出去跑到难民营外头，从外面摘了橘子、椰子，又拿回难民营卖给别人。他混成了头，一样欺负新来的人。

“你们难民营出来的孩子都是这样吗？”贵林想起了他的哥哥华良，有些执拗，会在电话上和产品经理争得面红耳赤，一点也不退让。

“嗯，肯定都有一些，我们这样的孩子从小就得学会狠。尤其我是孤身一人。不然早就死在难民营了。”华勇眼睛眯了起来，有一种暗色的物质从他眼里闪过，“我对谁都狠，除了玉燕。”

玉燕是个孤儿，她坐的船遇到了热带风暴，那船本来就破旧，又严重超员，在暴风雨中不堪风浪，终于是翻了，她的父母和妹妹都葬身大海，她被过路的一个油轮救起，油轮的人又把她扔在了另一艘难民船上。那条船上也是满员，看她孤身一人委实可怜，就收留了她。然而这条船后来也遇到了海盗，好在几经周折终于到达比东岛。

“她比我还可怜。”华勇说，“刚刚丧失了父母和妹妹，自己又……”他停住了嘴。

贵林看了华勇一眼，没有追问玉燕的事情。他心里在发酸发麻。这世上的苦难啊，竟如世上的盐一般多，一般咸。

两个孤苦的孩子走在了一起，华勇处处护着玉燕，不让她受欺负。他摘了新鲜果子给她，把好吃的菜留给她，把她的活儿派给别的人干。这一下她就招人嫉恨了，他也不管。

八个月后，他拿到了战争难民签证，他终于可以去美国了，他在美国的伯父是担保人。

离开比东的那天天气格外晴朗，层层鳞片状的浮云一直铺向天边。玉燕和一些难民被允许到码头给他们送行。玉燕一直在哭，华勇忍着泪和她说再见：“我们到美国见啊。”他最后一次回望岛上高高的椰树林，回望破旧的难民营房，回望那座他曾跪拜过的寺庙，然后登上了离去的轮船。他看到玉燕跑到一块岩石的顶上，向他挥手。轮船终于慢慢地离开了比东岛，他依稀还能听到难民营的喇叭在放着一首老歌 ***Remembering the sea***。是的，记住彼时的大海。海的颜色是变幻不定的，时而淡蓝，时而浅绿，是那种热带海洋特有的浅绿色，那个小小的热带海岛便在蓝绿变幻的光影中飘摇，如一颗绿宝石在水影中荡漾。船渐行渐远，过了许久许久，他依然能看见穿着白衣裳的玉燕站在高高的岩石上，不停不断地向着船只的方向挥手。

贵林的眼泪终于忍不住掉了下来：“那么，后来，你在美国又见到她了吗？”

“见到了。”然而华勇眉头紧皱，他的脸部突然抽搐起来，他闭上了眼睛。贵林于是没敢问他们后来的故事。

再后来华勇的父母亲和哥哥几经周折也终于到了美国。

“我中学的时候写了一篇文章《通往奶奶家的路》（***The road to Grandma's house***）。里面写了我那些年的经历，偷渡的船只上的故事，还有我在难民营的故事。老师很喜欢，让我站在全班同学面前念。我现在还记得最后一句：‘我站在奶奶家的门前，我没有哭，我一点也哭不出来。我也没有笑，我居然也笑不出来。我站在奶奶的面前，像一颗刚从湄公河里长出来的水椰，大口大口地呼吸着自由的空气。’”

阮华勇说到这，终于笑了一下，自顾自地笑，似乎还是那个站在讲台前面向大家分享自己文章的少年。贵林看到了他脸上一丝难得的纯真。贵林想起了一个少年，一个和华勇一样瘦削的少年，一样也有一双细长的眼睛，也是有着这样纯真的笑。他曾和那个少年一起在那个北方的城市里游荡。他心里突然有些惆怅，那个少年现在在哪里？

第五章

贵林住了两天就出院了。恩达到他的房间看望他。

“你听说过比东岛上的越南难民吗？”贵林问。

“比东岛上的越南难民？没有。”恩达摇头。贵林有些惊诧，居然连他这个马来西亚人都不知道这段历史。似乎那个时期的比东岛和相距不远的马来半岛是完全平行的两个世界。时间、空间都被隔断。

他在两天后回到医院，想看望一下阮华勇。那张床上却躺着另外一个头上都是绷带的人。病房里还是嘈杂拥挤，贵林站在那，那天和华勇的对话似乎还在房间里回响，还有那不时降临的沉默，海一样的沉默，贵林似乎看到了一条船，一条在汪洋中漂零的船，天地混沌，风雨飘摇，那船在不停地向前，不停地摇晃，不停地挣扎。

那天晚上贵林又去了玉叶餐馆，华勇的故事沉甸甸如铅，泛着久远的死亡的黄斑。在阿富汗的日子里，他目睹的死亡比他以往任何时候都要多，几乎每个星期都能听到自杀式袭击和各种暗杀的消息。一层又一层的血色叠加在一起，他觉得自己真有些艰于呼吸了。死亡散发着暮秋腐叶的气息，经久不散地萦绕在他的近旁。

那气息从过去一直积淀到现在，没有淡去，反而更浓重了。他并没有如自己期许的那般好起来，快乐起来。他觉得自己似乎是匍匐在湖水最深一层的污泥上，缓慢而沉滞地往前爬。而能战胜死亡和恐惧最有效的就是性，最本能，最直接。

他在每一次和她做爱之后都很快沉沉睡去，像是身体里的沉闷也一起奔出了身体。这个若即若离、时冷时热的圆圆成了他在异乡唯一能穿透湖水的光亮。有时候，他们相拥而眠，他找到了一种久违了的温情；有时候，他们相对而看，空气被柔软浸润。而当他轻轻地触碰着她嘴角的那道小疤痕，他心里生出了爱怜，他便又有些搞不清是迷恋她的身体，还是她这个人。或者，这两者根本没有办法分得太清楚，也没有必要分得清楚。他知道他们只是两个偶遇在他乡的陌路人，他们不清楚对方的过往，也不关心彼此的未来。他们或许根本没有未来，他们有的只是这一刻，他们相交相连的这一个短短的瞬间，他们的道路只是在此刻交叉，而后又会各奔前途，不再相逢。

贵林一周后重新回到阿富汗国家统计局上班。

“你没事吧？” 阿布杜拉问他。

“还好，只是一些皮肉之伤。”贵林回答，不知怎么又想起华勇。他也回到空军基地了吗？

“唉，这个国家真是越来越不安宁了。” 阿布杜拉叹了口气。

喀布尔冬天的第一场雪纷扬而至。雪是后半夜起的，清晨的时候贵林看到雪花还在窗外飞扬，高墙上的铁丝网已然成了一条雪白的粗线，透过那白线，他看到湖蓝色的清真寺庙的尖顶也成了纯白。尖顶之外的高山成了白山，绵延高峻的白山，一座山峰连着一座山峰。阳光在山峰上投下一个又一个的巨大的光影，浅黑色的光影，每一座山峰都有自己的光影，光影和山峰交错着、连绵着，像波浪一般晃动着，像时间一样涌动着。

下午雪已经停了，空气里透着清爽。小沈说，看，风筝。贵林也跑到窗户边看，果然是一大群孩子在统计局后面的空地上放风筝。喀布尔的天空如此澄明，是那种没有一丝杂质的蓝。在那蓝色的水晶般的天幕之上，飞扬着式样各异的风筝。有长长的蜈蚣一样的风筝，有简陋的挂着一个麻袋的风筝，更多的是式样简单的三角形或者是四边形的风筝。天空上飞着风筝，它们飞舞着，各自飞舞着，并没有像书上看到的那样斗来斗去，贵林有些小小的失望。只是，冬天的喀布尔果然是放风筝的好去处。

然而冬天对于喀布尔的穷人来说却是一个艰难的考验。贵林去统计局上下班的路上发现地上泥泞不堪。喀布尔地处高原，冷风干而硬，吹在脸上，生疼。那些土坯房里没有电，也没有水，只能靠烧木头取暖。晚上贵林坐在房间里，凛冽的风吹过枝头，发出哗哗的响声，玻璃在漆黑如鸦的黑夜里轻微地晃动，隐隐能听到街头流浪狗的吠声。风声、吠声和玻璃细微的响动让四周更添岑寂。他想起那些流浪的孤儿,心里有些难过,他们如何熬过这样的漫漫寒夜?

很快就是古尔邦节了。阿富汗的节日相当多，动辄就是一个节，英国战胜节或是苏联战胜节。此外，还有颇多宗教的节假日。加之联合国雇员本来就有不少假期，贵林比在美国悠闲了许多。他记得刚到联合国大院时，见到好几个生面孔，以为是新来的，一问，却都是从外地度假归来。

古尔邦节有一个星期的假，不长不短，回中国、回美国时间都太仓促。何况，美国也好，中国也好，似乎都没有值得他万分牵挂的人了，贵林叹息，最后他决定去迪拜玩一趟。贵林有两个护照，美国护照和联合国护照，来阿富汗用的是美国护照。只是他到阿富汗的签证快过期了，所以提前一个月，他就把护照送到他在的联合国人口基金组织管理护照的部门，这个部门的人再送到联合国开发总署负责签证的部门，最后再统一送到阿富汗外事部门。出发前一个星期，贵林给他们打电话，办事的人说再等几天。贵林等了三天再打过去，还是没办好。贵林有些发急，再过三天就要出发了。

“放轻松，你出发那天过来看看吧。实在不行，你也只能到迪拜再去签证了。”

贵林心想也只能这样了。他想出发当天去那绕一下吧，签证是别指望了，护照总得拿上。到了那，负责人果然说抱歉了，签证没办好。贵林也不意外，拿了护照就走。哪知碰上个没经验的司机，头一回开联合国的专车,居然找不到去机场的路。司机倒是不急,“放轻松。”他一边说着，一边找路，绕了一大圈才到达机场。贵林到机场一看墙上一排的钟表，居然没有哪两个显示的时间是一样的，最慢的都显示过了起飞的时间一个小时。贵林叹气，再看手机，不对，自己的手机显示还差10分钟！他再看看航班信息，航班正点起飞，阿富汗的飞机十之八九是延误的，偏偏这次班机正点！他急急忙忙地就奔向登机口，到了那，他一上去机门就关闭了，刚坐定，飞机开始滑行。他打开护照，一看，不对，怎么多了个新的签证？原来签证办好了。多么糊涂的一个办事员，这里很多人和他一样，没有时间的观念，没有负责的态度，没有准点的观念。贵林暗想，这个国度里的人，几十年的战乱，老百姓大概靠的也是这种“放轻松”的态度才能在战火中从容度日吧。

度假回来没多久，恩达问贵林要不要一起去上一个瑜伽课。说联合国大院新来了个雇员，原来是瑜伽老师，教得很好。贵林想想答应了。

晚上他俩就去了。一个小小的会议室，已经有好些人，各自带了一个垫子。贵林以前从未上过瑜伽，秦翊欧上过几次，说练瑜伽可以让身子更柔韧，还能有助于睡眠，他不信。再说，一个大男人，去学瑜伽，真是滑稽。现在，他和秦翊欧成了两个不相干的人，他倒是想起她那时的建议了。不过，大概也是他现在实在太闷，没有什么事情可做。

老师是个英国人，金发的女人，长得并不好看，倒是一口英式英语很耐听。

“倾听自己的身体。”她一边做一边说，“放松，放松，最重要的是身心结合。”

贵林头几次并无太大感受，只是觉得她说的话受用，过了几个星期，就觉得脑子不似以前那样总是紧绷。晚上睡觉也能很快入眠了，睡得也颇踏实，比做爱还管用，他笑了。他不知道是不是心理作用，还是瑜伽的确管点用。

贵林许久没有去玉叶餐馆了。一是最近时局不太安稳，2010年才过去一个月，就有三十多个外国士兵被杀，不断有阿富汗官员被暗杀，阿富汗的未来充满了变数。二是他发现了联合国大院更多锻炼的好去处。除了瑜伽，还有健美操，他周一周三上健美操课，周四上瑜伽课。

他每日清晨坐专车去国家统计局，傍晚回到联合国大院，吃了饭就去上这边的健美操课和瑜伽课，晚上就是待在自己的小房间里，上网，和网上的不认识的人下围棋，下得昏天黑地。

他最近又开始学着溜旱冰，旱冰鞋是他托一个朋友从美国带过来的。这些东西他以前都没有尝试过。联合国大院是个四方形的院子，中间一条水泥路，笔挺平整的路面，从南到北差不多一公里，来回就是两公里，恰是溜旱冰的好去处。像是发现了一个新天地，联合国大院成了阿富汗这块动荡不安的土地上的一块绿洲，他觉得他的失眠症好了很多，而平时那些死亡的信息也不如一开始那么刺激他了。他觉得他在那湖水里慢慢上浮，向着有光亮的地方浮过去，升腾过去。他曾经无比渴望早日离开这里，而如今也觉得不是那么难以忍受，甚至是有些享受它的慢节奏和悠闲的做派了。

有一天晚上他做了个梦，梦见一条长长的栈道，暗红色的木头栈道，发着亮。栈道的尽头有一个女子的背影，那个女子就如《出埃及记》里的摩西一般，充满神力，她一边走一边把海水分开。贵林追着她。她一路走，栈道一路延展，向着那分开的海之深处延展。那个女人回过头，一张似曾相识的脸。

“晓环！”他叫道。那女子摇摇头，继续前行，暗绿的衣衫变成了明黄。他追在后面，过了须臾，她又一次回过头，却是略微有些方的脸。“翊欧！”他不禁又叫了起来。女子还是摇头，飘飘然继续前行，而她身上明黄的衣衫也瞬间幻变成了月白色样。贵林发力，只是追不上。他累极了，在那女子的背后高叫：“你走吧，我不追了。”那女人却停住了脚，往回走，大海在她的背后一点点合拢。这一次，他看到了她的脸，鹅蛋脸，黑黑的眼睛，是圆圆，他笑了。他走了上去，那个女人却倏尔就没了踪影。他站在那，海水在他的四周低了下去，那栈道却像是电梯一般，越升越高，高得他就能够着天上的月亮了。他伸出手触碰那天边的圆月，月亮竟如镜子一般，起了一道道裂痕，天上的月亮在片刻间四分五散，是他把天上的月亮变没了吗？他惊慌失措，就醒了过来。

他在黑夜里想起了月月，心里一阵泫然。远处山峰的暗影笼罩着这座小楼，他躺在那，还在回想着那个梦，那些折叠在过往岁月里曾经的过客却在梦里展开，越发清晰可辨。良久，他觉到了一种闷，压得他透不过气， 他眼前晃动着圆圆起伏有致的身体，他想他是需要她的身体的，但是他又极不喜欢她在那样的地方待着，他觉得她似乎是有些自甘堕落。然而她又是个性子刚烈的女子，他但凡露出一点轻视，她便加倍地坚硬如冰。他在黑夜里辗转，不知道该如何安放再度归来的沉郁，也不知道如何安置自己的身体和自己的欲望。

那天上班，阿布杜拉递给贵林一张请帖。“我的婚礼，下个月，你来吧。”

“祝贺祝贺！”贵林拍拍他的肩膀。

“哎。”他压低了声音说，“我们结完婚以后就要移民到澳大利亚了。”

“噢！”贵林吃惊地看着他，他平日看着工作积极，人也好问，学东西也快，算是这拨员工里拔尖的人，却是要走了。

“这个国家但凡有点路子的人都想着离开。常有抢劫、凶杀或者是塔利班的人肉炸弹。实在太不安全了。”阿布杜拉好看的大眼睛眯了起来。

贵林想安慰一下他，也实在不知说什么好，他下意识地摸了一下自己额头上的一道疤，还是上次那个人肉炸弹留下来的烙印。

他顿了顿，岔了个话题：“你未婚妻一定好看吧。”

“不知道，我从来没有见过她，是我父母定的婚事。”

“噢！”贵林好不惊奇，“这都什么时代了？要是脾性不合怎么办？”

“那也没办法，碰到什么是什么。”阿布杜拉说。

贵林不由想起小时候画糖摊子上的转盘，转到什么动物，就给做一个什么动物，自己也是没得挑。他有些感慨，突然脑子里爆出一个大胆的念头，便跟阿布杜拉说：“我有个朋友，是一个记者，她很想了解普通阿富汗人的文化风俗，我可以带她一起来吗？”

“这个……她是记者？那她要照相吗？我们婚礼的女宾都不让照相的。”阿布杜拉脸上有些为难。

“她可以不照相，就做一些文字报道就好。”

“那可以的。你的朋友，当然欢迎！”

晚上贵林给圆圆打了电话，问她愿不愿去。他们已经有很久没有见面了。

“记者？你还挺会编的。”圆圆轻声笑了，“我想想吧。周五晚上我……”

“是早上开始。”贵林刚说完，就意识到周五晚上是她生意比较好的日子，心里一沉，差点想挂了电话，自己居然想和这种女人交往，真是晕了头了。

“我去。”圆圆那边却是回了话。

“好。”贵林干巴巴地说了一句，就挂了电话。

婚礼是在星期五举行的。星期五是阿富汗公休日，也是穆斯林做礼拜的日子，很多年轻人都挑星期五结婚。贵林坐联合国的专车过来的，一路看到不少婚车，前后都挂着鲜花编织的心形花环，红艳的玫瑰，碧绿的枝叶，整个街头都喜气洋洋。阿布杜拉算是个家境殷实的富二代，他的父亲是个建筑材料供应商。婚礼放在一个酒店举行，很多不那么富裕的人家就是在自己家里举办婚礼。

贵林在门口没等多久，就看见打出租车过来的圆圆。这个女人独自坐了车，为他而来。要知道一个异族的女子在喀布尔单独坐车并不是件安全的事，他心里又热了起来。她头上身上披了一块大纱巾，只露出脸。走近了，她把纱巾一扯，露出里面一件绛红色的长裙子，人一下子就亮丽了起来。

他迎了过去：“你这可不像个记者。”他脸上却是带着笑的。她一定注意到他脸上的赞许，笑了：“记者就都得土里土气的吗？”贵林笑了，倒也是。

贵林只没想到整个婚礼男女都是分开的。男宾一间房子，女宾一间房子。他们两个一进大厅就被人分别带进不同的房间。

贵林进得门内，看到入口边站了好几位新娘新郎的男性亲友，都用手捂着胸口微微点头欢迎宾客的到来。房间里摆了十多桌，中间是一个小舞台，有乐队在演奏，下面是一块空地，就成了个小舞池。都是清一色的男宾，还有几个小男孩。

婚礼说是上午九点开始，一直拖到十点才开始。先是一人一杯杧果汁——穆斯林不允许喝酒。贵林是喜欢喝酒的，他暗自觉得遗憾，这么喜庆的场合只上果汁实在是不够意思。接着正式上菜了。饭店服务的小伙子们穿着西装，头上举着一个银色的大圆盘子，来到每一桌面前。又从银盘子里端下一大盘手抓羊肉饭、一大盘馕、一盘黑色的菠菜泥和一盘肉桂布丁甜点。手抓饭里有褐色的羊肉丁、红的萝卜丁和深紫的葡萄干，看起来很可口。贵林更喜欢吃馕，他虽是南方人，小时候在北方住了几年，倒是更喜欢面食。大概那几年正是一个人刚开始成长的岁月，味蕾已然被打下了烙印。

菠菜泥里面放了一些奶酪，他在美国住久了，很喜欢这种做法的菠菜，觉得比中式的炒菠菜来得更细腻润滑。肉桂也是到了美国以后习惯的滋味，他喜欢那种浓郁而带着点异域风味的香，他只是有些诧异这混杂的菜谱，手抓羊肉饭和馕是传统的阿富汗饭菜，菠菜泥和肉桂甜点却是西方人的做法。

已经有用过餐的宾客在乐队前的空地跳起舞来。乐队的声音也大极了，有些震耳。这时候穿着米黄色西装的新郎阿布杜拉出现在乐队的小舞台上，他手里拿着一大把阿富汗尼钞票，然后手一撒，钞票到处飞舞，大家都低头去捡，尤其是那些孩子，更是起劲。他又塞了一大把钞票给乐队，乐队弹奏得更欢了，声音都快把天花板震下来了。这么热闹的场景，可惜圆圆不在近旁，她在干吗呢？贵林不由有些心猿意马。

没多久，新郎又回到后台牵着新娘来到小舞台上，向大家问候。新娘略显丰腴，穿着一身粉红色的礼服，上面缀着闪亮的晶片，她的头发上也挂着类似的晶片，整个人很喜气，阿布杜拉也是，看起来他对这个新娘还颇满意。

婚礼到下午两点多结束了，他看到圆圆从女宾的房间出来，满是笑意。他迎了上去。

“我们打车回去？”她问。

他心里有些不舍：“其实这里离餐馆并不远。一个小时可以走到，不如我们走路过去？”

“一个小时？”她有些犹豫，他还在看着她，目光里的期待灼然可见。

“好的。”她说。他笑了。

她又用纱巾蒙上了头，只剩下眼睛。然后他们沿着街道走着，一路上有各种样式的小店铺，有一家是卖鸟的，一溜的麻色的小笼子挂在店门口，笼子里的鸟，颜色斑斓。贵林想起刚到喀布尔时常见到白色的鸽子，纯白如雪，鸽子，和平的象征，可是，他到阿富汗的这些日子，看到的却是太多的杀戮。 店子前好几个阿富汗男人在挑选自己喜欢的鸟儿，他们神情悠闲自在，脸上挂着笑意。贵林暗想，这样残酷的生存环境，老百姓过得倒还悠哉，真是颇有意味。是这个民族天性如此，还是一个人对于外在环境渐渐总会麻木？

第六章

两个人走了没几个街区就看到一家卖小手工艺品的店子。桌子上摆着水罐样式的陶瓷制品，看起来颇为原始、古朴，还有一些画着或神灵或巫师图样的小水罐，看起来颇神秘。小店四周的墙上密密匝匝地挂着一个个圆盘式的瓷盘。颜色从灰白，到墨绿，到湖蓝，到棕黄，不一而足。每一个盘子上都勾画着不同的花色，或抽象，或质朴。贵林一眼看到其中一个墨绿色的盘子，比旁边的盘子稍大，边沿一圈小小的凸起的节点，仔细看，却是一只只眼睛，一共十二只眼睛，有些像一个时钟，又有些像他小时候常见的转盘。他问店主价钱，店主说是五美元——在阿富汗，美元和阿富汗尼都是通用货币。贵林动了心，就央店主从墙上取了下来，拿在手里把玩着。圆圆说，倒是很别致。贵林笑了，又问圆圆不要买一个吗。圆圆认真地看了一圈，相中了一个淡蓝色的圆盘。很光滑，没有一丝杂质。贵林说不如我一起付钱都买了，算是我送你的一个小礼物。圆圆却是不肯，说是无功不受禄。

“才五块钱，算了吧你。”

“不如你那个算我送你的，礼尚往来嘛。”圆圆又说。

“互赠定情物吗？”贵林笑着说，圆圆也笑了。

贵林把两个盘子放入他携带的一个小包。两个人走出小店，心情都如阳光一般明亮。

贵林说，这里我知道一个近道，从这条街后面插过去，可以省不少路呢。圆圆说好。两个人就从正街上插到这条乡间的路上。贵林曾多次一个人走过这条道路，走过这片田野，这次是头一回与人同行，而且是和他喜欢的女子同行，心里便如此时的蓝天一样清远。

圆圆也如出笼的雀儿，活泼泼的，话头也多。他们很快就走到那片罂粟地，早春二月，罂粟花开得正盛，粉盈盈的一片，灿烂至极。花香幽幽传来，有一丝玫瑰的热烈，有一丝香草的挑逗，还有一丝薄荷的清甜，贵林觉得一阵迷醉，他看着旁边的圆圆，她漆黑的眼睛也看着他。他牵起了她的手一起向那片罂粟地的深处走去。他们在那若梦一般的粉晕中走着，一直走到看不见人烟的罂粟地的深处，那里安静又神秘，像是另一个世界。他停住了脚，低头寻找着她的唇，她迎了上去，他觉得她如这灿烂的罂粟花，他们不管不顾地吮吸着彼此，纠缠着。他知道，罂粟花败后会长出罂粟的果子，饱含着浓白的毒汁的果子。绚烂之后便是沉迷与下坠，但是现在他什么都不想，什么都不想。欲望在田野里蓬勃生长，情欲在身体里堆积得越来越满，在每一个细胞里怒放。他和她一起低了下去，他把她压在了一丛丛的罂粟之上，他像一张满满的弓，和着花香在她身上起伏着，她挺起了她的耻骨，迎上去，接住了他。他们在广袤的田野里合欢为一，他们的身体和罂粟花重叠交错，他们的气息和无涯的时间浑浑然融为一体。

不知道过了多久，他们总算平息了下来，放开彼此，站了起来，理了理衣裳，走出罂粟田，继续前行。他们没有说话，只是手牵着手，心还沉醉在彼此气息的美妙中。

近道走完，他们又走回了大街上。没走多久又看到一家卖阿富汗妇女礼服的店子，橱柜里有穿着艳丽的服装的塑胶模特。

“知道吗？那些女宾们一脱下外面的袍子或是波卡，露出的就是这么鲜艳的衣服。”圆圆兴冲冲地说，“她们一个个可漂亮了，好可惜，平常都是捂着脸。”

“噢。”贵林饶有兴趣地听着。

“然后她们开始随着乐队的伴奏跳舞，一个个跳得疯极了，身段也是极好。真是可惜，平日只能给她们自己的老公看。”

贵林突然心生不爽。她的身体是给很多人看过的吧。原来她骨子里就是个风骚之人，希望多给几个男人看。他心里着实不舒服，便不再说话，只是看着脚尖走路。圆圆也是意识到自己说得不妥，便把头埋在纱巾里，低着头走，两个人原先的亲密和美好淡了下去，都不说话了。贵林想打破这沉默，却是一句话也说不出来——他还是在乎她的这个身份的，那么，他是对她认真了吗？他被这更深一层的推论小小地惊了一下。可是，两个人很快就到了金筷子餐馆。他还没来得及说话，圆圆一扭头就往门里走，他拉住了她的手，她却是一甩手就进去了。贵林顿了半晌，只好怏怏地往自己住处走。她身上的余香似乎还残留在他的意识里，只是才多大一会儿的工夫，两个人似乎又成了陌路，她其实是个极敏感之人，他似乎也比一般的男人敏感。两个人像是两个玻璃球，被彼此的光亮吸引着，然而靠得太近又会把对方碰得生疼。

回到家，贵林才想起她那个淡蓝色的圆盘还在他的包里。他拿出两个圆盘，放在桌上，一大一小，一蓝一绿，但都是一样的圆润光洁，色彩明丽，放在一起，相得益彰，熠熠然，放着光彩。他给她打了个电话，说是要把盘子送过来，她迟疑了片刻，说不如你过两个星期再来。

3 月了，天气渐暖，春天弥漫在喀布尔城的每一个角落。树上刚抽出的新叶是浅淡的绿，还有些透明似的。贵林每日去国家统计局，看着那些新绿明亮亮地挂在枝头。有一回，他还看到好几辆灰旧的自行车挂在枝头，挂在春天的枝头上。那天下班回来，有一段路被炸了，车子只好绕行，从平日不怎么走的一条路走。他看到了一座桥，石头拱桥，桥洞下垃圾遍地，恶臭难闻，却挤满了人，成百上千的人，男人、女人、孩子都有。他们或坐或站。他问旁边的人：这些人在做什么？

“吸毒啊，你仔细看，地上好多针头。”旁边的人说。

贵林想起阿富汗现在是全球最大的毒品基地，老百姓自然也免不了受毒品之害。再细看，那些人不是眼神呆滞，就是着了道的样子，身上也是褴褛不堪。有一个人坐在一摊泥水里也浑不自知。最令人惊心的是一个少年，瘦骨嶙峋，不过十三四岁的样子，也坐在地上，眼神直直地看着他。贵林忙转过眼，心里难过。生命怎么可以如此颓败，如此萎靡和苟且呢？

车子继续前行，路过一个清真寺庙的小广场时，他看见广场上站着一群穿白衬衣、灰色小褂的男人，手臂上站立着一只只白色的鸽子，又有几只白鸽在白色的人群里低低地翻飞。那纯白在四周的沉暮中冉冉升起，一切在那一刻变得澄明生动，一切像是有了勃勃的生机和美好的明天，他深深地呼出一口郁闷。

美好和疮痍共生共存，这大概就是这个国家最真实的写照。

转眼过了两个星期，贵林如约去了玉叶餐馆，进得圆圆的房子，看到桌子上那个玻璃杯里又装了几枝玫瑰，这一回是深红色，而玫瑰的旁边是个小小的蛋糕。

“你生日？”他笑问。她含笑点头。

“多大了？”

“十八。”她笑，女人大概都对自己的年龄敏感吧。

“二十八了。”她又说，“真不敢相信自己就要三十了。”

“多好的年纪。”他摸了摸她的头，像是在摸一个孩子的头。两个人一起唱了生日歌，吃蛋糕的时候，她切了一块：“留一块给林师傅。”

他心下不爽：“你和林师傅关系不一般吧。”

她的脸拉了下来，不接他的话。

他心里生起一股醋意，一边把她拉了过来：“你是不是也和他上过床？”

“走开！”她把他推开。他一时血气上涌，一把扯开她的裙子，把她按在床上，强行就要冲撞进她的身体。

“干什么你！”她喊了起来，劈手给了他一巴掌，手在他身上抓了好几条血痕，他吓了一跳，从她身上坐了起来。她突然就哭了，是那种魂魄皆散的哭泣。他心里顿生内疚，搂住了她：“Sorry，sweetheart。”他脱口而出一句英文，他许久没有说这个词了，一时愣在那，紧接着心里又生出了一种尖锐的疼痛。而她，听了这个词，一时也安静了下来，似乎这种异国的语言能给她某种特异的治愈。他和她紧紧地搂着，他心里发痛，手便用力地揉捏着她，她的肌肤，她的唇角，他不停地用英文说着 sweetheart。她变得柔顺如水，两个人柳枝一般紧紧地纠缠在一起，她全身心地投入，脸上都是汗，又或者还是泪？

一次又一次，他一次又一次进入她的身体，性是他们唯一的语言，唯一和解的语言。他们用身体诉说着对彼此的歉意与和解——和过去的和解，和自己的和解。

转眼便是 5 月。暮春的树绿得更幽深，更有质感，也更让人捉摸不透。他想起月底到阿富汗就要满一年，也就要返美，又想到就要和那个纠缠不清又让人流连的圆圆告别，心里有了丝惆意。

“或许，我该把她带到美国去？”但是立刻他否定了这个想法，他和她，根本就是两个世界的人。只是在阿富汗这个奇特的地方才会有交集，日后必是各走各的路，再不会有任何牵连。他叹了口气。

一天晚上，他在网上逛，突然看到一条消息蹦出来：“一中国女子在旅馆被杀，同时被杀的还有一个白人男子。警方怀疑中国女子是妓女。”

他心里猛地一沉，不会是圆圆吧！他这几日一直在想着她。他赶紧给她打了个电话，一声，二声，三声。居然没人接！他觉得自己的心在急速下坠。他想飞奔到玉叶餐馆，可是这么晚了，联合国的专车早已停了。

五分钟后，电话响了，他急忙接住，是圆圆的声音！他觉得眼泪差点要掉了下来，“你没事吧？”他大声地说。

“没事，这边乱得很。你大概听说了，我隔壁房间的黄琴被害了。刚才你的电话我没听到。”圆圆倒还算镇定。

他心里不由得一颤，虽然已经对死亡这件事情有些麻木，听到这个消息还是颇为震惊。何况这还是个中国人，他在玉叶餐馆见过她一两回，圆脸蛋，说话嗓门挺大的，也是东北人。

顿了好一阵，他才想起说：“还好你没事。”

“谢谢你。”她的声音有些抖，“不过现在真是有些怕。”

贵林想说我早劝你不要再继续做这个，又想想不太合适，就问了她其他情形。听起来好像是穆斯林极端分子干的，但是，也不排除是抢劫，甚至是仇杀。

“仇杀？她在阿富汗有仇人？”他疑惑地问。

“应该是没有。但是谁知道呢。我们这一行不小心得罪了哪个客人也未可知，又或者是哪个男人的仇家。还有所有的钱财都被抢劫一空，所以也可能是因为钱的缘故。”

“听起来很复杂。”贵林说，“不知道能不能查出来凶手到底是谁。”

“我看很难。阿富汗警察腐败得很，这样的时局，命不值钱的。”圆圆的声音里有一丝冰冷和无奈。

贵林一时无话，只说：“你要好好的啊。”

“嗯。你也好好的。”两个人都没了话。外面是浓黑的夜，贵林心里有些不安，他觉得这一晚的夜不是一般的黑。

第二天早上，他抽空去了金筷子餐馆。圆圆正坐在桌边择菜，看到他，颇有些惊诧。

“你怎么来了。”她还是高兴的。

“来看看你。”贵林说，“你……你这些天还是不要去那边了。”

“可是……这边根本没有我待的地方，我只是白天来这边打工。”她轻声说，又偷偷看看周围。

“无论如何，我不放心的。”他有些吃惊自己会说这样的话，他一直是把她当作一个萍水相逢的稍微有些特殊的朋友，什么时候他开始在乎她、关心她了？不过，他们只是朋友吗？他们早已不只是朋友，不只是一般意义上的朋友。

“谢谢你……可是，我能去哪呢？”圆圆的眉头皱了起来。

“我有个新华社的朋友，我联系一下她。”贵林想起了那个傣族女记者李羽，她还曾经去过一次联合国大院，一看他们那超大的游泳池就是羡慕。他马上给李羽打了个电话，比较委婉地说起了圆圆的身份和缘由。李羽倒是很爽快，说可以让她来挤一挤。贵林想，少数民族的女人就是爽气。

下午的时候圆圆打了电话过来：“算了，我还是不去了。”

“这都说好了，怎么又不去了。”贵林有点着急。

“嗯……这边林师傅……”圆圆有些支吾。

又是这个林师傅，贵林心里大不悦：“你怎么老是听他的，他是你什么人！”

“你不必想那么多，他不过是担心我去一个陌生的地方，让我在金筷子这边先住着。”

“你放心吗？那么多男人，还有阿富汗的小工！”贵林声音大了些，又想，她大概就是个自甘堕落的人，她睡过的男人还少吗，这么一想，又觉得自己的行为匪夷所思，为这样的一个女人操心，真他妈贱。

“他们没你想的那么坏，我分得清。”她柔声说，他听了她的声音，又有些惭愧，她一个弱女子，做这样的行当一定有自己的苦衷吧。

“那你自己多保重。”他挂了电话，想到那个林师傅晚上或许会去占她的便宜，抑或是她自己就送了上去，心里老大不舒服。

过了三日，他回到家，吃过饭，上完瑜伽课，便在网上下围棋，对手棋艺不错，开局就是有些冷僻的起手天元布局，两个人杀得紧。电话响了，他一边下棋，一边接了电话，那边却半天无话。他刚要挂电话，那边却说话了：“是我，圆圆。”

“是你？”贵林有些吃惊，棋也不下了，“怎么了，你？”

“我……”圆圆似有什么难言之隐。

“你现在在哪？”

“玉叶餐馆。”

“你怎么又到那里去了，你不是在金筷子吗？”他又诧异了。

“嗯……唉……你能过来吗，我特别害怕。”她的声音有一丝丝抖。

他想了想，说：“好。”现在是晚上八点多，联合国的专车还可以外出。

路上黑魆魆的，平日里喧闹的街市也似笼罩在一层阴薄的雾气里，天上半个月亮挂在高墙的铁丝网上，那尖刺似乎就要刺破半轮残月。贵林的眼皮突然跳了起来，他心里有了一丝不安。然而人已经在路上，似乎也不能后退。

到了玉叶餐馆，开门人依旧是打开小窗，盯了他半日，才把门打开。

客厅里稀稀拉拉几个人，桃姐坐在沙发上，脸上阴沉得一如外面的那层薄雾。见到贵林，她勉强做出一笑脸：“吴兄弟来了。”贵林和她点点头，圆圆已经出来了，拉着他的手就去了她的房间。

她的手很凉，他挨着她在沙发上坐了下来：“没事的。”他握住了她的手。

“我好怕！”她突然紧紧地抱住了他，“隔壁就是黄琴的房间，晚上我总是听到一些凄厉的声音，也许是我自己心重。”

“别自己吓自己。”他把手搭在她的肩上，“可是，不是说好要你先在金筷子待着吗？”

“前天，桃姐去了金筷子，说人都跑了，她生意做不下去了。再说黄琴是在外面单独接生意出的事，她那有保安，绝对安全，我只好跟着回来了。”

“她要你回，你就回，你怎么这么听她的话？”

“唉，你不懂，我是跟着她来的阿富汗，我还欠着她很多钱呢，再说我的护照押在她那。”圆圆幽怨地看着他。

“难道你不是先去的金筷子？我一直以为你是后来才去的玉叶。”贵林诧异了。

“不是……”她脸上露出了一丝凄然，嘴角那道疤痕格外显眼。

“我嘴角这道疤，是和一个男人打斗时受的伤。”她的手落在了嘴角。贵林一惊，原来她真的是个有故事的女人。

她的声音很轻，在这样的一个黑夜里听起来有几分缥缈，几分不真实。

她祖籍山东，出生在沈阳，住在沈阳铁西区的艳粉街附近。她父母离异，跟着姥姥住，可是姥姥年纪也大了。她成绩一直非常好，一心一意想去考大学，但是她父亲临时把她的志愿改了，说是女孩子到高中都不行，还是去念中专，可以早点出来挣钱。她恨死了父亲，可是还是没能拧过他，就去念了财会学校，毕业后分在沈阳压缩机厂做会计。

那时候铁西区已经有没落的迹象了。然而大家似乎都只是盯着自己的小家、自己在工厂里那个小小的组，偶有一二个人被辞，大家也不觉得有太大的触动。

然而风暴来得迅速而猛烈，就像 20 世纪末的那场大海啸，东北的重工业似乎一夜之间被摧垮。她那时刚开始工作没多久，工厂就撑不下去了。也是世纪末过元旦的前夕，工厂给很多职工一些钱就算打发了。陆陆续续又不断有人下岗。她干得不错，工厂也要个懂业务的，就多熬了三年，最后还是被辞了，拿了两万块，医保和社保都要自己出钱买。

她的父母都没有背景，又有了各自的家，她的事情都帮不上忙，姥姥年纪也大了。她那时有个男友，和她一样也下岗了。

"我们很快就分手了，那时候有个开海鲜店的老板娘很喜欢他。他也是没有办法，我哭了一场。" 她的眼睛里那种熟悉的冷又浮了出来，"能怪他吗？总得找个出路。"

她成了一条伶仃的小鱼儿，卷进了大海的暗流，只能靠自己挣扎着游出来。她一开始还能找到和财务相关的工作，是在一家做零部件的小厂子里，很快又下了岗，再后来，因为竞争激烈，加上她学历低，就再也找不到这方面的工作了。她那时尝试做很多的事情，摆地摊，开小吃店，甚至是擦皮鞋。

她这样混了三四年，姥姥生病了，生了穷人不该得的病，肺癌。

“她从来不抽烟，倒是我失业以后学会了抽烟，多不公平。”她的眼睛湿润，“姥姥得病那两年是我最苦的日子，自己去打零工，还要去照顾她。最苦的是没有钱。”

贵林想起了自己的奶奶，想起了小时候和奶奶相依为命的日子，不由握紧了她的手。

她从来没有那么渴望过钱。钱，只有钱才能解决这些问题。可是，她没有钱，也没有人愿意借或者有能力借，她的朋友都是穷朋友。那时候唯一愿意借钱的就是桃姐。桃姐是她的邻居，以前是沈阳机床厂的工人。下岗以后偷渡去了东欧，后来听说又去了中东。她胆子大，回国几次都是帮人偷渡，据说在国外做大生意，但是好像也不是什么正道上的生意。圆圆也不知道她到底是做什么的，只知道是些个乱七八糟的事情，并不敢借她的钱，知道她的钱不干净，也不是那么好拿的。

“但是姥姥最后实在需要钱，住院的钱，买药的钱，没有钱，姥姥只能回到家里等死，没有吗啡，最后会疼死的。”她的眼睛已经盈满了泪。

贵林鼻子发酸：“比起来，我的奶奶真的是幸运的，她走得很急，倒在澡盆里没几分钟就走了。”

“她真是修得好。”圆圆说。

“我新毛叔叔也是这么说。”贵林点头。

“我姥姥受了太多苦，你知道，为了你最亲的人，你连命都舍得搭上去。”她看着贵林，“我就借了桃姐的钱。”贵林心里一阵阵发疼。

“你知道一个孤女在这样的境遇面前，能做的简直微乎其微。”她的眼睛一片茫然。

“姥姥去世那天，我站在她的墓前，眼泪流不出来，心里发痛，想得最多的是，我得想法子赚钱，这辈子不再受穷困的折磨。”她的眼神里有了一种狠，孤绝的狠。

“所以你来了阿富汗？”贵林怜惜地看着她。

“并不是这么简单。唉……”她的眼神又变得迷茫，声音也变得不可捉摸。

第七章

那是 2008 年的夏天，她开了一个小水果铺子，说是铺子，其实是在一家副食品商店前面租了一小块地，每天很早去批发市场买来水果，摆好了摊子，等人来买。她在这摆了三四个月了，生意还可以，因为铺子走不远就是中心医院，人们去看望病人总是要带点什么，水果篮似乎就成了一个好选择。她手巧，搭配的水果篮看起来好看又显得阔气，买的人不少。

那天天气极热，她租的那一小块地，只有屋檐一角伸展出来的一小块地是阴着的，热气从每一块地砖上冒出来，她觉得都要被这热浪给弄晕过去了。上午来了个穿制服的公务人员，问圆圆有没有食品流通许可证。圆圆说她办了营业证和卫生证，并不知道还要办这个流通证。那人从扁平的鼻子里哼了一声，说那你得赶紧补上，没补上之前不能营业。她那天只得早早收了摊，把水果收好，背上平日常用的大袋子就去了工商局办证。

她先去的大厅，说是办证去注册科。她就去了注册科，敲了门。

“谁啊？”扁鼻子一个人在沙发上打瞌睡，被人搅了觉，睡眼惺忪地打开门，看到是圆圆，突然又变了个态度，“要办证啊，进来进来。”他态度突然又热络起来。

圆圆看他眼屎都没擦干净，心里不舒服，就想退出去，又想着早点办了证，就忍着难受进去了。

“是这样，这个证少说也得一个月才能办下来。”扁鼻子坐在沙发上，跷着腿。

“怎么要这么久？”圆圆皱眉，“那我这一个月就不能营业了？”

“那是自然的。不过，我也可以帮你先办个临时证……”他斜睨着眼看着她。

“那就麻烦你帮忙先办个临时证。”圆圆忍住气说。

“这个嘛，可就要……”扁鼻子站了起来，走近了她，鼻子里还喘着粗气。

“对不起，那我不办了。”圆圆明白了大半，转身就要走。

“哎……别走啊。我们想想办法。”扁鼻子一边嘻嘻笑着，一边拉住了她。

“你放手。”圆圆冷冷地说。

“来来来，我们好好说嘛。”扁鼻子肯定是午觉没睡清醒，天气热，圆圆那天穿了件无袖的裙子，露出两条白藕般的胳膊，扁鼻子看得心里发痒，一时起了歹心，居然就把她往沙发上拖。圆圆使劲挣，一边大喊救命。扁鼻子急了，捂住她的嘴把她按到沙发上，嘴里骂着："臭娘们，还没怎么你呢，喊什么救命！"

圆圆人被他压在沙发上，衣服也被扯开了，心里慌了，她猛然想起自己包里有把常用的水果刀，一把就抽了出来，对着他的肚子就是一刀。他的手下意识地一挡，刀在圆圆的嘴角划了一道。血，殷红的血从他的腹部流了出来，血，也从圆圆的嘴角流了下来。扁鼻子倒在沙发上，圆圆傻了，整个人就傻在那，居然没觉到嘴角的疼痛。几分钟之后，她痴呆呆地跑出了他的办公室，走廊里没有一个人，只有夏日的蝉鸣一声比一声响。她断然没有想到，不过几分钟的事情，她的命运从此改变。

她回到那栋老旧的职工楼，楼道上正好碰到出来倒垃圾的桃姐。桃姐看她一身污血吓了一大跳，把她拉到了自己家里。

"跟我走吧，这几天你先躲一躲。"桃姐到底是见过世面的。

她整个人都慌了，桃姐说什么，她只是机械地点头应着。

"那么，你杀了人了？"贵林脸都白了，原来眼前这个谜一般的女子，曾经和他多次欢愉过的女子居然是个杀人犯！

圆圆凄然一笑，眼睛里有了一种幽深的东西，她原先的恐惧似乎消退了些，站了起来，抽了支烟。她似乎又变成了昔日那个冷艳的女子，而不是刚才紧抱着贵林战栗的小女人。

"那天晚上我被桃姐安排住到了一个临时住处，她还嘱咐我把手机关了，怕暴露位置。"她悠悠地又开了口，并没有回答贵林的问题，"我一晚上都在做噩梦。梦见我被五花大绑押赴刑场，梦见他拿着刀子往我脸上砍。我在半夜惊醒过来。周围是无边的黑夜，我从来没有那么恐惧过。”她的眼睛里有一丝恐惧闪过。

那几天，她都度日如年，桃姐终于来了，跟她说情况很不好，那个公务人员被你一刀子捅死了，你要是被抓了回去恐怕不是死刑也是无期。她更是恐惧。

“放心吧，有桃姐在，什么都给你搞定。你先在这躲着，我去打通各个渠道，把你弄出去。”桃姐是个歪嘴巴，说话却是顺溜得很。

她只能点头。

桃姐第二天又过来跟她说得要一大笔钱打通渠道。

“我没有钱。”圆圆说，“姥姥住院借你的钱还没还呢。”

“没钱，我先给你垫着，回头你再还。”桃姐笑得嘴更歪了，圆圆心里大不自在，可是又能做什么。她想到给父母打个电话，想想自己一个杀人犯，能带给他们的除了无尽的耻辱和麻烦，还能有什么。又想到桃姐嘱咐她不要打电话，因为电话都是被监听的，她就更不敢给人打电话了。

过了几个星期，桃姐说是现在风声小了，给她的假护照也到手了，明日就启程。圆圆问是去哪里，她也只是含糊地说东欧那边。圆圆想：是捷克还是匈牙利呢？欧洲，虽然是东欧，毕竟是个美丽的地方，有文化有历史的地方，她心里甚至有了些小小的期许，虽然更多的还是恐惧，对自己杀了人这个可怖的事实的恐惧和对未知的前路茫茫的恐惧。

离开的那天是个雨夜，风很大，铁西区一个个高大的烟囱在黑夜里成了怪兽，她从小至大没有离开过这个城市，她甚至都极少离开铁西区。她小时候家住在光明街，隔艳粉街不远，她活动的主要范围便是艳粉街北起沈辽中路、南至腾飞二街不大的几个街区。那个地方，小时候是熙熙攘攘的，上班的时候清脆的自行车铃声在整齐的街道上起伏，机器的轰鸣声把土地震得发抖。街道两旁是齐整的厂房和住宅楼。她下了学在楼道里和小朋友们玩摸羊骨、跳格子和橡皮筋的游戏。她的身子柔韧，那么高的橡皮筋都能钩下来。而现在她无法想象她竟是像只老鼠一样，灰溜溜地离开这个日渐颓败却难以释怀的城市。她在火车上，听到火车轰鸣着穿越这个沉睡不醒的城市，眼泪默默地顺着眼角流下，流到她刚刚愈合的嘴角的那道疤痕上，有些疼。

和她同去的还有另外几个姑娘，黄琴也是其中一个。她们坐的是火车，先坐火车到乌克兰。火车穿过森林，穿过湖泊。她闻到了树林里白桦林叶子的清香，她看到了贝加尔湖。湖水那么蓝，像是上帝把所有的蓝都倾注到了那里。她第一次见识了西伯利亚荒野的广袤，无尽的荒芜，无尽的苍茫，似乎永远也没有尽头的铁轨一直向前延展，火车不停息地向前，她似乎都听到了来自这一片黑土地的低吼从铁轨深处传来。

她们抵达乌克兰准备出海关的时候，深蓝眼睛的工作人员用古怪的腔调喊“章悠圆”，她半天才反应过来那是在喊她——章悠圆是她最新的名字，假护照上的名字。她的原名叫何菲芳。海关的官员看了她一眼，她不敢看他的眼，她觉得自己几乎就要晕倒了。好在那个人并没有说什么，就让她入了关。

然后是从乌克兰到克罗地亚，还是坐的火车。她原以为这就是终点了。哪知道桃姐又赶着她们上了去德黑兰的飞机，然后，从德黑兰到喀布尔，原来她们的目的地是喀布尔。从沈阳到乌克兰，到克罗地亚，到德黑兰，再到喀布尔，这个路线图像是在地球上画了个圆，逆时针绕了大半圈，虽然如果顺时针直飞要快得多。后来，她醒悟过来时，才发现自己到了这样一个一刻不得安宁的地方，要做的事情是她以前断没有想到过的。她一开始的反应就是想逃，然而往哪里逃，语言不通，交通不通，连假护照都锁在桃姐手里。

她拒绝做皮肉生意，她怎么可以做这种生意呢？她那时候在艳粉街打零工那么难也没有想过去做这种生意。她就是因为被逼迫才会动刀子捅人，她不知道自己血液里为什么会有这么刚烈的东西。

她给饿了两日，桃姐说，我们这里不白养人的。她饿晕了头，甚至想到去寻死，但是她实在没有那样的勇气。她怕死得难看。她发现，寻死是需要积攒足够勇气、足够罪孽和足够阴郁才能去执行的一件事情。她恨自己连死的心都不够强大。

黄琴来劝她："何必呢，咱们就是这个命，再说你也不是处女了。"黄琴偷偷地带了点吃的给她，她饿得神志恍惚，接过黄琴手里的馕就往嘴里塞，她吃得太快，噎着了，喝了一大口水，才缓过劲。

"昨天有个白人，额外塞给我两百美元。比我以前一个月工资还要高呢。"黄琴又说，"桃姐说了，咱们可以自己挑，看不上的人不必接。这里来的人很多是临时来阿富汗工作的，也是寂寞，并没有那么坏的。"

圆圆又喝了一大口水，喝得急，她一下子呛着了，剧烈地咳嗽起来，过了好一阵才平息下来，眼睛里却都是泪，泪水顺着脸颊流到了她的嘴角，她想原来眼泪真的是咸的。

圆圆说到这，眼泪不觉又流了下来，贵林伸出手臂，把她紧紧地揽入怀中，这个来自东北大地的姑娘啊。他几乎没有去过沈阳，唯一一次是他从南方到大连，火车在沈阳停留了一小会儿。然而那片他只待了四年的土地，让他对她生出了一种异样的爱怜。

“我总是做着类似的梦，梦见自己的嘴角流血，然后从那血里长出了一把把尖刀。” 她眉头又皱了起来，“原来很多东西，不是那么容易过去的。身体上的伤容易愈合，心里的伤，似乎是永远也无法愈合。”

贵林心里一颤，他对此太有体会了，伤痛会一直追着你，在梦里追着你，无耻地追逐着你，而你在梦里却是无能为力。

“我也经常做梦。”他缓缓地说。

“也是噩梦吗？”

他几乎就要说是，但是他顿了顿，说：“我有时候会梦见一个城市，一个装在气球里的城市。”

“噢，那就不是噩梦。”圆圆说，“你永远无法理解我这种被噩梦缠身的人，有多难熬。你也无法理解我们这样底层的人，在一个城市里就是一株野草，随时会被践踏。”

贵林不再作声，他闭上眼，似乎看到了那个城市，那个飘浮着的城市，装在一个硕大无比透明的气球里，他不知道那个城市是漂在水上还是飘在天上。

“其实，我很明白你说的那种野草的感觉。”贵林睁开眼，“我小时候家住在大连，大连，你知道的，明珠一样的城市。可是，我们一家在那里，过得并不好。我们是南方人。每次我父亲用带着南方口音的普通话跟那些北方人交谈时，我就非常惭愧。我从小自卑，那个时候更甚。”

圆圆看着他，有些吃惊：“怎么会，你是北大毕业的高才生，又出国留了洋，我不信。”

“唉，我说的都是实话，大概我就是比较敏感，我总觉得你们北方佬瞧不上我们南方人。那里不是我的家，总有寄人篱下的感觉。”

“我们北方佬，”圆圆笑了，“我们北方佬觉得你们南方人不要太精明啊。”

“那倒是。”贵林想起小学的那个班主任周老师总说他的脑壳是尖的，南方人的脑壳都是尖的，尖脑壳的人聪明。

两个人都笑了，房间里笼罩的那层阴雾似乎也散去了些许。他像是突然触碰到了昨日，而他也像和昨天达到了某种和解，因为眼前这个北方的人。但是眼前的这个人居然是个杀人犯！他心里又生出了一丝丝寒意。夜色如漆，周围的一切都像是屏住了呼吸，房子里有一种无从言说的张力。他的眼皮还在跳，他突然十二分地不安起来，他拿出手揉了揉眼睛。

就在他揉眼睛的那一刻，他听到了一声钝响，然后又是一声，像是有什么东西重重地摔倒在地。

“怎么回事？”圆圆握紧了他的手。

话音刚落，她房间的门被一脚踹开，一个蒙面人站在门口，手里拿着一把枪，枪口装着消音器。

贵林几乎是下意识地把圆圆往旁边一推，站在了那个人面前。他们对峙了几秒钟，两秒钟，最多五秒钟，那是贵林生命里最漫长的几秒钟，漫长得像过了一个世纪。

那个人把指着他的枪放了下来，看了一眼地上的圆圆，转身走出了房间。

贵林站在那，全身一阵阵发麻，像是身体接通了交流电，从上麻到下，然后马上转换方向，触电的感觉从下往上蔓延。

“贵林！贵林！”不知道什么时候，圆圆已经站了起来，紧紧地抱着他。

“月月，月月。”他喃喃地说。

“我是圆圆。”她轻声说。

“噢。”他的神志终于慢慢恢复过来，“赶快报警。”

警察是一个小时以后才赶到的。那一个小时里，他们两个紧紧地相拥坐在沙发上，不再说话，像两头待宰的羔羊，心里充满了对未知的恐惧，对死亡的恐惧。他死死地盯着门，仿佛下一刻又会有一个持枪的蒙面人破门而入。他从来没有像现在这样恐惧过，也从来没有像现在这样渴望好好地活下去。

几个阿富汗警察把整栋房子搜了一遍。别的房间里的小姐和客人都还好，只有桃姐躺在她房间的地上，血流了一地。

“已经没有气了。”警察对几个客人说，贵林看了一眼，桃姐躺在血泊里，闭着眼，嘴倒没有平日那么歪了。他心里又是一阵强烈的不适，差点又要吐了。圆圆在后面，人群挡着，她看不见。贵林把她拉到一边：“你不要看，会做噩梦的。”

“麻烦你们这些人都去警察局走一趟。”穿着灰白制服的警察拍着手里的枪。

詹姆士把贵林从警察局带出来的时候，脸色很难看：“你这已经是第二次被抓住没有住在联合国规定的住处了。”

贵林不作声，他的工作合同还有不到一个月就要到期了，随便怎么处置了，他只是担心圆圆，现在她到哪里安身？

但是她一直没有给他打电话，她没有手机，他也不敢给玉叶餐馆打电话，心里焦急万分，但是似乎能做的又是极少，他又感到了一种熟悉的无力感，明知在下坠却没有办法阻止的无力。不行，不行，他得知道她的下落。他想起了一个人，林师傅。

他马上给金筷子打了个电话，找林师傅。“林师傅这几天身体不舒服，一直都没有做饭。”对面的人听起来像是饭店的程老板。不过他不敢确定。

“那……那圆圆，经常在你们这打工的圆圆在吗？”

“圆圆？有一阵没来了。”

贵林挂了电话，突然意识到很有可能她还在警察局啊！那天到了警察局警察就把那些男性客人和玉叶餐馆的女人们分开了。可是他是联合国雇员，自己又牵涉进了这个案子，怎么去联系警察局呢。他想起了那个新华社的记者李羽。

“我一直在关注这个案件呢。短短几天内连续两个中国公民被杀，是个大案了。”李羽一接到他的电话就说，“下午我就要去警察局。”

晚上李羽给贵林打了个电话：“这个案子闹大了，这些女的估计都得遣返回国了。我见到圆圆了，我跟她说你一直在打听她的下落，她挺感动的。不过现在她还在警察局，要钱才能保释出来。”

“要多少钱？”

“四十万阿富汗尼。”李羽说，贵林心算了一下，差不多是五千美元，相当于三万多人民币。

“我这里没有这么多，明天我去银行里取一下。”贵林挂了电话，心里稍微踏实了一点，至少知道她没事，但是一想到她即将被遣送回国，心里又莫名地起了一丝丝痛。其实，告别不过是早晚的事情。他原想，他5月回美国后就和她再无一点纠葛了。在那一晚之前，他和她从来没有说过自己的过往，她也没有。他是个把自己包裹得很严实的人，她亦如此，他和她不过是简单的肉体的交流。但是那个奇怪的夜晚，他居然看到了她的过去，看到了那个小小的和姥姥相依为命的小女孩，原来她是和他一样的，是个孤苦的孩子。她到阿富汗的缘由更是让他心里发酸，他以前以为她是个爱钱财、自甘堕落的女人。他竟然错了。

第二天上午，他正准备去取钱，李羽又来了个电话："你不用取了。已经有人把保释金拿出来，也是要我去帮忙露面把这事做了。"

"是谁？"他心里一跳。

"这个你就不用问了。"李羽言语有些躲闪。

"是林师傅吧。"贵林说，认识李羽和圆圆，这么一大笔钱都愿意出，除了他，还能有谁？

李羽不置可否："明天差不多能办好。我先安排她在我这里临时住下。你要来看她给我电话。"

贵林三天后在李羽新华社的宿舍里又一次见到圆圆时，她的脸已经瘦了一圈，鹅蛋脸成了瓜子脸。李羽是个聪明人，她给他们两个一人拿了一瓶矿泉水就出去了："我下午还有个采访，你们谈。晚上我们一起吃个饭。"

"我过两天就要被遣散回国了。"圆圆见李羽把门带上，开了口。

"怎么这么快！"贵林心里有些慌。

"也好，我以前就想着怎么离开这个鬼地方。"她目光迷蒙，"跟过了一个世纪一样。"

"桃姐的事情，我看报纸说是有可能还是上次枪杀黄琴的人干的。把桃姐的钱包拿走了，但是也有可能是极端分子干的。”

“……”圆圆看着他，久久不言语。

“怎么了？”他诧异了。

“你要多注意安全，不要再来找我了，好好待在联合国大院。”她突然握住了他的手。

“怎么了？”他又重复了这句话。心里开始不安。

她不语。他也不好说什么，像是突然想起什么，又说：“你回国，最好不要再回沈阳了。不然警察会找上你的。”

“唉。”她长叹了一口气，“那个人根本没有死，在医院住了一个星期就出来了。”

“啊？！”贵林吃惊极了。

“桃姐骗了我！如果不是她，我也不会沦落至此！”她眼里突然露出了一层冷光，“我也是糊涂，如果真的杀了人，还不到处通缉我，哪容得我轻易逃了！”

“那你后来是怎么知道的？”贵林问。心里却是长长地舒了一口气，她不是杀人犯。但是，她几乎就要成为一个杀人犯。生和死之间隔着的线是那么模糊，那么不确定。也许她那把刀再偏一点，刺入那个人的心脏，她就成了一个货真价实的杀人犯。

“这个你就不必知道了。”圆圆低下头。贵林不好再问，只得说：“那你回国准备去哪儿？”

“漂到哪儿是哪儿。”她的脸上有了丝麻木。

“就像一个气球一样。”贵林想起了他曾寄居的那个北方的城市，脸上有了一丝凄然。

“这么多年了，一直是孤苦伶仃。小时候父母离异，日子是苦的，后来我上了中专，觉得毕业了自己能赚钱了，苦就过去了。但是失去工作，失去男友，失去姥姥，直到流离到这里，几乎失去自由，才发现苦日子是没有尽头的。人生原来一直是苦的。快乐倒是短，短得几乎可以忽略不计。”圆圆的目光哀愁，又有几分看破尘世的颓然。

“人生就是苦的。你听说过那本书吗？《少有人走的路》，开头就是这句。Life is hard。”贵林淡淡地说。

“你能有多苦？名牌大学，出国留学，一帆风顺。”她嘴角有了一丝鄙夷和不屑，甚至是有些怨愤。

他沉默了。

“不过，我总觉得你像是有心事。”她像是意识到自己说得不大妥，声音软了下来，“就把我当一个树洞吧。过两天我们就天各一方，也许……永不再见面了。”他的喉咙有些哽咽，就快两年了，是的，那件事过去就要两年了。两年里，他从未开口和别人说起。那样的伤痛，似乎是没有办法开口的。

他们两个席地而坐，坐在一张暗黄色的羊绒波斯地毯上，房间四周贴了一层深绿色的墙纸，有些剥落，有一种被时光抛弃了的沧桑与隐忍之痛。他觉得四周都是不规则的暗影，像是潜伏在某个角落的命运之手，随时会开始一场不动声色的杀伐。他终于是开了口：“人生是苦的，没有一个不是苦的，众生皆苦。”

他的记忆在沉缓的叙述中穿越了近两年的时光和大半个地球，回到了 2008 年硅谷的那个夏天，那个不同寻常的夏天。

第八章

那个夏天一开始就有些不寻常，天气不是一般的热，热气从每一个角落涌出来，黏在人身上。平常贵林都不怎么开空调的，但是那一周开了两次，白天温度居然有40摄氏度。贵林在湾区住了这么多年，极少遇见这样的热天气。

那个晚上他加班在修改一个融资演示的PPT。这是他加入这家创业公司的第二年。第一年他是业余做，白天在正职的公司上班，晚上回到家给这家公司做私活。他们做的是金融大数据分析软件。明天要给天使投资公司做一个重要的融资演示，他临睡前再一次把幻灯片一张张过了一遍，他想象着投资公司的人会问什么样的问题，然后自己轻声地回答那些问题。

“早点睡吧。”他妻子秦翊欧走进他的书房，“你最近加班太多了点吧。”

“就好了。”他一边应着，“你先睡啊。”

翊欧叹口气，他的书房在走廊尽头，她路过女儿月月的房间时停了一下，轻轻地打开门。她睡得正香，凝脂般的小脸，手里还抱着她喜欢的泰迪熊，她忍不住摸了一下她的脸。

贵林弄到凌晨一点多，总算都理顺了。他关上电脑，路过女儿的房间时，他听到女儿轻微的哭声。他开了门，轻轻地拍了她一下。“Sweetheart。”他轻轻地说。两岁的小姑娘又哭了几声，终于止住了哭泣。他看了看她的脸，小小的嘴儿，小翘的鼻子，白净的皮肤，他忍不住亲了一下她。

早上贵林起了床，匆匆忙忙吃了几口牛奶和甜圈圈，拿起手提电脑包就推车库的门。

“还有月月呢。”翊欧喊住了他。他一拍脑袋：“对，真的忙糊涂了。”月月前两天发烧，都是在家里，没有去幼儿园，今天总算不发烧了。

女儿月月的幼儿园是专门为他那栋办公楼里的一家大公司的员工开的，但是也接受少量其他公司员工的孩子，他那时开始创业换到这家小公司时，等了许久，才把女儿送进这家幼儿园。这家幼儿园口碑好，并且就在他上班同一栋楼里，方便得很。

他把月月放在车后座的儿童座椅上。月月冲他笑了一下。“Sweetheart，叫 daddy。”他笑着对月月说。“Daddy。”月月学舌似的说了一句。月月学说话慢，前不久才开始说两个字，平常也不怎么主动开口。

还不到九点，天气已经有些燥热了，他打开了空调，心里又开始在过路演的片子，他是主讲人，可不能讲砸了。他一向心理素质不够好，临到大阵势总是有些慌乱，他是个信心不足的人，总觉得自己可能真的不是个能做大事的人。

嘀嘀！后面的车子嘀了他一下，他抬眼一看，变绿灯了。他慌慌地忙踩油门。

到了公司的大楼，他犹豫了片刻是该停在室内停车库还是外面的停车场。今天天气热，停在外面，下午回家一开车肯定又热又闷。但是他一想到进停车库还要绕来绕去，多花个五分钟，就决定还是停在外面。

一念之差。多么诡异，人生常常就是在一念之间被彻底改变。

他刚停下车就接到一个电话，是他的牙医办公室打来的，说是今天下午那个洗牙的医生家里临时有事，要请假，只能改个日子。他一边接电话，一边拿了手提电脑包走出了车门，一边用遥控器关车门，一边往前走。他走到楼梯口的时候算是把牙医的日期改定了。他按了电梯按钮。他的办公室在五楼。

他刚在办公室坐下，公司另外一个创始人王伟平就进来了："天使投资的人说他们会晚半个小时，改成十点钟开始，路上太堵了。"

"好的。"他口里应着，放下手提包，心想也好，还可以再过一遍 PPT。这是个重要的路演，关系到这个创业公司是否还能存活下去。2008 年初，金融界很多公司已经露出了萎缩的苗头，拿投资变得非常艰难。昨天王伟平还跟他说，明天就看你的了。伟平说起来有些风萧萧兮易水寒的悲壮，贵林更觉得心里像是压了个秤砣。

他匆匆上了楼，冲了一杯咖啡，坐在那想看看 PPT，但是看着都有些腻了，就像以前每次大考，如果不停地复习到后来自己先就难受了。他放下电脑，想休息一会儿，可是脑子的那根筋绷着，也休息不好，就干脆去网上乱逛了一通。很快就到十点了，他站起来，去了会议室，他提前了几分钟到，先把投影仪的接口接到手提电脑上。可是电脑上的 PPT 怎么也投影不到墙壁上。他心里又开始发了些慌。他又重新装了一次接口，这回总算是电脑上和墙壁上都显示了，他小小地松了口气。接着王伟平和公司另外几个高层也来了。说是高层，其实手下也没几个人。他们这样的小公司在硅谷随处可见。硅谷一半以上的人每天想的都是怎么创业，怎么把公司弄到上市，或者怎么混进即将要上市的公司。

天使投资公司的一男一女是十点零一分到达会议室的。他们穿得整洁，倒是没有西装革履，贵林就觉得自己穿得太正式了，衬衣，还打着领带。正式路演开始了，贵林的眼皮子开始跳，他心里有些发沉："怎么回事？"他暗暗问自己，点 PPT 的手都有些抖。王伟平看着他，他心里更慌了，脑子似乎也有些短路。怎么回事？他总算把 PPT 点开。他有些机械地开始讲整个 PPT。他过得有些快，他注意到那个女的投资人眉头皱了一下。没有人问他问题，这可不是什么好事，一种可能是他们没怎么跟上，更有可能是他们根本不感兴趣。

半个小时，半个小时他就把 PPT 讲完了，他把昨晚精心准备的一些小细节都忘了，基本就是照着 PPT 念，而这是做路演比较忌讳的。要那样，还要一个人在那干吗，大家自己看 PPT 就好了。最后，他停了下来："现在，你们有什么问题吗？"

穿红色T恤衫的男人问："你们说现在国内有家风险投资公司也在评估你们的项目，什么时候他们能做出决定？"

"这个……"贵林顿了下，"还真说不好，国内的事情都没准的。"

红T恤用手托着下巴，不再说什么。

"你们现在有多少Beta顾客？"那个女的问。

"这个我来回答。"王伟平挡住了他的话，"十个。还有两三个正在试用中。"

贵林暗自思忖：这一下就多了好几个顾客。要是他断说不出这样的话。当然，王伟平的话也不能算绝对假话，他们管市场的VP的确给两三家金融公司打过电话，说是可以免费给他们使用半年，可是这两三家公司都还没有答应要试用呢。

那两个人又问了几个不痛不痒的问题，就没有话了。贵林觉得他们都没有问到技术核心问题，就又问了一句："核心数据分析的模型你们觉得有问题吗？"

两个人摇摇头。贵林说，那好，那今天的路演先到这。他还以为他们会问一些数据，比如那些大的金融数据软件公司每家占市场多少比重，市场规模能达到多大，大的金融公司软件更新的频率等等。他昨晚还把那些数据在脑子里过了一遍，但是显然他们对此并不感兴趣。

"你一直在做数据挖掘和风险分析吗？"那个女人又问了贵林一些他的经历，以前在什么公司，做过什么项目。贵林觉得她似乎又有兴趣了，忙一一认真作答。

那女人频频点头。两个投资人又和团队的几个人寒暄了一阵就走了。

贵林喝了口咖啡，他的脑子还是晕，不仅晕，还有一种不舒服的感觉从腹部往上冒。他按了下太阳穴。

剩下的几个人坐在那倒是没什么话了。

"你们先各自回去休息一下，中午吃过饭我们再一起开个会总结一下。"王伟平开口了。

"讲得不错。"他又转过身，拍了拍贵林的肩膀。贵林知道他大概就是敷衍一下，没有说什么，心里倒是有几分颓丧。

他回到办公室，脑子还是胀痛，他在网上漫无目的地逛了一番，心里却是很不爽气。他中学的时候每次大考之后也是如此，人乏了，倦惫至极，什么也做不了，却还要拿一本课外书从头到尾看一遍。

中午他就在二楼的餐厅随便买了个三明治，这么热的天气，他可不想开车出去。三明治的火腿肉不太新鲜，他吃得味同嚼蜡，像是想象中的石蜡也跟着进了他的肠胃，他心里堵得慌。

下午一点半，几个人在会议室又聚了头。

"我觉得他们投资的可能性不大。"另外一个管市场的老美开口了。他是这家创业公司唯一一个老美，其他几个都是中国人。

"看起来他们的确没有特别感兴趣，核心问题都没有碰。"贵林点点头。

王伟平很久没作声，他是第一个辞职全职来做这个公司的，算是元老，股份占的比例也比其他几个人多一些。半天他问："国内那家风投公司如何？"

"他们现在问一些我们技术的核心问题，看起来像是蛮感兴趣的。”贵林前两天刚刚和一个叫池颜的女人吃过一次饭。她说是国内那家风投公司在硅谷的代表，对贵林公司已经做了初步评估，觉得各方面条件还不错，又问他要产品生产方案和市场营销方案。

“要给她吗？”他问伟平。

“看看美国这边吧。如果这边不行就给她。”伟平说。

贵林点头，眼皮又跳了起来。

开完会，回到自己小小的办公室，已经快三点了。他坐在那，觉得空气里有一种诡异的像海底的海星一样的东西凌厉又清晰地蜇着他的心，一阵又一阵。他总觉得今天不对劲，但是哪里不对劲他又说不出来。电话响了，是翊欧的声音。

“路演做完了？”她问。

“嗯。”他说，“效果不太好。”

“别想那么多。今天是星期五，别忘了把月月备用的换洗衣服带回来。”

他的心跳猛烈地加速。“月月！”他想起来了，他今天早上根本就没有把月月从车里抱出来！那个该死的电话！那个挨千刀的牙医！他按掉电话，从座位上跳起来，往楼梯间奔跑。

“上帝啊，仁慈的上帝，保佑我，保佑小月月！”他从来没有这么心慌过，他的心跳得似乎下一刻就要从他的胸腔里蹦了出来！电梯终于上来了，他觉得有一个世纪那么久。他站进去，脚在发软，忙扶住了墙，墙上是一面镜子，他看到的是一张惨白的没有一点血色的脸，一张不属于自己的脸，旁边两个白人看了看他。“Are you ok？”有一个问。他点点头，又摇摇头，什么也说不出来。电梯刚到一楼，他已经箭一般地向停车场奔去。

“上帝啊！菩萨啊！月月！你一定要没事啊！”他在心里吼叫着。或许，或许，哪个陌生人看到了她，把窗户砸碎了，他又一次在心里祈祷。

他已经冲到了他那辆暗绿色的车子旁边，车窗没有被砸碎，没有，隔着玻璃，他看到了坐在儿童车座上的月月。他一把拉开了车门，月月头耷拉在一边，一动都不动。他颤抖着把手伸到了月月的鼻子下，气息全无。

“月月！！”他吼叫了起来，像是原始森林里的黑猩猩在咆哮。天上的太阳发射出无数道利箭，每一道都直戳他的心窝。

他的意识已经丧失了，他在某种本能的驱动下拨打了911。

那边的接线员问他发生了什么的时候，他半天才反应过来：“我女儿……她……在车里……一整天……”他已经没有办法说整句，而是一个词，一个词地说着，词不达意地说着。

“车里？她还在动吗？”

“……”

“她还有呼吸吗？”

“……”

“她怎么了？”

“她死了……”他的声音低得只有他自己听见。

他的手机响了，是秦翊欧的电话。“你来我公司吧，现在，马上。”他说完这个就挂了电话，站在太阳底下，像一条马上就要晒干的小鱼，没有一丝生气。

很快，他听到了警车和救护车刺耳的声音从远处传了过来。警察过来的时候，他几乎就要晕厥。胖警察扶住了他，把他扶到警车里。他被警车带到了附近的一家医院的心理治疗科。他暗自有一丝庆幸不必马上看到翊欧。他不敢见到她，不敢。她是多么爱这个孩子。她怀孕之前两个人关系并不是太好。如果不是这个孩子，也许他们还会分手。那天翊欧打电话告诉他有了，他心里高兴万分，父亲，自己就要做父亲了。“你，肯定是会要这个孩子吧。”他试探着问。

“当然。”她说，“哪怕我自己一个人带也要。”她总是这样，要强得很，说话往狠里说。他松了口气，虽然心里有些不舒服。他觉得这个孩子大概是上帝的旨意，也许是上帝希望他们再一起走下去。

那一年倒是两个人关系最融洽的一年。她不再抱怨他对她一点也不关心，他也觉得她不如以前那样颐指气使、指手画脚了。那个还没成型的孩子已然让她充满了爱，不仅是母爱，而是发散到更广范围的一种爱。他感觉到了那种爱。他们一起去挑选孩子睡的小床和各种被褥。她偶有硬气或是发狠的话，他也当作没听见。孩子生出来的时候，是他剪的脐带，他有些怕，闭着眼就剪了，然后他听见哇哇大哭的声音，响亮极了。翊欧躺在那，蓬头垢面，博士伦也没戴，戴着副眼镜，脸有些浮肿，不美，一点也不美，可是有一种光彩，眼睛里的光彩让他心动。

那天晚上是有月亮的，一弯新月镶嵌在黑蓝蓝的夜空，那蓝黑的底衬托得月亮愈加清亮如水。他想起了父亲给他的一个弯月一般的玻璃瓶子，父亲说这个瓶子里装着一个月亮，月亮是个魔术师，你摇一摇，只要你足够心诚，月亮就会满足你的愿望。可是他后来居然弄丢了那个玻璃瓶，就像弄丢了月月一样。

“这个孩子就叫月月吧。”他跟翊欧说。翊欧也看到了那弯皎洁如水的月亮，点了点头。月光浸洇着人间，照在小婴儿的脸上，她那小小的面孔上便有了一种朦胧的光芒。

专业照相的人给他们一家三口照了不少相片，放在电脑上给他们看。他们原来没想买那套相片，可是月月那么可爱乖顺，翊欧的光彩也让她特别的温柔，和以前那个倔强甚至是有些强势的她全然不同。他们临时决定买了那一套相片。

月月是个好孩子，除了刚生出来有黄疸，其他都是好的。八个月就能睡整觉，一岁就开始走路，就是说话晚了点。前一阵才刚刚会喊爸爸妈妈。他第一次听到她喊 daddy，想起了自己的父亲，想起了那个小小的自己，站在泥地里，像是站在荒野里，周围一圈人，没有一个敢看他。他的泪水涌了上来，自己也做了父亲了。似乎只有当女儿喊出爸爸这个词，他才成为一个真正意义上的父亲。

而如今，这个上帝的天使却再也不会喊爸爸了。他的心开始发疼。“月月！月月！”他对着面前护理中心的护士喊，心里开始一阵阵揪着疼。原来疼痛也是要延时的。现在，这疼终于起了劲道，开始在他每一个细胞里膨胀，他整个人被这疼浸泡着，无法呼吸，无法思考。

他希望这只是一个梦，很快就会有人把他从梦里推醒。但是不是梦，三天三夜，他根本就合不了眼，他根本就没有入睡，连梦的影子都没有。

三天后，护理中心的人把他送回他们的房子。翊欧和另一个朋友也在那。她这三天也没有住在这，而是住在一个朋友家。她没有办法一个人面对这座房子。到处都是月月的印记。她的学步车，她的拼图，她的小床，她的相片。翊欧没办法面对，现实太残酷了，比所有她看过的故事都要残酷一百倍。这次回来，她是来找几个孩子的玩具。殡仪馆的人说可以找几个孩子喜欢的玩具一起火化，让那些玩具一直陪伴着她。

她看到贵林进了门，她想冲上去掐死他，她的眼睛里都是恨。但是她坐在沙发上，居然一动也动不了。那个朋友跑到楼上的房间去收拾一些物件，他们两个坐在沙发上。很久，他们什么话也没说。他身体一阵阵发麻发疼。他想，如果她来打他一顿，他估计还好受些，或者，骂他一顿，她是个什么狠话都说得出来的人。她看着他，一动也不动，一句话也没说，但是他觉得她的眼睛像是两把刀，一点一点把他身上的肉割下来。

葬礼那天来了不少人。他现在的同事王伟平，还有他以前的同事。很多人是从网上看到的新闻报道。他看到殡仪馆正面墙上那个硕大无比的十字架，差点没跪下去。他后悔自己没有信教。如果是那样，上帝一定会在那天早上提醒他，提醒他想起车里的月月，或者提醒他停在停车库里，而不是外面。又如果是那样，他就不会痛彻心扉也无人倾诉。他会跪在神的前面，请求上帝饶恕自己，或者是用某种方式惩罚自己，无论哪样，他都会好受些，而不是现在这样任疼痛一点点煎熬自己没有灵魂的躯体和几乎是空白的脑子。

殡仪馆大概是世界上最接近地狱也最接近天堂的地方。大厅的光是微暗的，里面的空气是滞涩和沉郁的。他觉得任何人只要一年参加过几次葬礼都会得抑郁症。太压抑了。他觉得那大厅里的沉郁也被他吸了进去，而且加倍地作用在他的身上。他没有办法看鲜花丛中月月那张相片，相片还是不久前她生日在照相馆照的，她穿着漂亮的泡泡袖的白裙子，坐在一个白色的小沙发上，笑得那么无邪，笑得像个天使。他恨自己那天为什么要给她穿白色的裙子。白色，是纯净的颜色也是虚无的颜色。白色，是可以把有变成无的，那是种该死的颜色，有巫术的颜色，是月亮的颜色。月亮是个魔术师，现在，它把他的女儿变没了，就那么一刹那间就变没了。

翊欧比他想象中要坚强。她是个刚强的女人，又或者说是个好强的女人。她的眼睛是红的，但是她不哭，站在那和每一个人道别。她甚至脸上还有一丝似有所无的微笑。他疑心是不是看错了。有一个老女人走到她面前："可怜的孩子。"她说着，眼泪流了下来，捂着嘴走开。翊欧嘴角抽动了一下，依然对着空气挤出了一个笑。当最后一个来宾和她说了话之后，她站在那，扶住了旁边的凳子，站在一边的他忙上去扶了她一把，她狠狠地把他的手甩开，然后跌坐在长凳上失声大哭了起来，她哭得毫无节制，整个身子都在抖。他终于读懂了那微笑，那是一个人在人去楼空前全盘崩溃的微笑。

葬礼当天的晚上他想打开电脑，但是他不停地输错了密码，一次，两次，三次，四次，他只好重新启动，再次输入，一次，两次，三次，他还是输不对，他心里发冷，手发抖。他试了足足十分钟，最后一次终于对了，他趴在电脑桌上，终于大声地哭了起来。

他请了一个月的假，他跟伟平说，他不要工资，他知道这个小公司也是岌岌可危，那天他做路演的那家公司没有给他们钱，意料之中——他们那天看起来就不是很感兴趣。但是也是意料之外——他还以为自己碰上了这么糟糕的事情，老天能给他一点安慰呢。伟平还是坚持要发工资。贵林说那就给一半吧。

那是他一辈子过得最浑浑噩噩的一段日子。他不知道警察会不会起诉他，也不知道自己会不会被送到监狱。

警察已经来过好几次了，每一次都仔细询问那天的每一个细节。他只好逼迫自己电影倒带一般回忆每一个细节。那天早上是翊欧把月月放在儿童座上的。她确信安全带都扣好了，在月月脸上亲了一口，然后她跟他们说再见。他那天满脑子都是要命的路演。路上月月出奇的安静，一声也没出。然后就是到了公司，那个该死的牙医打来了电话，把他彻底地弄走神了。接着就是一上午的路演和一下午的会。他一直觉得魂不守舍，却一点也没有想起月月。

那些天，翊欧反复说的就是："我怎么没有给你打个电话问问月月怎么样呢？我怎么没有早一点给你打电话提醒拿换洗衣服呢？"她反复地说，就像那个孩子被狼叼走了的祥林嫂，像极了。他听得难受。

警察最后没有起诉他。他没有过多地想。那些天，他几乎就是一个废人，他白天要么发呆，要么在网上乱逛。 有一天他无意中搜到一篇文章，原来他不是唯一一个犯了这种错误的父母。每年全美国都会有十五到二十五起这样的事件，从春夏至早秋，都有。而对这些大意的父母的惩罚从不起诉到坐牢两年，什么样的裁决都有。他突然觉得，那时候或许该给他判个一年半载的，他心里才好受些，才能更坦然地和自己和解。他觉得自己成了个漏网之鱼。

那天晚上，他迷迷糊糊就走到了月月的房间。月月居然坐在那！小小的脸，皮肤几近透明，看起来像一个水晶娃娃，他走上去，喊道："月月！"他几乎就要抓住了她。但是只是一瞬间，她就像一个灯泡一样炸裂，炸成了千万块碎片，那碎片向他飞了过来，他的胸口，他的脸，他的手，他的腿，到处被那些碎片击中，他觉得了疼，浑身上下无与伦比地疼痛。他大叫："月月！"

他醒了过来，是个梦，是个噩梦。他坐在床上，看到外边的月亮，一缕细细的弯钩，挂在云边天际，天上有个月亮，地上却少了个月月。他的泪没声响地流了下来。

过了几日，他再次被噩梦惊醒。他开始恐慌，原来，他并不是漏网之鱼。天网恢恢，何曾饶恕过谁？他在黑夜里醒了过来。旁边一个人也没有，翊欧搬到了她的一个朋友家住。她没有办法忍受跟一个杀死自己女儿的人住在一起，至少现在不行。他觉得自己沉到了谷底。

第九章

他原来是准备休息一个月。但他在两个星期后就回到了公司。伟平说：“你行吗？”

“不行也得行。”他苦笑，“我没法一个人待在家里。”他在房子里的时候，总觉得月月会冷不丁从哪个房间走出来，他对这种念头充满期待和细微的恐惧。

伟平说：“好吧，那你去写一份我们公司运行的方案，上次国内那个风投公司的代表池颜要我们赶紧写一个材料，说说我们公司从开发到运营到市场到售后支持的方案。她准备拿回去给风投公司看。”

贵林几乎是逼着自己写这份材料。他努力不去想那件事情，不去想月月。但是他越是努力，月月的脸越是挥之不去。他一想到月月在车子里因为窒息而尖叫，到最后根本没有力气呼叫，心跳就迅速加速。他一次又一次地想：为什么世上没有后悔药，为什么时光不能回转到那个早晨？

他一个字一个字地写，每敲出一个字，眼前就浮现出月月的脸。不知道写了多久，他才终于暂时忘掉了月月——暂时忘掉了五分钟。他站了起来。他也害怕同事们和他说话，他怕那些安慰，不管是出于礼貌，还是出于同情。他害怕被怜悯，害怕被同情。原来，他既没法休息，也没办法工作。

他只好再一次回到家中。他决定去看心理医生。

心理医生房间的百叶窗是半关着的，这让房间里有了些幽涩。他坐在那，觉得这一定是个不太好的医生，他应该是把百叶窗打开，让阳光照进来，还要在角落里摆上几盆绿色植物，这样他不至于一进来就有些压抑的感觉。

医生进来了，个子高高，精瘦的脸。

“你好。”他的英文带着股英国腔。他和贵林聊起了家常，他说自己出生在南非，父母是从荷兰移民到南非，他自己则是前几年刚移民到美国。

“库切，你听说过吗？南非的一个作家，也是荷兰裔，他是我最喜欢的作家。”荷兰医生说。

贵林摇头。

“好吧，说说你的迁徙路线吧。别告诉我你是在美国生的。你和我一样有口音。”荷兰医生笑了。

贵林也笑了，他暗想，这个医生倒是有些亲和力的。他简略地说了一下自己的十年，从中国来的，到美国留学，然后拿工作签证留了下来，拿了绿卡，入了美国籍。十年，原来一个人的十年短短几句就可以说完。

“啊，库切也是到美国留学，去的是得克萨斯大学奥斯汀分校。”荷兰医生显然是个库切的粉丝。可惜贵林从来没有听说过这个人，他只是想起自己在纽约认识的一个北大校友叫贾云成的，好像就是那个大学毕业的。

“好了，现在，跟我说说你的麻烦吧。”荷兰医生十指交叉，褐色的眼睛看着贵林，像是能看到他所有的秘密。贵林打了个小小的寒噤。

他把自己的情形说了一下，他没想到他那么多的悲伤也只要几句话就说完了。

“你需要的是时间，只有时间才能治愈悔和痛。”荷兰医生说，“慢慢来吧，时间，时间是我们的朋友。另外，你也可以考虑换一个环境。”

他点点头，他想，这个医生并没有他开始想的那么糟。他之后又去过一次，但是，他还是茫然，他想大概就是医生说的，他需要的是时间，他于是就没有再去找心理医生。

9 月中的一天，他在网上看到雷曼兄弟破产的消息。尽管从年初开始，金融圈的坏消息就没有断过，他还是被这个消息大大地震了一下。他曾经去雷曼兄弟实习过，他去实习的地方是世贸一号楼的 39 层。那时候世贸双子塔还没有倒塌。他后来上班的地方也在曼哈顿，离世贸中心有七八条街的距离。他上班半年不到就碰上了“9·11”事件。他记得那是个晴朗澄明的秋日，天空蓝得纯粹无邪。他那天上班去得晚了一点，下了地铁，两座楼都已经被飞机撞上了。他是从电视直播上看到二号塔在瞬间变成一堆灰烬。尘埃满天，浓烟滚滚，到处都是哭泣的人群，他等了好久才登上回新泽西的轮渡。翊欧一开门看到他就哭了，一整天电话都打不通，她都要疯了。他抱着翊欧，那一刻，他觉得没有什么能把两个人分开。

他实习认识的一个雷曼的朋友在“9·11”的时候不幸殒难，还有好几个他到纽约认识的并不太相熟的朋友也是。其中一个那天其实是休假的，因为他是公司的技术骨干，有个重要的客户会议，特意把他叫了去，就遭了难。生命像一场皮影戏，人们是一个个提偶，被命运的手操纵着，提起，放下，向东，向西，而所有的一切，不过是一个个投射在屏幕上的暗影，虚无，缥缈，随时都会泯灭。普通人的命运在时代的狂流里是那么渺小，那么不堪一击。

他是“9·11”两个星期后回公司上班的。他站在公司的高楼上看街道上来来往往的车子如甲虫，而行人更如蚂蚁一般，从高处看来，人和蚂蚁又有何区别呢？他总觉得有某种神一般的东西存在于人类之上。人类之于那个神，就如蚂蚁之于人类。那个高高在上的神可以在瞬间就把人类碾得粉碎。

现在，那个神一般的手把雷曼打倒了，甚至是把整个华尔街打倒了。AIG 撑不下去了，Freddie Mac 撑不下去了，Fannie Mae 撑不下去了，只好由政府接手监管。华尔街的人一个比一个贪得无厌，一个比一个狠，也一个比一个短视。在他们终于把华尔街玩坏了以后，他们把这个烂摊子甩给了政府，甩给了全美国人，甚至是全世界的人来买单。

他长叹了口气，2008，这是个令人唏嘘的年头，不管是他个人，还是整个世界的金融和经济似乎都遭受了一场劫难。

国内那家叫顺成的风投公司一直没有给他们回信。他们的公司很快就要撑不住了。伟平联系了池颜，却一直没有回信。贵林觉得不对劲，他从网上搜出了那个顺成风投的联系信息，给他们打了个电话。

“池颜？我们没有这么一个员工。” 顺成风投的一个负责人是这么回话的，“等等，你们是做金融数据模型的公司？最近就有个美国的公司联系我们，也是做这个的。对了，他们的负责人好像就叫池颜。”

贵林心下大惑不解，他问顺成风投要了那家也做金融数据模型公司的名字。他在网上一搜，池颜的名字果然蹦了出来，这是家西雅图的公司，可是网站上信息少得可怜，似乎是刚开始建的网站。他把自己的疑惑告诉了伟平，他们又一起做了很多调查工作。原来这个池颜根本不是顺成风投的人。她把贵林公司的基本信息和方案拿了去，做了些改动，又在西雅图那边找了两个人拉了大旗，把自己包装成一个创业公司去顺成那边拿钱。原来是个两头骗的货色。顺成这边知道情况后，立刻把和池颜正在谈的项目压下去，但是，他们也没有意向和贵林公司谈。一是时候不对，金融危机下，和金融挂钩的公司都受了影响，他们不敢投，二来也是池颜这么一闹，他们干脆都不投了。

伟平在两周后和贵林长谈了一次，他们两个是公司最初的创始人。伟平是最初起意的人，出的力也最多。贵林是在一年前公司拿到第一笔天使投资后辞职全职加入的。眼看着公司从 2007 年最盛的时候的二十来号人到现在只剩了七八个人。眼看着他起高楼，眼看他楼塌了。创业是世界上最难的事情之一，百分之六十的公司在前四年就挂了，高科技公司失败率更高，但是大家似乎都只看到极少数几个成了的公司。创业的人像是南极洲的企鹅，排着队一个个往冰河里跳。明明知道是刺骨的冰河，照旧是往里面跳，悲壮乎？可怜可叹乎？没有答案。上帝没有答案，世界没有答案。创业成功者的那些光环，名与利的光环，又或者是创业者无可救药的韧劲和执拗推着这些人或孑然或踟蹰地前行，没有道理不可理喻地前行。

现在，贵林的公司成了那百分之六十的一员，到了该下场的时候了。

“散了吧？”贵林说。

“再熬几个月吧？”伟平说。

“工资都开不出去了。”贵林惨然一笑，他为这个公司付出了惨重的代价，如果不是因为这个该死的路演，他或许就不会忘记送月月上幼儿园了。如果……可是，这个世界上没有如果。

“我先用自己的钱垫着。”伟平说。

“你媳妇同意吗？”贵林问。

“不同意也得同意。”

“你还是先问问她吧。”贵林知道他老婆是个厉害角色。

伟平长叹了一声。他们两个一到美国就认识了，贵林知道他的软肋。他是靠老婆发家的。他老婆是个官二代，开公司国内很多门道都是她打通的。她不会允许他输得连底裤都没有的。

9 月 28 号，道琼斯指数一天就跌了 778 点，10 月，美国股市全面失守，道琼斯跌破了 10000 点。

贵林那天坐在公司的停车场上，听到这个消息，半天脑子都不转了。几个月前，也是在这个停车场，他的女儿在酷热中一点点丧失了意识，丧失了呼吸，丧失了心跳。这个世界仿佛出了点毛病，阴沉的天，秋天的湾区很少起雾，这回却是迷雾四起。他觉得有一种诡异的暗物质从宇宙的深处发射出来，弥漫在地球的不同角落里，紧紧将他缠绕。

回到家，他看到翊欧的电子邮件，问他有没有收到离婚协议书。“我真的没有办法和你继续生活。一看到你，我就想到月月，就难过得要死。”她的字里行间都是痛楚。这样的伤痛是伤筋动骨的。她的父母亲现在也知道了这个情况，他们也无法原谅他，完全没有办法原谅他。

他就去屋子外面的邮箱看了下，果然有一封离婚协议。是律师事务所写的，很正式的信函。他没有回复翊欧，他躺在沙发上，像是乱纪元期脱干了水的“三体人”，气力全无。他觉得自己被推进了更深一层的地狱。十八层地狱，他现在到了哪一层？他想到了死，他被这个念头吓坏了。其实这个念头在月月离世的那一刻就在他脑海浮现过，可是从来没有像现在这样清晰过。他曾经拥有过许多，中国美国双料名牌大学的光环，一个貌似美满的家庭和工作。但是，这些一样一样地离他远去，一件一件地和他告别。一切都归了零。他什么都没有了。不，不能说什么都没有，他还有父亲母亲，还有别的亲人，尽管他从没有在心里彻底地接受过他们。

他一个人开车去了海边，他听说前两天有一个在海边岩钓的人被海水卷走了。海风很大，秋夜的寒意一层深似一层，风刮在脸上，像是有细绳子在他脸上一下一下地撸过。忧伤像潮水一般，一波波向他涌来。他在海边坐了一宿。天上不停地有海鸥在飞，像一只只风筝。

他是从垃圾邮件里看到郭峰的信的，郭峰是北大物理系的，和他同级。很多年前在北大的时候，他们曾经一起踢球喝酒。郭峰那时候是守门员，他个子挺高，是个不错的守门员。他到美国后转学计算机，现在在联合国儿童基金会做事情，他们隔壁的联合国人口基金会着急找两个资深的数据专家。一个要派去阿富汗，一个要派去埃塞俄比亚。郭峰说联合国这种组织的待遇其实不错，而且放假很多，一年差不多有近三个月的带薪假。

阿富汗，他眼前像是看到了一只只在风中飞扬的风筝和天空下一个个奔跑的追风筝的人。埃塞俄比亚，他没有太多的感觉，他唯一知道的就是那是一个非洲的国家。他想到了非洲大草原，奔跑的羚羊和长颈鹿。然后，他又看到翊欧的电子邮件，还是问他有没有收到律师的信件，他本来想写封长信，劝劝她回心转意，也说说他当下的窘状——很快就没有工作了。但是他太疲倦了，太疲倦太灰心了，他于是只给她回复了一句话："收到，我已经签了字了。"

他其实并没有签字，那封信躺在楼下的茶几上，像一片孤独的被秋风吹落的黄叶。

晚上他做了一个梦，梦到满天的风筝，月月坐在其中一只长龙一样的风筝上向他挥手。"爸爸，爸爸！"她高兴地在云端呼唤着他。他也坐上了一只风筝，一只像海鸥的风筝，他的风筝就要靠近那条长龙了。他向她伸出了手，她也伸出了手，但是他没有抓稳她，她从高高的云端往地上栽了下去。"爸爸，爸爸！"她的声音变得如此凄厉。“月月，月月！”他叫了起来，他的声音在那栋一家三口住过的小屋里回响着。

他在漆黑的夜里坐了起来，他坐了很久，然后迟缓地打开电脑，回复了郭峰：“我可以申请这份工作吗？”

他在去阿富汗的前一天在离婚协议书上签了字。他一直拖到最后一天，像是这个字还没签，他还可以反悔，一切都可以推倒重来。如果，如果没有那个电话，没有那个该死的路演，也许他们还会是一个温暖的小家，也会有这样那样的争执和不和，但是，哪一家又不是呢？

房子已经上市了。他临时住在一家旅店，离开那天，他一个人坐上了旅店去机场的车。在旧金山开往迪拜的飞机上，他看到一朵朵云投射在深蓝的大海上，每一朵云都有一个影子，每一段过往都有一个烙印。他觉得自己仿佛看到二十二岁的那个高瘦的年轻人，第一次坐飞机，一无所有奔向太平洋彼岸。又或者是六岁的自己，小小的，坐在三轮车上，在离开钟家村的土路上回望他出生的那个小山村。命运是一座迷宫，他在这纷繁诡异的迷宫里绕了这么多圈，蓦然回首，却是回到起点，似乎什么都经历过，却依然两手空无，什么也没有，什么都是烟云，宛如昨日，不落痕迹。

“所以，你就这样来了喀布尔？”暗黄色地毯上的圆圆已然眼眶湿润。

他点头。

“众生皆苦。”她喃喃地念着这句话，抓住了他的手。原来他看起来光鲜顺遂的背面也有这样深重的痛。她为他难过，为他唏嘘，同时也有一丝小小的释然。她和他，原来都是受过苦的人。她紧紧地抱着他，怜惜地抱着他，她的双手缠住了他，他低下头，捧起她的脸。

那是他们记忆中最长的一个吻，他不知道那是不是最后一个。

李羽晚上回来后和他们一起在新华社的食堂吃了个晚餐，小沈和做钢材生意的张老板也来了。原准备是去金筷子，圆圆不太想去，大家也是觉得外面太乱，就简单地吃了个告别晚餐。席间不免又说起最近这两桩连环谋杀案。李羽说现在官方说法是谋财害命，因为都是把钱包抢了，兴许还是同一拨人干的，可是阿富汗的警察腐败得很，黄琴和桃姐这边都没人去打点警察，估计最后也就是不了了之。

“那就白死了？大使馆那边不会过问？”小沈睁大了眼睛。

“肯定会过问。阿富汗那边也会敷衍地去查查，过几个月也就没人问了。”张老板在阿富汗不少年头了，“唉，命在这不值钱。”

几个人都唏嘘了一番，圆圆低着头，一句话也不说。

吃过饭，贵林就要回联合国的住处了。而再过两天，圆圆就要被遣返回国了。

站在门口，想到和这个曾经有过肌肤之亲的女人即将分离，贵林心里涌起一阵忧伤，这忧伤浸泡着他，进入他每一个细胞，让他艰于呼吸。自从和翊欧分手，已经很久没有一个女人走进他的生活，走进他的身体，走进他的心里。他对她怀揣着一种微妙又单纯的情感。他需要她，需要她的身体。他在她身体上得到的愉悦是他以前从来没有经历、没有体验过的。女人原来可以是这样的可人心、可人胃的。她是个善变的女人，在他知道她的故事之前，他很为之疑惑甚至是挫败，或许也更因此激起了他征服的欲望。而这一连串的事件发生了。他们一起经历了瞬间的生死，他们甚至差点死在一起了。她和他都向对方敞开了自己，都走进了彼此的过往。他们都触摸到了彼此的伤痛，他们彼此怜惜，像田野里的两株青稞，用微风传递着彼此的悲悯。但是，这怜惜来得太迟了。他们还没来得及把这怜惜拽紧，压踏实，就要分开了。

“后天，你不用来送我了。”她低声说，她不希望他看到她被警察押解上飞机的样子。

“嗯。”他点头，想到她和他就要从此天涯了，心里就有了细密的绞痛，这是他们最后的别离吗？

她也心里一阵阵发酸，眼前的这个男人，她是喜欢的，何止是喜欢，她是爱着的，从她第一眼见到他时，她就爱上他了。她爱他清峻的模样，爱他不苟言笑的神态。她慢慢了解到他的另一面，他似乎是个矛盾的综合体，内敛却又勇敢，有时挑剔，有时似乎又不拘小节。但是她觉得自己配不上他，她这一辈子也配不上他。在这个下午之前，她和他是隔着一层的。现在，她触摸到了他最深的伤，却没有机会给他一丝温暖。她和他，注定只是两个世界的人，如果不是在阿富汗这个生与死隔得如此之近的地方，她和他怎么可能有相知相交的机缘？

李羽说：“别搞得跟生离死别似的。没准你们将来还会遇见呢。哪天在街上迎面就碰上了。嗬，吓你一跳。”

贵林和圆圆听她这么说，都看着彼此，笑意浮现，虽然浅淡，却铭刻在心。周围人多，他们能做的只是默默地看着对方，像是要把彼此的样子定格，收藏。他们彼时的模样啊，要记在彼此心间的模样啊。他叹了口气。

李羽两天后打电话过来说圆圆和另外几个女的都顺利回国了。贵林只是哦了一声。

“她托我留了张她的相片给你。”

贵林几天后拿到了那张相片。还是少女的圆圆穿着件纯白的裙子，站在一块高高的岩石上，脸向着高处，她梳着齐耳的学生头，清纯稚气，浓黑的睫毛，那是一张干净清澈的脸，没有一点疤痕的脸。贵林久久地注视着那张脸，那么美的一张脸。

过了没多久，贵林听说金筷子的林师傅去巴基斯坦的白沙瓦自己做老板开餐厅了。

圆圆走后没多久，贵林又去了一次那座破旧的神庙。夕阳渐沉，他没有看到上一次和圆圆一起见证的那些神光，却看到几个穿蓝色波卡的女人如风一般在山坡上疾走。他想起了华勇，猛然意识到那次之后在喀布尔再也没有见到过他。那个看起来神情严峻的越南华裔，那个曾经救过他性命的人现在在哪呢？

贵林是在一个月之后返美的。恩达送给他一个马来西亚的蜡染挂毯，颜色极美，四处流彩，画的是蝴蝶，在水波潋潋中翻飞。“有机会到马来西亚玩一定来找我。”恩达还会在阿富汗再待半年。

离开阿富汗正是5月的最后一天，喀布尔的天空依然高远，是一泓幽深的蓝。贵林站在联合国那座小小的城池前，望着不远处麦浪一样翻滚的罂粟田。风从辽远的地方吹过来，喀布尔的高山依然静默不言，时间似乎也驻足不前，而所有在这个奇特的土地上发生的生生死死、恩恩怨怨也随着清风坠入了时间的深渊。他记起初到喀布尔，后院斜坡上一树树莹白缤纷的梨花，那时候花事正浓，今年的梨花也该开了吧，只不知是否也如去年那般绚烂？但是他知道已经无从找寻了。他和这片土地已然告别，是一种永不会相见的告别，他想到这，心里有了一丝酸楚。 他再一次回望黄土崖上密密实实镶嵌着的一个个土坯的房子，回望天边高峻绵延的山峰和山谷里像无涯的时光一样滚动着的阴影。他闭上眼，双手交叉放在胸前，别了，喀布尔。

第二卷

硅谷墓园

但如今，突然面对着坟墓
我冷眼向过去稍稍回顾
只见它曲折灌溉的悲喜
都消失在一片亘古的荒漠
——穆旦《冥想》

第一章

黎明时分，贵林抵达旧金山。路线恰和他一年前的相反，也是在迪拜转机，再从迪拜飞旧金山，到达旧金山时已是6月的第一天，儿童节。美国是不庆祝这个节日的，贵林却记得这个打小就过的节日，他想起隔了阴阳的月月，又想起隔了大半个地球的圆圆，心里疲惫又伤感。

正是蓝花楹盛开的季节，道路两旁开满了一树树的紫花。一路紫雾，花树迷离。蓝花楹开得肆意，紫蓝的花朵萦绕枝头，微风过处，花瓣雨扑簌而下。晚上他住在临时租住的一个公寓，抬眼一望，天上的月亮正挂在不远处几棵蓝花楹的树梢，清凉凄美。刚过了阴历十五，圆月渐缺，缺了一个弯月。贵林想天上的月亮多是亏缺的，月圆之夜屈指可数，想一想，还真是合了人世间的悲欢，悲伤几多，欢乐倒是少的。

贵林回美之前联系了美国这边的几家公司，都是在领英上认识的几个猎头，有两家给他电话面试，打到阿富汗的国际长途电话通话效果不是很好，两家公司都没有回音。眼看着回美时限快到，他心里也有些着急，联合国的这份工作到 5 月底就结束了，自己何去何从？他想了想，鼓足勇气在脸书上的一个校友群里问有谁知道 IT 工作招人的信息。

第二天他就收到一个名叫贾云成的校友在脸书上的回复，说是硅谷有个公司正好招人，是做数据发掘的，要是感兴趣可以给招人的老板发个简历。贵林想起这个贾云成，个子高高瘦瘦，是物理系的，还是在纽约的一个校友会的活动上认识的，说了几句话，还算投缘。贵林后来看到贾云成的“脸书”邀请，顺便就接受了，不过两个人并没有什么互动。这家高博公司正急着招人，给贵林的电话面试谈得还不错，要贵林一回美国就去公司面试。贵林回到美国倒了几天时差，又把网上的一些面试常问的题目顺了一遍。面试那天有个叫尤金的俄国人主管，两个人聊起了奥赛，贵林以前也参加过奥赛培训，两个人聊得投机。别的几个人问的技术问题贵林也都答得不错。他这一年做培训老师，技术上的东西都没扔掉，脑子也好使，基本上还能对付。

过了几天高博就正式给他发 offer 了，给的职称是资深工程师，贵林和公司来来回回就股票、奖金又协商了一番，高博给他加了点，他也就接受了。贵林原是想找个和金融有关的工作，不过彼时正是金融危机之后，金融业不景气，这个行当的工作不好找。好在东边不亮西边亮，IT 行业倒没受太大影响。贵林原是做 IT 数据库的，后来做金融数据分析，算是跨了界，现在又回到 IT，不过兜兜转转都是和数据打交道，还是和他的数学专业搭了边，算是一直做老本行。不过他原是个小主管，后来自己创业的小公司的职称还是 C 级别高管，现在又降到了小工程师，转了一圈又回到十年前的起点，他不由叹气。又想自己这次还能接上茬找到工作，没有赋闲在家，就是好的了，想想还得谢谢这位其实并不是特别相熟的校友，就在脸书上给他发了谢谢。那个贾云成回了话，客气了，都是校友，硅谷那边很多校友的。

公司第一天上午是新员工培训，下午就是和原来做他这个项目的工程师交接。他想起十年前上班的时候光是新员工培训就花了两天时间，这家公司倒是麻利利的，急赶着人出活。

贵林在自己的办公隔间没坐上几分钟，一个穿着淡蓝色立领衬衣，下面穿着细脚低腰牛仔裤的女子走了过来。

“你好啊，我叫白爽，你就是新来的亨利吧。”这女人打扮时尚，脸上笑笑的，说话糍糯糯的，眼睛也是带着水的。贵林忙站起身和她握了手，原来她就是和他交接的工程师，念了 MBA，现在准备去公司的市场营销部门做市场。

贵林面试的时候只是和老板见面，没见着她，心想这可真是颠覆他以前常见的那些 T 恤平底鞋的老中女工程师的刻板原型，倒是和她现在要做的市场相符，估计也是不想再干这工程师的苦力活了。

她搬了张凳子，在贵林身边坐了下来。这家公司是做工业软件，企业内部数据分析的软件。贵林要做其中一个模块的开发。他是做后台，同一个小组里也有做前台界面开发的。测试原来是在美国，后来都裁掉了，移到了中国。她把要做的事情顺了一遍，包括怎么装开发的平台，怎么存放代码，组里的成员构成，文件保存，等等。贵林边听边点头。正说着，她手机响了。

“不好意思啊。”她起身站在一旁接了电话，“侬格个礼拜又不来啦？都一个号头（一个月）了，侬不会在外头轧姘头，忘记特阿拉了！”她说的是上海话，脸上很是不悦。回到贵林这边，她脸上又是挂着笑了。她把东西都交代齐全了就起了身，对着贵林笑盈盈地说，“好了，以后有什么问题再问我吧。”说着，转了身就走了。

贵林盯着她纤细的背影发了一小会儿呆，他想起了那个穿月白衬衣的女子。

工作一开始有些厘不清头绪。贵林许久没做技术活了，加上软件这行当技术更新快，很多新技术他以前也没有接触过，现在又捡起来的确费劲，好在他脑子快，网上的信息又多，慢慢地也都理顺了。技术上都还好，就是开发流程都是他不怎么熟悉的。

现在软件开发都是用的 Agile Process（敏捷式开发）。同一个组里既有开发，又有测试，每天开会互相汇报进度。因为测试是在中国，每天起大早和北京的测试人员沟通，也是挺辛苦。好在同事还算好处，只是他有几次问白爽一些问题，白爽要么答得语焉不详，要么就是不怎么搭理。贵林想她那头也是刚开始，估计也是一堆事，也就不怎么问她。倒是有时在公司饭厅碰见她，她照样还是软软绵绵地和他说话，不时还抛个眼风过来，倒是比圆圆来得妩媚，贵林觉得这个女人也不简单。

那天开例会的时候，组里有人说中国的测试团队总要等一天才能返回结果，开发人员也不能得到及时回馈，及时修正，这显然不符合 Agile 的本意嘛。一线老板把这个跟二线老板库玛反映了，库玛是个印度人，特别能来事，马上就跟她的老板，那个面试过贵林的俄国人尤金说了。尤金觉得要把中国那边的测试解散了也不会合适，就说要不在美国这边找一个测试的小头目，可以及时和这边的开发人员沟通，再由这个人和中国的测试团队沟通。但是刚招了贵林，公司也没有招人的指标了。尤金说那就让组里的项目经理兼职做管测试的。然而却是多了一层沟通，这边做开发的把意见反馈给这个管测试的，他再转达给中国那边，意思就有点走样了，项目经理自己又不做实际的活儿，只能等中国那边反馈，效率倒是更差。

几个中国人吃饭聊起来说现在这种中等规模的软件公司就这样，大公司更糟，能人都跑到谷歌、脸书这样的技术新贵公司去了。贵林记起他毕业那时那些传统的大公司 IBM、HP 还是最难进的，如今却是没落了，真是花无百日好，此一时彼一时。

公司在圣何塞州立大学附近的一家办公楼，离大学校园不远，那天他去大学附近的一家越南米粉店吃中饭，路上看到两个中国学生在等公车，一男一女，靠得很紧，他心里突然有些发疼。他和秦翊欧是在康奈尔的校车上认识的，想一想，都是上个世纪的事情了。

他记起初到康奈尔，康奈尔颇有些似曾相识的感觉，眼前的清润像极了家乡的山丘，然而却是更清爽、更整洁的版本。正是夏末，校园里满是青翠，他信步走到一个斜坡上，远处的卡尤加湖波光潋滟，碎金点点，直向天边洒去。那湖竟如河流一般深邃悠远，旖旎而去，两相比较，未名湖成了一洼不大的池塘了。湖水开阔，山峦秀丽，开阔和绮丽却又如此融洽地糅合在同一方山水之间。斜坡上躺着坐着各色的人，看天上的流云从钟楼之顶缓缓流向远处的卡尤加湖，闲适而散淡。有一刻，他觉得这个地方该是叫作伊甸园的。只是才一个学期不到，学校就有两起自杀事件，有一起是个白人女生，还有一起的那个人其实和康奈尔并无关联，然而都是从伊萨卡大峡谷的瀑布悬崖的大桥上一跃而下。贵林想原来这个地方美则美矣，却是有些美得令人窒息，宛若一朵罂粟，虽是美，却是有着致命的诱惑。

好在他认识的人都还好，90 年代末的留学生，虽然学习忙碌，生活也清苦，却都是熬过来了。

那时候他刚到康奈尔，住在 university heights，那一片房租比较便宜，还有校车到学校，很抢手的一个地方。他是因为一个系友加老乡邹鸿先去了那，给他排上了队，才得以及时搬进去。邹鸿是贵林的初中同学，高中去了湖南师大附中。他是奥数竞赛出身保送去的北京大学，和贵林恰恰又是同一年进入北大数学系。邹鸿是那种天分极高的人，大三就提前修完了数学系所有学分，比贵林早一年去了康奈尔。

第一年贵林根本听不懂老师的英文，好在数学是符号系统，符号加逻辑，对语言要求不高。他听说有个社会学系的，常要写论文，学得都快抑郁了。

不过数学系的课程挺难的，越到后来越抽象、越理论，康奈尔的数学系排名挺靠前，招收的很多是国际学生，都是对数学真正感兴趣或者是有一些天赋的，他的很多同学都是俄国人或者是韩国人。贵林学得并不轻松。他每日坐最晚的一趟班车回住处，做好了第二天中午带的菜，倒床便睡。有时候，他实在不想做菜，就去校园一个越南人开的小摊买蛋炒饭。

第二年春天来临的时候，他已慢慢适应了这里的生活，白天上课，晚上去图书馆自习，甚至有时候还会去学校的体育馆锻炼一下身体。他发现体育馆的人总是满满，亚裔的面孔见得不多，倒是白人、黑人总是一个个大汗淋漓的。

一个春日的傍晚，他朝图书馆走去，走的是一条小径，走到路口，他被眼前的景象惊了一下。远处的钟楼在夕阳里成了橙黄色的古堡，童话故事里的古堡。而在古堡的光亮里，路边一树树桃红次第绽放在夕阳里，桃花朵朵，密密紧紧，灿烂迷离成一片烟云，粉红色的烟云。无限惆怅又无限暧昧。他小时候住在大连，家前便是这样一片桃林，到了春天，也是这样的一片花海，只是记忆中的那一片花海颜色更淡，没有这里的颜色这么娇俏。

贵林停留片刻，就走进了图书馆。他并没有太多时间游园，大多数时间只是埋头念书，第一学年总算是混过来了。

第二年开学第一天，他在校车上见到秦翊欧。

她穿着件明黄色的T恤，亮亮的。他注意到了那一片明黄，介于刺眼与温暖之间。

那以后他常见到她，她也总是赶最后的一趟校车。她和他一样，总是一个人坐在后排的角落，很少与人交谈。他一向不善与人交往，自然不会主动开口。她的样子不算很出挑，五官其实是好看的，脸有些方，少了一丝柔媚，最主要走路有点外八字，他小时候有个邻居，便是这样，他一直记着。

那天车子晚点了，过了点十分钟还没有来。

“不会不来了吧。”她看着他的方向说。

“不会吧。”他应着。他们闲谈了起来。他知道了她本科是浙大的，现在在农学院。

“康奈尔的农学院好像排名不错啊。”他说。

“数学系也很好的啊。”她笑了，他也笑了。车子来了，司机向他们和另外一个等车的男生道歉。他们坐在了同一排，虽然中间还隔了一个座位。

他们在同一站下了车。他们并肩走了好一阵，一路又聊了些，她是西安人。到了她的住处，她跟他说再见。

“原来我们住得这么近。”他说。

“远亲不如近邻。以后多帮着点啊。”她笑，他发现她笑起来挺好看。她还是穿着他第一次见到她的那件明黄的T恤。初秋的风吹起她的发梢，在异乡的夜里，他觉得那种黄是温暖的。

那之后他们到了等车的地方都会跟对方打个招呼，说说话。上了车，他们一般会坐得近，会在车上小声地说说话。有一次人多，他们被隔开了好几排座位。他坐在了前排，他觉到了她的目光，回头看，她忙把眼睛转开，望向了窗外。他第一次觉到了一点心悸。然而他是个慢热型的，她是个好强的，两个人关系似乎一直都没有太多进展。而一对男女的关系如果一开始没有迅速加温，后来的发展方向就很有些温暾水的意味，热是不会再热了，但是会不会凉下来就全看老天的意思了。

两个人不冷不热地从秋风凛凛走进白雪皑皑。冬天的康奈尔却是另一番况味了。积雪盖满了每一栋古老的房子，每一棵树木，每一片草地。原来的五彩缤纷瞬间就简单地分化成两种颜色，白的，灰的。白的有些晃眼，灰的又有些颓然。

而且冷，刺骨的冷。那日贵林在等校车的时候，听到路过的一个老美说 “It gets really fucking cold。”贵林把脖子缩进羽绒服里，然而风却还是能寻着缝隙钻进去。翊欧头上戴着个毛线帽子，不停地跺脚。“你该买条围巾的。”她说。车子来了。他们赶紧上了车。

“马上放假了。”她说。

“是啊。”他好像才醒悟过来，又是一个学期过去了。她问他寒假有什么安排，他摇头，他很少去安排什么，都是临到头，碰上什么是什么。

“要不要去纽约城看大苹果坠落？”她开了口，“我浙大的一个师姐和她老公要去。他们有辆车，还想找两个人拼车去，可以分摊费用。”

“噢。”他有些迟疑。

“跨世纪的新年，一百年才碰上一回呢。”她看着他。

他也实在没有什么安排，冬天的校园比之夏天更是空旷，空旷且寒冷，且孤独。离家千万里，一个人的新年，他去年已经饱尝了那种漫无边际的孤寂。他想了想说：“那好吧。”她笑了。

临到出发头一天的黄昏，她跑到他的公寓，她的师姐感冒了，很严重的流感，去不了了。

“不过我们还可以坐‘灰狗’①去的。”她的眼睛里有一种渴求，

---

①灰狗：一种长途汽车。

或者说……哀求。她的头发上还有雪花，她的脸颊冻得有些红。

“这么天寒地冻的。”他看着天空里还在飞扬的雪花，落在泥地上，倏尔就不见了踪迹。

“可是我真的不想错过。”她不安地搓着手。她的个子不高，她最近好像胖了些，脸都有些圆润了。她很少这么直接。这让他想起了他高中的那个女同学宋晓环，那个他不知道该不该称作初恋的姑娘。他心底陡然生起了一种怜惜：“好的，我们坐灰狗去。”她的眼睛一下子就亮了。那一刻，黄昏突然变得明亮，简单的灰白两色让这个世界变得通透澄明。雪花还在天空里纷扬地飘落，没有声息地悄然落在地上，他似乎都听到了雪花轻轻融入大地的轻叹。

第二天清晨，他们两个先是坐车到学校，然后从学校坐上灰狗。康奈尔地处一个峡谷中，颇有些桃花源的意味。灰狗一路像是远离那个孤岛，卡尤加湖一片银白，伊沙卡城也是素清的，他们像是从童话世界里走了出来。

她和他一路闲谈着，她的话渐渐多了起来，说她的老家，“兵马俑，你该去看看的。”她说。然后她说她上大学的地方，杭州，她说那个城市的天总是灰蓝、淡青或者粉白。他记得那个城市的，那年从大连回南方的小城邵阳，一家人在杭州逗留了几日。他记得到达杭州夜已很深，父亲去找旅馆，母亲带着他和妹妹在火车站等着。旅店都满了，他们只得在一家澡堂的长凳上勉强过了一宿。他记得第二日去岳飞庙游玩，父亲带着他跪在岳飞像前，请求保佑一家人平安。他还记得在西湖的断桥边，母亲说，火车上若是有人问起，只说是去南方探亲，不可说起父亲是复员的军人，因为那时的复员军人都有一大笔遣散费。他不知为何那么清晰地记得这些细节。

他似乎是个记性颇好的人，然而很多熟人的名字，他却是记不得了。她说她最爱的是去西湖荡舟，花港观鱼。他便记起了花港这个名字和那日一家人坐的画舫。江南那个青瓦粉墙、水光潋滟的城市，似乎将他们一下子就拉近了。

然而车子开出一个多小时，就在半路抛了锚，在一个路口停下了，就再也发不起来。司机看了说是蓄电池有问题，给修车公司打了电话。正是假期，天寒地冻，修车的人两个小时后才赶到，弄了半天也没有修好，似乎是发动机进气部位积碳，问题还挺大，要拖到修车店再修。车上的人商量了一番，大多数人决定先回伊沙卡城，有几位决意今天要去纽约城，最后的决定是“灰狗”公司再派两辆车来，一辆拉大多数人回伊沙卡城，另一辆带着几位去纽约城。

这是他们全然没有想到的。翊欧急得眼泪都要掉了下来，他并没有特别要去纽约城，他其实是个怕热闹的人，看到她难过，心里有些不忍。只是这情形车子到纽约城也大晚上了，再赶到时代广场怕是要过了午夜十二点。

“不如明天再去纽约城，反正以后还有机会看大苹果坠落。”贵林说。

“也只有这样了。”翊欧长叹了一口气。

他们回到 university heights 的公交站时，正是暮色四合之时。他陪着她往她的公寓走。在她的公寓楼下，他轻轻地说了声再见，她突然眼泪就涌了出来。

“再见？”她有些怨愤，“跨世纪的新年夜，你就打算让我一个人过？”

“不是这个意思，我只是……”贵林突然意识到自己真的不是个懂女孩子心思的人，他真的没有想到这一层，然而，潜意识里，他是不是也没有特别想要和她在一起呢？还是他太不懂得爱这个字了？他感到了言语的无力，便把她拥在了怀里。在纷飞的雪花里，他觉得有一种温热的明黄色的氤氲之气在两个身体之间传递。

“我的室友去佛罗里达度假了……”她在他的怀里轻声说。

他们一起上了楼。两个人一起做了些菜。炒香肠的味道出来时，他突然就很留恋这烟火的气息了。冰箱里原材料并不多，但是他们居然做出了六道菜，香干炒青椒、尖椒肉丝、清炒油菜、水煮蚕豆，还有个红烧猪蹄，皮蛋切了块，放上辣椒酱又凑出了一道菜。满满地摆了一桌子。

“下回给你做陕西凉皮。”她兴致终于高了起来。

两个人的晚餐，跨世纪新年夜的晚餐，没有美酒，然而他们却都有些微醺了。窗外是寒风凛凛，屋内却是温暖，甚至是有一种灼热在他的身体里冲荡。那一晚他没有回他的公寓。

他的动作有些笨拙，她也有些紧张。然而他终于找到了那条路。

“世纪之交。”他在终于进入她的身体时说了一句，她咘咘地笑了。他没有说这是他的第一次，她也没有。

他在大学没有女朋友，他有时候想想，真有些辜负了那个美丽的校园。他们系女生不多，早也是名花有主，基本上是被三类男生搞定了：女生的老乡，本系高年级的男生，或者本年级的几个奥赛金牌得主。除了单相思过几个女生，他大学的情史简单得像张白纸。

第二天两个人都起得很晚，窗外还是灰白的迷茫一片，他突然就没了意兴去纽约城。

“不如明年再去吧。”他说，“正好可以再去看大苹果坠落。”

然而老天似乎是铁了心不让他们见到大苹果的坠落。

新世纪的第一个新年，他和她都还在康奈尔。他那时没有继续念数学的博士，而是只拿了个数学硕士，又在学校里选了几门计算机的课，这样就多念了半年等到冬天才毕业。半年前毕业的人工作都是好找，很多人手里拿了好几个 offer，他只是晚半年，却是难找了许多，好在他总算是找着了，而且还是在纽约城。他那时在等 OPT（工作许可证），要 3 月才能上班，那之前就住在她 university heights 的公寓里。

“明年再去看大苹果，那时候我就住在纽约城呢。”他是这么跟她说的。

那些比他再晚半年毕业的找工作更是处处受阻。他有些庆幸没有转计算机系，那样的话，至少还多念一年，毕业出来正是最难找工作的时候。“一念之间。”他跟她说。

她却恰恰是高科技泡沫破碎后毕业。她念的是生物统计，工作也是不好找。他们那时已经交往一年多了，他便提议结婚，这样至少她可以合法在美国留下来。她虽好强，也是没有别的法子，更何况，她是喜欢他的。

新世纪的第二个新年夜，他们住在纽约城之南的新泽西。那个新年夜，有朋友邀请他们去一个家宴。

“明年吧，反正这么近。”他说。

然而第三个新年夜，他们是回国探亲了。

后来他们就都搬到了硅谷。他们一直没有去看传说中的大苹果坠落，到分手都没有。他们第一次出行就受阻半路折回，是冥冥之中已然决定他们日后不能长久地走下去吗？他总觉得，如果那次两个人执意选择去往纽约城的那辆“灰狗”，或许能看到大苹果的坠落，或许那样，他们就不会分手。或许。

第二章

他这个项目每周都要开周会，市场和技术的几个头都要参加。中国美国有时差，这时差到了开会的当口就特别明显，北京时间晚上十点是加州时间早上六点，尤金起了几次早，不乐意了。实在是有点早，再说北京那边也的确有些晚。中美双方于是商定成加州时间下午五点，北京时间早上九点。这样稍微好点，可开发组的另外几个有家有口的不愿意了，美国这边幼儿园都是六点之前接孩子。开会一般都是一个小时，有时候随便哪个啰唆一下会议就延长了，自然没法接孩子了。一次两次还行，总这样他们也不干了。

那天尤金跟几个头说准备把测试移到印度。那边和加州时差是十二个半小时——天晓得那半个小时是从何而来。这样加州时间早上九点可以舒舒服服和那边沟通。

不知道怎么这消息居然就漏了出去。中国方面的负责人鲁麦克也不是个吃素的，立马就越级和尤金的 VP 汤米沟通了一把，列出了一堆理由。最要紧的就是中国市场的销售额，是印度的好几倍呢。这家高博公司是做工业软件的，客户都是大型制造企业，而印度的制造业和中国那是没法比。

汤米听了在电话里连连称是。鲁麦克接茬说要听取中国客户声音，必须增加这边的开发人员，培养客户习惯云云，怕是还要增加个培训中心，怎么能移师别地呢。

汤米一听的确有道理，本来准备移师印度的计划又耽搁了下来。这边库玛原来一直是鼓吹印度的。看到这边没有要移师印度了，心里也着急，也去汤米那吹风。她特意跑到汤米办公室，把印度那边的好处又说了一通，包括老印英语好，沟通起来方便，写的代码质量也好云云。这面对面的沟通到底比越洋电话来得亲切。汤米一听也是啊。他想了想，灵机一动："这样吧，功能测试（FVT）和系统测试（SVT）放到印度，全球验证测试（GVT）和翻译测试（TVT）放到中国。"

贵林那天中午和几个老中在公司的饭厅吃饭，一边聊起这事，都说瞧着这老美一脸正气的样子，心里可是阴毒呢，这可是一箭三雕的好计策。一来两边都不得罪，二来让两边团队搞劳动竞赛，到时候都可着劲干活呢，这第三呢，就是保证每个地域做的不是一个完整的产品，都是每个产品的虾脚、蟹腿，一个地方绝对做不出一个大螃蟹。实在是高。

大家正说着看见白爽和一个中国工程师叫张彼得的走进食堂，两个人买了饭就坐在饭厅一角，样子看起来还挺近乎。贵林隐约听人说起白爽是有个外地的男朋友的，不由多看了他们一眼。

“听说白爽最近失恋了，男朋友被人撬走了，你要不要试试。”做技术支持的黄威廉是个小灵通，他促狭地跟贵林说：“不过啊，你得帮她干活。她以前好多项目上的技术活都是张彼得帮她搞定的。”

贵林只是笑笑，并不言语。他想她这身边不是有了个张彼得吗，贵林生性散淡，不爱与人争抢什么，而且白爽并不符合他心中理想的女子标准。但是他理想的女性又是什么样的呢？是圆圆那样的？好像不太对头。是秦翊欧那样的？好像也不是。

硅谷的秋是悄然而至的。除了路旁几株并不浓密的日本红枫，其他的树还是绿的。一季的秋都是闲淡的，没有东部的层林尽染，丹枫如火，连天空都蓝得清浅。贵林听说圣何塞附近新开了一家湖南餐馆，里面的米粉挺不错，他想起了老家香辣辣的圆米粉，嘴里发馋。那天周末，他闲来无事，开着车就过去了。没想到人多，等的人排了个小长队，他一边等一边看手机。

他看得专注，猛然听到旁边一个娇糯糯的声音：“亨利。”他一转头，是白爽，一个人站在那，穿着件浅绿色的过膝长裙，看起来清清爽爽，倒像个女学生。

“你怎么一个人来这呢？”他笑问。

“谁规定我不能一个人来？”她一笑，反问他，“你不也是一个人吗？干脆咱俩拼一桌，省得我排队了。”

贵林有些好奇，想问张彼得怎么不在，又觉得不太合适，就应着她的话："好啊，咱们拼一桌。"

两个人坐定了，聊了一阵，米粉就上来了。

贵林问："你在新部门那边做得如何？"

"还行吧，我前不久回了一趟国，去了济南一家客户，拿下一个大单子。"白爽说，脸上却平淡。

"什么时候又做销售了？人才啊，开发、市场、销售都能做。"贵林赞了一句。

"不是纯粹销售，算是售前技术支持。国内的客户都是酒席上谈生意，我还得应付着他们喝白的，你以为容易？"米粉有些辣，她忙喝了一口冰水，"你们湖南菜真舍得放辣椒。"

"喝了酒生意就谈成了？"贵林笑问。

"哪那么简单？那个客户可滑头，路演的时候，我可着劲夸公司的产品，还提出好多优惠，真个是天花乱坠，他们也不肯松口。"

"那后来呢。"贵林问。

"后来就只好拼价格了，软件这个东西，价格可谈的空间是无限大的，两到三折的采购价格算是客气的，有些供应商最后按原价的一折提供也会卖。我和中国那边的销售总监说了，这个单拿下来，我会跟本土销售一起分成。结果他也帮着我了，不然那些本土的销售部门看到这种全球销售的产品都是袖手旁观。"她笑得灿烂。

"嗯，真不容易。"贵林心想这女人外面看着娇娇弱弱，里面倒有股子韧劲。又看着她面若桃花的样子，心里有了些喜欢。

两个人聊得舒畅，没多一会儿，米粉就吃完了，看看还有一条小长龙在等，两个人也不好久留，只得起身。到了停车场，阳光有些刺眼，贵林站在那，眯缝了眼，却是不知道说什么，只得说，那再见了。白爽其实是不太看得上彼得，倒是对贵林有些意思，只是她一个女人家，大白天的，也不好说什么，也就说了再见。她开车在路上，心里有些痒，又有些闷。这闷骚的感觉居然又卷土重来了，白爽轻轻地骂了一句奶奶的。

白爽上次在济南出差，住在泉城广场边上的全季酒店。那天晚上客户说是请乙方吃顿便饭。到了餐馆，客户把她旁边的老美当成了负责人，以为她就是个小翻译，就把她安排到上菜那个位置。大家吃上了菜，知道白爽才是负责人。客户的王总忙道歉："对不住了，来来，小同志，怎么能让你坐那个座位呢？"他招呼着身边的一个负责人叫小于的和白爽换座位，白爽忙说不必，王总坚持要换，白爽推辞几次，实在推辞不脱，只得坐了过去。好一番盘子碟子筷子调换，总算是坐定了，王总要给白爽倒酒。白爽一看是白的，忙推辞说自己不喝酒。当下王总脸色不太好看，白爽想到那句入乡随俗，而且自己是要巴着他买东西，嘴唇一咬，狠了心说："今天大家都高兴，我就奉陪了。"王总这才转了脸色："就是，咱们中国人都是酒席上谈生意的，咱呢，不能坏了这规矩。"

白爽以前没怎么喝过酒，这五粮液浓冽扑鼻，闻着也着实是香，只是抿一口喉咙就有些发烫，过了一阵，连胃都是热乎乎的。白爽喝了一小杯，头也不晕，心也不慌，没觉得怎样，就大着胆子又喝了一杯。

"不错，不错，到底是负责人。"王总伸出大拇指夸赞白爽。

吃了饭，喝了酒，生意却是没有谈拢，王总外面看着是个粗粗大大的山东汉子，肚子里养了一窝子泥鳅，滑着呢。他的意思是还有另外一家供货商，白爽他们的高博是个老牌子，美国公司，质量上没问题，可是价钱就偏贵了，而且还要一次付清。另外一家公司只要交个定金，全款可以半年以后付清。软件价格空间很大，最后采购哪家其实关系没那么大，王总他们要做的就是努力压低价钱。价钱低才是他们的业绩。

“咱们啊，先喝酒，生意的事情咱们回头再说。”王总劝着几个人喝酒。白爽出师不利，心中不爽，又喝了两杯。等出门的时候酒劲来了，站起来脚底发软，一下子又坐了回去，脸上不由发红。

她公司的老美伊森过来要扶她，她闻着他的狐臭味，差点没吐出来，赶紧说自己没事。硬撑着站了起来，走到外面，伊森说一起打车走啊，白爽不敢闻他的味，支支吾吾说自己好像要先去一趟洗手间，你先走。伊森不再说什么，挥挥手上了一辆出租车。

白爽还真是要用洗手间，她胸口闷，一进了洗手间居然真吐了。吐了半天，走出来，脸色惨白，正好碰到小于，问她没事吧。

没事没事，她挥挥手，身子却发软，忙扶着墙。

“你就别逞强了。”小于伸出手，扶着她进了一辆出租车，“我送你回酒店吧。”白爽忙说不必，小于也不管，跟着她就进了车。白爽坐在车上，一百个不自在，小于靠得又近，可怜她没什么气力，倚在后座一角。到了酒店，她急忙忙说自己没事，你走吧。

“算了吧，你喝醉了，姑娘，没准连房间都找不着。我送你上去，放心，我不会占你便宜的。”小于咧着嘴笑了，白爽倒是尴尬了。小于把白爽送到房间，给她倒了一杯水，真的就走了。门咣的一声带上了，白爽看着他高高大大的身子消失在门后，心想这是个真正的山东汉子，自己倒是多心了。她冲了个澡，躺在床上翻来覆去睡不着，迷迷糊糊中又有人敲门，她一激灵，坐了起来，“谁啊。”她问。

“我，小于。”

她开了门，小于进了门，两个人一句话都没说就缠绕在一起，藤蔓一样。情欲也如藤蔓一般在房间里蓬勃生长，她很快就兴奋不已，忍不住就叫了起来，这一叫，就醒了过来。原来是个春梦。算一算，自打她和前男友赵甘分手，倒有半年没干那事了。她躺在酒店的大床上，像是躺在无涯的波涛之上，飘摇荡漾。外面漆黑如墨，她心里头也如这黑的夜，又沉闷又难熬，不知道是欲望不能满足还是酒劲没缓过来。寂寞，像一个透明却不透气的袋子将她细细包裹。她抓着自己的双乳，躺在那，翻来覆去像一条小银鱼。

第二天白爽和伊森去公司正式路演，她对面坐着就是小于。她昨晚没怎么注意他，今天仔细打量，方方正正的脸，一头浓密的头发还有点自然卷，再加上高高大大的个子，倒是帅小伙一个。白爽心里暗暗跌足，自己昨晚怎么就没有将计就计和他好一回呢。

正式路演开始，白爽从头至尾把公司的产品美言了一把，从可靠性到安全性，从一开始安装到各级客服，说得算是天花乱坠了，又特意提到全款也可以延迟付。王总头点得勤，嘴里却是不松口：“这个，我们还是要团队再商量商量。现在可不能做决定啊。”白爽也知道这个人滑头，嘴里只能说好。临走的时候，她把小于领到一角：“昨晚上谢谢你了。”

“谢啥呢，不该这样吗？”他促狭地冲她一笑。

白爽也冲他一笑，露出了浅浅的酒窝：“我们这桩生意还要烦劳你多多美言啊。”她抛了个温柔的眼风。小于心里一动：“不如你留个电话，我们再沟通。”白爽正想着要他的电话呢，心下大喜，面上却是不动声色地写下了自己的电话，一边轻声说：“今天晚上还在济南，明天可就回北京了。”

晚上八点多小于果然打了电话过来，两个人装模作样地谈了几句产品，小于就切入正题了：“不然我们面谈？”

“嗯，面谈。”她轻声说，又看了看酒店房间四周，像是屋子里还有别的人。

小于进了门两个人都没有说话就拧成了一根绳，跌跌撞撞倒在床上痛痛快快地沟通了一番。白爽总觉得自己还是在做梦，就掐了一下自己的奶，疼着呢。又咬了一口小于的肩膀，他轻声地哼了一下：“原来你是属兔子的。”

“你说，我们那个产品还有戏吗？”白爽心里清爽得很，自己是想和他上床，可公司的事也得顺带着捞上。

“有戏，有戏，你看咱们这不是有交情了吗？”小于一咧嘴又笑了，原来也不是个正经货。

“问你呢，昨晚上怎么没来硬的？”

“嗨，你昨晚醉成那样，我可不想乘人之危，再说你醉成那样，干着也没劲。”白爽想原来如此，又一想难得他说了实心话，愣在那一时说不上话了。

“唉，你们做销售的真是不容易，为了做成生意什么都肯干。”小于又说。

白爽暗想自己其实也是瞧上他了，用他来败火，还可以为公司拉票，一石两鸟的事，自己没吃亏，嘴里却是带着幽怨：“是啊，你也瞧出来了，你多担待着啊。”

“嗯嗯，你放心，我一定给你美言。”

两个人又闲聊了一阵，就到了十点。小于说是要走了，白爽也不问，也不留他。门关上了，她躺在那，突然觉得一切都索然无味。她翻了个身，看着厚重的落地窗帘发了呆。

那次从北京回到美国后不久，山东的那家民营企业果然买了他们的产品，虽然价格上狠砍了一些，也算是公司不小的一笔收入了。公司奖励了白爽一笔奖金，外加一个小小的奖励——和公司的大头汤米共进午餐。白爽就是那次认识的汤米。

没过多久贵林就听说白爽和汤米回了趟中国就好上了，汤米和CEO之间只隔了一层，是他们这个部门的大头，开发、市场、销售都归他管。汤米是犹太人，五十多岁，去年离了婚，一个人住在一个五千多呎的大豪宅里。他个子高，身体也壮，挺着个啤酒肚，脑袋亮锃锃的，一根毛没有，从后面看像个直立行走的灰熊。几个老中说起来挤眉弄眼的，贵林暗想这个女人真是厉害角色，心里有些暗自庆幸上次没和她搅在一起。“这回可是攀上一个高枝了。”黄威廉咧着嘴笑了。正说着，张彼得过来了，几个人都不说话了。

又过了一阵，贵林就听到消息说是公司准备买一个小公司阿尔法，贵林诧异，心想阿尔法公司这两年效益好着呢，怎么肯让高博买。除非恶意收购，就是以远远高出阿尔法公司股价的市值买下来，可是这个也要阿尔法股东大会同意。高博公司手里又没有多少阿尔法的股票，股东大会说话做不了数，如何啃下这块骨头？

阿尔法果然一直抗拒，因为觉得和高博公司理念不同。高博公司业界名声并不是那么好，很多时候是和华尔街的那拨人一起玩钱，实业上并没有注重发展。阿尔法的老总白手起家，知道被高博公司买下了后会大砍研发的人，公司不过是他们借壳玩钱的一个工具，他压根不想卖。可是市场竞争就是这么残酷。就好比穷人家有个漂亮的闺女，地主老财就是要强娶，你咋办?

没多久，高博公司把收购阿尔法的股票价钱又加价了，这一下很多股东都坐不住了，这么高的股价，股东能赚大钱啊，谁管你将来发展不发展!

哪想到两个月后，大家都被网上的新闻惊到了，阿尔法公司和查林顿公司联合宣布，查林顿以高出高博公司 10% 的价格收购阿尔法。下个月 4 号就是阿尔法董事会决定是否同意高博公司购买阿尔法的关键时刻，原来阿尔法一直在努力寻找另外的买主。他们的策略就是寻找除高博公司以外任何别的买家。反正阿尔法铁了心就是不嫁高博公司，可是又知道穷人家的闺女免不了被强买的命运，就只能另找一个更心仪的地主老财做靠山。而这个地主老财就是查林顿。

那天晚上贵林去附近的一家电影院看电影，电影不好看，很煽情，他看得索然无味。刚出了放映厅，却看到白爽也从同一个门走了出来，眼睛红红的。两个人都没料到会在这里碰上，而且看的是同一部电影。贵林想跟她还真有缘，碰上两回了。

“够煽情的，这电影。”贵林看到她梨花带雨的样子，有些怜惜。

“你们这些男人就是狠心。”白爽驴唇不对马嘴地说了一句，眼泪又快掉了下来。

贵林想她平日都是巧笑嫣然，今日可是大不一样，就说：“你心里不痛快？”白爽不作声。“那我请你喝酒吧。”他又说，白爽下巴颏一扬，还是不说话。

“走吧，去 BJ。你跟着我的车啊。” 两个人一前一后开到了附近的一个叫 BJ 的酒吧。贵林给自己要了杯啤酒，问白爽要什么。“血玛丽。”她神色还是有些冷。电视上正在踢足球，两个人坐在吧台一边喝酒一边看屏幕上的球赛。

白爽只是闷声喝酒，还是不说话，贵林只得找了个话题，说起了他们公司的股票：“真是没想到啊，居然半路杀出个查林顿。”

“哼，汤米这帮人如意算盘打错了。”白爽冷笑了一声。

“噢，你不是和汤米……”贵林没好意思说下去。

“分手了。”白爽脸上冷冷。她和汤米也好了一阵了，只是那个汤米外面看着像灰熊，里面却是狐狸肚肠，总也不肯公开和白爽的交往。白爽费老鼻子劲，两个人关系才进展了一些，汤米带她去他家的大豪宅参加了一次大派对。可是最近汤米又是找不着人了。她本来今晚是给汤米打了电话的，结果汤米说有事。她一生气，自己打扮得漂漂亮亮，一个人去了一家意大利餐馆吃饭，这家餐馆还是汤米推荐的，他们以前常来。哪想刚坐下，就看到汤米带着个高鼻深目身材高挑的白人女子进来了。好在餐馆灯光暗淡，她又坐在偏角，他们没看到她，不然她真得找个地洞钻进去。她一心想在公司往上爬，还想借他的高枝蹦两下，哪知这个犹太老狐狸不过是想尝个鲜，自己白白地被人爽了一回。她出了餐厅就去旁边的电影院看电影，电影煽情，她正好借着机会哭了一回，没想到出来就碰到了贵林。

贵林可是全不知道这番风雨变幻。

“不过我也没白和他交往一番。”白爽脸上露出一丝笑。原来那天汤米说漏了嘴，说其实高博公司去年就开始策划了，和彼星偷偷联手，让彼星悄悄买了10%阿尔法公司的股票，手里有话语权，到时候股东投票准备和彼星一起给阿尔法施压，不怕它不卖。白爽听了后马上就买了10万股彼星的股票。现在彼星虽然没买成阿尔法，但是因为阿尔法股票大涨，他们利润大涨，最近股票狂飙了50%。

贵林笑说真是情场失意，钱场得意。他心想别以为美国公司多正经，原来也是弯弯道道一大把。只是大多数老中工程师一直处在食物链的低端，没机会第一手接触到这些幕后的把戏。

白爽原来还在为汤米的事难过，现在有个模样清朗的男人陪她喝酒，她突然就很释然了。这可真是个快节奏的时代，一个不需要祭奠的时代，她甚至没有足够的时间和耐心来哭泣。说起来，她和汤米其实一直也不怎么合拍。论年龄，汤米都可以做她爹了，身上还有狐臭。她以前的男朋友赵甘说男女就得相交，感情才能流通，简称交流。白爽觉得她和汤米就是交流不畅，汤米那么个大个子每次压在她身上跟块大石头似的，压根透不过气，整个不爽气。加上两个人个头差得太大，交流的时候总也使不上劲。白爽想现在这样和汤米断了，未尝不是件好事。她这么想着，去了一趟洗手间，补上妆，涂上发亮的唇膏，又把领口拉低了些，露出一片雪白。她庆幸今天穿了这条Saks Fifth Avenue的吊带小礼服，黑色的，特别衬她的皮肤，料子也贴身，曲曲折折都出来了。她把夹克去掉，露出雪白的臂膀和起伏的小丘，一路走回吧台，收获了一堆陌生男人的目光，带腥的目光。她婷婷地走到贵林身边，脸上又是往日的娇笑盈盈了。

贵林不由得多看了她几眼，这个女人，刚才还满脸愁容，现在却是桃花满面，风骚得恰到好处呢。

“听说你在喀布尔待过？”白爽呷了一口血玛丽，她的嘴更红了。

贵林说是啊，又给她讲了些喀布尔的事情。白爽听他说到自杀炸弹那段，眼睛瞪大了：“侬好勇敢，那样的地方也敢去。”上海女人说起话来真是酥到骨头里了，还带着些崇拜的眼神，贵林没法不受用，心里头翻腾起来。

两个人都喝得有些高，白爽流苏的长耳环在他眼前晃荡，晃得贵林有些不能自已。出了酒吧，贵林说你这样能开车吗，要不要彼得来接你一下。他是知道彼得一直在追她的。

“彼得？他又不是我什么人。”她眼风温柔地看着贵林。贵林明白了，心里头有些发痒，又有些犹豫，嘴里却是顺着她的眼风：“那我送一下你吧。”

“你行吗？”她巧笑嫣然，贵林却听出了别样的意味，身体不由酥了一下。

“不试试怎么知道行不行呢。”贵林也是一语双关，跟着轻浮起来。

车子里放着一首温柔的英文情歌，荷尔蒙的气息游荡在小小的车子里。她嗲嗲地说着些什么，贵林的身体在膨胀。车子进入了白爽住的小区，停在了白爽住的连排房前，两个人下了车。

白爽柔声说：“不上去坐坐。”贵林刚要回话，却看到不远处的一个房子里出来一个人，一个女人，一个熟悉的女人。夜色里，她并没有看到他们，一个人向着他们的反方向走去。她走路有一些外八字，贵林心一惊，那个人是秦翊欧。他回到硅谷这么久，一直没有碰到她，哪想却在这个节骨眼碰上了，他心情一下子就黯淡下来：“不了，挺晚的了，我明天早晨过来把你送到BJ取车吧。”

“不必了。”白爽脸色顿时冷了下来，“我自有办法。”说着头也不回地往她家的方向走去，留下贵林看着两个女人的背影离他而去。

他站在那，心情颓然，他并没有对白爽认真，她想必也是如此，都市里的男男女女都是半真半假，因着欲望，迅速地开始，又迅速地结束。然而他却连这样的旅程也无法开始。他也没有想到自己看到翊欧会如此难过。他又想起了接到翊欧要求离婚的邮件时，他的那种挫败感和被整个世界抛弃的颓丧。新的旅程永远无法开始，而旧时光又永远无法结束。夜色迷茫，贵林抬头看到天上的那轮圆月，月亮上黑色的那片阴影是月宫吗，月宫里真的住着个嫦娥吗，他在清冷的月光里慢慢地往自己的车子走去，他觉得自己的影子和天上的月亮一样孤独。

没料想没几个月，网上就开始披露高博公司和彼星公司勾结的丑闻。接着彼星公司以往那些造假的陈年老事也被提溜了出来，彼星公司和高博公司都被罚巨款，彼星的股票急速下跌，高博公司也是跌得只有原来的一半了。贵林看到消息第一反应就是白爽这回可真是竹篮打水一场空了。那天早晨，他的车停在公司停车场，却看到不远处彼得和白爽两个人从同一辆车子里下来，白爽脸上居然笑容灿烂，难道这两个就住在一起、开一辆车来上班了吗？两个人迎面走了过来，张彼得的手轻浅地搭在白爽的腰上，看到贵林忙放了下来，冲他说了个hi，白爽却是连看都不看贵林一眼。贵林有些讪然，这个女人，实在是有些神奇，修复能力太强了。

第三章

贵林平日上班，业余也没有太多喜好，就是踢踢球。说起来踢球还是在北大的时候开始的。他的大学生活苍白寡淡，像啃剩下的西瓜皮。他没有女朋友，大多数的时候是在埋头念书。数学系的课挺难的，尤其是《偏微分方程》《微分流形》《数论》，每一门都不好啃。他记得那几本厚厚的《吉米多维奇习题集》，周围的同学都在刷。不刷题的时候就是玩大富翁和踢足球。那时候他们几个同学筹钱一起在中关村买了电脑零件，自己组装了一台电脑，到了周末或者平日不忙的时候就是聚在宿舍，在电脑上玩大富豪的游戏。

前面三四个玩的人，后面还围了一圈七嘴八舌当参谋。除了电脑游戏，就是踢足球。他们常去的是五四操场和一体。五四大场旁边摆个小门踢，踢完到四教门口小卖部买瓶冰镇可乐，那叫一个爽。说起来他这样大学从未谈过恋爱的理工男倒是不少。湾区有个足球队，他也跟着去凑了热闹。足球队在脸书上有个群，他也开始用脸书，慢慢地和一些新老朋友连上了。

那日，他闲来无事又刷了一下脸书，突然刷到久未有联系的一个朋友艾迪的状态更新。艾迪发了一张照片，照片上的他坐在桌前，桌子上是一个奶白色的蛋糕，上面摆着 8 和 4 形状的两个蜡烛。

艾迪看起来还是神采奕奕，不像个八十四岁的人，他的脸上还是充满阳光带着点痞气的微笑，那是贵林熟悉的微笑，他第一眼见到艾迪，就注意到这个身材魁梧、肩膀宽厚的老男人的一脸坏笑。

他第一次见到艾迪还是 2007 年。那时候贵林刚从大公司出来，和王伟平一起创业。硅谷是创业人员的热土。几乎每个周末都有各种创业的讲座和活动。贵林就是在其中一个活动上碰到艾迪的。这个活动的主办者是 SCORE，一个免费给创业人群提供服务的组织。地点在旧金山，离硅谷大概一个小时的车程。活动主题是由一些退休的企业家给这些刚开始创业的年轻人免费提供建议、经验和智慧。智慧（wisdom），贵林是被广告上这个字眼打动的，他觉得身边的聪明人太多，但是真正有智慧的人却是寥寥。他觉得自己大概也属于这种有些小聪明，却没有智慧的人。他于是去了那次活动，他于是碰到了艾迪，那是一个多么正确的决定啊。

艾迪穿得正式，白衬衫，还打了领带，这在仔裤球鞋为主体的硅谷简直是太另类了。他总是脸上带着笑，真诚、自然又带着一丝顽皮，像个十来岁的男孩。他有一张英俊挺括的脸，高鼻子，蓝眼睛，有几分像《罗马假日》里的格利高里·派克。那么蓝的眼睛，贵林想，年轻的时候得迷死多少姑娘啊。他确是那种非常有魅力的男人，人又极为随和，他怎么能那么快地就和人熟悉起来、成为朋友呢？贵林是个不善与人交往的人，不是他不想，而是他不会，艾迪恰是他的反面，奇怪的是两个性格文化差异如此之大的人却能一见如故。

和其他硅谷的技术大佬不太一样，艾迪是做销售起家的。他实在是太适合做这个了，做销售的人要能吹，敢吹，会吹。艾迪全在行，他吹的牛是那种恰到好处的吹，他怎么就能那么好地把握那个度呢？艾迪走到哪都是笑声，他像个大佬一样逮着谁开谁的玩笑，他开每一个人的玩笑，也开自己的玩笑——是那种无伤大雅的玩笑。贵林记得他们第一次见面他就嘲笑了一把贵林的Chinglish。“不过，你比我强多了，我压根就学不会第二门外语。尤其是中文，让我学中文，还不如把我送到战场上。”他笑了，露出一口整齐的牙齿，贵林也笑。

艾迪是做医药行业起家的。他是医药行业一个老牌公司摩林的传奇人物。贵林其实没有听说过这个摩林公司，倒是秦翊欧是做生物统计的，知道这家公司。艾迪曾经把摩林公司的一个很大的抗生素品牌推广到纽约市和纽约州的公共卫生系统，后来又成功地把这个品牌推广到全世界。

他和贵林熟悉了以后，曾说起过自己曾经的光荣史。当他走进纽约城最豪华的酒店大厅，全场两千多人——很多是摩林公司和医药行业的C级别高管的大人物，很多是纽约市和州政府的达官贵人，都站起身给他鼓掌，经久不息地鼓掌。

“鼓掌达两分钟之久，也许是五分钟。”艾迪说的时候，眼睛里闪着火花，贵林想象着当年帅气英俊的艾迪从酒店的红地毯上一路走来，一路鲜花和掌声的盛况。

“Bravo（漂亮）！”贵林用法语说。

“哈哈！欺负我不懂外语，这个我知道的。”艾迪笑了。贵林也笑了。

他们两个第一次碰到就一见如故，大概还有一个原因就是两个人都爱喝酒。贵林的父亲是个军人，最喜喝酒，那时候在大连总是让贵林去买散装的生啤，贵林从小就喝生啤，与其说是喜欢，不如说是习惯，几天不喝，嘴里淡出个鸟来，好在那时候在喀布尔还能喝到酒。那时候在北大，他们踢完球之后常去小南门附近老虎洞的几家小餐馆喝酒，那里全是小饭馆，非常适合穷学生。不管去哪家，土豆丝是必点的，唯一能给你带来满足感的就是你能决定它是尖椒炒还是醋熘的。贵林是喜欢尖椒的，细细白白，麻麻辣辣，再喝上一口酒，赛神仙啊。一帮人常喝的就是燕京啤酒，有时候喝个二锅头，贵林记得是三十块钱一瓶。艾迪也爱喝酒，不仅爱喝酒，还爱抽烟，抽的是那种大支的雪茄。

旧金山湾区，大致分东湾（East Bay）、南湾（South Bay）、半岛（The Peninsula）和旧金山城（San Fransco）几大块。半岛上有很多巨富云集、美丽雅致、充满活力的传统小城镇。Stanford，Palo Alto，Menlo Park，这里是硅谷 VC[①]的中心。据说你只要足够聪明，你的主意足够天才创新，你就能在这里找到投

① VC，即风险投资。

资者。在这里，你只要沿街走一遭，就能碰到世界上所有VC的分支。只要你舍得刮下几层皮，你的梦想就能实现。2007年的贵林就是这样想的，彼时的他对创业充满了热情。有一段时日，贵林每天一大早开着他的尼桑，到艾迪家，接上帮他筹钱的艾迪，然后两个人在湾区东游西逛，去各种VC公司游说找投资。到了下午或者晚上再把艾迪送回家。如果回来得早，贵林就会坐在艾迪家的小院里，听他吹一通牛。

艾迪家住在半岛和南湾交界处的一个传统顶级高档山坡社区：Los Altos Hill。房子不大，不感豪华，然而却是精致雅致、优雅大气，阳光从透明的天窗和每一个窗户照进来，房子里每一个角落都通畅明亮。贵林以前在东部住过，这房子以东部的标准来看，是有些小了。尤其是后面的院落，不过十平方米见方。虽则小，却是满园芬芳。绕墙一圈都是粉红的大朵的月季，还有深紫的三角梅倚立在南墙边，偶有黄色的蝴蝶停落其上，衬出了满园的绚丽。墙角是几棵高高的杨树，葱葱郁郁，在北加州恒久的灿烂阳光里，遮掩出一地的阴凉。

艾迪最爽的时光，莫过于在下午的阳光里，躲在杨树大片的阴凉下，一屁股坐进他专用的一个半旧的梨花木的躺椅上，左手一杯红酒，右手一支大号雪茄，开讲！贵林从来没见过像艾迪这么能说的人，他太能说了。他那时已经是快八十岁的人了，但是他似乎可以一直不停地说下去，像山间的泉水，不断流地一直汩汩而出。

艾迪喜欢讲故事。他的脑子里怎么会装着那么多故事呢？跟天上的星星一般，数也数不清。和艾迪交往的大半年，艾迪居然从没讲过重样的故事。他的思维特别清晰记忆又无比精准。每一个故事的来龙去脉都讲得清晰完整。每一次讲完了，他就会美美地吸一口雪茄，然后叹息一声，这家伙，现在也不知道在哪享福呢，或者是，这家伙，一早去了天堂，肯定每天都特别滋润吧。

这个时候，贵林就会想起他的一个远房亲戚新毛叔叔。贵林从记事起，新毛叔叔就一直坐在藤椅上。他小时候得了小儿麻痹症，很小的时候就不能走路了。每天早上他哥哥把他从床上抱到凳子上，他就坐在那看着小院子，或是做一些活计。他腿不能动，但是手巧，会剪纸，会做装小蝈蝈的笼子。他肚子里更是装满了故事。贵林常去他住的小院，听新毛叔叔讲故事。和艾迪不一样，新毛叔叔爱说鬼故事，贵林每次都吓得捂着耳朵，可是下一次，又忍不住央求他讲。

贵林想：要是艾迪碰到新毛，两个人都这么会讲故事，可不是得从清晨太阳升起一直讲到傍晚太阳落山？

贵林是个极好的听众，从小就是。他的手里总是拿着一瓶刚从冰箱里拿出来的啤酒，一边喝着清爽的啤酒，一边听艾迪讲故事、吹牛皮，间或，贵林也会抬起头，问几个问题。贵林只是不太敢站在杨树下，他记得小时候住过的那个小山村，村口有几株大杨树，总有彩色的毛毛虫在树干上爬动，他是很怕的。

“来试试雪茄吧。”有一次艾迪撺掇他，递了一根雪茄给他。贵林接了过来。贵林不抽烟，他这一辈子第一次尝雪茄，就是在这一处阳光绚烂、树荫斑驳的桃花源般的小院里。雪茄的味道有些冲，贵林呛着了，艾迪大笑。贵林的思绪便回到许多年前，他还很小的时候奶奶让他抽她的旱烟袋，他似乎也是呛着了。似乎，因为那个情景他其实记得并不准，模糊得便如这眼前的雪茄烟影一般缈缈。

艾迪常抽的雪茄，也不是什么高档牌子，他挑的是物有所值、超市就能买到的大路货。他不在乎牌子——贵林觉得那些内心足够强大的人都不在乎牌子。

从艾迪家的院子后面即可俯瞰一处高尔夫球场。用艾迪自己的话说，那肯定是整个湾区最牛逼的高尔夫俱乐部了。80 年代初，一个俱乐部的会费就得十几万美金。还得看人家脸色，稀不稀罕收你的钱。可艾迪根本就不玩高尔夫。他就是想要个地方，显摆显摆。“To bring some friends over for brunch，just to impress them！（把朋友带来吃个早午餐，为的就是镇镇他们！）”老头说这话时，一脸的得意、狡黠、肆无忌惮的坏笑。

要是这时候，碰巧他太太在边上路过听见，多半会在他背后，做一个夸张的鬼脸，两手伸向半空：“天啊，又来了！”或者两手抓着头发，作抓狂状。艾迪大概也是知道他太太在他背后做鬼脸的，但是他不在乎，继续兴高采烈地白话。

他太太就会对贵林说：“抱歉，你得忍受一下这个糟老头子。”贵林总是笑笑。

艾迪太太年轻时一定是个标准美人。贵林在他们家里浏览过满墙照片。相比艾迪几近两米的高大挺拔，艾迪太太实在小巧玲珑。两人是高中同班同学。太太虽然在家几乎不修边幅，但举手投足间，尽显优雅、智慧、开朗、风趣。贵林想真是那句话：不是一家人，不进一家门。

有一回贵林和艾迪去旧金山的一家 VC 公司拉钱，他们从那家在山坡上的公司往山下走，极目远眺，不远处就是旧金山海湾，海湾上横跨着那座著名的气势磅礴的斜拉索大桥。天可真蓝，是北加州那种惯常的美得没有边际、美得毫无瑕疵的蓝天。海也是透心的蓝，海和天是一个色系的蓝，连绵成一片让人心醉的蓝。海天苍茫，有黑蓝的山伫立其间。这个城市，总是美得让人叹息。

他们一路走一路说。街道拐角处半躺着一个流浪汉，衣衫褴褛，旁边是一个破旧的帆布拉杆箱，估计里面就是他所有的家当了。艾迪停下来，从钱包里拿出一张十块钱的美钞递给流浪汉。艾迪双手拿钱，一直递到那人的手里，然后，两个人就开始聊天，艾迪一如在他的后院里一般，眉飞色舞地说将起来。两个人你一言我一语就套上瓷，越说越来劲了。贵林心不在焉地站在一旁看两个人就侃上了。他们似乎是在讨论旧金山那支橄榄球队 49er。有一阵两个人还争论了起来，唇枪舌剑，长枪大戟，你往我来，寸土不让。最后两个人又都笑逐颜开。

贵林不大听得懂两个人在说什么，更有些不明白：这两人有什么好谈的？还侃得如此激情澎湃、针锋相对？ 他们可是一个住在硅谷最贵的 Los Altos 山上，另一个住在大街上。这俩认识？

最后艾迪总算聊完了。走出了两条街，贵林还是想不明白这两个人，社会差别、地位差别、阶级差别、皮肤差别、财富差别……世上所有差别，他俩都占全了。怎么这俩人会像旧友重逢似的，聊这么热乎呢？他忍不住问艾迪：“这家伙是你朋友？你认识他？”艾迪懵懂地看了贵林一会儿，像是突然明白了贵林为什么有此一问。他忍不住笑了，笑得前仰后合，上气不接下气，一直笑过了好几条大街。贵林突然就脸红了，那一刻他比任何时候都明白了那句“所有人生而平等”的真谛。

艾迪是真正把这句话融通到他的血液里了。他交朋友的原则不是根据你外在的皮囊是怎样，而是根据你内心是什么。不管你是街上的流浪汉，还是纽约豪华酒店的大佬。只要对头，都能欢笑畅谈。

后来的日子，贵林一直在想，说起来他也曾遇上、接触过几位牛人，但是他为什么如此仰慕，如此尊重，甚至是爱戴这个叫艾迪的老头呢？是因为他曾不留余力地帮助过自己吗？肯定有这方面原因。是因为他喜欢听艾迪讲故事，喜欢听他吹牛扯淡吗？也是。艾迪太爱说爱吹了。贵林从未碰到一个人像艾迪这样能不打草稿一气儿地神吹，而且吹得如此天花乱坠。但是贵林知道，艾迪从来没把他自己吹过的任何牛皮当回事。而这，大概是艾迪的魅力所在。简单，率性，平等，坦诚。他的信仰、他的价值观、他的灵魂没有一个人可以动摇，因为那已然坚若磐石，成为他生命中的一部分了。

现在，贵林看着艾迪的生日照片，脸上不觉露出笑意，这个老顽童艾迪已经 84 岁了。贵林感慨。月月出事以后，贵林和很多朋友都断了联系。艾迪是少有的几个还有联系的人。艾迪那时候说了很多，他只记住了一句。时间，时间是我们最好的朋友，和那个心理医生说的一样。是的，这样的伤痛只有时间才能治愈。

贵林在艾迪的脸书上留了言：“生日快乐！”

没想到艾迪很快就给他发了一条私信：“你在哪里？还想听我瞎掰吗？”艾迪用的英文是BS(bullshit)。贵林看着这个字眼，笑了。是的，bullshit，艾迪最喜欢的就是 bullshit，瞎扯淡。“来我家喝酒吧。”艾迪发了话。

那个周末，贵林拎了一瓶红酒就去了艾迪家。几年不见，艾迪有了些老态了，脸上的老年斑似乎也多了一些，但是他笑起来依然那么爽朗。后院的月季变成了淡黄色，想来已经换了一茬。“来一支吗？”艾迪笑着拿出了他的雪茄。贵林抽出一根点上了，透过薄薄的烟尘，贵林依然看到山下那个青翠若滴的高尔夫球场和天空上苍老的浮云。两个人聊了些近况。艾迪不怎么参加SCORE的活动了。“老胳膊老腿了。”他说。贵林脸上笑着，心里却叹息了一回，他一直觉得艾迪是个不老的传奇。艾迪怎么会老呢？可是，白云苍狗，谁又不会老呢？连岁月都会老的，连时间都会老的。

很快就是春回大地的三月。硅谷的山头长年都是黄色的一片，也就是这个月份有一丝新绿。那个春天的夜晚似乎比平日的夜都要浓稠，空气里回旋着一种罂粟般的令人眩晕的气息。鬼使神差地，贵林打开了领英邮箱——他极少看那个邮箱。他看到了很久以前的一个同事雅各布的来信。他们在领英里关联，但是之前从未联系过。雅各布的信和工作无关，而是有关大卫。

“大卫？！”贵林吃惊极了。他的眼前似乎出现了一大片一大片的罂粟田野，粉红色的一片片云蒸霞蔚地开在田野里，一直延展到阳光斑驳的山坡上。

这个叫大卫，也叫阮华勇的人又一次出现了，贵林有些恍惚。华良在信里说华勇是去年从阿富汗退役回来的。这一年华勇的状态不太好。他没有工作，临时在华良家住过一段，晚上总是会做噩梦，经常在半夜里叫喊。他经常提起喀布尔，有时候又说起比东岛，华勇还说在喀布尔碰到过华良的同事，名字叫亨利的。华良才知道贵林去阿富汗待了一年，他觉得贵林兴许能和华勇聊聊，或许能排解一下他的焦虑。

贵林说好，我也是该见见他。他把自己那次护送选票出的状况简单和华良说了一下。

华良说：“他那次受到表彰了。他的墙上挂了好几个勋章呢。”

贵林和华勇再一次相见已是3月底。他们约在贵林公司附近的一家咖啡店见面。咖啡店前面有一株白玉兰。阳光很好，浅白的玉兰花已经开了，大朵大朵的，像一只只袖珍的鸽子，洁白灵动，在春风中轻摇，似乎顷刻就会飞离枝头。团团繁花之下，贵林看到一个有些佝偻的背影安静地坐在那，便朝那个背影走去，似乎贵林的到来通过某种导体先行到达了华勇的大脑，就在贵林走近的那一刻，那个人在一片纯白的背景里转过身，稀疏的头发，高高的发际，正是华勇。

“大卫！”贵林高声说。

那个人看着贵林，迟疑了一阵，展开了一个加州阳光一样灿烂的笑容：“亨利！”

他们像多年不见的战友一样拥抱了对方。两个说起来才发现原来都住在硅谷，华勇住在圣何塞州立大学附近，离贵林上班的地方只有几个街区。

“这么近，我们居然没有碰上，我去年从我哥哥家搬出来一直住在这附近。”华勇说。

华勇回来后一直没有找到工作，现在他在圣何塞州立大学选了两门课。一门是计算机编程，一门是音乐。

“噢，你还选音乐课？”贵林有些意外。

“我喜欢音乐，反正退役军人的学费是可以报销的。”

“那多好。”贵林说，“你看起来好像气色不错。”

“今天还好。就是一阵一阵的，突然就难过得受不了。觉得一切都没意思透顶。”华勇说，“我总是做噩梦，梦里回到喀布尔，到处是罂粟地。有时候，又是一片汪洋。不断地迷失，又不断地寻找，却永远也找不到路。”他的眉头皱了起来，“我觉得自己是

PTSD[①]。”

“你或许该去看看医生。” 贵林同情地说。

“我看过，那些好的心理医生都不收新病人。而且看这些医生保险公司不付钱，自己付又太贵了。那些保险公司付钱的医生都不太合适。”他皱了眉头，目光越过贵林，看着他的背后。贵林转过身，后面什么也没有。

贵林只得找了些别的话题，他说南湾有一家阿富汗餐馆，做的馕很正宗。华勇点点头，两个人又聊了些别的就说了再见，贵林说有什么事情再联系吧。

4月初的一个中午，贵林在公司附近的那家咖啡店又见到了华勇，他看起来脸色差极了。贵林走了过去。

他看到了贵林，眼神有些呆滞。

“你怎么在这？”贵林问他。

“我昨天晚上又梦到玉燕。”他没有回答贵林的问题，“今天是她的忌日。”

“玉燕？是那个你在马来西亚难民营碰到的玉燕吗？”贵林的心一紧。

“是的，就是她。几年前，我在南加州的一家顺发越南超市碰到她。她成了一个单亲母亲，带着一个三岁的女孩，住在小西贡附近。我去当兵之前我们好过一段。可是她后来自杀了。”

“自杀？”贵林的心陡然一冷。

---

① PTSD，即创伤后应激障碍。指个体经历、目睹或遭遇一个或多个涉及自身或他人的实际死亡，或受到死亡的威胁，或严重的受伤，或躯体完整性受到威胁后，所导致的个体延迟和持续存在的精神障碍。

“她开车从一号公路的悬崖上冲下去的。当时，孩子就在后座的儿童座椅里。”

“为什么？”贵林呆呆地问了一句。

“收留她的那只船遇到了海盗。她被……几个海盗……”华勇不太说得下去，“她那时还很小，对她来说是个跨不过的坎。她看了很多心理医生……”华勇捂着头。

华勇的头深深地埋在膝盖里，旁边的白玉兰像是感受到了他的痛楚，都停止了摆动，空气里流动着刀刃的颤动和寒光。贵林全身通了电一般发麻，接着是整个地发冷，像是掉进了冰洞里。他曾多次独自开车行驶在一号公路上，那条风光绝美的公路旁边就是深深的太平洋。

“那车里还有个孩子，那么小的孩子……”贵林有些艰于呼吸。

“她过得太苦了。找不到工作，未婚先孕，孩子的爸爸一分钱也不给，靠着一些政府的福利过日子。”华勇的眼神还是空洞，“可是，事先一点征兆都没有。那天她是开车去北加州，早上和我说再见的时候看起来还没有什么不同，我真没想到那居然是永别！”

“可怜的孩子……”贵林心里隐隐发疼，月月天使般的脸在他眼前浮现，他的眼泪几乎就要夺眶而出，他扬起头，竭力忍住。

“你怎么了？”华勇注意到他的表情怪异。

贵林什么也没说，他什么也不敢说，他知道他一开口就会号啕大哭。

两个人又陷入了一种长久的沉默。他们坐在那，默默地喝着咖啡，各想着自己的心事。周围有几株天堂鸟，花茎如一只就要飞起来的鸟。它是要飞到真正的天堂里去吗？天堂是什么样子？

第四章

公司的事情很多。上个季度公司报表不是很好，老板们着急把这个版本做完发送到市场上。同时有个大客户发现了上个版本的几个大 bug，要求公司做一个补丁包。两样东西同时做，贵林忙得发昏。他实在是有些想念喀布尔悠闲的日子了，他想无论如何这个周末得出去走走喘口气。他在定野营地点的时候想起了华勇，两个人有一阵没联系了。他在脸书里问华勇：“下个周末你想去优胜美地野营吗？”

“我想想吧。”华勇不置可否地回了一句。

到了野营的前一天，贵林给华勇打了个电话：“想好去野营吗？出去散散心也好。”他知道华勇肯定早就忘了这事，但是贵林很希望他同去。贵林并不是一个喜欢热闹的人，他只是觉得出去走走也许会帮助华勇。贵林也搞不懂为什么会这样想，因为华勇曾经救过他？或者，因为他们都曾经在同一片异域上生活过？那个被战火浸泡过的国家给他们建立了某一种不可分割的纽带吗？又或者，因为他们都有着内心的隐痛？那些暗物质白天蛰伏在心底，却在世上的每一个夜晚浮出水面，让他们不得安生。

“有人和你同去野营吗？”华勇问。

“没有。我习惯一个人。”贵林说。

“那我和你去吧。下周是春假，我好多年没有去优胜美地了。”华勇说。

他们周五下午两点多从硅谷出发，趁着路上还没有大堵。三个小时的车程，他们终于远离了城市的喧嚣和项目截止日的灼烧。

他们站在草长莺飞的四月天里，似乎可以触碰到天上的流云，可以握住窃然私语的微风。这是优胜美地附近不远处一个颇有名气的看野花的景点，名叫梅彩德山谷（Merced Valley）。

贵林第一眼看到这满山满野灿然怒放的加州罂粟的时候，耳边萦绕的是《重归苏莲托》的曲调，当然，他重归的不是那不勒斯海湾的小镇苏莲托，而是有着黑峻雄伟绵延的高山的喀布尔。

“好像又回到了喀布尔。”华勇说。贵林点头。喀布尔的罂粟田多是粉红色，没有这般热烈，但是也是这般烂漫地一大片一直铺到天边。

贵林初到加州时，听说加州的州花是加州罂粟，吓了一跳，罂粟不是生产海洛因的原料，是不折不扣的恶之花吗？后来他终于搞清楚原来加州罂粟和罂粟（或者说鸦片罂粟）其实是两种花，都属罂粟科，但是不同类，有些孪生姐妹的意味。加州罂粟的叶子有羽状细裂，花瓣是三角状扇形，多为黄橙两色。而罂粟的叶片是波缘状锯齿，花瓣是圆形或椭圆形，颜色各异。最重要的，罂粟的果实大，可以提炼海洛因。比起来，加州罂粟温和多了，虽然也可入药，有镇静、抗焦虑的作用，却是不会让人上瘾的。

他们打点好野营的包裹和背包，一起走进了这一片片金黄和橙红交错的加州罂粟田。

野旷天低树，两个人走了很久都没有看到一个人，他们如影子一般行走在天地之间，转过了好几道山坳，终于有些累了，就坐在了大丛的加州罂粟田里。乱花在他们周围摇曳，入眼之处都是或黄或橙的加州罂粟，两个人像是和外面的世界隔了山岳，隔了时空。

“你这一辈子做过令你后悔的事吗？”华勇开口道。

“当然……”贵林低下了头。

“噢，你说说看。”华勇急切地看着贵林。

贵林看了他一眼，没有作声，他一直在为月月的事情悔恨不已，他当年就是因为这个才去了阿富汗。但是，他极少和人提及，除了上次在阿富汗和圆圆说起，而且，是在知道他们从此会各奔天涯，或许永不再相见的情况下。他怎么可以和一个他并不那么熟悉的人说起自己心中的隐痛呢？

华勇还是看着他，眼睛里有一种渴求：“我只是……想知道，是不是人人都会犯这种错……”

“后悔又有何益？”贵林叹了口气，远山影影绰绰，在黄的、红的、橙的背景色里忽远忽近，若即若离。他觉得自己像是隐身于这个大自然、大世界之后，贵林突然就有了诉说的勇气。他开了口，仿佛只有眼前的这一片片加州罂粟才是他的听众，而它们会把他的悔、他的痛一一收藏，悉心保管。

“还记得上次你说到玉燕带孩子一起投海自杀吗？我听了难过极了。我和玉燕一样，亲手害死了自己的女儿……她只有两岁……”贵林终于开了口。

“天哪！”华勇同情地看着贵林。

贵林没有看他，继续自己的回忆，嗓子有些涩：“那天早上我急急忙忙去做一个天使投资的路演，又在停车时接到一个电话，居然就忘了把她送到幼儿园，她一直在车上……一整天，那么热的天气……”

“老天啊……”华勇再一次看向了贵林，像是不敢相信这么残酷的事实发生在身边这么个活生生的人身上。

贵林低下了头，沉入往事的浸渍。

“还有比这更残忍的事情吗？”贵林的脸是麻木的。他很久没有提到月月了，现在说起心里又开始一阵阵揪着疼，是一种生理上的疼。她出生的那天晚上是有月亮的，他于是给孩子起名月月。想到她名字的来历，他在记忆深处痛苦地抽搐了一下。

“战争，战争比这要残忍一百倍。”华勇神情木然。贵林心里一抖，但是他什么也没说，他是个最好的听众，就像他那时候在喀布尔的医院里一样。

华勇艰难地开了口：“他们四个人……在罂粟地里……那个阿富汗女孩子……还只有十四五岁……”

贵林很不愿意去想象那残忍的一幕。但是不知为何，他的眼前又出现了空军基地附近那一大片粉红色的罂粟田。他像是看到了那个可怜的女孩子被按在了罂粟田里，她身后的罂粟花被压断了，花茎被拦腰折断，被那几个美国士兵踩成了烂泥。她在那罂粟花上挣扎，但是她如何能逃得过这个劫难？她的身体在流血，就像她的内心在流血，她的身体被强行闯入，连带着那一幕丧失人性的记忆，被强行印刻在她的脑海里再也无法除去。她是被蒙着眼睛的，她看不到那几个罪人丑恶的嘴脸，这对她未尝不是一丝庆慰。至少，她不会记住那几张丑恶的嘴脸。

“不过，我没有干！我真的没有！那女孩让我想起玉燕。”华勇声音大了起来。

“上帝啊。”华勇抬起了头，“饶恕我们这些罪人吧！”

“可怜的孩子。”贵林的心在绞痛。

“他们是为了报复……到阿富汗没多久，一个战友就被塔利班的人绑架走了……折磨致死……

“他的手筋脚筋都被挑断了。死后还被肢解……最后都没能找全他的尸骨……”

更大的恐惧抓住了贵林，他的身体在抖，一报还一报，一种恶又牵引出更多的恶，各种各样的恶重叠着，交错着，已然分不清因和果。

“我真后悔当初报名参加空军去了阿富汗。我很小的时候就想做一个飞行员，就像我伯父一样，我甚至天真地以为能自己开飞机从越南开到美国。可是，去了空军，我没能做成飞行员，只是一个地勤人员。我也坐过两次战斗机，但是，你知道吗，那个飞行员居然把炸弹往平民住宅里扔！

“后来事情闹大了，他就说是当时天气不好，没有看清楚。我当时在副驾的位置，能见度很好。那个飞行员是故意的。”华勇声音有些颤，“后来上面调查起来，问我当时情形，我什么都不敢说。”

“为什么？”贵林吃惊地问。

“那个飞行员会把我搞死的，你信不信，我不能，但是我的良心不安极了。我他妈的良心怎么没被狗吃掉呢？”华勇声音大了起来，他用的英文是“fucking heart”。

贵林明白了他的窘境。他的本性不容许他和他的几个战友一样残暴恶毒，然而，为了顾全自己的性命，他又不能说出真相。贵林同情地拍了拍华勇的肩膀。

两个人都无声地看着这一片加州罂粟，看着这世界。眼前的世界美好得宛如天堂。这是21世纪的世界，已然是所谓的文明社会了，但是人性的狠毒和凶残却是丝毫不差地流传下来。人性本恶吗？还是战争把人性最丑陋最黑暗的因子带了出来，又不断地发酵，膨胀，长成一个巨大的脓包，只需一点点冲突就会被戳破，然后那毒性和恶臭就会不断地向周围扩散，传染给在场的每一个人？

“这不能怪你。”良久，贵林开了口，“你有自己的难处，换了我，大概也是一样的选择。”

华勇没有看他，也没有说话，眼睛直视着前面，四月的人间是如此绚丽，有谁会知道也许转眼天空就会飘起雨飘起雪，把同一块土地变得肮脏泥泞呢？

“也许，我们能做的就是学会和自己和解，和过去和解。”贵林试着安慰他。

"和解？有那么容易吗？这个世界值得和解吗？"华勇嘴角一撇，"玉燕死了之后，我觉得真是了无生趣。这个世界让我流连的东西本也不多，现在是越发少了。"

贵林想起了他和翊欧，他们是在女儿去世不到一年离的婚，他们根本没有办法在和女儿共同生活过两年的房子里待下去。不是每一道伤疤都能慢慢愈合，"和自己和解"这样的话听起来那么正确又轻而易举，放到那些真正经历过大悲大恸的人身上，甚至连一点涟漪都不会有。现实远没有剧本里写的那么美好，不是每一个人都会那么干脆淋漓地把昨日的阴霾甩在身后。很多时候能做的只是等待，等待仁慈的时光慢慢地治愈，在你还没有绝望之前。

贵林长叹了一口气。过了良久，他试探地说："或许，你再试试别的医生？"虽然他自己一直讳疾忌医，除了月月刚去世那一阵去看过心理医生，后来一直没去过。

"我现在在联系一个鲍威尔老兵之家，听说那里样样好，天天能看到葡萄园的美景，有一个帮助老兵恢复健康的项目。"华勇眼睛里有了些微的亮光。

"那就好。"贵林点头，暗想华勇这样的PTSD恐怕还是要专业心理医生才能帮到。

"再试一次吧，也许是最后一次。"华勇的嘴紧闭，眼睛习惯性地眯了起来。

夕阳薄淡地斜倚在青山之巅。他们站起身，一前一后地行走在加州罂粟田里，像两团墨渍在色泽绚丽的印象派油画上蠕动。

从优胜美地回来没多久，贵林在脸书上碰到华勇，两个人都在线上，华勇说他终于申请了去鲍威尔老兵之家，可是排队的人太多了，他恐怕要到年底才能进去。

“要这么久？”贵林有些吃惊。

“这个中心什么老兵都收，从二战，到韩战、越战，到伊拉克战争、阿富汗战争，可不是积攒了一大票有 PTSD 的人？”

贵林敲了行字：“可惜我不能申请。”

“你需要？你看起来很正常。”华勇反问。

“谁看起来不正常啊？都是这些看着正常的人才需要去。那些看着不正常的已经没法挽救了。”贵林说，“从我女儿去世，我就老做噩梦。我害怕回想那些场景。”他去了一趟阿富汗，从某种意义上心理负担减轻了，他看到太多死亡，都有些麻木了。生和死，就像一个转盘上的不同停靠点，肩靠着肩，隔得这么近，转盘会停在哪一格也全然不是自己能掌控的。可是，另一方面，他的状况却是更糟糕了，那些死亡的场景就像刻在了脑袋里，怎么也擦不掉。他想起在中餐馆的一夜，一个歹徒的枪都指到他脑门了，却像是突然改了主意，没有要他的命。他心里打了个冷战。

“是的，害怕，可是越害怕，它越会跑到你的脑子里。真是出了鬼了。” 华勇说。

5 月中的时候，贵林的部门终于完成那个版本，同时也把补丁包做好了。公司每次做完一个版本就会要开一个庆祝聚会。一般都是找一个高档餐馆，或者找一个可以吃饭也可以玩游戏的地方。这一次，这个项目的产品经理杰瑞说可以去他家里开庆祝会。他家后院有一个迷你高尔夫场，还有一个 foosball 台子，大家吃了饭可以玩游戏和高尔夫，最主要气氛轻松，大家可以多聊聊。

“我马上要退休了，这大概是我参加的最后一个庆祝聚会。”

杰瑞是个六十多岁的白人，平时挺严肃的，不过动不动来个冷幽默，仔细一琢磨，却是别有意味，不过人是有些固执。贵林和他一开始很有些磨合，好在后来算是适应过来了。

贵林到了杰瑞家，看到客厅的沙发上摆了几张杰瑞穿着军装的相片。贵林有些好奇："你以前当过兵？"

"是啊，好久以前了，在越南。"他的眼睛突然有了一种穿越世事的迷茫，"我是陆军。在外苏河附近的热带雨林得了疟疾，差点回不来了。"

"哦！我父亲也在越南打过仗，也是陆军。"贵林想，眼前的这个人居然和父亲在同一场战役中出现，作为敌对双方。而现在，他却是和这个人在同一条战壕里，做着同一个产品。

忙碌的日子转起来就是飞快。很快贵林就回硅谷一年多了。有时候贵林会想起阿富汗的日子，有一次他还梦见了大片的罂粟田，只是，不再只是粉白，而是五彩缤纷，颜色各异，粉的、白的、红的、橙的，万千的颜色流淌着，交错着。田野里散发着一种奇异的带着塑胶气味的香，他想，这似乎不像是花香。他这么一想，便意识到自己是在梦里。就在他半梦半醒之间，每一朵罂粟花球里都长出了一个气球，各色的气球从广袤的田间升起，越飞越高。他抬头仰望那些气球，它们飞到了高处，被高空的阳光灼烤，一个接着一个炸裂，声音响亮又惊心，像是被子弹击中一般。他于是醒了过来，心中还有余悸。

坐在这样黑的夜里，听着窗外高速的车流声，他不由想起了圆圆——他是时常想起这个女人的，尤其是这样寂寥的夜里。他想起她带着点野性的笑，心里就很想抚摸她嘴角的那道疤痕。他觉得心里有些燥热，燥热得有些难挨。他开了电脑，胡乱地逛着。他去看脸书上朋友放的照片，每一张都那么鲜活、生动，似乎每个人都过得不错。

硅谷的冬天冷淡而低沉。没有漫天的大雪，没有雪山皑皑，不像喀布尔那样四季分明。圣诞节那天，他看到华勇脸书上的状态有更新，华勇放了一张新相片，他和一群人站在一幢红房子前面，那群人看起来是非常迥异的一群人，有黑人小伙，有坐在轮椅上的白人老人，有年轻的白人女子，相同的是他们都在微笑，向着相片之外不可触摸的镜头微笑。华勇也在笑，他站在最边上，手插在裤兜里，脸上的笑容灿烂，如加州罂粟一般。他们身后有一块暗红色的木牌，木牌上用白字写着“Powell Home（鲍威尔老兵之家）”。贵林想华勇该是找着了个适合他待的地方了吧。

转眼又是三月天。硅谷的春天是绚烂的。公司咖啡店的那棵白玉兰又开了。一树白莹莹的玉兰花簇拥着，无限芳华盛开在枝头。他不由想起在喀布尔住过的那个小院，后院的斜坡上是一树树的梨花，到了春天，也是这般满树缤纷洁白的花海。又想起保罗和去世的几个同事。造化弄人，美好和残酷总是那么迅速地切换，迅速得你还没来得及回味前一刻的甘甜。

3月中的一天，贵林接到华勇的一个邮件。他说很不开心，最近被鲍威尔老兵之家给开除了。贵林回了信问他为什么呢。他却没有回信了。

贵林也没有再问。这个世界，每个人都忙碌着，似乎没有一丝闲工夫可以匀给别人，何况，并不是那么熟悉的一个朋友——虽然华勇曾经救过他的性命，虽然他们多了一层特别的和阿富汗有关的联系。贵林没有意识到命运的手又伸了过来，开始转动了那个无形的转盘。

4月1号。

贵林早上去公司上班的路上接到一个电话，电话显示是一个他不熟悉的号码，他在开车，很快就要到公司了，想想就没接。到了下一个红灯的时候，电话又响了，他接住了。

“我们是圣何塞市警察局，你认识大卫·阮吗？”是个男人的声音，没有一点感情色彩。

“是，我认识大卫。”贵林好不诧异。

“他现在劫持了三名人质，我们需要找几位他的朋友和他对话，劝劝他赶紧停止。”

“什么……？劫持……？”贵林反问了一句，他在开车，电话听得不是特别真切，而且，他实在无法相信自己的耳朵。

“是的，他劫持了鲍威尔老兵之家的三位员工，你能马上赶过来吗？”还是那个没有一点感情色彩的声音。

贵林已经把车停在了公司附近的那家咖啡馆：“请给我一个地址。”

路上很堵，硅谷这个地方就没有哪个点是不堵的，咖啡店前面那棵白玉兰白得刺眼。一树纯白，满目缟素，他又想起了喀布尔的那个有着满园梨树的小院和那个小院的血色拂晓。

贵林到达鲍威尔老兵之家已经是一个半小时后的事了。他首先看到的是房子四周围好多辆警车、救护车和消防车，还用黄色警示带阻止无关人员和车辆进入。一圈的警察，每一个警察都荷枪实弹进入备战状态。有一刻，贵林觉得自己回到了喀布尔，然后他看到了那个红房子前面暗红色的木牌子，上面写着“Powell Home（鲍威尔老兵之家）”，像是从华勇的那张相片上走下来似的。贵林看到了华良，他看到他的时候，紧紧地抓住了他的手。

一个矮胖的有些像土豆的白人警察走了过来：“我们是从大卫的紧急联系人名单中找到你的电话的。他现在躲在一个屋子里，屋子里有三位老兵之家的员工。现在你跟我们去监控室，那里有一个摄像镜头，能看到那个房子的情况。”

贵林茫然地跟着那个警察走进一个小房子，好几个屏幕，其中一个能看到华勇。镜头里的他穿着防弹背心，手里拿着一把半自动冲锋枪，对着地面上三个白人女子。她们脸上的恐惧在摄像镜头里更让人悚然。有一个女人在哭，华勇对着她吼了一句：“不要哭！”她怔在了那里，再无半点声息。

“刚刚职业协商人员以及他哥哥都和他通过话了，一点用也没有， 你试试吧。”他把一个大喇叭递给他，“大卫能听到大喇叭的声音。”

“我？”贵林恍惚地接过大喇叭，他不知道华勇为什么会把他列入紧急联系人的名单，或许因为他们都去过阿富汗，或许，他知道两个人心底都有创伤，都有令他们泪流满面的理由，都有对外人无以言说的苦痛。然而，贵林站在那，根本不知道从何说起。

“大卫？”贵林开了口。他第一次听到自己的声音放大了几百倍从空中传回来，有些陌生，有些诡异。贵林看到镜头里的华勇猛地抬起头，他那稀疏的几绺头发搭在额头，眼睛警觉地四处看了一下。他一定是认出来了贵林的声音。

“大卫……放下你的武器，走出来。走出来就没事了。我是亨利，你在阿富汗救过的那个亨利……”贵林的脑袋一片空白，无意识地说着这些话，像是伸出一只手去抓那些很快就要破碎的肥皂泡。显示屏里的华勇没有一丝反应，他一句话都没有说。

“你跟他说一些能唤起他温情的话。”土豆在旁边小声地提醒他。

贵林茫然地看了他一眼，点点头，又举起了大喇叭：“大卫，你还记得你跟我说过你在海上的时候吗，你们差点就饿死了，后来，幸亏遇到了一个渔民。你说，他是上帝派来的天使。”

华勇的眉头皱了一下。他根本没有办法看到贵林，他朝天花板看了一下，像是贵林躲在那里。

“接着说。”土豆说，“这些人神经都非常脆弱，不知道哪个词就能触动他们，让他们放下枪。”

贵林叹了口气，摇了摇头。

“大卫！”华良抢过了贵林的大喇叭，“你那一次在威斯康星的寄宿学校生了病，爸爸其实是想去看你的。可是……他那时就想省一点钱，刚到美国的人都是这样……”

华勇的神色依然严峻，但是他的眼睛依然警觉地时而看看三个人质，时而看看周围的情形，他在阿富汗是受过这样的训练的。

监控室里进来一个警察，他很轻声地和土豆交谈着。但是贵林还是听到了一个词，SWAT。

“SWAT？特别行动小组？他们要做什么？”贵林突然有些心慌，华良疲惫地坐在一旁，贵林突然拿起桌子上的大喇叭，大声地说：“大卫，想想我的女儿，那是我这辈子最后悔的事，你说去阿富汗是你最后悔的事，你放下枪，不然这会成为你最后悔的事！”

华勇的眼神垂了下来，他的枪口耷拉了下来，就在那一瞬间，他惨叫了一声，跪在了地上，血从他的腹部流了下来！有人对他开了枪！是那个SWAT行动组开始行动了吗？贵林惊恐地捂住了嘴，看着摄像镜头里的华勇。他跪在地上，对着三个人质就是一顿扫射，同时，他的身上像是绽开了一朵朵血红的罂粟花，他倒在了血泊里，倒在了三个人质的旁边。

太快了！这一切都太快了。贵林看着显示屏，一句话都没能说出来，只有无边的惊恐一阵一阵袭来。

“大卫！”贵林看到旁边的华良已经冲到了显示屏前，一拳打在显示屏上。马上旁边的两个警察已经把他捉住，紧紧地按在凳子上。

…………

贵林不知道自己是怎么离开那个监控室的。也不知道是如何被人带到附近的一家咖啡馆，警察说他这样不适合开车，要休息一阵。他不知道在那坐了多久，大概到天黑他才勉强鼓起勇气开车往圣何塞去。他一路在发抖，不得不好几次停在路边，等平静了一点才上路。

贵林在车里的收音机里听到这个新闻的报道。华勇和三个人质都确认死亡。华勇是早上从圣何塞赶过来的，坐了一辆出租车。他带着一个包，包里有一把半自动冲锋枪。他俨然知道这天有一个欢送聚会，又有一批老兵从这个老兵之家的治愈项目毕业了——华勇没有参加这样的欢送聚会，他是被老兵之家开除的。他到达开欢送聚会的房间，要别的人出去，单挑了那三个老兵之家的工作人员，其中一个是老兵之家负责人，一个是专门负责他的项目的人员，还有一个也是以前和他有过接触的人员。看起来他是认识她们的，看起来他是有选择性地劫持——美国人报道新闻非常谨慎，看起来，

看起来，他们用的英文是“seems”，而不是更确定的“is”。贵林听了几句，就把收音机关了。车子里安静得像一个孤独的星球，四周沉寂，他听不见高速公路上车流如水。

他回到圣何塞已近10点。他倒在床上，眼睛看着灰白的天花板，恐惧和哀凉交替袭来。他想起那时候在喀布尔被人肉炸弹袭击，内心对于死亡强烈的恐惧。该有多么绝望多么悲凉才让华勇不惧于死？生和死之间，是一条模糊的细线还是一条巨大的鸿沟？4月1号，贵林突然意识到今天是4月1日，多么诡异的一个日子，他被黑暗里扑面而来的宿命感和荒谬感震了一下。贵林后来很多次回想这件事，还是无法释怀，是华勇故意挑了这样一个日子吗？仿佛事情之所以会发展成这样都是因为这个日子所裹挟的某种隐秘的关联，仿佛这个世界本来就充满愚人们互相毁灭的游戏。

贵林没有去参加华勇的葬礼。他觉得如果不是自己对华勇喊话，SWAT行动组不会在他低头的瞬间发起进攻。贵林心中有愧。现在，他手上又多了一条人命。内心深处，他知道自己其实并没有勇气再一次走进殡仪馆。终年不散的幽郁沉淀在殡仪馆的每一个角落，那样的氛围令人压抑难过。他选择了逃避。

第五章

贵林在脸书上跟艾迪说起了华勇的事情。艾迪那边却是长久地沉默，过了许久，他说，你周末过来，我带你去一个地方。

周六的早晨，贵林到艾迪家接上艾迪，两个人上了车，车子开上了去往旧金山的280公路。从硅谷到旧金山有两条路，101和280。贵林一般是开101。280是州际高速，穿山越岭在弯曲的山背上。道路蜿蜒美丽，沿途风光锦绣奇异，据说是全美最漂亮的高速之一。280最神奇的地方就在于它基本上骑在地球两大板块的交错线上。沿着高速公路散布的零星湖泊，其实就是地表通向地心的接缝。飞车在280上，看车窗左右，像是同时看着两个世界，一侧树木葱葱青岩嶙峋，一侧是加州标志性的荒草土山岗，两种完全不同的地质风貌。据说，这两大板块至今仍在交错移动，每年错开五公分。

280在快到南旧金山市的地方，划出一个优雅的大弯。就在这个大弯的地方，和煦、安详、平静的阳光普照着一片巨大的公墓，一片巨大的军人公墓。在此之前，贵林在280上开车路过，注意到这儿有片墓地，但不甚了了，只是惊叹它在阳光下的美丽和庞大，但是至今也没去过。有几次驾车驰过，看到过几个军人的葬礼。几名军人立正、撤步、侧身、举枪、鸣放，神情庄重。

贵林的车停在了公墓旁边。

“鸣笛！”艾迪突然说。

“什么？”贵林还没反应过来。

“鸣笛！”艾迪说着，突然俯过身，伸出一只大手，重重地、稳稳地按在了贵林的汽车喇叭上。贵林的小伏尔加发出一声高昂的嘶鸣。贵林着实被吓了一跳，赶紧看看周围，还好没什么车。贵林从来没见艾迪如此突兀，如此落寞。他没有阻止艾迪，只是看着艾迪做着这一切。艾迪又按响了汽车喇叭，不是“嘀，嘀”地响两下，而是一声沉稳、持续、响亮的长鸣。贵林都不知道小车喇叭能一口气叫这么久。艾迪依旧目视着前方，过了一会儿，说了一句：“我有好几个朋友，包括我的哥哥就葬在这里。”贵林不再言语。

两个人静静地在车子里坐了好一会儿，然后艾迪打开车门，下了车，走进了那片公墓。贵林也跟着下来，跟在他的身后。公墓紧紧傍着高速，放眼望去，都是整齐、洁白、一眼望不到头的军人十字架，安静且庄严，美丽又震撼地一字排开。他走过一个个墓碑，没有一句言语，他在好几个墓碑前停了下来，长久地站立在那里。贵林跟在一旁，一句话也不敢说。艾迪走到了公墓的尽头，看着辽远的太平洋。他看着远方，无涯的海，无边的天，无限的空。海和天在无限远的某个地方连成一片。他然后转身，向汽车的方向走去："回去。"他终于说了一句话。

贵林坐上车，长久地按下喇叭。然后，车子绝尘而去。

他们在车上一直没有说话，直到车子远远地开出了那道海湾，再也看不到那片公墓。回到艾迪的小院，艾迪坐在他老旧的木椅上，一杯红酒一支雪茄，讲起了他的故事。以往艾迪讲故事，一定会是两眼盯着你的眼睛。可这一个下午，艾迪的目光不是怅然若失地停留在无所终了的远方，就是静静地凝视着他脚下的地面。没有什么起伏，甚至没多少话。只有一丝不易察觉的苦笑和几缕惆怅。十分钟不到，艾迪就毫无起伏地、平淡地讲完了他的故事。

艾迪出生于一个相当富有的家庭。他在湾区出生，在湾区长大。他中学就读于附近美国顶级的私立中学之一，艾迪高中毕业的前几年珍珠港事件发生，太平洋战争爆发了。他的哥哥应征入伍。他中学班上，几乎所有男生，也在高中毕业后应征入伍。艾迪加入了海军。他的哥哥是空军。阴差阳错，艾迪不久被海军选送哈佛商学院，进入了一个叫 MBA 的项目。当时，还没有几个人听说过这个东西。海军选送他的初衷是为了支持在太平洋战场更有效地对付日本军队（艾迪的原话是：fight the Jap）。军方需要尽快梳理、整顿和建立一条高效、强大的太平洋战场供给线，需要一套现代化的管理系统和手段。艾迪在哈佛读完这个项目没多久，正准备被送往夏威夷时，二战就结束了。所以艾迪没有一天真正上过二战战场。可是艾迪的同学就没有这么幸运了。他高中班上一大半的同学没能活着回家，许多战死在太平洋，许多就埋葬在那个公墓。艾迪的哥哥也是如此。

这就是艾迪的故事。

艾迪说，从此以后，只要他经过那片墓地，他都要鸣笛向他的朋友致敬。贵林坐在那，久久没有言语。一大半如艾迪一样英俊、帅气的男孩没能活着回家。他们出身于这个国家最富有的阶层，是从富有声望的学校毕业的优秀学生。他们都是自愿自发地应征入伍，为自己的选择和信仰而战斗，而死去。

自始至终，艾迪没有对华勇的事情做一点评论，他只是说了一句“战争是残酷的，愿他安息”。贵林的目光越过高尔夫球场，望向了淡蓝的天空，天上的云彩是絮状的，庞大、柔软、浩荡地在天上慢慢地移动，像古老的时光一样悄无声息地移动。

初夏的硅谷下过几次雾。海湾上都是雾，那雾不知是从天上来，还是从海上来，迷茫一片。那天贵林一早到公司就看到公司总裁发的致全体员工的信。一家跨国大公司惠源公司准备买下高博——原来尘土还在飞扬。高博公司原来是准备买下阿尔法，跟惠源专门做工业软件数据分析的那个部门抗衡，现在公司每况愈下，反倒被竞争对手买了。原来这惠源公司才是真正的高手，一直躲在后面看好戏，现在出来捡便宜货了。真真螳螂捕蝉，黄雀在后啊！商场是没有硝烟的战场，斗起来一个比一个狠。可是要是不卖，按高博这情形估计都会从股票交易市场上停牌。一个公司做得好，让人眼馋，免不了被强买强卖，做不好，又面临着停牌的危机。现代公司的两难境地真是一道难解的问题。只是大家似乎意识到这个问题，也没有更好的解决办法，只能往前走，每个公司都是如此，一日复一日，重复着一场又一场从零到满，又从满到亏的游戏。

汤米召开了一个他们这边部门的大会，给大家鼓劲。公司是从各位员工的利益着想，如果不卖掉，这条船可能都会全军覆没。哪个公司的头愿意看着自己的公司被卖掉啊？这是个大会，大家都是坐在自己的办公隔间里，打进去开电话会议。那种整个部门聚在一个大会议室开大会的情形早就不见了。贵林一边戴着耳机听汤米说着话，一边在求职网站点来点去。他听说公司的总裁早就同意了，等两个公司一合并，他就拿一大笔钱走人。总之这些高层的老总不管是自己走，还是被请走，都会有一个金降落伞，可是他这样干活的小蜜蜂哪有这种奢侈？自己在这里干得还算顺手，同事也大多是亚洲人，比较好相处，可是公司被买，第一件事就是裁人，自己要开始找下家吗，他心里有些犹豫。

这家惠源公司据说是不喜欢公司人事太多层的，他们强调的是平层管理，上到 CEO、下到干活的工程师一般也就五层。惠源公司的 CEO 是个工作狂，据说手下有十多个直接向他汇报的资深副总裁（SVP），他宁肯自己累着，也不愿再找个高管来管这些 SVP。高博公司做了些人事变动，贵林原来到 CEO 之间有六层，他在第七层地狱。前一阵俄国人尤金去了硅谷另外一家技术新贵公司做 VP，中间空出了一层，汤米也就没填上，直接让以前向尤金汇报的人汇报给他。又这里压压，那里压压，把那些光有头衔不管人却和管理层平级的杰出工程师（DE）也都归并到一个 VP 的手下了。

据说尤金在新公司管的人比在高博公司少多了，架不住钱多，再有就是他在汤米手下干得不是特别爽，就跳了槽了。按说尤金可是一直跟在汤米手下，是从汤米当年的小公司跟着来高博的，算是他的嫡系了。汤米想当年也是自己创业，运气不错，在2000年技术泡沫就要破裂之前，他那家小公司被高博公司高价买了下来。汤米一直在高博做着高管，工资特别高，却是不怎么管事，有些晃荡。公司有他一个专门的停车位，有好几次汤米的老板爱德华看到那个位置没有汤米的那辆红色的保时捷，心里有些不满。偏偏尤金是个能干肯干的，他是苏联解体以后到美国的第一代移民，1990年底初到的美国，之前也是在欧洲各国飘摇游荡，最后总算移民到了美国。他是莫斯科国立大学毕业的高才生，莫斯科大学是苏联最好的大学，尤金人极聪明，可惜没有美国的文凭，一直也升得不快。爱德华倒是看上尤金的才干，一心想提拔他，可是这个汤米是个滑头的，总是指着尤金干活，不放他去别的部门，又不给他太多实权，工资也没有特别高。正好前一阵那个技术新贵公司挖人，尤金就离开了高博。

话说这家惠源公司的CEO是个极厉害角色，手下的人也是一个比一个能干，这次负责接管高博公司的是个白人，名字叫卡尔。卡尔早在买高博公司之前就把高博内部高层的人事整得一清二楚，知道汤米是个不怎么干活的，也知道尤金是个能干的，还在公司没合并之前就找尤金谈了话，手里已经拿了一个比尤金的新东家还要好得多的offer请尤金回来。至于汤米呢，卡尔的意思很明白，让他走路，让尤金来替代汤米。尤金在新公司刚开始，也没立住脚，这个新贵公司聪明人一个比一个多，他觉得压力还不小，加上自己管的人也少，总觉得不太有意思。不过毕竟汤米一直是他的老板，他这番却是要回去把汤米给端了，有些说不过去，所以尤金一直拖着没有答复。卡尔心下明白，说你回来的时候压根见不着汤米。尤金那边还是没有动静，卡尔这边又给尤金本来就丰厚的酬金加了价，尤金犹豫了好一阵终于是答应了。

汤米原来还想着换了公司，也许不再汇报给那个不待见他的爱德华了。哪想到他压根没机会去新公司，就被高博给请走了。

高博公司正式挂牌成惠源公司那天，贵林一上班看见是尤金过来给大家打招呼，却是不见了汤米。几个老中吃饭的时候说起来两个月前汤米还在给大家鼓劲，说加入新公司的大好前程，这还没进呢，自己先给端了，大伙儿不由得又是唏嘘了一番，又想到自己的工作也不知是不是稳当，说起来都有些惶惶。

贵林想他回美加入这家公司才两年的工夫，就发生了这么多事，心生感慨，城头变换大王旗，这个时代沧海桑田的速度是越发地快了。他有时候看脸书里面，熟悉或不太熟悉的朋友结婚了，头婚或者二婚，生孩子了，头胎或者二胎。那么迅速，迅速得他有些目不暇接。

那天贵林去艾迪家喝下午茶，说起自己的公司最近被惠源公司买了下来。

“惠源？我有个朋友卡尔就在那做 VP。当年他也是自己创业，我帮他拿到一笔投资。”

“卡尔？你认识他？他是主管我们这边的大头，听说非常铁腕。”贵林把尤金和汤米的事情跟艾迪说了一番。

“这是他做事的风格。他小时候是在纽约布鲁克林的贫民窟长大的，很不容易。”艾迪听了点头，然后他说，“你应该认识他。他人其实不错的。”

贵林说："好啊，又是一个传奇人物啊。"

"我问问他愿不愿意做你的职业导师。"艾迪抽了一口雪茄。

贵林想，卡尔怎么会不愿意呢，艾迪一定也是像帮助他一样不遗余力地帮助过卡尔。别说有这层关系，就算是素不相识，这些美国大公司的高层也是愿意给下面的员工提供职场帮助的，有些一带一的意思。贵林刚开始工作的时候，不知道这些个窍门，好在他的一线老板是个特别厚道的美国人，是个胖胖的白人女子。贵林一进公司的时候只会埋头干活。她诚恳地跟贵林说，你不仅要干得好，还得让别人看到你干得好。她专门给贵林安排了一个给二线老板的presentation（陈述报告），还帮他牵线找了一个mentor（顾问）。贵林在那家公司渐渐做得风生水起，慢慢地做到了一线老板，不过后来就换了公司，干了一阵，又出来自己创业了。

卡尔果然答应和贵林见面。卡尔个子不高，犀利的眼睛，说话快速简洁。他们聊得不错，贵林以前在纽约城工作过，卡尔说起纽约城，眼睛眯了起来："那是地球上最悲喜交加的城市。我小时候住在布鲁克林，在那个地方你很容易死去，也很不容易死去。"他用的英文是"It's easy to die and it is also easy not to die"。

"Easy not to die."贵林咀嚼着这句话。想起华勇也是喜欢眯眼睛的，他们两个，一个在难民营长大，一个在贫民窟长大，一开始拿到的都是一手臭牌，这之间命运的翻云覆雨手是如何神奇地让他们走上了迥异的道路呢？

"那的确是一个非同寻常的城市。"贵林半晌说了一句。

"太独一无二了。相信吗，我有十年没有回纽约城了。"卡尔犀利的眼睛里居然有一些茫然，他是想起了他在纽约贫民窟度过的那些年少时光吗？贵林看着他，每一个人的年少时光都会在他们的眼睛里打下或深或浅的烙印。他看到了年少的自己，在横穿南方那个小城的资水边踽踽独行。他看到了更小的自己，站在北方的那个海滨城市的山坡上，看气象台的气球一次次升起。

那一阵公司人心惶惶，公司被惠源买下来后，大家都觉得怕是又要大规模裁员了。贵林组里的一线经理麻溜溜地找好了工作，走人了，空出了个位置。贵林技术过硬，平常也没有家累，干活卖力，这两年多来表现不错，他以前也做过一线经理，有经验，库玛和尤金都对他印象挺好，又知道惠源公司的大头卡尔跟他关系不错，问他要不要做经理，贵林想想也就答应了。

贵林没想到事情一堆一堆的，他这个一线经理，很多技术上的事情还要亲自动手，加上两个公司合并，很多规矩和流程都不清晰，他给弄得焦头烂额。最烦人的就是一下子多了好多会，和市场那边的会，和客户的会，和技术支持的会，研讨竞争产品的会，产品演示会，和雇员的会。一大早就要爬起来和印度中国那边开会，贵林常常脸都没洗就开会。会议一个连着一个，好在大多是电话会议，有时候就是边吃中饭边开会，轮到他说话了赶紧放开 mute（静音）键，说上一通再 mute 接着吃饭。有一次他开着会居然打起瞌睡，听到有人叫他名字，赶紧坐直了，清清嗓子说了一通，好在还能接上茬，不算太离谱。

最头疼的是没多久上面就下来名额要裁人。他这个组分到一个名额。该裁谁呢？贵林想起他以前的一个 mentor 说到的，一个团队就像一条渡海的船，遇到风暴要甩人的时候肯定是先扔最没用的人。你要努力做有用的人，当然最好是做那个掌舵的人，最忌的是那个可有可无、随时可以替代的人。可是怎么判断一个员工到底有没有用呢?

贵林以前在上个公司也做过一阵一线经理也经历过一次裁员,那时候他还没有经验,裁掉了一个管数据库的老美,五十来岁的一个老头。那个老美每天看起来都闲得很,走到这个人桌前说说笑话,走到那个人前面聊聊 NBA。结果老头一裁掉,组里的人一下子就忙乱起来。大家才知道老头其实做了不少活儿,只是他做熟了,每次都做得特别快,而且没有什么 bug。现在找个新人来做同样的事,每天花好几倍的时间,还漏洞连连,老是有 bug。

这一次可不能再犯同样的错误了,贵林心想。可是他拿着组里七八个人的名单,也是犯了愁。公司里把每个员工根据表现排队,这他也是知道的。他前面的那个一线经理给他的名单里,排在最后的一位是个老中陈山姆,五十多了,家里的老大刚上大学,波士顿大学,私立大学,学费可不便宜,老二在上高中,老婆没工作,这要是裁掉了,家里的经济来源就断了。可是这位老兄干活真是不爽利,以前是学中文的,到美国转学计算机,到底不是科班出身,平时干活磨磨叽叽,出活出得慢,出来的活儿也是毛病不断,贵林以前和他共事的时候没少帮过他。贵林做了他的经理之后看到公司监控部门发来的各个员工平常浏览网络的报表,这个陈山姆平常上班的时候可是大把时间泡在文学城、华人网——怪不得不出活儿。

排在倒数第二位的是苏菲。苏菲年纪也不小了,年轻时候是个金头发的美女,她是从巴尔干半岛移民过来的,都说巴尔干半岛出美女,此言不虚。说起来在美国做 IT 产业的第一代移民真不少,每个人都有一箩筐的故事。去年组里有一次庆祝产品完成,去一家饭店吃饭，吃了饭，大家一起玩台球和飞镖之类的小游戏，算是团队建设时间。贵林听苏菲讲起了她的故事，原来她和华勇一样，也是以战争难民的身份移民到美国的。她的家乡是在原南斯拉夫、现在的克罗地亚地区。波黑战争期间，飞机轰炸，把她的父亲和弟弟炸死了，“那时候我整天哭，为什么会这样，为什么最糟糕的事情会发生在我的身上！”没过多久她儿子的一条腿在战火中被炸断了。她顿时蒙了，这天下的事情没有最糟糕的，只有更糟糕的。她不再怨天尤人，想尽一切办法办了战争难民签证，移民到了美国。“那时候，我们在欧洲很多地方待过，四处流离，惶惶终日，住的都是临时住所，条件恶劣极了，儿子又是残疾。”她一家人辗转到了美国，儿子装上了假肢，还上了大学。她这几年得了闲，还在家里种了很多无花果，有一回还拿了好多无花果到办公室和大家分享，说这无花果还是多年前从克罗地亚带来的种子长起来的。

贵林想她也挺不容易的，好在她老公也是做 IT 的，两口子都上班，儿子也毕业了，没有什么负担。贵林在这两个人之间犹豫了，该裁谁呢？照理说该裁陈山姆，可是贵林想他是同胞、家里的顶梁柱，另外他做的是数据库和后台之间的界面，这一块要一些数据库 JDBC 的知识，上手不是那么容易，换了人不好上手。苏菲是做前台的，别人接手相对容易一些。但是这样裁掉苏菲岂不是不公道吗？可是，什么是公道呢，贵林犯愁了，这世上的事情真不是非黑即白的。

那天贵林上班照旧是边听电台边开车。电台里正在说几年前的一个硅谷老中工程师持枪杀人案件的判决。那案子还是 2008 年底发生的。贵林那时心境灰暗，也是在车里听到这个被开除的老中持枪到公司杀了三个人的案件，他那时心里大吃一惊，他踢球的球队有一个球友也是那个公司的员工。现在这个案子总算是结了案，那个老中工程师被判了无期徒刑。无期，那么，那个人这一辈子再也无法活着走出监狱了，那么，他也将永远地从他孩子成长的道路上缺席了。被告的律师坚持称这位老中工程师精神有问题，但是原告说："不，他一点也没有，他追着那个已经受伤的受害者在脑袋上补了一枪，他是个冷血杀手。"贵林听得毛骨悚然，后脊背一阵发寒，到了公司，他迅速地向库玛报上了苏菲的名字。

苏菲走的那天，忍不住流了眼泪，好看的蓝眼睛里蒙了一层湿气，眼角也哭出了皱纹。贵林心有愧疚，心情也跟着低落。那天下班后，他一个人开车开到 mission peak。他心情不好的时候就喜欢往山里跑，他觉得大概是因为他是山里长大的孩子，只有回归到大山里，当他的足迹和山的脊背重重叠叠时，他才略觉心安。他爬到了那个柱子上，看脚下的硅谷一片片展开，就像小时候他爬到气象台的高墙上，看远处的海温柔地簇拥着那个海滨城市大连。他站在山上看夜色慢慢降临在硅谷，看轻尘笼罩着这个世界上最有活力和创造力的山谷。山风一阵阵吹来，把山里的夜吹得格外细腻入微。山里的夜似乎是最懂人心意的，它懂得他的思绪，懂得他的无奈，懂得他的静默不语。

组里少了个人，活儿却是一点也不少，反倒是更多了，他过了好一阵终于鼓足勇气跟库玛说要个招人的名额。库玛面有难色，最后终于同意招一个实习生。面试了好几个都不甚满意，好不容易有个满意的给了 offer 又不来了，据说是去了谷歌。没办法，那边给的工资高太多。

那天来面试的墨西哥小伙子看起来二十出头的样子，小伙子很紧张，脸上带着点羞涩的笑，贵林一问完问题，他就很快地回答。贵林问了几个问题，再看他的简历，有一些糊涂，不由得问："你上完高中之后怎么没有马上上大学呢？"

"我住的地方没有社区大学，我也没有钱、没有车去附近的城镇上学。不过现在我总算攒了点钱，秋天我会去上社区大学。"他很平静地回答，似乎生活本该如此，生活本来就不完美，一点也不，没有什么好抱怨的，也没有什么好遗憾的。贵林看着他，静水深流的眼睛。贵林为自己有些愚蠢的问题懊悔。贵林太想当然了，他周围的人至少都是硕士毕业，他从来没有想过在美国还有人穷得没有钱开车，没有钱去念最便宜的社区大学。

小伙子说他是很小的时候从墨西哥移民过来的。他高中毕业后打了很多小工，他在加州很受欢迎的一家汉堡店"in & out"做过翻汉堡的工作，在一家汽车旅馆做过前台，在一家杂货店做过收银员。他总觉得他的人生不该就是如此，但是他不知道该怎么抵达他想要的人生。他一直对技术很感兴趣，"我高中有一门编程课，我还拿了 A 呢。"他有些骄傲地说。后来他在一个加油站做保安的时候碰到了一个人，那个人告诉他政府有一个帮助低收入年轻人从蓝领走向职业人员的项目。他报了名，上了编程课、Excel 报表课和商业课。他终于在附近一个城市的高科技公司里拿到了一个实习生的工作。当第一天走进那些美丽的高楼时，他实在太激动了，"我真的没有想到有一天我也会作为一个员工走进这样的高楼。"

现在他终于被这个城市的一个社区大学录取了，而这距离他高中毕业已经五年了。他得白天工作，晚上去上学。

他走了之后，贵林和另外两位面试的员工在房间里坐了很久。

其中一个高个子的从伊朗来的阿德尔说："我看到了二十年前的自己。"二十年前，因为害怕被强迫去服兵役，他们一家从伊朗逃了出来，翻过高山到达阿富汗，又从阿富汗逃到了美国。"一开始也是特别艰难。"他的眼神有些迷茫。

贵林以前在东部，黑人很多，倒是别的族裔接触得少，到了加州才真正体味到了那句话的真谛：美国可真的是个大熔炉。他有时去越南人开的杂货店买菜，海鲜和肉类实在是太便宜了，又便宜又新鲜。店子里有时候播放着他知道的中国歌曲，却是用越南语唱的，熟悉又陌生，似曾相识，飞来的却不是家乡屋檐下俊俏的燕子。这样的感觉真是有些新奇。他也常去伊朗人开的店子买一种薄薄的大张的饼，有些像新疆的馕，不过没那么厚，刚出炉的，上面还撒满了芝麻，咬一口又脆又香。他们的牛羊肉都是放了血宰杀的，和美国超市不放血的肉食品比起来要新鲜，还少了一点腥味。店子里的伊朗员工是高鼻深目的美人，男的女的都美得不可方物，大概是因为东西混血的缘故。波斯人，贵林想起历史上曾是这么称呼他们的。贵林知道他们有很多也是战争移民，就像阿德尔一样。

贵林也常去墨西哥人开的店子，里面卖的炸猪皮和他小时候吃过的油渣子一个味道，贵林还爱一种小辣椒，只有小拇指那么大，深青色，比家乡的朝天椒还要辣。他家里做清扫的小工是墨西哥来的，整日笑容可掬，一开口就是"阿米哥"[①]。加州有很多墨西哥裔移民，合法的，非法的，从美墨边境拼了命过来的，很多人死在美墨交界的大沙漠里。在那些黑沉沉的夜里，美国像是一盏明灯，

---

①阿米哥，墨西哥语中朋友的意思。

照亮了前行的路。他们从世界的不同角落出发，沿着不同的迁徙路线，走过不同的山，跨过不同的海，终于辗转来到了这一片新大陆，也似乎都找到了一丝安稳，没有战火的现世的安稳。

他们在这片新大陆上从零开始，艰难地向上，他们在这里终日奔波，在这里生儿育女，在这里放声歌唱，又在这里低声啜泣。贵林想自己又何尝不是如此，虽然不是战争移民，也不是非法移民，可是来到这里，一点点开始，慢慢立足也是大不易。他想起了那个小山村的自己，在泥地里站着的自己，周围一圈人，没有一个敢看他。他是从那样的洼地里一步步走出来的。他叹了口气，像阿德尔一样叹了口气。贵林想：这些人会不会和自己一样，在某一个瞬间抬头看到天上或明或暗的云朵时，会想起千里之外的故乡，想起故乡和暖的春风和故乡照水的弯月？

第六章

春去，秋又来。深秋的时候，他回了一趟国，他上次回国还是三年前去阿富汗的前夕。秋天的故乡是素淡的，父亲母亲没有大变，能看得出，他们见到他是高兴的，他却没有如他们期待的那样高兴。他知道自己回到那个家更多的是出于一种责任一种义务，而不是真正发自内心地想去看看他们。他为此感到愧疚，却无法勉强自己，这么多年了，他一直是这样游离于这个家、游离于故土之外，他为此不安却又无能为力。他们送他去长沙的时候，父亲偷偷地擦眼睛，他没有能够流泪，只好迅速地把眼睛转开。

再回到硅谷，到处都是圣诞红，收音机里流淌着圣诞歌，他才意识到，已然是冬天了。只是这里的冬天是不冷的，和秋天并无大异，他也就穿一件夹克而已，却不觉得一丝的寒意，他想起了康奈尔的冬天，入骨的冷，就是那一团明黄，也不能把那团冷捂热，他想，翊欧现在还喜欢穿黄色的衣服吗。偶尔有他们共同的朋友说起她。他知道她去年已经结婚了，是她的一个西安老乡，好像是老乡聚会上认识的。他想她其实也不容易，月月的事情也过去四年多了，她总算是走出来了。他心里是为她高兴的，真心高兴，又高兴又难过。他觉得他们像是掉进泥淖里的两个人，如果互相搀扶，只会一起越陷越深。这样分开，靠着外力，还能勉强站起前行。他知道她是个聪明人，她一定也是意识到这一点了。但是他还是忍不住难过，就像是自己的一件衣服，明明已经不合身了，看别人穿上身，还是忍不住难受，又难受又难过。他是穿过那件衣服的，他熟悉了那衣服的质地和散发的气息，他得别过头，不让自己看到曾经暖和过自己的那一团明黄。

那天尤金在公司内部的对话系统找他："亨利，你过来一趟。"

贵林很少和尤金直接联系，一般都是库玛和他直接对话，贵林也不会越级和尤金说话，他是知道库玛的，人很强势，又好大喜功，一点小事都要吹成一朵花，也不太给手下的人功劳。以前白爽就抱怨过库玛要她帮忙准备 PPT，要白爽先跟她说一遍，库玛再拿到大会上说，却绝口不提白爽的名字。贵林心里明白，处处都小心，什么事情都是先和她通个气，库玛对他还算满意。

贵林心想会是什么事呢。他在尤金的办公室坐定，尤金跟他直接说了找他的缘由。原来公司想把贵林手里的这个产品全部挪到中国去做开发，想把他也一道派回去管事。贵林一愣，心里一时五味杂陈。这个产品他一进高博就开始做，一开始是做后台，后来又做前台，后来又做一线经理，所有的技术细节和整体框架都熟悉，像是自己的一个孩子，现在要把这孩子送人，而且自己还得跟着去交接，去培训那拨人，真有点为人作嫁的意思。

“这可是个好机会，外派回国，公司管住宿，你还会升一级。回美国也是很好的资历呢。”尤金说。贵林想这回把库玛手里的拳头产品端了，库玛去做什么，自己组里的人又去做什么？前些年外派回国还算是件美差，在国内待遇好，回到美国还能升职，有些下基层锻炼的意思。可是这几年眼看着跨国公司越来越不景气，有些日暮西山的苗头了。另外就算回到美国也不一定能继续做二线。他以前的一个 mentor 也是前两年派回国做二线，回美以后还是接着做一线老板，都是一个萝卜一个坑，没有位置空出来给她啊。

“我想想吧。”贵林笑着答。尤金说好，咱们过几天再通个气，你先不要和别人说。

晚上贵林站在公寓的阳台上，手里是一杯红酒。树叶卷起了风的声音，寒意飒飒而来。加州的冬夜是冷的，和白天的冬日截然不同。天上是轮满月，圆圆的、月白色的月亮，飘浮着一层薄淡的蓝，蓝得有些缥缈，月亮像是镶嵌了一个模糊的蓝边。他觉得有一种无边无际的空从遥远的天边漫了过来，从月亮之上缓缓袭来，他喝了一口酒，嘴角有了丝涩，那丝涩似乎一直钻到了他的心窝，他顿时觉得他在这世上太孤单了。他要从那一片空里打捞出一些结结实实的东西——他知道那是什么。他得回国去把它找回来，他一直是记着的，现在，是回去的时候了。

第二天，他告诉尤金说他想清楚了，他准备接受外派的安排。尤金回了几个笑脸。他想若是尤金早几个月说，他大约就不需要特意秋天回国了。不过这样也好，一回上海怕是兵荒马乱，也未见得有工夫回老家。

他头后仰，身子靠在转椅后背上，望着电脑和小小的办公间，他记得他来这个公司就是在这个房间面试，面试他的老板坐在他现在的位置，老板问他为什么要选择这个公司，他很想说没有为什么，一切就是如此，他似乎并没有选择，而是被选择，就像现在。但是他顿了顿说，因为这是他现在最好的选择。老板笑着点点头，似乎很满意他的回答。

尤金在几个星期后开大会宣布了这个消息。他的安排是美国的这个组准备做更新技术的产品，后端都是用云计算。现在这个产品，顾客从客户定制，到安装，到真正的运行需要的时间太久，现在在同类产品里已经没有太多竞争优势，这类产品的一个风向标杂志每年都做评估，眼看着这个旗舰产品就出了前三名。但是基于这个产品有大量客户，而且大多数客户在中国，公司决定不砍掉这个产品，而是把开发全面移到中国。库玛想招一个人替代贵林，但是尤金说一时半会儿招不着，就把贵林手下的几号人马都暂时先移到库玛手下。库玛不爽气，但也没有办法。贵林手下的几个人知道库玛的人品，心里有些嘀咕，但是也是没办法。大家都像是木偶戏里的木偶，后面有绳子提着他们走东走西，自己都是没有太多选择，只能任凭命运之手牵扯。

春天的硅谷又是花的海洋。他中午去公司附近那家咖啡店，又坐在了那棵白玉兰树下，满树莹白，如雪如素，四下哀凉漫漫。他心里的沉郁再次浮出水面，他想起了华勇。他在天堂的日子可好？他会和玉燕在一起吗？贵林在回国前夕联系了华良："我们见个面吧。"他总觉得华勇的事情还没有彻底了结，他须亲自面对华勇的亲人，把自己的忏悔说出来。他总觉得是自己让华勇分了神，以至让SWAT行动组趁机行动。

他们依然约在贵林公司附近的那家咖啡店。咖啡店周围到处开满了天堂鸟，人们闲坐着，安静地喝着咖啡，仿佛置身天堂。天堂里会不会也有罂粟，或者是加州罂粟呢？贵林远远地看着华良走过来，心里有一丝恐惧。华勇和华良实在太像了，仿佛华勇又活了过来，他那双手，在这个时候正紧紧攥住路旁的天堂鸟，毫不放松，慢慢站立，然后直起满是血污和弹痕的身子，往这边走来找他。

华良在他对面坐了下来："好久不见。"

"是的，好久不见……"贵林终于缓过神来，"对不起……"他说。

"对不起？对不起华勇？"华良有些诧异，"这和你没有关系的。"他的脸色倒还平静，一年了，地球已经自转了366圈，时间是最强大的，多少恨，多少痛，都被时间一刀刀刮去，只剩下一道道面目全非触目惊心的疤痕。他看起来没有那日在鲍威尔老兵之家那样痛苦不堪。

"我也是后来知道的。华勇这种挟持一个或几个人质的情况是所有人质绑架中最危险的。而且这几个人质他都认识，这样的人一般都是怀着必死的决心。那天你没到之前协商员和他说了好久，保证他投降不会治他的罪。那些协商员都是训练有素的心理学家，知道怎样打动人，怎么处理这种紧急情况。但是最后华勇把手机都扔了。警察只好用大喇叭。后来实在等得太久，SWAT 行动组才动手的。”

“这样啊……”贵林心里的担子却并没有减轻多少，他在想如果当初收到华勇来信说他被老兵之家开除，他多劝几句，华勇也许不至如此。他一定是对这个世界彻底绝望才会走上这一步。然而，他并没有把这些说与华良。他并没有勇气做真正的忏悔，他为自己灵魂深处的怯懦感到惭愧。

“他为什么要这样……”他说，与其说是对华良发问，不如说是自说自话。

“他对老兵之家期望很大，那是他最后的希望了。他本来想待半年，但是老兵之家觉得他的情形比较严重，不适合长期在这里，只批准了一个月。他很不高兴，和项目负责人吵了起来，还口头威胁要动枪。主管项目的人马上向老兵之家负责人汇报，他们对枪支是零忍受的政策，觉得华勇太危险，立刻就把他开除了。”

“噢……”贵林皱着眉头点点头，这可真是适得其反。他想象华勇被老兵之家开除后，在硅谷拥堵的某一天，突然心境就跌入了低谷，他拿了枪，叫了出租车。车子向着老兵之家疾驰，向着生和死的边缘奔去。但是，他是挑了他们开欢送会的那天去的，那么，大概并不只是一时意气用事，而是深思熟虑，策划了很久。到底是哪种情形呢？可是已经无从知道了，华勇不会再回答这个问题，那答案已经跟着他长眠在地下了。

“我弟弟，他从小脾气就比较暴躁，后来又走上了邪道。”华良又说，“他到美国时，我和我爸爸妈妈还在越南。他寄住在我的伯父家。他不好好学习，和学校的黑帮混在一起。我伯父为了把他和黑帮的人分开，把他送到遥远的威斯康星寄宿学校去了。”

“他在难民营受了太多欺负，他必须这样野蛮生长才能活下去。”贵林说，“难民营那段经历俨然在他身体里种下了暴力的种子。”说这话的时候，他想到了玉燕，也想到了自己，每一个人过往的岁月都如一场风暴，毫不留情地锤炼出他们日后生活的骨架。

“噢？”华良看着他，“他都没怎么和我说起他在难民营的事。

“等我和我爸爸到了美国，他一直在威斯康星，不愿意回来和我们住。他说那样更自在。我的父亲很严格，还会打人的。

“他从威斯康星毕业后上了几年社区大学，打了很多年的零工，在南加州开过一个小店子，后来倒闭了，没什么好出路，就去当兵了。”华良说，“有时候，我很惭愧，我一直跟父亲母亲在一起，有他们保护，没受什么苦，顺顺当当上学，念了大学，出来就找了电脑行业的工作。”

贵林的脑袋里突然涌出许多无解的疑问和揣测，华勇和华良，多像罂粟和加州罂粟，同一科，却是一个有毒，一个没有。加州罂粟若是到了阿富汗，也会变成有毒的罂粟吗？而有毒的罂粟，或许到了加州，就会修炼成无毒无害的加州罂粟？所谓橘，长江以南为橘，以北就成了枳？人生最黑暗最残酷的记忆会给一个人带来多大的影响呢？是会像海底的暗涌在重重岁月里堆积沉淀，愈积愈厚，然后在惊涛骇浪降临的那一刻风起云涌，以致分崩离析、全盘崩溃？如果华勇没有那些战争和苦难的记忆，心灵没有饱受残虐，他，还有那老兵之家的三个员工，是不是就不会遭此劫难呢？当初，如果，他父亲挑了华良上了那艘难民船，那么他们的人生会对换吗？也许吧，人生充满了太多随机，就像一个转盘。而命运的转盘停在哪一格又岂是每一个人自己可以掌控的呢？

贵林决定回国之前去华勇的墓前看看他。他听说西方的习俗是用殷红的罂粟花纪念阵亡的将士。他觉得华勇也算是阵亡，从某种意义来说。不是吗，如果不是他在阿富汗战场目睹了那些令人窒息的战争惨剧，如果不是因为战争，他也不会一直生活在马六甲海峡上被海盗、被饥饿、被难民营里的暴力蹂躏的恐惧中。如果不是这些，他不会住进鲍威尔老兵之家，也就不会这么早就结束了自己的生命。

贵林开了很远的路，重返优胜美地的梅彩德山谷。春天扑面而来，依然是漫山满眼的加州罂粟，依然灿然绚丽。一大片一大片的加州罂粟在山谷的清风和树影里摇曳着，轻轻地低吟着。他站在那，找不到风的方向。他采了一大束加州罂粟，在优胜美地东门外的一个小旅馆住了一宿，第二天下午回到硅谷，没有回家，直接去了华勇的墓地。华勇没能葬在 280 公路附近那个著名的老兵公墓，而是被葬在一个平民的墓地。

墓园里正是春天，灰白色的石碑在苍青的草坪上一个个排开，齐整静穆，安静得连时间都没有了。他一路走过，走过一个个沉默的墓碑，走过一个个沉睡的亡灵。他走到了华勇的墓前，华勇的墓碑很简单，十字架下用黑字写着 “Private David Nguyen，4th，Oct，1972， Age 39” （列兵大卫·阮，生于 1972 年 10 月 4 号，终年 39 岁）。他低下身，把那束加州罂粟放在他的墓前。他在那站了良久。天空渐渐转灰，风从不知名的地方吹来，芦荻荒野，便有了几分苍凉和寒意。

是回去的时候了，贵林向着墓碑鞠了一躬，转身而去。天色昏沉，暮云凛凛，他走出没几步，突然听到一声鸟叫。他猛一回头，后面却是空空如也，没有，什么也没有，恍惚间，墓碑前的加州罂粟，似乎都没了踪迹。

贵林的单程机票定在三月底。归程已定，一切进入下一个旅程、下一个轮回的倒计时。

那些天，贵林白天上班，回来就是收拾东西，那么多老东西。他在一个黑皮箱里找出当年康奈尔给他的录取信。他还记得是同宿舍的李建跟他说的传达室有他的快件，美国来的。他一步并作两步下了楼，拿了信，就在黑暗的楼道里拆开了那封国际快递，就着灰暗的光线，他看到抬头那个红红的“Cornell University”，是录取通知书，还有全奖。他心里一阵狂跳。他没有回宿舍，而是转身出了楼，骑上了自行车，他并不知要往哪个方向走，却是下意识地奔了未名湖去，他记得他是穿着一件绿色的李宁牌校服，校园里到处都是穿着同样校服的年轻人，但是那一刻，他觉得他是他们中最快乐的一个。他的车子穿过柿子林，穿过大讲堂，向着那个湖的方向一径而去。他骑得很快，春天的风吹在他年轻的脸上，和暖而温柔，他记住了那种美梦成真的感觉，那样快乐的时刻，人生有几个那样的时刻呢，多乎哉？不多也。或许，就是因为少，所以更加弥足珍贵。

箱子里还有一份亲属证明，这是他出国前办的，据说到美国能用上。他打开，中英文对照都有，上面写着父亲吴辰刚，母亲李秀梅。这份亲属证明他在美国并没有派上用场，他用手轻轻拂过那已经有一点发黄的字迹，眼前出现了一条黄土路，贵林小小的，坐在吴辰刚和李秀梅中间，三轮车载着他们在土路上突突地前行，扬起一片尘土，他在那尘土中看着远处的小山村渐渐地隐没在群山之中。他轻叹了一口气，从他的钱包里拿出一帧两寸照片，照片是他和母亲的合影。那时的母亲还很年轻，母亲的手搭在他的肩上，他的头靠着母亲。那时的他还只有五岁。他的喉咙突然有些发涩。

他去了一趟艾迪家，老头子精神还不错。他们坐在春天的后院里，看繁花点点。月季花又开，大朵的淡黄的花瓣，清新明丽。三角梅似乎一年四季都是这么纵情开放，开出这样高贵而明亮的紫。那几棵杨树，还是满树绿冠，树叶和花朵淡隐的清香游离在整个园子里。“下次见面就不知道是什么时候了。”艾迪吐出一口雪茄。那轻烟在空气中缓缓而过，画出一些痕迹，浅淡而渺渺，丝丝缕缕，像是一条清澈透明、旖旎而去的河流，卡尤加湖一样的河流。“也许一年，也许更长。”贵林点头，他的回国任期是一年，他知道有人延长了那个任期，也有人提前回来。他会是哪一种呢，他很没有底。

“人生就是一场场的告别。不断地开始，又不断地结束。”艾迪说，脸上有一种捉摸不定的深幽。贵林点头：“人生就是一场漫长的告别，从出生就开始的告别。”

“哈哈，听起来不是很乐观。”艾迪拍拍他的肩膀，“相信我，上帝会照看着每一个子民的。”

“世界上真的有个上帝吗？”贵林低低地自语，但是艾迪听到了。他说：“其实有没有上帝不重要，但是天上一定有某一种神灵，天上的神灵把你送到人世一定有它的旨意。”

贵林若有所思，他没有说什么，而是看着远处的云，一片片榆钱叶子般的云在天空上飘游。他觉得艾迪家真是个神奇的地方，每一次他抬头看云，都会看到不一样的云。

那天他收拾东西的时候突然又搜出一些老照片，他翻看了一下，突然有些不忍卒看的感觉，他想了想，把那些相集放进归国的那一堆行李。一些不是那么重要又不好带的东西，他打好包，准备存放在存户间。房间里大部分家具，他喊了捐赠机构救护军（salvation army）来拖走了。剩下一个气垫床，他准备对付几天。所有的一切都已归档落定，现在他似乎可以转身而去了。然而他知道他还不能。

他给翊欧打了个电话——翊欧前几天发邮件说起他们旧房子的安置，他说不如当面说。他们约在一家韩国饭馆见面。翊欧喜欢韩国菜，尤其是那些餐前小菜。

见面的那日是个阴天。他们差不多同时到的。她穿着一件浅绿色的T恤衫，他远远看见它，有些失落——她没有穿她常穿的明黄。他以前曾说过，黄色最适合她。她走近了，他们看着对方，那似乎是一个比常有的凝视更长的对视，他们大概都意识到了，都有些尴尬，然后，他们彼此一笑。他知道，那不是那种一笑泯恩仇的笑，大概更多的，是不知道还能用什么别的表情来打破此时的尴尬。他知道她在打量他，她也知道他同样在打量她。他们在揣测这过去的几年间，他们曾经最亲密的人都有了些什么样的变化。他觉得她老了一些，抬头纹都出来了，好在她留了刘海遮住了一些。他想她大概也是同样的感觉，岁月的流逝从来都不是悄无痕迹的。

她照旧是点了她爱吃的铁板牛肉和他爱吃的豆腐煲。小菜上得很快，满满当当地摆了七八个小碟。辣白菜、海带丝、酱黄瓜、鱼豆腐。味道不错，似乎和几年前的味道差别不大。豆腐煲上来的时候，她拿起碟子里的生鸡蛋打在他面前的豆腐煲里，然后搅了一下。豆腐煲有些烫，他等了许久才动筷子。她看着他。

“你爱吃的辣白菜。”他把那盘辣白菜推到她面前。她以前不吃辣，跟着他这个湖南人也开始吃辣了，比他吃得还凶。她夹了一筷子白菜。“真辣。”她擦了一下眼睛。

他把一杯冰水推到她面前。她没有喝。

“你倒是比以前会照顾人了。”她叹了口气。他没有回话。两个人沉默了好一会儿，然后他拿起勺子，开始吃豆腐煲。她也拿起了筷子。两个人都低着头吃菜。

过了一阵，她抬起头说房子准备上市，问他同意吗。2009 年那阵房价低迷，不好卖，他们的房子没有卖掉，就改成出租，这几年一直在出租。现在房价总算上扬了。

“也许等一等可能卖得更好？”他说。

“嗯，不过我急等着要钱。我那边买了新房子需要首付。”她面有难色。

“噢，那就上市吧。”他说，心里有一丝隐隐的流连。那栋房子不大，后院却是不小，墙角种了几棵白兰花树，是他们搬进去的时候从很远的苗圃特意买回来的，每棵要一百多块钱，不便宜。翊欧说她在杭州念书的时候，常有人提着白兰花卖，一串串的，她喜欢那种清香的味道。白兰花树长得快，很快就葱郁满园，到了夏天，白兰花的清香从浓荫里缓缓飘来，隐隐若若，沁人心脾。

“回头卖掉了，我把一半的钱打到你账号。”

“噢。不急的。”他说，他心里想的是他们又要买房子了，他听说那个男人是有房子的，翊欧和那个男人结了婚就搬到他的房子里了。

“原来的太小？”他忍不住问。

“嗯。”她含糊地回答了一句，她和她现在的老公是想买个大一点的房子生孩子的。可是她一直都怀不上孩子，她没有跟贵林说这些。

他们杂七杂八地聊了些，谈话进行得不是那么流畅，但是还算友好。他松了口气。

“我要回国了。”他说，这也是他约她出来的主要原因。

“噢。”她停下了筷子，停了半晌，低低地说了句，“对不起……”

“为什么要对不起……”他嗫嚅着说。

“你去了阿富汗，现在又要折腾回国，都是我不好……”她说，眼泪差点又要掉了下来，“月月的事情，我对你态度太差了。是我不好。”

“不，这和你没有关系的，和月月也没有关系的。”他说出月月名字的那一刻，突然觉得很难受，难受得眼泪都要掉了下来。好在周围人多，他不好意思掉泪。他就想这样的地方见面挺好，就算说到难受的事情也不至失态。

他们很快又陷入了一种沉默，和月月有关的沉默，和过去的岁月、过去的创伤有关的沉默。两个人又都低着头吃饭，似乎这是唯一可以掩饰他们内心的做法。她把她的牛肉吃完了，把桌上的小菜也吃得一空。“你一直没有找吗？”她换了一个话题，并用此打破了弥漫在他们之间令人不安的沉默。

“也有一两个交往了很短的一段时间，好像不太合适。”他皱了皱眉头。

“嗯。你是个挑剔的人，不过不要要求那么高了。你也快四十了。”她说。他重重地点了点头。

他们最后告别的时候，他轻轻地拥抱了一下她。“再见。”他说，他感到她的身子轻轻地抖了一下。

“再见，保重。”她说。她很快转过身，没要让他看到她眼角的泪。

“保重。”他重复着这句话，然后站在那，看她转身而去。她走起来还是有些外八字。“这大概是不会改了。”他心里暗想，摇了摇头。他看着她浅绿色的身影走进她白色的凌志——还是五年前一样的车子。他觉得有一丝茫然掠过，似乎五年前的一切都未曾改变，似乎他们曾经的一家三口，还会一起走进那辆凌志，然后一起开车前往下一段旅程。他觉得他的眼泪很快就要掉了下来，他忍住了泪，上了自己的车。

天气更阴涩了，像是要下雨的样子。他没有回家。他去了附近的一家超市，买了一束白菊花和一个泰迪熊。然后他的车子开上了高速，向东而行。他知道他要去哪里。

他开到了月月的墓园。

墓园里寂静无声，这种寂静是可以触碰的，就像一堵透明的墙，把墓园和外面的世界彻底隔断。他记起 280 公路附近的老兵公墓和埋葬华勇的那家墓地也是这般安静，世界上所有的墓园都是安安静静的，这样才不至打扰墓园上空游荡的魂灵。他一一走过那些墓碑，在一块墓碑前，他看到一个年轻的妈妈埋着头躺在墓碑前的毯子上，她的旁边是一个婴儿座椅，里面坐着一个几个月大的孩子。墓碑前是一束好看的红玫瑰。那里面该是埋葬着她的爱人，埋葬着那个孩子的父亲吧。那个孩子不声不响地看着他的妈妈，安安静静的，就像这世界上所有没有父亲的孩子，就像这世界上所有的墓园。

他走过他们，走到月月的墓碑前。他低下身，把白菊花和泰迪熊放在墓碑前。然后站在一旁。她一定睡得很好吧，他想。

他觉得有些累，就在墓碑前坐了下来，靠着那块白色的墓碑。他静静地倾听着，他觉得他听到了月月的声音："爸爸，爸爸。"那是两岁的月月吧，刚开始说话的月月，他多希望时间就停在那一刻，她还是那么活泼泼地，笑着，唱着。然而时间是离弦的箭，无情地疾飞，不住脚地向前，她的声音渐渐地远了。恍惚间，他又看到她穿着漂亮的小花裙朝他跑来，他张开了双臂，她却倏尔就不见了踪影，他抱住的只是那块墓碑。墓碑是冰冷的，即便是在这样的一个春日。风吹起墓碑前的白菊花，也吹进了他的眼睛，他的眼泪流了下来，落在灰白的墓碑上。世界上所有的墓园都是让人流泪的地方。然后他感到了脸颊上的水越来越多。下雨了。雨水是上帝的眼泪吗？雨纷纷扬扬，细润无声地落在月月的墓园里，落在华勇的墓园里，也落在老兵公墓里。雨水落在硅谷的每一座墓园里，雨水落在硅谷的每一寸土地上，每一个魂灵和每一个祭奠者的身上。

他在一周后坐上了飞往上海的飞机。他在机场候机的时候看了一下手机，3 月 28 日上午 10 点，2013 年的 3 月 28 日。再过几天，就是愚人节了。他看着机场"欢迎到旧金山"的牌子，有些发愣，他这番是要离它而去的。硅谷，这个他有生以来待得最长的一个地方，他未来的道路上，还会和它重逢吗？

他在云端俯视这个城市，城市的上空飘浮着一层轻雾，整个城市便如海市蜃楼一般，缥缈不定。他想，这个城市也是一个魔术师，和月光一样的魔术师，很多的人在这里从无到有，很多的梦想在这里开花结果。然而，也有很多的人在这里死去，慢慢地或者很快地死去，然后恒久地长眠在那些安静的墓园里。

墓园是每一个人时间的最高殿堂，在这里，时间终于停止了流逝，一切的悲喜潜入了地底，一切的开始成了结束，一切的告别从这里启程。

人生就是一场场的告别，而对于他而言，不仅仅是告别，还是墓园里一次次静默如水的祭奠。

第三卷

上海繁花流影

镜中永远是此刻

此刻通向重生之门

那门开向大海

时间的玫瑰

——北岛《时间的玫瑰》

第一章

上海的春天比起硅谷，多了几分青翠，多了几分滋润，大把的绿，绿得能掐出一把水。加州缺水，气候干燥，硅谷的山头常年都是苍黄。上海的街头花海漫漫，最多的就是白玉兰花。加州也有白玉兰，却不是上海这样街头巷尾都是，一树一树的繁花，如水似锦地怒放在枝头，似乎比加州的花朵更大更饱满，细细看，莹白的花骨朵下面是一层淡淡的红，灿烂精致，就像满街的上海女人。

惠源公司上海总部设在恒隆广场一期的那栋楼。贵林住在离恒隆广场两公里的明园世纪城，紧挨着复兴公园。公司给他这样的外派有租房补贴，差不多一万块钱一个月。他没有车，每日都是打出租车过去，公司可以报销。恒隆广场所在的南京西路是静安区的老牌外企聚集的地方。 贵林下了出租车，一抬眼就看到 LV 和爱马仕的大广告牌，后面是两座高楼，灰蓝色的玻璃高楼。四周是人潮人海，他心里有了一丝陌生感，单从这市容来看，硅谷真的是个乡镇企业的集合地了。

公司在十八层，电梯间里有穿西装打领带的，也有他这样随意的。那些穿着正式的一般是律师事务所、咨询公司或者是投行的。也有会计师事务所初入社会怯生生的小实习生们，规规矩矩穿着廉价的职业套装，好在青春靓丽穿什么都好看。而像他这样穿着随意的一般都是做 IT 的。不过无论穿着如何，大家一律都是一张木偶脸低着头，没有一丝笑意，这倒是和硅谷一致的。公司环境还不错，员工都在一个个隔间里办公，看起来也是和硅谷的环境无异。贵林想，世界真的是平的。

中午的时候，几个同事和贵林一起去写字楼下面的餐厅吃饭。餐厅选择真多，贵林看得有些缭乱。几个同事把他拉进鹿港小镇。贵林吃得实在过瘾。贵林觉得旧金山唐人街的食品已经够正宗了，可是和国内的比起来，怎么说呢，那就简直没有可比性。

恒隆广场有两栋楼，一期和二期。一期的更高档一些，楼下就是商场和餐厅。贵林从商场经过，看到那些店里的店员态度尚好，只是细细察看，似乎还能看到一丝不屑。贵林想起小时候举家南迁，是经过上海的。那些售货员的态度比现在可是差了十万八千里，那些售货员的眼色何等尖利，何等势利，眼睛都是长在额头上的。贵林记得那些售货员只看了一眼他们一家人，就不搭理了。母亲问起一件花呢衣的价钱，她们都是爱理不理。贵林平素少话，那一下突然就火了，冲着售货员就斥责了一番。那个上海女人显然没想到个子瘦小的贵林会冲她吼，心里又气又慌，脸都红了，冲着贵林说了一通难听的上海话："乡窝宁（乡下人），买勿起，就勿要看（买不起就不要看）。"贵林听不懂上海话，但是却是知道她在骂人的，冲上去要和她骂将起来，却被母亲拦住了。可是那个营业员还是补了一句："小赤佬，侬寻死啊！" 衣服自然是没有买成，贵林对上海也没了好印象。

那天早上他上楼，电梯门正要关，来了个三十多岁的女子，看起来像个孕妇，动作有些慢，贵林忙拿手挡住门，她走了进来。"Thank you!"她用英文说。"You are welcome."他也顺口用英文说。然后大家又都低了头不说话了。那女人看起来脸上也是没有阴晴的样子。到了十八层，她出来了，两个人都朝着惠源公司的那个方向走。不由得说了两句，原来那女子是销售部门的，叫陆菁敏，销售的产品正是贵林开发的这个产品。

"叫我小陆吧，我没取英文名字了。你手下的陈亮和我平常联系挺多的。" 小陆倒是个健谈的人。

陈亮是做技术销售的，汇报的老板正是贵林。贵林主管产品软件开发和技术销售两个部门。技术销售是开发这边和销售交界的部分。实际上就是支持小陆这样的销售人员和售前人员，帮他们把产品调置好，根据客户的需求配置软件模块，定义初步的实施方案，再把这些技术含量大的 PPT 做好，把产品的技术特色和怎么操作教给这些销售人员，再由销售去推销这个产品。 陈亮他们自己倒不怎么和客户直接打交道。

贵林发现两个部门都要操心，操的心都比原来在硅谷做一线经理要多得多。技术支持那边还好点，主要是很多销售方面的门道和流程要知晓，他以前没做过销售，也不熟悉国内的情况，都得现学。开发方面，美国总部的人总是不太信任这边的队伍，觉得国内的人素质技术差了火候。他以前在硅谷，不觉得有歧视，现在到了这边，就感觉特别明显。他想其实这边找的技术人员很多都是优质985大学毕业的，尤其是老员工，除了外语差一点，素质是顶尖的，硅谷那边很多老美也就是一般的加州公立大学或者加州州立大学毕业的，技术上并不比这边的技术人员好呢。贵林就少不得为他们辩解，总之就是窝心又操心的事。

不仅得操心内部的事务，还得操心来自开发中心之外的斗争——和别的亚太开发中心以及和美国总部的斗争。

跨国公司各个开发中心之间的斗争是分好几个层次的。先是底层斗争，也就是程序员之间的斗争。这个功能模块谁做谁不做，模块测试有没有bug，有了bug是谁的责任，各个区域的程序员之间竞争是很激烈的。其次就是中层之间的斗争，整个开发中测试归哪个点做，也是斗得不轻松。像以前那个VP汤米的做法就是把测试分摊到中印两地，加以挟制。旗舰产品的开发一般都是留在美国，只有等这个产品技术渐渐落了后，才肯把开发送给中印两地。而最厉害的就是高层斗争，争夺亚洲区的话语权，或者说是全球话语权。

早些年中国的开发中心一般就是做软件汉化，没有太多决策权和实力，好似番邦，在外企做大头的基本都是被流放的外国人或者台湾等非大陆华人，总部也不太管中国区，只要每年交租子给总部就行，至于内部怎么玩都不管，所以各个销售代理商制度混乱，各个都像小军阀。这些年中国经济发展快，买单的客户越来越多，中国成为仅次于北美的第二大市场，又加上跨国公司奉行“世界是平的”策略，利用中国廉价劳动力，以达到日不落全球协同的局面，中国开发中心在全球战略布局里越来越重要。当然，美国那边也就管理得特别严格。只是这些年中国本土的劳动力越来越昂贵，跨国公司又盯住了一些南亚国家像越南、老挝，所以中国大陆这边的开发中心又得和新加坡、中国台湾的中心好一番争斗。

这个软件原来是高博的产品，开发在硅谷，功能测试和系统测试在印度。现在开发拿到中国来了，贵林和他的老板 VP 鲁麦克都想把这两个测试搬到中国，这样和开发在一起，整个团队也更加高效。只是本来把开发搬到中国这边，印度那边就不大高兴的。碍于客户都在中国，他们也只得作罢。这回提到要把测试也搬过来，他们更是不爽，一直也不肯松口。

中国这边的开发大头麦克以前在英国待了不少年，海归得早，原来是高博这边的中国区软件开发的头，摸爬滚打混到 VP 的位置也是不易，当然也还是有些门道的，不然这一次也不会把这个软件——虽然是美国那边不做了的软件开发抢过来。据说那时候也是和印度那边好一顿争抢。说起来这个功能测试和系统测试原来是在高博中国开发中心的，被印度班加罗尔的开发中心抢了去，现在又把开发抢了回来，算是打了个平手。

鲁麦克也不好和印度那边硬抢，准备来个迂回之战。他觉得首要是把中国的客服中心建起来。这件事原来还是高博的时候就提上了日程，汤米那次和白爽回国也有大半原因是为建客服中心而回。本来说得挺好的事，因为高博购买阿尔法的丑闻延误了，后来高博自己又被惠源公司买了，这件事更是搁置一旁了。

麦克要贵林准备一个 PPT，把中国建客服中心的优势列出来 。贵林想了几条，大家开会又补充了几条，麦克看了看说不错。

麦克、贵林跟美国总部的大头尤金专门为这事开了个会，他们把 PPT 一放，中国区这边的重要性显示得清清楚楚。销售额这几年一直上涨，每年都是 12% 的上涨幅度。用户这两年也增加了好几十，要知道，这可是 B2B[①]，涨的不是用户，而是商家。数额的确不小，惠源公司当初在高博股票大跌的情况下还是买了它，很大一个原因就是看中了它在中国市场的份额。

麦克接着再次重申听取中国客户声音的重要性，PPT 上摆出了一堆在中国建客服中心的必要性和优势。第一，没时差，很多时候，软件出了问题都是十万火急，一有问题，技术支持必须迅速回复，如果客服中心在同一个时区，回复就很快，不必等到第二天。第二，近距离，有些软件问题是需要客服人员到客户公司现场查看他们的系统，有时候在电话里说上半天不明白，到实地一看就清楚了，如果有中国的客服中心，当天就能派出技术人员上门服务。 第三，语言优势，虽说惠源公司在中国的客户都是高科技公司，员工英语水平还是相对不错，到底比不上用中文交流顺畅。在中国建客服中心有语言优势。第四，客服中心有利于建立中国的供应商生态体系，最终扩大中国市场。第五，简单的二次开发和系统部署可以由客服中心和代理商协商来实现，从而减少公司成本。

尤金他们不得不点头。“不过，谁来弄这个客服中心呢？”尤

① B2B，又作 BTB，是 Business-to-Business 的缩写。是指企业与企业之间通过专用网络或 Internet，进行数据信息的交换、传递，开展交易活动的商业模式。

金问。麦克就把他们这边的建议推了出来，就由开发这边兼做客服中心。招几个合同工，开发人员主要是做开发，但是同时可以培训这些合同工做客服，要是客户遇到棘手的难题开发的人也能上。合同工灵活，可以先试试，不行就砍了。尤金听得频频点头。

贵林又特意把这个 PPT 先发给卡尔，说是征求意见，其实是拉拢他的支持。等尤金把这个建议上报给卡尔，卡尔很快就批准了。

不过纸上说起来简单，真正弄起来事情就多了。贵林前几个月都是忙着建客服中心的事情，忙着招合同工，又忙着培训开发人员。因为开发这边其实也是刚刚上手， 并不太熟，培训合同工的事情就都落在贵林身上。好在他想起了以前在硅谷他手下的几个力将，让他们给上海这边的合同工和开发人员同时做培训，倒是一举两得。

工作之余，贵林喜欢在住处附近走动，喜欢用脚步来丈量一个城市，而上海，是很适宜步行的，尤其是在这样有着大片阳光的暮春里。武康路上有很多庭院深深的老宅大院，都是解放前富贵人家的私宅或是名人旧居，高高的围墙，很有几分神秘莫测。巨鹿路上的小店每一个都深藏不露，这条路上有很多个性买手店、创艺花店和精品小店，让贵林想起旧金山卡梅尔（Carmel）的小店。店里的老板，从来不着急向你推销什么商品，只坐在藤椅里，自顾自地喝茶、看书。附近的小饭馆也多是老牌子的店，振鼎鸡、绍兴饭店。面包店也是老式的居多，静安面包房、可颂坊、红宝石。不过街头巷尾也有小摊小贩，一块钱就能买上一个茶叶蛋，一块五买一个肉包子，又便宜又好吃。这里的人是说沪语为主，贵林是听不大懂的。路上的上海女人衣着精致且得体，表情矜持又不失优雅，连七十多岁的老妇人也是常穿着裙子洋装，看起来就多了分雍容。贵林想这样的地方是深得了上海的精髓的，这其中的味道是他这样的乡窝宁不能深谙的。

一天中午贵林去公司下面的一家快餐馆买中饭，看到不远处做销售的小陆坐在那一个人吃饭，就走了过去。小陆脸色看起来不太好。贵林问了一句，哪晓得这个小陆一下子就说了一大堆。

小陆今年三十五了，在国内算是高龄孕妇。已经是拖了很久不能再不生了，可是一怀孕，怀胎十月工作肯定受影响，尤其是她这样做销售的，经常要出差见客户。生了孩子再休上几个月产假，公司的事务肯定受影响。所以好些像她这样的白领，要不迫于老板压力，要不迫于职场发展的自身压力，都不敢太早生小孩。她家里催得急，她也想过辞了职生孩子，可是上海这大都市生活费用高，辞了职经济压力就大了。她老公是个博士，在一家国有公司做技术，不上不下是个小主管，工作收入一般，家里的大部分收入还是依靠小陆。

几个月前她知道自己怀孕了，一直没敢跟老板说，现在四个月，开始显怀了，硬着头皮给直接老板王杰克说了。王杰克中文名字叫王建，Jack，建，念起来还挺像。外企的员工几乎人手一个英文名，他进来时就取了这么个名字。杰克是苏北人，大学毕业后削尖了脑袋留在上海。他原来是个产品经理，在职念了一个复旦和加州大学洛杉矶分校合办的MBA。王杰克听了后不动声色地拿出总部给中国区的指标给小陆看，说你怀孕没问题，不出差也没问题，可是咱们的指标得达到，你怀孕了，可能要代理商做更多事情，得要他们多帮帮忙呢。

小陆默默点头，开始了惴惴不安的怀孕生活。她有空就拿着电话和代理商老胡沟通。这个老胡还真是没辜负他这个姓，整个一老狐狸，表面上恭喜小陆高龄产妇喜怀贵子，心里想去年那笔生意你要了个大折扣，拿走了大部分利润，今年你得听老子我的了，老子年度里不下单饿死你：看你分成的时候还听不听我的，我说按7：3分你就得照做。他拐弯抹角地把他的想法说了。小陆一听分成这么差就不高兴，老胡就耍滑头说那也行，我就去找你们的竞争对手。

像惠源这样的软件公司一般都对付款方式和时间要求苛刻。而甲方也就是买方很难迅速付款，又或者因为法务条款苛刻，需要有代理商做中介，和甲方乙方分别签订合同，起到缓冲的作用。另外，代理商还会做一些基于甲方要求的二次开发，赚些服务费，而乙方供应商也正好可以节省成本做这些二次开发，所以慢慢地，三方形成了一个相互依赖的生态环境。

小陆拿老胡这个代理商没办法，回头又跟王杰克说。没想到王杰克含含糊糊地说回头问问，不过你不用管别人，你自己凡事照公司的政策办就行了。看到王杰克糊弄和不耐烦的态度，小陆蔫了。她想，这个王杰克是市场管理出身的，没做过销售，哪知道基层销售的苦恼。对他而言，代理商和他手下的销售人员怎么分成，他不在乎，一个两个销售没有达标，他也不在乎，关键这个组销售额达标，他自己的奖金和位置就保住了。小陆想到这一层，心里寒了半截。

王杰克又说，你生了孩子也不用着急回来上班，孩子还是最重要啊。小陆想他这什么意思，自己生完孩子等于组里少源，战斗力降低他也不在乎，是不是想借着她生孩子的机会把自己赶走啊。

小陆越想越担心。现在她也顾不上奖金分红了，就想着怎么才能在休了产假之后保住自己的位置。她把心里的苦恼半遮半掩地跟贵林说了。贵林也听明白了个大半，就安慰小陆说：“你别想那么多，在美国很多人在你这个年纪生孩子，生完回来职业上一点也不受影响。”

“那是你们美国啊！”小陆的细眼睛睁大了，“我周围好几个朋友生了小孩以后都只好再找工作。找的时候还不敢说家里有小小孩，怕老板不要呢。我现在每天都工作到好晚，一点也不敢懈怠啊。”贵林不好说什么，也只得和稀泥地安慰了她几句。小陆脸上总还是没个喜气。贵林事多，吃了饭就上楼了，留下小陆在那没精打采的。原来这个小陆发牢骚是假，其实是想要贵林捎话给销售那边的人，也是树立一下自己勤勤恳恳的好员工形象，可是这个姓吴的海归看起来根本没搞明白她的心思。

几个月下来，客服中心上手，业务也慢慢增加，人员也增加了。麦克到底回国时间长，熟悉国情，他在汇报客服增长的好消息时，也把最近国内的一个给高科技企业退税的政策汇报到美国那边，根据这个政策，开发的利润与销售部的营业额合并在一起利于企业退税，此外政府对于满足一定人数的外企还有别的退税奖励。

他趁机又把测试搬到中国的事向尤金提了出来，要求扩大中国这边的开发测试人员，按照中国客户的需求开发专门针对中国市场的功能，客户群大了，也就能增加这边开发收益。

贵林也再次提到开发和测试不在一个点的劣势。虽然中印时差差得不多，公休假还是不一样。很多时候同一个点的两个人站在同一个机器前，三下两下比画比画就清楚了。不在同一个点，还得开视频会议。或者有些小事干脆也懒得互相交流了。

尤金也记得自己那时候有时差开会犯愁的事情，心里也是对这个客服中心招揽了生意颇为满意，几年前美国总部是绝不会把一个软件完完整整放在一个点的。可是惠源公司在美国这边销量日益下降，反而中国这边有些起色，也不得不退让几分，再加上还可以省税，就同意把测试全部移到上海。两个月后，功能测试和系统测试移师上海。这样，这个产品的开发，测试和技术支持全悉搬到中国。大家都颇为振奋，准备找个餐馆好好庆祝一下。

那天下了班，一行人到了外滩的海鸥餐馆。这家餐馆临着外白渡桥，过了桥就是百年外滩，隔着江就是上海的金融中心陆家嘴。小包间的窗户外面就是黄浦江。贵林站在窗户边，看着窗外的大上海。黄浦江这边是百年租界，那边是新时代的高楼层叠入云，云朵在河的两岸自由穿梭。他这几个月只是忙着公司的事，周末在附近的宋庆龄故居和复兴公园走走，并没有见到上海这个繁华都市的全貌。窗户下的黄浦江水有些浑黄。他想起小时候爱看的《上海滩》，那句“浪奔，浪流，万里滔滔江水永不休”就回旋在他脑海。上海是个什么样的滩？他小时候那次途经上海，就和这个城市生了小小的过节。他知道这是个不一样的地方，是个好地方，只是，他似乎还未能完完全全懂得它的好。他想他大概也很难真正融入这个城市。

大家一一坐定，小陆就坐在贵林旁边。这回她倒是神清气爽，满脸喜气，似乎也不发愁生了孩子能不能回来的事了，和前几个月在餐厅碰上全不是一副风貌，贵林暗暗称奇。贵林手下的开发组组长小肖看着对座的销售王杰克和小陆，不由问了一句：“咦，老林没来？”老林是这个产品的另外一个销售，说老林，其实也不老，也就三十八岁。

“噢，老林前一阵给公司开了，有代理商投诉他。”贵林手下管售前技术支持的陈亮说。陈亮和销售部门经常打交道。

“老林不是一直干得挺好的吗？”小肖有点诧异。陈亮不说话了，看着王杰克。王杰克简单地说了一句，老林从代理商那里拿回扣，被告到美国总部了。贵林前一阵也是知道这个事情，只是他对销售团队那边的人事不熟悉，也不知道个究竟。

“那他手下的那个大客户摩远公司给谁了？”陈亮问了一句，他知道老林走之前有个大客户，对这个产品很感兴趣的，陈亮帮忙准备了好几次演示文稿，都是针对这个客户的。

“小陆接手了那个客户。”王杰克说。对面的小陆有点不自在，笑了一下，陈亮也笑笑，大家就都不说话了。贵林觉得这后面该是有些道道，不过他也不太搞得明白，只是招呼大家点菜。

开始点菜了，贵林一眼看到生煎包。他想也没想就点了这个。陈亮悄悄跟他说，点心是最后才点的，贵林想这下露怯了，好在大家也不太在意。陈亮点了一个本帮菜糟钵头，王杰克点了一个松鼠鱼，小陆点了个白斩鸡，又点了几个上海家常冷菜，海蜇头、糟毛豆、桂花糖藕。大家还点了酒，小陆的肚子已经很大了，说是再过两个月就要生了，就不喝酒了。

说话间，菜就上来了。生煎包真不错，煎得火候恰好，没有放芝麻，味道不错，就是稍微腻了点。贵林暗想，还是林师傅的生煎包好吃，就是不知道这辈子还有没有机会吃到。松鼠鱼肉很嫩相，只是稍稍甜了点，贵林不太习惯。倒是那个糟钵头乳白的汤汁，糟香扑鼻，里面的猪舌猪肚都是贵林久未尝过的，吃得过瘾。白斩鸡白里透着黄，摆出了一个鸡的形状，酱料是姜葱蓉碟，四六开的姜和葱，加盐，淋上了滚烫的花生油，鸡肉蘸了酱汁，香酥滑腻，颇有回味。其他几样小菜也是颜色各异，新鲜可口。

吃过饭，贵林看了一眼窗外，对岸是不夜的天，那是霓虹点燃了陆家嘴的高楼华厦，东方明珠、金茂大厦、上海中心，一座座高楼紧紧密密，通亮着，闪耀着，傲然于天地之间。正大广场人影攒动，莺歌绵绵。高楼下的江面上有打着“携程旅游”和“中国平安”字样的游船在游弋。没有光亮的地方已然成了黑的，黑的河，黑的海，水面平静，不见波澜，而水下却是暗流涌动，纷争蕴集，无休止地动荡着。

第二章

初夏，公司派贵林去南京开一个大数据管理的会议。南京？贵林听到这个城市的名字时，心里一动。

贵林坐头天晚上的火车从上海到南京。入住手续办好之后，他站在酒店客房的玻璃窗后，看着窗外。这是座高楼，很高的楼，楼外就是玄武湖。在那么高的楼上，玄武湖看起来就很小，只有巴掌大，像一洼小池塘。正是初夏，堤岸上的柳树团团缕缕地绿着，氤氲葱葱，绵延成一道起伏的绿波浪。

来之前他在高中群里问了一句有没有南京的同学可以聚一下，

结果樊小北出来说可惜了，两年前还在南京，然后就没人说话了。宋晓环本来在群里也不说话，这次自然也没有。他生出一丝浅淡的遗憾。

晚上他却看到了宋晓环的微信好友邀请，他马上加了她。

“我在南京。”她说。

“噢，一直都没有动过啊。”他回。

“嗯。没有。”

“我们见见？”他问。

“你真的有空啊？”她似乎不相信他愿意见她。

“真的，我们好多年没见了。”他说。

是的，很多年没见了。高中毕业她去了南京旅游学校念书，他们就再没见过了。算一算，都是二十多年前的事了。眨眼的工夫，时间就毫不留情地把那些青春年少甩在了身后。只是记忆时不时会把旧时光撩开一个小角，透过那一角，他再一次看到那个有些孤僻的少年站在南方那个小城的街头，四下茫茫。

他上小学回家要经过大安街，那么狭窄逼仄的一条街，他总怕相向而行的车辆会碰在一起，或者是机动车会碰到旁边的行人。没有人行道，没有自行车道，没有绿色的行道树。所有的人流，自行车和机动车在同一条狭窄的街道上穿插交融，似乎马上就要撞上，却总相安无事。两旁是木质的两层楼房，一栋连着一栋，老式的，木头都是黑的，像是随时会垮掉。他最记得那些门板，一块一块，黑漆漆的，堆在一旁。他的一个小学同学就住在大安街。他去过他家一回，深深的好几进的房子，采光也不好，里面所有的物件便都成了灰的、黑的，如一只褪了毛的老猫，在大安街的喧哗中昏睡着。

他上的是小城最好的中学。那时候，他是班上一个身材瘦小、寡言少语的好学生，是班里的学习委员。他这样的学生老师都喜欢，不闹腾事，学习还好。她也算是个好学生，班上的语文课代表，有些胖，尤其是她的大脸盘，衬得人更胖了。她每次语文考试交成绩单给他，总不怎么说话，递与他就走。他并不在意。他那时候偷偷喜欢隔壁班上的校花程薇薇，从高一第一眼看到就喜欢上了。他一直把她放在心里，却什么也不敢说，一年多了，他以为没有人知道他的秘密。

高二的春季运动会上，程薇薇到他们班的驻地和她的一个好友说话，眼风似有似无地看了他几眼。他像是看到了暗夜中的光亮，当晚便鼓足勇气给程薇薇写了一封情书。

他想象过如沉水底的结果，结果却是比那更糟。他很快就听到了传言，说是他的字写得不好看，好像还有错别字。隔壁班上另一个好学生成峰字写得好，文采也比他好。两个学霸都给程薇薇写了情书，程薇薇看起来是更钟情成峰。不过程薇薇还是到他们班上来，和她的女友说笑，哧哧地笑，一笑，眼睛就弯，眼风还是会飘过来，飘到他身上，他便窘得把头埋在书里。

他是住校生，宋晓环也是，那天他从食堂打了晚饭往宿舍走，晓环跟在后面，快步赶上了他。

“吴贵林。”她跑得有些气喘，“其实……其实程薇薇还是有些喜欢你的。”

他面无表情地继续往前走。她停住了脚。路旁香樟树的叶子密密匝匝，风过处，唰啦啦地响。

一个星期后的星期二，他一进教室就觉得不太对劲，大伙儿都看着他，窃窃地说着什么。他没有在意，坐到了自己座位上。宋晓环接着也进来了，大家的窃窃之声更大了，几个女生都笑出了声音。他坐在第二排，回头看看，笑声小了一些，等一下，又大了。她坐得隔他不远，头埋在书里。他皱了眉头。

早自习结束了，几个男生告诉了他。原来宋晓环喜欢他，还写在日记里，结果她那本日记被人发现了，班上的女生都看了那本日记。他心里一跳，宋晓环还坐在座位上，大脸盘从书本后面露了一嘟噜。他没有说话，心里很有些恼又有一丝虚荣，还有一丝纠结，为什么写日记的不是程薇薇？

晓环那几天更不敢看他，给他交作业本的时候眉眼低着。贵林倒是注意看她了，白白的皮肤，嘴唇红且丰润。少女的胖，倒是更显出了丰腴。其实并不难看，仔细看，还很有几分杨玉环的味道。和那些胸脯像飞机场的女生比起来，倒更招人爱。贵林心里有了一种他自己都没法控制的冲动，前几天上生理卫生课他也是同样的反应，他自己都吓了一跳。

住校生晚上都要去教室看书自习。那天晚上下了晚自习，大家三三两两往宿舍走。晓环走得慢，他看见晓环在后面，便也慢了步子，两个人都落在了后面。他走近了她，走得很近。

"明天晚上十点，宿舍后面小树林子见。"他的声音那么轻，轻得他觉得她一定听不见。

第二天晚上晚自习以后，大家在水房里洗漱，他看看手表，九点五十五了。他抓了块毛巾擦了擦嘴，偷偷地溜出男生宿舍楼，跑到宿舍后面的小树林子里。树林里有香樟树，也有柳树，叶子稠密，连月光都遮住了。他有几次看到男生女生在林子里出没，应该是他们高中后面一个师范大专的学生，这个树林子是高中和师专的分界线，平日里并没有什么人。

他等了几分钟，宋晓环真的出现了。她看起来有几分疑惑，不停地看着后面。

“这么晚，你有什么事吗？”晓环问他，眼睛不太敢看他。

“我……”他自己都不知道说什么好，然后，非常突兀地，他抱住了她。他是喜欢她吗，好像也不是，就是身体里有一股热流，烧着他，烧得他不得安生。十七岁的少年，他需得抱住一样东西方能把这热流导走。

她赶紧推开他：“你干什么？”

他有些慌张，结结巴巴地说：“我……可以……抱抱你吗？”说着又来抱她。

“不可以的！”她着急地推开他，慌慌张张地走了，剩下他一个人站在树林子里发呆。

第二天，他注意到她敢看他了，眼神少了以往的那丝怯，倒是多了丝温柔。他又有些奇怪，一晚上的工夫，她像变了个人似的。晚上下了自习，他依旧是最后一个，他走出教室，看到晓环也落在了后面。两个人似乎是有了默契似的都和大队伍拉得远远的。他们走得很近，他的胳膊有意无意碰到她的胳膊，松软软的胳膊，她也不躲闪。

那一个星期他们都是如此，故意落在最后，然后若即若离地一起走回宿舍区。那天他又悄声说：“今天晚上小树林子，可以吗？”她低了头，不说话。

那夜她果然来了。他一句话也没说就抱住了她，她没有推开他。

“好奇怪，那天晚上我推开你，回到宿舍，心里甜滋滋的。”她轻声说。他更紧地抱住了她。她身上肉很多，光滑细腻，抱着手感太好了。他从来没有这么拥抱过一个青春的少女，一个多汁的少女。他觉得自己的身体又出现了古怪的反应，发硬，膨胀。他低下头，着着急急地找寻她的嘴。她躲了几下，终于还是没有躲过。她的嘴唇柔软厚实，像她的身子一样，他的身子绷得很紧。这是初吻的感觉吗？没有他想象得那么勾人魂魄，那么甜蜜。但是多么新鲜，多么奇妙。他抱住了面前的这个青春少女，微胖的少女，他的脑海里却是程薇薇的样子。他闭上眼，不再看她。他听到了树林里的虫鸣。

再以后在小树林里的时候他就有些不老实，有一次，手伸到了她的衬衣底下，她很慌张，但是也没有拒绝，任由他摸。她的胸软绵绵的，棉花糖一样，他下了大力气，捏得她有些疼了，她也没有阻止他。但是他的手一往下，她就制止他：“只准往上，不准往下。”有一次，他还是摸到了下面。她叹了口气，也没有说什么。他又有了些愧疚。他有些搞不明白了，他在干什么，她是他的初恋吗？他明明是喜欢程薇薇的啊，但是他为什么要去惹她，抱她，亲她，摸她，他是把她当作一种替代品吗？

那一天是高二暑假的前一天晚上，马上就要放假了。白天刚刚考完最后一门，他的神经绷得很紧，下面也很紧。他觉得心里有一团火，烧得他发烧发烫。在小树林里，他一把撩开了她的裙子，把她压在了一棵柳树上，强行就要撞进去。

“不可以，不可以。”她慌张极了，突然生出了力气，一把就把他推开。他又把她按在了树上，她又是一把推开。

“没劲。”他的身子冷了下来，脸上有些漠然。

“会给你的。真的，一定会给你的。”她脸上有几分愧疚。他头也不回地走出了树林。夏天的风，吹起林子里柳树的叶子，拂过她的脸，又飒飒地散到林子里。她呆呆地站在那，眼泪含在眼眶里。

暑假过完就分班了。他是理科班，她是文科班，程薇薇去了深圳，据说那边高考容易些。他很是难过，身体里似乎有一样东西被抽空了。他的教室在晓环的教室隔壁。他下了自习直接就回宿舍，很少和她打照面。她有时候在路上偶然或者非偶然地碰到他，他头一扭，假装没有看见她，继续往前走。高三了，最重要的一年，他没工夫去想这些，而且，他对她的热望似乎也在那个夏天随着程薇薇的转学而迅速消退，他再也找不回那种冲动，他迅速地退回他自身中去，那是无人能及的幽微之地。

她给他写了一封信，他一个字也没有回，他连个眼神都不给她。他有些吃惊自己的无情，但是，他真的没有兴趣了，他对她的只是欲，不是爱，他用她满足他青春期的萌动和新鲜。欲望是火，爱是水，火在烧尽了以后就会熄灭，欲望是最不持久的一样东西。而爱，是会一直流淌的。他根本没有注意到宋晓环在他的冷漠里渐渐枯萎。她本来文科成绩还不错，现在到了文科班却一直不出色。倒是他，成绩一直拔尖，现在心无旁骛，一心备考，成绩更比以前好了不少，经常在年级前三名，有好几回会考成绩都比成峰好。

高考的时候他没有太多意外地考了全校最高分，进了北大，但是他却没去成他的第一志愿计算机系，而是被调剂到了数学系。宋晓环连本科都没有考上，好在过了专科线，去了南京的一个学校念大专。成峰去了中科大。贵林很想知道程薇薇去了哪儿，但他们原就不是一个班的，她转学去了深圳更是音讯全无。

他回了学校一次，远远地看到宋晓环。他的眼光越过她，看到了更远处的蓝天，那么高远的天。他并没有自己想象中那么兴奋，他只是高兴自己终于可以离开南方的这座小城了。

他记得他那时只有十岁。有一天，他在那街上看到两个中年女人在骂街。是邻居，两栋毗邻的木楼的邻居。她们声音尖细，一个比一个高，面朝着整条街的车水马龙，跺着脚，指着对面的邻居骂。骂街，简单的两个字，准确地概括了那个场景。周围的人都在看热闹，人围得很多，车子都走不动了。公交车的司机开始按喇叭。他突然说不出的难受，他走得很远了，才听不见她们的对骂声。

他站在大安街的路口，跟自己说，我要离开这个城市。那一刻那条老街似乎突然就安静了，所有的喧嚣像潮水一般隐退。

现在，他终于可以离开这座小城了。他站在资水旁，看静静的河水无声无息地流淌。四野茫茫，他的身后是老旧的城墙，青苔层层叠叠如时间的纹路一般布满了城墙，愈是下面的颜色愈深，渐次递减，到后来便和墙面上斑驳的土黄参差交错。他第一次觉得这个小城其实是古老而沉静的。而在那沉静之下有一种他所不知晓的力量。然而，他却是要离它而去了。

初秋的一天，他坐火车去了北京。火车到达丰台区的时候，渐渐慢了下来，他心里有了惶恐和一种细微的自卑。那自卑其实是与生俱来的，只是这一刻，当灯火辉煌、车水马龙的北京城扑面而来的时候，他确切地感觉到了它，他听到了它细细的咬噬声。

大一的时候，他收到过晓环的一些信，他一封也没有回。后来，她也就不再写信，但是逢年过节会寄来一张明信片，玄武湖、台城、紫金山，都是南京的风景名胜。

他毕业后留学去了美国，在美国结了婚，又生了女儿。他拥有的东西一点点增加，又慢慢逝去。后来，他失去了女儿月月，离了婚，又成了孤单单的一个人。就像海滩上堆的沙子城堡，一涨潮，冲得全无踪迹。他一开始在美国的那些日子，是和高中同学虚空的许多年。在虚空的那些年里，他有时会想起程薇薇，但是更多的时候，他记起的却是宋晓环。他记得她少女的身体，暖暖的、柔软的身体。

后来他去了阿富汗，他有时候会梦到她，或者说梦到她们。在梦里，他自己都搞不清楚那是圆圆还是晓环，又或许，那是翊欧。在某些白天和黑夜交错，光影重叠的瞬间，他会想起晓环，想起她低眉顺眼的样子。这真是一件古怪的事情，他怎么会这么清晰地记得她呢。他和她没有任何联系，直到用上微信，进入高中群。他一进高中群就找宋晓环的名字，她的头像是个不倒翁，淡红色的不倒翁。他没敢加她，她也一直没有加他。她在群里也不说话，同学都不是很清楚她的近况。这一次，他在群里说起去南京，其实是说给她听的，还好，她听到了。

他们约在酒店的大堂见面。

他站在酒店的房间里。手机响了，她说到了。猛一听到她带着湖南口音的"塑料"普通话，他有种置身家乡小城的错觉，仿佛有什么遗忘的东西在记忆里浮出水面。下楼的电梯里只有他一个人，他看着电梯墙上镜子里的自己，紧抿着嘴，他仿佛看到了多年前那个阴郁的少年。

她坐在沙发上，看见他，便忙站起身。

她发福了。那个丰腴的少女如今成了一个不折不扣的中年大妈。胖胖的身子，皮肤依然白，暗绿色的衣衫，站在那像一个糯米团，外面裹了一层紧紧巴巴的荷叶，大脸盘有了双下巴，添了几分臃肿，眼睛有点肿，看得出她很用心地搽了粉，但是眼袋还是明显。岁月啊，他在心里叹了口气。她站在那，有些拘谨，手都不知道往哪里放，脸上却是笑着的，笑得眼角都是皱纹。酒店巨大的水晶吊灯从二楼一倾而下，她站在那华丽的大堂中央，颇有几分不搭。他心里突然有些发酸，他很想给她一个大大的拥抱。

他没有，说不清为什么。

“你这个酒店真好，周围就是南京的名胜了。现在吃晚饭还有点早，不如我带你去周围走走？”

他说好，两个人便出了酒店，沿着玄武湖走。夏天的风，没有方向地吹着，就像这么多年他的过往。他们并肩走着，一边散淡地说着话。

“你比中学时高了好多。”她看了一眼侧旁的他。他点头，他的个子在大学时候猛蹿了很多。

“你还好吧。”他问。

“嗯，还好。”她低下了头，然后说女儿读中学了，成绩挺好，一点也不用她操心。

“你呢？”她问。

“还好，一个人过。”他没敢多说，他很怕她问起他的家庭婚姻状况。

“一个人，那太可惜了，你条件这么好。”她还是那样低顺着眼。

两个人说着就到了城墙根边的台城公园。

“要不要上去看看？”她试探地问，“城墙上可以看到整个玄武湖。”他说好。两个人买了票就上了城墙。老城墙上不时见到绿痕斑斑，还有好几个锈迹累累的大炮摆在那。从城墙一边看到的是玄武湖，湖水并没有闪着粼粼的水光，而是平静如绸，灰蓝的缎子平铺在那，像是看尽了六朝的风雨和变迁。岸边的柳树比他在高楼上看着的更浅淡，是一种清浅的绿，透着点鹅黄，一树树的浅绿，宛如仙女身上软香罗的绿袖子。而城墙那边就是南京城。一座座玻璃高楼闪亮着，鳞次栉比，齐展展地站在夏日的风里纹丝不动。美丽的高楼，人类文明的产物，和大自然的翠柳、湖泊隔着台城遥遥相望。

“好看吧？”她问，像个孩子一般。他笑了：“好看。”她然后说起她上大学的时候和同学常来这，还想着法子逃票。“我还给你寄过台城柳的明信片呢。”她说。他点头，心里有些愧疚当年的自己居然一个字也没有回。她却还在看着那片柳绿：“多美啊，比明信片还好看吧。”他又点了点头。他看着她，她的眼睛里有一种真诚和圣洁的光。岁月可以平添很多的皱纹和白发，却没有改变她的本性。她还是那个傻傻的、不耍脾气的胖女孩。他觉得岁月真是仁慈。

两个人说着就进了城墙上一个小小的房间，里间陈列着一些和台城有关的历史文物，外面有各种各样的旅游纪念品卖。墙上挂着一把折扇，扇面上浅浅地画了几枝柳条，旁边题字“无情最是台城柳，依旧烟笼十里堤”。他记起她寄给他的某张明信片里就有这句话，便拿起那把扇子把玩了好一阵。

“不如我买了送给你做个纪念？”她问。他推辞了一番，她坚持要买，他看看价格不贵，就没有坚持。她把扇子递给他，他碰到了她的手，软软的手。

时间不紧不慢地滑过，宁静又从容，他看了下手机，六点多了。

“现在可以去吃饭了。不如去我那个酒店顶层的餐厅，可以看到整个湖呢。”他提议，“那里的早餐是我吃过的最丰盛的，太琳琅满目了。晚餐一定好。”

她想了想说好。

酒店电梯里有另外一对年轻人，那个打扮时尚、化着得体淡妆的女人冷眼看了一眼晓环。他心里颇不舒服，伸出手，搭在晓环的肩上。晓环脸上添了怯意，站在那，只顾低着头。

顶楼的餐厅人不多，他们在靠窗的一张桌子边坐定。

盐水鸭是必点的，果然正宗，肉白、皮嫩，卤汁浇上去，成了嫩黄的一大盘。又点了个香辣臭豆腐肥肠煲和一个清淡的百合南瓜小炒，白黄相间，煞是好看。他又要了个鸭血粉丝汤。

“想起了咱们老家的米粉呢。”她说。两个人说起学校旁边小街上一家回民小馆的牛肉米粉和糖粑粑，都是不停地咂嘴，又说起了一些旧人旧事，然后她说起高中的一个老同学，前两年自杀了。

“好像是她老公对她不好，又没了工作，就投了河。”她说到这，脸上突然黯淡下来，“其实我老公也对我不好，他在外面有女人。”她的声音突然有些哽咽。他迟疑了一下，伸出手，握住了她的手。

“他对我很不好，骂我死猪，钱也不往家里拿。我前几年被公司辞退，说是文凭太低，现在是在做临时工，工作也是不稳定。”她的眼泪流了下来，他从桌子上拿起一块纸巾递给她。

“你放心，我不会投湖的。”她接过他的纸巾，看着窗外的玄武湖，“你看下面的玄武湖那么小，小得我都不屑跳下去。”她说着勉强笑了。

他也看了一眼窗外的玄武湖，的确小，小而黑。白天的灰蓝成了灰黑，灰黑色的镜子，映射着远处高楼的美丽倒影。而堤岸的一垄垄柳绿也成了黑黑的一道暗影。

吃过饭，他一直送她出了酒店门。在酒店外面墙角的地方，她轻轻地说了句："你可以抱抱我吗？"他毫不迟疑地张开双臂，紧紧地抱住了她。她的胳膊还是那么松软，他心里泛起浪，像是多年前第一次拥抱她青春的身体。

"谢谢你。"她轻轻地说，"我早就知道你喜欢程薇薇，从高一就喜欢她，可是我还是忍不住喜欢你。"

是夏夜的风吗，他只觉得心里的那根弦一下子被拨动了，感动，愧疚，纠缠着爱意向他涌来。"去我房间吧。"他轻轻地说。

她猛地抬起头："你说什么？"

"走吧。"他拉起她的手，胖胖的手。

一开始她很有些拘谨，她不让贵林开灯。但是他还是看到了她有些臃肿的身体，腰部是一圈肉，他把眼睛转开，小心地把她放在床上。他轻轻地吻了她，依然是那么丰润的唇，她的身体像是发得有些过了的面，有些塌，不再细腻光滑，手感却还好。他抚摸着她，像多年前在小树林里抚摸她一样，比那时还要温柔，他的动作很轻，岁月已然把他的棱角慢慢磨蚀。最后，他听到了她的呻吟和她的哭泣。他翻下身，轻柔地抚摸着她胖胖的臂膀，怜惜地抚摸着她。

"你知道吗？其实那时候我那本日记是故意让人看到的。"她躺在他的身边，轻轻地说，"我知道你为程薇薇的事抬不起头，我就要大家知道也有人喜欢你的。"

他心里一阵阵战栗，似乎身体也跟着在战栗，他真想劈手给当年那个自私冷酷的自己一巴掌。他觉得他的眼泪就要流出来了。他忍住泪，把头深深地埋在她的胸部，像棉花糖一样柔软的胸部。他心里涌动着一种久违了的苍老又纯真的情感，他沉浸在那来自时光深处的温暖和善意。

她走之前，又一次拥抱了他："你好好的，我一辈子为你烧香求佛。"他抚摸着她的头发，眼眶有些湿。

她走了，他看着她有些笨拙的身体消失在门后，发了呆。似乎在那一刻，她的身影就成了这从旧时光迤逦而来的场景中唯一不吻合的东西。酒店的房间里一切如旧，一切又似乎有了不期而遇、忧喜交错的意味。

他转过身，走到落地窗边，独对着窗外的玄武湖、堤岸的台城柳和脚下这个穿越了六朝时光的金陵城。他看到了湖边的道路，试图找到她的身影，却发现那不过是徒劳，那么高的楼，楼下的玄武湖看起来真小啊。他颓然回过头，正看到她买的那把扇子，静静地躺在桌子的一角，散发着一种令人捉摸不透的气息，他心里陡然升起一种薄淡的伤感，似乎还夹杂着一丝幽微的暖，它们纠缠着，从岁月的尽头缓缓而来。

第三章

很快就是盛夏，道路两旁的法国梧桐翠绿的叶子连成一片浓荫，贵林喜欢这法国梧桐装扮出来的绿世界，从小就喜欢。他记得小时候在大连，翻过气象台的山，走过那一片法国梧桐的绿地，就能到达他喜欢的南山电影院。那日他走过宋庆龄故居附近的武康路，抬眼一看，看到那梧桐叶杈里居然藏着一只珠颈斑鸠的窝。一只赭红色的珠颈斑鸠站在细细的枝头，俯瞰着一街的车水马龙。贵林心里一动，他从小是山里长大的孩子，小时候去后山放牛，林间总能见着各式的鸟雀儿。山雀是最多的，白色的小脸颊，会学别的鸟儿叫，顽皮得很，整日啾啾地在树梢歌唱。红嘴蓝鹊的翅膀是淡蓝的，从一个枝头飞到另一个枝头，郭公鸡是灰头灰尾的、长长的尾巴，冷不丁从小路上横穿过去，又迅速消失在荆棘丛里。他记得在喀布尔好多的地方都能看到鸟，笼子里的鸟，颜色斑斓，臂膀上的鸟，纯白如雪，那是个爱鸟的国度呢。如今在这样的大都市里见到小鸟，就如见到老友一般，贵林心下对上海多了丝好感。

他走在这浓荫里，突然看见对街有个女人像极了圆圆。纤瘦的身子，鹅蛋脸，隔得远，他看不清她的嘴角是否有疤痕。他心里猛一跳，不会这么巧吧，这么想着，却是急急穿过了马路，他站在一家精品店前，在纷纷扰扰的人群中寻找那个熟悉的身影，哪里寻得见？人潮人海中，没有了那个月白衬衣的女子。他叹息了一声，暗想自己一定是眼花了。

到了公司，贵林收到一封电邮，说是他这个产品的销售大好，小陆作为销售人员，超额完成任务，给予奖励。贵林知道这个销售签订的合同金额是六百万，心里一算小陆能拿个好几十万抽成呢。

小陆是在摩远公司那个单子签下来后才开始在家待产。没到一个星期，就生了，是个男娃。大家的祝贺信一气儿地都发到小陆邮箱，都不忘夸她是英雄妈妈、金牌销售，临产了还能顺带着把这么个大单子拿下，实在是奇迹啊。

在离公司不远的四和花园小区，小陆联网到公司，看到大家的祝贺信，又是高兴，又有点心虚。只有她，还有他知道这个奇迹是怎么创造的。

那个他就是中国区的软件销售总监马约翰。马约翰英文名字叫John，是他中文名字马军的谐音，起名是和王杰克一个思路的。

还是几个月前，小陆瞧出来王杰克根本没意思保她，就铤而走险直接越级去找王杰克的老板马约翰。她给马约翰发了个邮件，只说要半个小时聊聊工作上的一些事情。马约翰是个大忙人，工作日历上安排得满满的。马约翰的年轻秘书不冷不热地说还在等老板回复呢。好不容易约上了个时间，小陆挺着大肚子在他办公室坐了下来。上海的阳光隔着大玻璃窗照进马约翰十八层的拐角办公室，照在小陆有些浮肿的脸上。

“你是什么时候生，身体还吃得消吧。”马总监客客气气地问。

“还好还好。”小陆忙不迭地应道。两个人又简单地来了些热身的话题。小陆就说起自己是湖北荆州一个小县城的，当年考到上海大学真心不容易，后来念了研究生才勉强在大上海立足，老公是国企的，钱还没她挣得多，前年刚买了房，房贷压得人心惶惶。她再一看马总监心不在焉地看着桌子上的一盆蟹爪兰，知道他对自己的苦情牌压根不感兴趣，忙话锋一转，说起代理商老胡的不是。老胡总是私下里跟这个客户说能帮他孩子进双语学校，跟那个客户说认识留学公司的人，可以帮忙准备材料。小陆说他这样可是有悖于公司的政策，到时候查起来和客户有后面的交易，公司可得吃不了兜着走了。马总监很深沉地看了一眼小陆，却是轻描淡写地说了一句：“老胡是行业里有根基的代理商，他应该知道分寸的。”

小陆原来还想找老胡的碴子说给马总监，期待改变一下分成模式，哪想到大老板压根也不在乎这些，愣在那不知道说啥好了。

正要站起身走人，马总监突然盯着她怀胎五月的大肚子说了一句：“我有个老朋友在洛杉矶开了一家婴儿用品商店。”

他说得没头没尾，小陆却突然看懂了老板心思——不愧是做了七八年销售的，知道怎么看人眼色的。她灵光一现，凑近马总监说了一个主意。

马总监心想都说天上九头鸟，地上湖北佬。湖北人背后整人可是真下得了手啊，又一想，自己也不是什么好鸟，心里的算盘打得比她还多，还周全呢。

两个人商议停当，小陆从马总监的办公室出来时，忍不住打了个响指。

到了周一早上各个团队开销售业务会议，小陆依旧正常汇报自己的客户跟进情况，只是绝口不提代理商老胡如何捣乱。王杰克有些吃惊，心想自己糊弄她的那番谈话岂能镇得住她？不过他也懒得追溯，到了下午就把整个团队的业绩增长估算给了马约翰。奇怪的是马总监提出要拜访一下小陆的客户，并且提及有代理抱怨销售老林。

老林是个老销售，也是个人精。他每年都能完成销售任务，但是也不会超额太多，私底下是从代理商那边拿回扣的。不过他表面文章还是做得很不错，和客户都维持着正常的关系。他最近好不容易快和摩远公司谈成一笔大单子，忍不住跟做技术支持的陈亮提了一句。可他不知道陈亮和小陆关系好着呢。小陆没结婚那阵两个人还眉来眼去地玩过一阵暧昧。陈亮那天看着愁眉苦脸的小陆忍不住说女人做销售就是辛苦，挺着大肚子也得跑，老林每天晃晃悠悠还拿大单子。说者无心，可是这听的人就记住了。

这样过了一两个月，小陆的肚子越来越大，气色倒是越来越好了。老林可就有些水深火热，这里被批评做得不好，那里被指责有些违规。又过了一个月，美国总部不知怎么知道了他从代理商拿回扣的事情，还说收到代理商联科公司的投诉信，只好把老林开了。老林不得不走人，临走时，他的那个客户摩远公司移到了小陆盘下。那家公司很快就有个大单子要签了，小陆生怕节外生枝，硬是熬到签了合同才开始在家待产。单子签了，小陆超额完成任务。一般软件公司销售工资结构都是 50% 固定工资，50% 奖金。奖金是根据完成任务不同提成的。完成 100%，奖金系数加倍。小陆这下子一口气拿了个八十万的奖金。

小娃娃白白胖胖，小陆一家人都喜不自禁。只是国内的母婴产品总是让人不放心。小陆都是找人从美国代购奶粉尿布，她用得最多的就是洛杉矶的一家母婴公司。

对了，这家母婴公司就是马总监马约翰的朋友开的。小陆那次要她的老公悄悄地去了一趟香港，一次性地把十万美元（约六十万元人民币）打到了母婴公司的账号上。

洛杉矶的奶粉尿布可真不便宜啊。

在向马约翰和盘托出逼走老林的方案之前，小陆也没觉得自己是多心狠的人，但是想想房贷和将来的工作也就一咬牙说出来了。她心里暗想，自己这么多心眼，马约翰以后会不会提防着她啊。

她可真是多虑了。

不远处的国际丽都小区，马约翰看到妻子银行账号里多了一笔从洛杉矶打过来的大款，嘴角露出一丝不被人察觉的微笑。他吩咐妻子晚上吃饺子。饺子做好了，他吃一口手工饺子，喝一口香醋，觉得神清气爽，他觉得妻子这几年不上班是对的，家里样样安排得顺溜，他回到家就能吃上可心的饭菜。

马约翰是山西人，都说山西人骨子里最会算账，一笔笔账算得门儿清。马约翰数学从小就好，可惜上大学没去念会计倒是莫名其妙地学了个精密仪器。好在他人爱折腾，折腾着去欧洲念了个MBA，回国后就彻底改行做软件销售。没想到倒是极适合他的，做销售每笔账他都算得倍儿清，一路升到销售总监。

一年前，他察觉到了代理商老胡和王杰克之间的黑箱交易。老胡要的分成多，王杰克也不吭声，背后又从老胡那里拿回扣。可是王杰克是个能干人，马约翰不想撕破脸把他逼走。马约翰看中王杰克的一个重要理由就是沟通能力好，有大局观，这点复旦的教育还是非常到位的。王杰克经常奉命和其他国家的团队为了跨国集团的软件合同的分账据理力争，寸土不让，深得马约翰喜欢。可是这么个能干人却在后面和代理商勾勾搭搭。马约翰一直想整顿一下分成要得太多的代理商，也想给王杰克一个警告，警告他背后的这种交易，却一直苦于没有机会。正好小陆自己撞了上来，把老林推到了前台。公司其实不喜欢老林这样的销售，年头久，成本太高，工资加提成很高，而且不听话，背后从代理商那里拿回扣。

马约翰特意要求和小陆的客户见面，一来是看看客户对小陆印象如何，二来也表示他关心员工。他在接触了小陆的客户之后，觉得小陆和客户关系处得不错，脑子也够灵光，可以一起联手做这笔地下交易。

马约翰于是找到了这家准备签大单子的摩远公司的代理商联科。联科也不喜欢老林，老林是个老江湖，客户控制得紧。表面上联科拿走的分成不少，事后又被老林拿走了。所以马约翰一找到联科，联科就顺着马约翰的意思把老林拿回扣的事情告到了惠源美国总部。

最后的一连串结果是，拿回扣的老林被赶走了，杀鸡儆猴给王杰克一个警告，王杰克不敢再拿代理老胡的回扣，老胡的分成也跟着低了下去，这样就建立了马约翰心目中合理的销售生态体系，然后他自己又从小陆这顺了一大笔钱，可谓一箭四雕。马约翰自然知道自己也不清白，可是他的人生理论一向是水至清则无鱼，只要达到目的，手段如何则可不论。

吃了晚饭，马约翰泡了杯咖啡，他站在自家阳台上，一边喝着咖啡，一边看着不远处大上海的一座座美丽高楼在城市的夜色里一一绽放，他的嘴角再一次展开。

秋天很快到了。江南的秋雨也是淋漓的。下了雨，高楼不复那么凌厉，楼身湿乎乎一片，像是被雨水洗去了锐利和浮躁，变得谦卑起来。

那天贵林一进公司就觉得大家都在叽叽咕咕，没心思干活，原来是上面有消息下来说公司要搬到浦东金桥。说是那边办公楼有很多优惠，还可以免费提供水电煤。中午吃饭几个人说起来现在外企可是大不如从前，无限风光的日子已经一去不复返了。这市中心的写字楼是租不起了。贵林那次和他在美国的 mentor（顾问）一对一会谈时，她很诧异他的租房补助还是一万块钱一个月："五年前就是这个补贴，现在物价涨了，补贴一点也没涨啊。对了，我们那时候还有学中文的费用呢。"贵林说没有听说这个语言补助费。两个人都感慨了一番外企开始走下坡路了。

过了没多久，公司就搬到金桥开发区了，公司搬家倒是利索，不过贵林的房子还要等到月底才能退，他每日从明园世纪城走到静安寺地铁站坐 2 号线到张江，再打的到金桥，路上就要花上约一个小时，运气好的时候地铁里还能找着个座位，不过大多数时候都是一路站过去。从张江地铁站出来，会看到各种背着电脑包的人奔向张江科技园各个企业的办公园区，男多女少，贵林想，这就是著名的性价比极高的张江男了。和恒隆大厦不同的是，这边西装革履的少，多是穿着T恤牛仔裤或者是五颜六色的冲锋衣的程序员们。

金桥是20世纪90年代建起来的，是上海最早设立的开发区，那时候还是叫金桥出口加工区。 开发区用优惠政策吸引了当时很多外企落户，贝尔、三菱、日立、朗讯、可口可乐、雀巢等大公司都纷纷在这里建厂。早年的路名都是什么贝尔路、朗讯路，因为这些公司给了一些冠名权费用，如今这些路名早已经变成了什么金皖路、金豫路、金港路，很多企业也搬迁去了地价、劳动成本更便宜的地方。原来工厂的土地上竖起来很多住宅，价格也都是八万多一平方米。

贵林想起毕业时还去朗讯面试过。现在不管是公司，还是股票，甚至是以公司命名的道路都烟消云散了，唯有时间亘古不变地流淌。而细细揣摩，连时间似乎都不是一成不变的，贵林觉得似乎整个宇宙都在慢慢膨胀，膨胀的宇宙里的时间加快了流逝，也许亿万年之后时间都会幻化成烟云。贵林站在金桥区的写字楼里，思绪在胡乱无序地纷飞，就像深秋时节翻飞的落叶。

又过了一个月，贵林把房子搬到了金桥酒店公寓，公寓离金桥开发区不远，他每日坐出租车去上班。公寓里面住了很多外企的高级职员，旁边就有个家乐福，有些像硅谷的Safeway，里面品种齐全得很，琳琅满目。附近还有德威外籍学校、平和双语国际学校。他有时候去对面的碧云体育公园跑步，一路看到道路两旁异国情调的建筑和郁郁葱葱的法国梧桐，看到很多蓝眼睛金头发的小孩子在马路上骑车，他便有种回到硅谷的恍惚。

贵林原先住的明园世纪城在浦西，是传统的高档住宅区，人称“上只角”，上海本地人多，都是拥有好资源的中产阶级或者是外企高管富裕人群居住。浦东这边是很不一样的，浦东原是本地农民的地盘，叫浦东县，建立了各种各样的开发区之后，涌入了大量新上海人，这群人里有三六九等外国人，有高学历的外地毕业的大学生，也有工厂招聘的当地农民子弟，此外还有大量的流动人口，干各种体力活的，建筑工、快递、保姆。浦东马路上说的话是五花八门，浦东话、英语和混合着各种方言的普通话。除了西服革履的陆家嘴地区，其他人穿着都很随意。路边的餐馆也都是新进入的牌子，比如望湘园、川味火锅这种满足思乡之情的店子。面包房也多是后面进来的牌子，比如巴黎贝甜、85 度 C。

浦东浦西，两个如此不同的地方却都在这个时代里旺盛地生长绽放，构成了上海这颗东方明珠不同的点和面。贵林心里是觉得浦东让他更自在一些，浦西那边是属于上海本地人的，他是不属于那里的，不过，即便是浦东，他也不觉得自己能真正融入。似乎在他生活过的每一个地方，他都只是一个旁观者，他对此感到沮丧却又无能为力。

工作上的事照旧是要操心。他们这个项目是需要人的，大头也给了招人的名额。他却发现很难招到合适的人，外企这些年工资压根不涨，新进来的人一直是一万块一个月，还有几个外籍人士来面试，工资是和国内的员工同工同酬的，并没有前些年那样的海外补贴。名校出来到外企混的多半是没有背景屈从环境的年轻人。贵林想这也和硅谷差不离，最好的人才都去了谷歌、脸书这样的技术新贵。

工作上他一直是勤恳的，英语交流也顺畅，只是这个产品毕竟不是技术上最领先的，到了后半年顾客增长明显慢了下来。陈亮原来经常要加班给销售做客户演示文稿，最近几个月倒是不怎么忙了。贵林明显觉察到了一股颓败的气息。

没多久，他收到一个老朋友的微信邀请，一个海外朋友。他是半年前开始用微信的，联系人多是国内的朋友，还没有几个海外的朋友。这个人是原来和他一起创业的王伟平。

两个人很久没有联系了，在微信里很是聊了一阵。王伟平是个快言快语的人，很快就把他的意思说了出来，他想拉贵林再次去创业。

“互联网金融公司，在杭州，我国内的一个师弟喊我一起弄。”王伟平是交大毕业的，他认识的一个师弟喊他加盟。

贵林这几年在大公司做得实在没劲，也是想换一换，只是他觉得王伟平这个人不太沉得住气，又一想当年就是和他创业，月月出的事，心里有个疙瘩。

“算了，我都怕了。”他回了一句。

“你再想想，我知道月月的事情在你心里有阴影。可是人也不能在阴影里生活一辈子啊。你那家惠源公司，是一艘正在下沉的船，识时务者为俊杰。你还是准备早点走人吧。”

贵林这头没话。

“我明年初就准备回国，我算是一个创始人，你早点来没准也能做个创始人，就是算不上创始人股票上也能多分点啊。”

贵林想哪那么容易就让你当创始人，他知道王伟平嘴巴像青蛙，吹起牛皮呱呱响，就没吭气，只说我想想吧。

又过了几个星期，王伟平又来了个微信，我准备年底回杭州，你想好了吗？

贵林也不想把创业这条路堵了，就说你先干着吧，来上海的话我们一起喝一杯。他倒了一杯红酒，望着窗外的高架桥，他到上海还没有自己开过车，他是有些怕上高速，尤其是高架，入口短，架在空中，穿来转去，让他发晕。灯火把高架桥染成了金色的玉带，穿梭流转，满城尽是黄金甲，这是个遍地黄金、遍地资本的时代，他要错过一次赚大钱的机会了吗？他喝了一口红酒，凝视着这上海的夜。红酒味道有些甜，他刚回来时不太习惯，现在居然觉得也不错。

第四章

十月的最后一天是万圣节。贵林看到小区里好多孩子穿着化装服，打扮成蝙蝠侠或者是白雪公主敲他住处的门讨糖。他没料到国内的万圣节弄得这么热闹，跟他那时在硅谷一样了。他事先没有准备，孩子们敲了门他也没有糖，心里有些尴尬，干脆出门去了附近一家酒吧。

酒吧里人可真不少。酒吧中间搭了个夏威夷样式茅草顶的开放亭台，有个小乐队在那唱歌，声音有些大。贵林喜欢喝酒，大概也是喜欢那种略带暧昧的情调的。一个单身的男人，有时候也是需要去一下这样的地方的。去得多了，他也知道了个大概。国内的酒吧分闹的和不闹的，前面一种是迪吧，声音闹得他耳朵都要聋了，四周也是人挤人，蓝幽的灯光从顶棚上打下来，晃着眼，他去了一两次，极不喜欢。后面的一种叫清吧，一般有个乐队唱歌，声音小多了，歌手的水平参差不齐。这家碧云路上的酒吧他是喜欢的，价钱公道，气氛清郁，有一回唱歌的是一个民谣乐队，唱得很到位，很深情，不比《中国好声音》的选手差呢。唯一缺点就是地方稍微小了点，有些挤，想想在寸土寸金的上海滩也是正常。酒保是个湖南祁阳来上海打工的小老乡，每次看见他都很热情，用带着湖南口音的普通话招呼他。

今天这个小老乡不在，贵林要了杯 Mojito，要酒保多放薄荷少放冰，自己就坐在了一个角落。他打量了一下周围，好几个女的戴着小巫女的帽子，还有一个男生戴着獠牙，着实把贵林吓了一跳。

周围都是三三两两来庆祝万圣节的，成堆成群。隔了两个桌子有一个女人坐在那跷着黑色渔网袜的腿，孤单单地一边喝着杯酒，一边看着手机，百无聊赖的样子。贵林凭经验知道这样的女人一般都是钓鱼的，他转开了眼睛，看着台上的乐队。他觉得自己在别人眼里一定和酒吧前面那个四方水缸里的金鱼一般寂寞。

那个穿渔网袜的女人不知道什么时候坐到了他这一桌。

“你好！”她说。

“你好。”他客气地回答，她的嘴可涂得真红啊。

“一个人，我猜你是住在金桥酒店公寓的。”她说。

“为什么？”他一时好奇。

“因为你来得不是特别晚，又是一个人，看样子也不像上海本地人。”

他笑了：“但是，你怎么确定就是金桥酒店公寓的。”

“因为你穿的衣服啊！”她笑了。

他一低头，看见自己穿的衬衣口袋上印着自己公司的名字。

“你们公司在这附近，上海本地人很多都是住浦西，白天上班，晚上不在这了。晚上一个人来这个酒吧，又在这个公司上班的一般住附近的金桥酒店公寓。”

“不错，你的观察力和分析力还真不错呢。”他由衷地说。

“怎么样，干一杯吧。”她笑了，露出了一丝得意。

他举起了酒杯。

“碰杯不看着对方眼睛，七年糟糕的性生活都会伴随着你。”她笑了，他也笑了。

“这是一句欧洲的谚语，忘了哪个国家了。”她又说。

他放下了酒杯，看着她，黑色的长发，姣好的脸庞，并不迷惘的眼睛：“你是做什么的？”

“你一定以为我是做那个的吧。”她笑。

他老老实实地点头。

“唉，说起来很搞笑，我是个作家……嗯，其实不能叫作家，就是码字的。我最近在写一个妓女的小说，写怎么勾搭客人，可是实在憋不出来，就打扮成这个样子来体验生活。”她灿灿地笑了。

“噢。”他半信半疑地点头。

“看，这是我发在朋友圈的。”她像是读懂了他的表情，把她的手机递过来。他看了一下。

几张她坐在酒吧的自拍，还有几张酒吧里形形色色人物的照片，有一张居然是他自己远远地坐在那喝酒。然后配了一句话："演出开始了。"

底下是一堆的评论。

"怎么样，勾搭上一个了吗？"

"碰到色狼招呼我们过来救场啊。"

他笑了："敢情你还是个很敬业的作家啊，说说你坐在这儿的感受。"

"说实话，很需要勇气，一进来站在门口我就想逃。可是已经在朋友圈说了，又不好意思打退堂鼓。"她说。

贵林一直是个特别有怀疑精神的人，不会是她故意发的朋友圈整这么一些信息来诳我吧。可是她又是要骗我什么呢？钱？色？他想到后面一个字不禁笑了。

两个人聊着聊着渐渐入港。她听说他是做数据挖掘，人工智能分析的，眼睛亮了："到时候你写个机器人软件来写小说吧。"

"好主意，可是那你不就失业了吗？"他笑。

"现在跟失业有啥区别，现在有几个作家能养活自己？"她说。

"不会吧，毕飞宇，还有余华，不都过得挺好吗？"贵林从小语文就很一般，除了爱看科幻小说，其他都不甚知之，知道的是极少几个作家的名字。

"嗐，有几个那样的。那是顶尖的作家。可是绝大多数人达不到那个境界，又没有别的技能，只能一条路走到黑。"

"文学做个业余爱好还行吧，做职业的确不是明智之举。"他说。

"就是这个意思，可惜我知道得太晚了。"她叹了口气。

酒吧里灯光是暗黄的，有些晦涩，暖暖昧昧地充盈在他们之间，她趴在桌子上，手托着下腮盯着那个大鱼缸看，贵林突然动了些心思，又不禁为自己这些心思暗自惭愧，就低头喝了口酒。

“我得走了。”对面的女子说。

“我也走了。”贵林站了起来。

他们走了出去，酒吧门口是个老阿姨，六七十岁吧，也许实际年龄没那么老，她蹲靠在墙边一个广告牌的旁边，面前是个装了玉米棒子的小锅，她靠在那，眼睛闭着睡着了。上海的深秋寒意茫茫，冷，风也大，吹得枝丫都在哆哆嗦嗦。万圣节的夜晚，酒吧旁边依墙而睡的老妪，他心里升起来了凉寒。她的眼睛里也满是悲凉，说，我们买根玉米吧，这样她能挣点钱。可是贵林真的不忍心打断她的梦。他想，在梦里，她许是睡在温暖的屋里，有软软的沙发，靠着个毛茸茸的垫子呢。他们看了她一阵，终于叹息了一声往前走。

“我要把这个写在我的小说里。”她说。他看了她一眼：“现在，我相信你是个作家。”她没有说什么。

他们并肩走着，想走到更外面的大街上打的。她穿着渔网袜子，冷得哆嗦。他把手搭在了她的肩头。出租车到了，他们拥抱了对方，夜色中，他们的嘴缠绵地碰到了一起，温软如水的感觉。

“要不要加个微信？”他说。

“不了，加了就真会和你上床的，我有男朋友呢。万圣节快乐！”她又在他的脸颊上飞快地亲了一口，转身跳进车里朝他挥手。他站在那，看着黄色的出租车像露珠一般一下子就汇入了车流，那一片明黄转眼就飘散在上海的街头。风从车流里，从天空中，四面八方地吹来，他有些迷惘，有些失落，又有些惆怅。这样是最好的了，他想，在风中告别，永不相见，却是记住了彼此的温柔和善意。他紧了紧夹克，往金桥酒店公寓的方向走去。他突然觉得后面有个人影跟着他，回头看，却是什么也没有。他疑惑地转过头，继续往前走，这可真是个不寻常的万圣节。

万圣节后不久，小陆休了几个月产假又回来上班了，她身子胖了些，脸色红润，看着精气神都不错。没过几周，贵林在吃饭的时候碰上她，她又是愁眉不展了。她现在又得开始出差跑客户。周一例会之后，销售员们周二一大早就开始出发了。现在公司为了节约成本建议早上飞出去，晚上就飞回来。就算是让住宿，标准也是越卡越紧。她以前是住的万豪，如今住的快捷假日酒店也就比如家好不了多少。贵林想起 2004 年的时候他还在硅谷的一家大公司，来上海出差，坐的是商务舱，住的是上海商城的波特曼酒店，吃饭补贴足足的，真是今非昔比。说起来上海的外企历史是颇有渊源的，民国时期的租界就是中国最早的外资企业，当时是叫作洋行的；解放后，尽管构建民国顶层商业设计的殖民者和大富豪已经离场，但是依然留下一个体系框架。20 世纪 80 年代中期外企大量进入中国，上海职员文化深得投资方人心，于是外企总部纷纷落沪。到了 90 年代上海成了最大的外企聚集地，到现在却是一天天衰败了，不敌那些 BAT，在时光里慢慢隐退。

“所以我们 VP 跳槽了。”小陆压低了嗓门说，“据说去了一家民营企业了。”

贵林知道这个，那个 VP 在临走的时候发了一个邮件，中规中矩地说了一番客套话，“很高兴和大家共事，以后保持联系”云云。这后面一句是重点，走的时候大家在领英上连一下，没加微信的加个微信。来日方长，老美最爱说的是“our paths may cross again”，是啊，来日方长，都是个小圈子，没准到时候又撞到一块了呢。贵林也和这个前 VP 连上了，不过却是不知道他的去向，前 VP 的领英还没更新。今日才从小陆这知道了去向。

新来的销售 VP 任总是亚太中心那边直接任命的，新加坡人。中国区是对他至关重要的地盘。他算是空降到中国区的，中文说得不是特别好，有些势单力薄了。

这才没进来多久，他就在香港亚太地区申请了一个负责战略的名额，招了庄埃伦进来，这个庄埃伦也是个新加坡人，大家知道任总是要增加自己人，招个亲信过来，也都心知肚明，不说啥了。哪知道没多久任总就把原来的一个销售团队一分为二分成甲组乙组。原来的销售总监马约翰成了甲组的销售总监，庄埃伦一摇身成了乙组的销售总监。最可气的是乙组都是些肥地，大客户。按照规定招聘高级总监需要复杂的申请流程，耗时长，审批严格，而招一个负责战略的职位就简单多了，任总就想了这么一阴招出来。

这显然就是架空了马约翰，马约翰其实干得不错，一直如鱼得水，虽然背后有些小动作，业绩还是不错的，当然咽不下这口恶气，没过多久也辞了职走人了。

这才两个月的工夫贵林这个产品就走了两个销售大头，士气颇受影响。贵林手下也走了一个做开发的去了附近的华为上研所，做大数据产品了。他突然有些心虚，又想起两个月前王伟平的话，一艘下沉的船，想想也到年底了，他该是已经海归去了杭州了吧。

这么想着，就给王伟平发了个微信。结果这哥们过了好几天才回信。他居然还在硅谷。原来他老婆知道他要回国的打算，把他的护照撕了。他垂头丧气地告诉贵林。贵林听到这个却是有些想发笑。他是见过王伟平的老婆的。话也不多的人，有一说一，个子也不高，可是有气场，做事决断得很。贵林周围有不少海归的，粗粗算一下，倒有三分之一的家庭沦陷了。这个概率可不低，王伟平老婆说不求富贵，就求安安生生过日子。要创业也行，待在硅谷创业。硅谷创业的大环境哪点比国内差了，别给我找这些花花名头闹着回国。

贵林想伟平老婆也是个明白人。不过这个创业的路一下子就断了，他还有几个月外派到期了，何去何从，或者就再回硅谷？他有些想不太明白，干脆就不想了。照他的经验，桥到船头自然直，到时候就知道要往哪条路走了。他那时候去阿富汗就有些这么个意思。

想明白了，他也不太操心公司的事情了。

这天晚上他翻墙看了一下脸书，看到里面一条信息，来自贾云成，原来给他介绍工作的那个北大校友。他也准备海归了。两个人加了微信，又聊了一阵。贾从得州大学奥斯汀分校物理系毕业后，去了华尔街，这几年一直在折腾创业，做的是金融数据方面的软件，公司名字叫易人贷。他原来一直在纽约干，年底准备搬到上海总公司。贵林又问了些他创业的情况。贾云成说，怎么，你也想出来创业？贵林说是有这个想法，他其实是个爱折腾的人，不然当年在硅谷也不会从舒舒服服的大公司跳出来创业了。云成问他要不要来他们公司面试一下，贵林想了想说再看看吧。

转眼两个月的时光就从街角的法国梧桐树叶里沙沙地流走。冬天的上海可真冷，是那种湿冷，湿气像是会钻到人的骨头里的。

那日他在公司碰到小陆，她告诉了他又一个人事消息，庄埃伦辞职了，去了另外一家公司做中国区的首席代表。“他啊，不过是借着这个销售总监的名分做跳板。不然惠源公司现在境况这么不好，工资又不高，谁愿意来啊。”

贵林心里颇有些震动，真有一番树倒猢狲散的感觉。

“我觉着啊，还会有人走呢。”小陆叹了口气，“是不是我也得开始改简历了？”她轻轻地说了一句。

还真让小陆说着了，一个月后，又走了个人，这回不是别人，正是那个把庄埃伦安插进来的任总。不过这回听说不是自愿走的，而是公司“请”走的，走得有些落寞，没有告别餐聚，也没有什么告别邮件。贵林从快嘴小陆那听到的消息是这样的，庄埃伦在职时总是找各种理由去广东出差，据说每次都带着任总一起去，发票都是东莞的。原来任总是好这一口的。不过动用了公款玩这个可就说不过去了。也不知道是哪个渠道就让人检举到美国总部了。美国那边麻溜地让他走人。

贵林听得唏嘘，半年的工夫销售部门走了四个高管。销售业绩更是江河日下，他觉得自己这个开发经理做得也是挺失败，回美国估计也没人待见，还是找个下家乖乖地走人是正经。不过毕竟这个产品他做了这好些年，心里还是有感情，又是眼看着这个产品在自己手里走了下坡路，心里头又还是愧疚不已。

愧疚归愧疚，工作还是要找的。他倒是不发愁找不到工作，也不断有猎头找他。只是去哪一家呢？

天气还有些凉意，小区院子里的杏花就要开败，长出来绿绿的小嫩叶，小小的树叶和残留的杏花一同留在树枝上显示出势均力敌的样子，倒是旁边一棵白玉兰已然开了一树，他意识到春天来了。快一年了，去年他初到上海，路旁的白玉兰就是这样花海漫漫，无限芳华氤氲着这个大都市。

这天他收到一个叫 Mary Lin 的人发来的电子邮件。他一时想不起这个人是谁，一打开看，居然是 2008 年夏天在硅谷做路演时的一个投资人。她说对他印象挺深刻，只是那时候时局不好，没有投他们的项目，不过觉得贵林的经历挺好的。学数学出身的，在华尔街的金融公司和硅谷的高科技公司都做过，以前还创过业，有很多风险控制方面的经验。现在他们投资公司看好了深圳的一家创业公司，准备投资，不过觉得他们风险评估和风险控制那一方面挺弱。国内做风险评估的人才还挺缺乏，问他感不感兴趣去那家公司面试。

贵林一听是做互联网金融 P2P 的，心想不会是王伟平原来准备要去的那家公司吧？一听居然不是。另外那个物理系的校友贾云成也在做互联网金融，看来这个行业还真是热门。他倒有些好奇了。

两个人约好通了个电话。Mary 可真能说："现在正是互联网发展开始的时候，各种模式百花齐放，P2P，三方付款，数字货币，大数据金融，到底往哪个方向走，大家也不知道。但是越是这样，机会越多，做第一波吃螃蟹的人吧，引领新潮流，不然到时候又只能随波逐流了。" 贵林想上次王伟平说的时候，他可没怎么动心，怎么这个女的一说就动了心思了？想想倒不是因为她是女的，说话中听，可能就是机缘巧合他这边正好在找，时候到了。

贵林决定去面试，深圳，这个陌生的他从未去过的城市，他觉得和它有一种无法言说的勾连，一种他自己都说不清道不明的力量在牵引着他前往。

他飞到深圳的那天天有些阴，像是要下雨的样子，天色清灰，浅乌的云在天上游走，形状在低处的天空缓缓地转换，让人猜不透下一刻会变成什么样子。他坐在出租车里，看天色阴凉，有一点担心，但是雨终于是没有落下来，只在他下车的时候，落了一滴在他的脸上。他站在那，仰起头看着眼前的这座楼，像是即将要攀登的另一座高山。

要面试的公司就在这座楼里，深圳南山科技园数百座写字楼中的一栋。他低下了头，四处打量着这座园子。园内规划得整整齐齐，一栋栋蓝色的玻璃高楼肩并肩站立在一片嫩绿、墨绿和各种层次深浅不一的绿中。这是一个更绿的世界，比上海还要绿的世界。他深吸了一口，似乎那空气都是绿的。

公司名叫壹诚信，创始人邓总叫邓成果，浙江人，个子挺高，微微有些胖 ，八〇后，很有亲和力。他本科在杭州一个名不见经传的大学念书，研究生考到北大，后来去了美国留学，拿了个硕士在美国工作了几年就回国加入了腾飞公司，又在一年前出来自己创业了。团队是半年前开始搭起来的，创始人就是邓老板一个人，并没有联合创始人，后来的就是各种 C 级别的高管，COO，CFO，他们要招的是 CRO——Chief Risk Officer，首席风控师。

“原来还是校友啊。”贵林说。

“是啊，不过我这个北大不是纯正血统，不知道你们本科北大的认不认呢。”邓总是个很爽直的人，贵林倒是有些尴尬了。

这个公司是做分期电商的，P2P 的一个方向，面向的客户群体是在校的大学生。他们很缺一个风险评估方面的专家，现在都是手动批注每一个申请人。

“这个是和穷人银行一个思路的。”贵林说。

邓总点头：“一语中的。我在美国念书的时候看过尤努斯的书，很受启发。”

“我在硅谷也听过他的一个主题演讲。”贵林说。

那是 2008 年底的时候，他还没有从月月的事情中恢复过来，整日无所事事，正好那天有朋友送了一张尤努斯演讲的门票给他。尤努斯是一个经济学家，是穷人银行的倡导者，并因此获得过诺贝尔和平奖。尤努斯一番关于把贫穷送到博物馆的讲话颇让他有些震动，这个世界上还是有一些理想主义者的，这个世界会因为他们而有所改变吗？他不知道答案，但是他对所有的理想主义者都心怀敬意。

“这个方向很好，大学生在一般银行贷不到款，但实际上他们是非常有潜力的一拨人，因为马上就会参加工作。”贵林接着说。

“当然方向好，要知道我当初研究了创业的十多个方向，包括游戏、社交、垂直电商，觉得分期电商最有前途。”邓总笑了。

贵林也笑了，这是个靠谱扎实的人。贵林说了一些自己过去的经验，也实在地说起这些年做的东西离金融远了，虽然也是和数据挖掘和分析有关的。

邓总点头：“实诚，也有闯劲，敢去阿富汗那地方的人有几个？”

贵林有些愕然，他当初出于逃逸的心思去了阿富汗，如今倒是可以用来作为他人生履历的闪光点了。他有些尴尬地笑笑。

“你们现在找海外投资，将来是想到纽约交易所上市吗？”贵林又问。

“是的，现在思路是这样。我们是 2013 年开始的，现在快一年了，你来得正是时候呢。这个时代核心的能源是数据。现在是大数据时代，科技和金融创新的时代。中国互联网金融是一个崭新的跑马地，我们有机会开创一个又一个行业，在美国那样的市场，开创一个行业，甚至是开创一个资产类别都是不可思议的。难逢的机遇，时代给我们的机遇。”

邓总话虽不多，却是掷地有声，句句砸在实处。

贵林想起他那时刚开始创业那种热情，似乎世界就能被改变的热情，心里一阵涌动，仿佛那种热情是一直潜伏在他的身体里，现在终于重新发芽。他平日话也不多，这次倒是和邓总聊了不少。

其他几个人的面试也都比较顺利。贵林是美国那家投资公司推荐的人员，壹诚信这边也急着找风控这一块的人，一周以后就给了贵林 Offer 。贵林和邓总又通了几次电话，问了一些问题，邓总又上调了一些工资股票，贵林没过几天就接受了。

心底里，他对深圳是有些渴望的。他觉得和这个南国的城市、这个四十年前还和内地任何城市无异的一个地方有着千丝万缕的联系。他高中喜欢的校花程薇薇去了那。他的乡邻、他的同龄的表姐表弟堂兄堂弟去了那打工。他们如尘埃一样，散落在深圳的各个角落。

那天他在微信里和贾云成说起要去深圳了，两个人约在外滩吃个饭。他们有十多年没见了，但是两个人都迅速地认出了对方。贾云成性格外向，很有亲和力，几乎什么人都能处得来，贵林心里是很羡慕的。两个人做的东西都挺像，都是技术型的，聊起互联网金融的一些核心技术趋势如智能风控、智能投顾和大数据挖掘，很合拍，颇有相见恨晚之感。

“我总有一种负罪感，像是惠源公司败在我手里。”贵林对这个有着明亮眼睛的师兄有一种信任感，就说出了心中的不安。

“哈哈，你可没那么大本事。外企公司的衰败是时代使然，没有人能阻挡时代的狂流。”贾云成认真地说。

“嗯。”贵林若有所思地说，“都说现在是互联网金融创业最好的时机，我其实有些怀疑。”

“哈哈，有怀疑精神的人才是真正的北大人。怀疑也要往前走，不试试怎么知道是对是错？”贾云成说。贵林点点头。

“不过，你要做好心理准备，国内的这些创业公司很熬人的。”贾云成说，“我以前在纽约也创业，第一次也失败了。这边创业公司工作强度很大。当然也看你自己生活工作怎么平衡。”

“哦，那你妻子回来了吗？”贵林笑着问。

贾云成愣了一下，他第一次创业时，钱烧光后想用自己的钱垫进去，他那时的妻子坚决不同意，并且是因为这个原因和他离了婚。而他这番回来其实是和他大学暗恋的一个同学有些关系。那个人在北京。可是他这番话也是不能和贵林说的，他自己其实并没有想太多个人问题，他也没觉得自己能和北京的那个老同学走在一起，回来更多是因为工作。

“我现在好像没有工作与生活的平衡，只有工作，我离了婚，我前妻不支持我创业，我现在是单身。”贾云成到底性格外向，想想也就说了。这回是贵林愣在那了。

“噢，我也是单身。”他简单地说了一句，他并不想多说，就喝了口饮料。外面的天是浅淡的蓝，一丝云彩也没有，似乎时光已经抹去了所有的旧迹，现在是崭新的一张白纸，一切都可以重新开始了。

吃过饭，两个人分手之后，他一个人沿着外滩的道路走着，他走过友邦保险大楼，走过和平饭店。他走到和平饭店时，停住了脚。他的背后就是那些在时光里沉淀了百年的灰白的老楼，经典，醇厚，它们敦敦实实地站在那，站在上海的繁花流影里，看人间世相，看翻云覆水。他面对的是彼岸陆家嘴高耸云天的摩天楼群，而十里洋场在河的此岸流逝。他站在江边，听时间的风静静地穿过弄堂，抚过石库门上砖雕青瓦的门楣，掠过震旦大厦金黄色的玻璃，抵达宽广的黄浦江。时间在这个城市里慢慢堆积，又慢慢地散开，向着更开阔的远方流淌。

第四卷

深圳病人

这是我的命运。无数岁月

使得笔直的走廊弯曲

成了不知不觉的圆周。时光的剥蚀

使得女墙出现了裂痕

——博尔赫斯《迷宫》

第一章

贵林初到深圳，很新奇四周各种新鲜异质的亚热带植物。

深圳的街头有一种树，名字叫美丽异木棉的，淡红的花树，满满簇簇，树干却是膨胀的，像极了纳帕酒庄装红酒的木桶，新异又有几分纯朴，站在那，仿佛来自童话世界。贵林总疑心它们是会开口和他说话的，就像他小时候放牛，牛站在那抬眼望他时，他便也心里怦怦，觉得那牛是会同他说话的呢。

还有一种叫鸡冠刺桐，如家乡的槐树大小，树身单细，有些弯扭，树冠婷婷娉娉，绿色和红色交错着，那红的花，确是有些像鸡冠，深郁的红，颇有几分高贵之气。贵林记得小时候家里的阳台上总是摆满了花，鸡冠花、菊花、万年青、石榴花、仙人掌，一年四季都开着。鸡冠花红红的厚实的花形，真是像极了鸡冠。野菊花，淡黄的花朵，中间的花蒂是深黄的，极单薄的样子，凑在一起，却是绚烂的一片，充盈着一季的秋。万年青，深褐的树干被一片片丰硕的叶子拢着，四季都是青青翠翠的。石榴花，火红的花儿，还会结出红亮的果子，虽不是那么甜，也是让人高兴的。而深圳，是个大大的花园，贵林能想起的家里阳台上的花儿草儿，这边都有。更有许多他从未见过听过的花木，他是喜欢这些花花草草的，也因此对深圳有了好印象。他觉得他这样把对一个城市的喜好和小时候的记忆牵连缠绕在一起多少有些无稽，但是他似乎没有办法改变这种潜意识的勾连。

贵林在南山科技园的办公室面对的是一大块绿地。绿地上有几棵高高的棕榈树，阳光透过羽状的叶子星星点点洒在绿地上，光影交错，斑驳游离。那天去开会，他一进去就看到会议室的墙上挂着一个钟，时间比手机上的时间快了五分钟。他有些诧异，旁边的CFO严申说这是邓总特意吩咐把钟拨快五分钟。“我们要走在时间的前头。”他笑着说。贵林点头，真是大不同。喀布尔的时间从来都是混乱，这里的人们却是要和时间赛跑的。

“创业公司都是如此，你不能走，你得跑，不然就会被别的公司甩在后面。”贵林想起面试时邓总和他说的话。

上班没几天，公司搞了一个市场促销活动，在深圳大学，活动目的是拉潜在的大学生来用他们的产品。

“太他妈过分了！”下午的时候负责地面推广的经理小金回来

就跟大家发牢骚，“也太没品了。一模一样的海报，除了地址不同，直接站在那，把人往另外一个会议室拉。”

“还把我们贴的海报撕了。”另一个员工也在痛诉。

校园里的海报本来是壹诚信的人晚上11点贴的，第二天早上7点去看，已经被益分期的海报盖住了。壹诚信的人也不示弱，立马撕了对手的海报。

“好家伙，垃圾桶里装的都是两家撕下的竞争对手的海报。”小金说。

贵林听了一阵才搞明白原来壹诚信公司有家死对头——益分期公司，两家差不多是同时开始的，做的也都是互联网金融里的分期电商，而且都是面对大学生贷款，让他们借钱分期付款买东西。两家公司产品相似，连名字都有些像，有时候顾客自己都会有点糊涂。

而这一次，益分期直接照抄壹诚信公司分期购买演唱会门票的产品，最可气的是，连海报都照抄，然后派人堵在路上把一些准备去壹诚信公司听产品介绍的大学生直接导流到他们的会议室。

“知道吗，益分期公司的常总和咱们邓总是大学同班同学。”小金轻声对贵林说。他叽叽咕咕又说了一番，贵林明白了。 常总名叫常辉，他本科毕业后去了北京，加入一家高科技公司后不久就出来创业，后来又回到互联网金融风口浪尖的杭州，也就是他念本科的地方创业。他前前后后尝试了七八家创业公司，无一例外都失败了。但这个行业失败不是问题，没有经验才是问题，他虽然顶着常败将军的头衔，却总有人看重他的经验。邓总也是如此。

一年前邓总找到这个老同学想和他一起联合创办壹诚信。邓总把他的想法以及已经找好了的几家风投公司的名字都告诉了常总。

常总说要搬到深圳创业是个大事，他得先好好考量一下，也问问家里人意见。结果常总回了杭州一个月都没有动静。邓总诧异之余自己又回头去找风投公司。那几家风投公司头几回和邓总聊的时候还夸邓总眼光独到，这个思路好。这一回却告诉邓总同时也有另外一家公司准备做同样的产品，他们正在评估两家的情况，可能要等等才能决定是否投资邓总的公司。邓总诧异之余拐弯抹角打听出另外一家公司的情形。这家公司不是别人，正是他的老同学常总新近注册的！

邓总大大地抽了口凉气，立时决定就一个人来做壹诚信的创办人。

A 轮投资的时候邓总找到一家投资公司，那家公司看起来对壹诚信很感兴趣，事后又问他要了很多资料，包括壹诚信正准备开发的“电眼”智能风控系统的一些基本设计和公司物流系统的设计等，投资公司问得很细，邓总那时候刚开始创业，也没多想，就把这些信息都给了他们。

哪知道半个月后就看到这家公司准备给益分期投入五百万美金 A 轮投资的消息。很快又是听说益分期也准备开发自己的风控系统。原来这家公司早就准备投益分期，看到主动送上门来的壹诚信就套了很多公司机密，然后又转给了益分期。好在后来贵林第一次创业认识的那家美国公司投了壹诚信的 A 轮，并把贵林介绍给他们。

贵林听得唏嘘。邓总人不大，八〇后的小伙，看着倒是比很多七〇后的高管要老成持重得多，想来和他一出道就被人狠狠地扎了好几刀不无关系。

“要是没这家公司，咱们得多拿多少家风投资金啊。”小金说，

“不过说句真心话，也是因为有了益分期，我们的产品做得更到位了。所以说要感谢敌人，也不是全无道理。”

贵林想这倒是实话，虽然对于创业公司来说更苛刻、更艰难，也同时促使他们把产品做得更好，又岂非变成了件好事？真是应了那句古话，福兮祸兮，谁知道呢。

大家正说着，邓总进来了，大家就不说话了。大家也知道，邓总和益分期的常总表面上还是客客气气，据说还都是微信好友，还有个君子协定，互相不挖人。不过底下的员工就没那么有风度了，互黑互怼的行为时有发生。

晚上贵林突然又想起这个公司名字“益分期”，怎么这么耳熟呢？他给王伟平发了个微信，原来这家公司就是伟平一开始拉他入伙的那个公司，壹诚信的死对头。贵林暗自吸了口凉气，差点就进了那家公司。可是，常总会不会也有一个不同版本的说法？就像罗生门一样？贵林决定不想那么多，至少现在看来，邓总还算靠谱，自己跟着干就对了。

贵林住在蛇口的东角头。公寓的房间能看到无边的海和天连成一线，夜晚能听见轮船的汽笛潜入他的梦中。他有时候去渔人码头看看，海的气息扑面而来，清新而饱满。码头一边是渔民居住的渔船随波轻摇，一边是层层叠叠的摩天大厦从海岸线上赫然升起，在这里，还能看到这个城市迅速崛起之前的那个小渔村的留痕，在这里，现在和过去相依相对。最让他欣喜的是附近就有一家南山影剧院，他立时想起他小时候在大连常去的那家南山电影院，同一个名字的电影院在他的生命中不同阶段复又出现，他顿时有了一种前世今生、时光交错的感觉。

他每日坐地铁去南山科技园，偶尔也坐出租车。他喜欢坐在地铁里听深圳人说粤语，让他想起小时候看的香港电视剧的粤语歌曲。他也喜欢走路，走个五六分钟到地铁站，一路繁花绿叶，爽心爽肺。深圳的街道整洁无尘，到处是浓荫遮天，入眼之处是深深浅浅的绿，连空气都沾了绿。互联网公司的作息时间还算自由，他一般是九点多从家出发，近十点到公司，错过高峰期，地铁也不算挤。

5月的一个清晨，贵林依旧是走到地铁站，下电梯，过安检，他总觉得后面有个影子，回了头却是空空如也。他站在那等地铁，深圳的地铁等车的地方画了黄线，他站在那，他听到呼啸的声音，像迅速消逝的时光，他知道那是另一个方向疾驰的地铁。他随意地看了看周围，他几乎不敢相信自己的眼睛，他看到了一个熟悉的身影。那个当口，地铁来了，那个人上了地铁，他赶忙也上了，同一列地铁，开往同一个方向，这是一列开往春天的地铁吗？他穿过人群朝车厢那一头走去，他看到了她，她显然也看到了他，向着他的方向而来，他们像两个溺水的人，他们的眼睛在人潮里抓住了对方。

那个人是圆圆。

他们在深圳地铁的人潮里相视而笑。他觉得他有一个世纪没有见到她了，他的眼光里满是诧异和喜悦，她看着他，绽开了一个笑容，嘴角那道疤痕轻轻地飘浮在那笑靥之上。她化了点淡妆，淡淡的眼影，衬得眼睛更黑了。她的皮肤还是那么白，喀布尔的白梨花一般的白。

“真是个奇迹。”这是他开口的第一句话。在过去的这些年，他不是没有想过会和她再见面，然而他实在没能想到会是这样一个重逢的场景。

她没有作声，只是又轻轻笑了一下，像是早就料到他们会在这里久别重逢。她的手还吊在一个环上，身子随着地铁的疾驰而轻微地摆动，如风中的柳枝儿。

“你也住在蛇口？”他问。

“没有呢，我住上沙，今天去蛇口办点事情。”她答道。

他又问：“你在哪一站下？”

“科苑站。”她答。

他有些吃惊，不会吧，这么巧。

“你也在南山科技园上班？”他接着问。

“算是吧。”她答得含糊。

车子很快到了下一站，下车的人很多，空出了两个座位。两个人便都坐了下来，贵林心里还有万千个问题，他想知道她这几年过得如何，他想知道她现在在做什么，他自然也想知道她现在是一个人，两个人，还是三个人。但是这飞速行驶的地铁似乎全不是这种对话的合适场所。他就什么也没有问，圆圆好像也没有打算问他什么，两个人就这么肩并肩坐在那，看着深圳人上上下下，听着地铁上的喇叭报着一个又一个地名。他们什么也没有说，就是安安静静地坐在深圳的人来人往中，看地铁一站站把那些地名甩在了时光的后面，看地铁驶向一个又一个黑黝黝的隧道。最后他们终于听到了喇叭里说：“前方到站科苑站，请下车的乘客做好准备。”他想，就到了，今天怎么这么快呢。他和她相视一笑，她的笑是愉悦的，和他脸上的笑容一样愉悦，虽然他们这一路几乎没有说什么。

他们走出了地铁口，阳光是灿烂而跳跃的，他说：“加个微信吧。”她笑着说好，他就拿出手机扫了她的二维码，他想起在上海的酒吧碰到的那位女作家说过的，“加了微信就真会和你上床的”，不觉轻轻地笑了一下。

“那么，我们再联系吧。”他说，他那天正好有个月会。

她有些迟疑，像是想说什么，终于是没有说出来，只是说：“好啊。”他们便道了别。他转了个弯，眼前的滨海大道笔直而宽广，他走在行道树浓密的绿荫中，一路感叹还真是如当年李羽说过的：“没准哪天在大街上迎面就碰上了，喃，吓你一跳。”他倒没有吓一跳，但是他还是有些诧异于命运的奇妙。

贵林一天都在开会，从早上十点到午夜十二点，一个部门一个部门汇报、讨论、评估到给出下个月的计划和目标。除了中间短暂的休息和午餐、晚餐时间，贵林没有片刻闲。还好，这个会议只是一个月才有一次。

到了凌晨会议结束的时候，贵林真累得跟条狗似的，人都跟被抽干了似的。他在凌晨的时候坐在地铁上，看到圆圆给他发了个笑脸。他其实白天抽空看了一下她的朋友圈，信息少得可怜，除了转了几个不痛不痒的帖子，没有一点关于她个人的照片和片言只语。这倒和他自己的朋友圈很像，他想，他们都是把自己包裹得很紧的人。

他约了她第二天在公司附近的一家东北菜馆吃饭。饺子有好几种馅，热气腾腾地摆在那。生煎包子柔软絮糯，香气游荡。在这样一个日光如流水一般尽情流淌的春日，他们似乎又回到了喀布尔奇特而鲜活的气息里。他注意到她的右手上戴着一个绿玉的镯子，举手投足时似有铃铃玉声。她依然动人，他觉到了自己对于她的气息的渴望。然而他们之间横亘着四年的时光。他先概略地说了一下自己的四年，三年硅谷，一年上海，他还说到了华勇，她睁大了眼睛。

“天哪！”她不可置信地看着他。然后他看着她，像是把球传到了她的手里。她喝了口饮料：“先是回了沈阳老家，东北大环境实在太差，难以谋生，后来就经一个老乡介绍来了深圳。都是在打零工。”她的语气有些躲闪，像是不太想说起她过去的这四年。

“我们是两个世界的人。”她笑了一下，有些凄然。她似乎还是四年前那个谜一样的姑娘，似乎在这四年里她又平添了许多让人猜不透的谜面。他还想问问她个人情况，见她这样说，却是也不好问了，就问她现在在做什么。

她有些尴尬：“不过是些杂七杂八的事情。”

贵林暗忖，不会还是她在喀布尔的那些营生吧，心里有些别扭，眉头微皱，便不再说什么。

圆圆看他那样子，便又说：“我做的事情虽然挣钱不多，但都是清清白白的。”

贵林听了，倒有些尴尬了，想说什么搪塞一下，却一时找不到什么，只得一笑。两个人就都埋头吃着饭了。

他们告别的时候，只是彼此挥了挥手，没有一点身体上的接触。他觉得他们之间似乎不太容易找回在喀布尔那种亲密感了，似乎在那个兵荒马乱的国度，他们两个倒是可以平等相处，到了中国，反而不能了。他说不出为什么，他走在这座城市的绿影里，他不知道阳光透过树叶的隙缝投射在地上的只是颤动的阴影还是让人忧伤的斑痕。他没有回头，他不知道她就那么一直默默地看着他的身影消失在道路的尽头。

贵林那天又是近十点才离开公司。公司现在的信用批准都是人工做，很费时，也没有效率。 他负责开发电眼系统，这个系统其中的一个功能就是自动审核每一个贷款申请人，分析客户还清贷款的概率和信用。这之间要用到很多数据挖掘、数据分析的算法，然后搭出这个架子给下面的程序员来实现。现在正是开头，很多思绪还很凌乱，很多想法没有实证，他每日脑子里旋绕的就是这些东西，有些着迷。

过了几天，贵林和几个同事中午一道去一家粤菜馆吃饭。推开餐厅的铜质铁门，贵林看到一个熟悉的背影，纤瘦而单薄。那个人斜挎着个小包，手里拿着几张卡。

“试试吧，我们这家金沙健身馆是新开的，就在附近呢。”那是他熟悉的声音，是圆圆的声音。他有些尴尬，同事们却都在旁边站定了。

“几位？”订座的小姐问贵林的同事。

圆圆回过了头，看到了他，她显然也没有想到会在这里碰上，而且是以这番形象被他撞上，脸上有些发红。

“你好。”他说话了，对着咫尺之遥的她说。

“你朋友啊？”旁边的小金问。

“嗯。”他迅速地在脑海里给她搜索一个合适的身份，“我老乡。”他想她是东北人，他在东北住过，算上半个老乡也没错。她顿时脸色不大好看，贵林也有些羞愧，还老乡呢，他们可是上过床的，而且不止一次两次。

“老乡捧个场吧，买一个健身卡，一年才两千块，你们这些天天待在办公室的 IT 人士最需要锻炼了。”她的眼色突然妩媚起来，贵林看到了旧日玉叶餐馆的那个圆圆了。他窘在了那里。小金笑嘻嘻地拿了一张卡，问了她几个问题。她笑盈盈地一一作答。说话间，桌子空出来了，领座员招呼他们进去。小金说抱歉，下次了。她就笑笑，收了卡，转身就走了，也没和贵林说句话。贵林被晾在一旁，他看了她的背影一眼，跟着几个同事进去了。

下午五点贵林早早下了班去了圆圆那家健身房。离他公司不算远，走路十分钟不到。他没有看到她在前台，他以为她样子好看，该是站在前台的，然后才意识到不管是七〇后的他也好，还是八〇后的她也好，都已经老得不适合站在前台了。前台的姑娘嫩得能掐出一把水。

他问了前台的姑娘。

“圆圆？我们这里没有一个叫圆圆的员工。”前台的姑娘说。

“噢，她好像是推销健身卡的。”

“抱歉我们这里有不少推销健身卡的，不算我们的正式员工，我不太熟悉呢。”前台的姑娘客气得很。

他有些失望，想发微信问圆圆又觉得不合适。正要离开，迎头看见圆圆走了进来，她看着他，有些诧异，也有些高兴的样子，语气却是淡得很：“你来这里做什么？”

“嗯，来锻炼啊。”他笑着说。她说：“那么，你要买一张健身卡吗？我给你打个九折。”两个人便都笑了。

那边前台的姑娘叫了一声：“阿芳姐，你回来了。”

圆圆对贵林说：“你等一下啊。”走了过去和那个前台的姑娘说话，剩下贵林一头雾水。阿芳？她是这里的正式员工吗？

过了一阵圆圆又走到贵林这边。

“她叫你阿芳？”贵林问。

“你忘了我原名叫何菲芳？我现在用我本名。”圆圆笑。

贵林想了起来，“那你要我叫你什么？”贵林笑问。

“你叫我阿芳吧。”她脸上掠过一丝暗影，圆圆是和那一段不堪的历史联系在一起的，她没有把这话说出来。

“好的，阿芳，我们一起去吃个晚饭吧。”阿芳听贵林这么一说，粲然一笑。两个人就往附近的一家叫湘满园的湖南餐馆去了。深圳这边湖南餐馆不少，大概是因为湖南来这边的打工仔多。吃饭的时候阿芳说起除了平常出去兜售健身卡，她还在这个健身房管理一些杂务，会员登记记录、器械的维护和保修，还兼做出纳，算是用到一些她原来财会学校的一些东西。不过，她现在还是个临时工。

“慢慢来吧。”他说，“已经比喀布尔那时好很多了。”

她眉头一皱，没有说什么，餐馆的玻璃窗外有一辆洒水车慢慢前行，水洒在一旁的朱槿树上。水过之处，朱槿的花瓣上堆积了一颗颗透明的水珠，那单瓣的朱红色花朵便变得丰润闪亮了。“深圳真是个神奇的地方。”她轻声说。

他们吃过饭，一起走向地铁站。洒水车刚过，夹竹桃上的叶子上流连着晶莹的水珠，叶子绿得发亮，花朵也是更鲜亮了。夕阳的余晖轻柔地照在他们的身上，他们肩并肩，走得很近了。他伸出了手，拢住了她，他闻到了她身体的香润。地铁站很快就到了，很近，不过五分钟的路程。他住在蛇口，她住在上沙，两个方向。“再见。”她轻声说。他把她拉在了怀里，他对她的欲望在身体里翻腾。“去我那吧。”他轻声地说。她迟疑了片刻，说：“我今天有事情。”他有一丝受挫，松开了她：“好吧，那再见了。”

他转身走了。她站在那，看着他的背影快速地消失在拐角。她在那站了半晌，沉沉地吐出一口气，呆呆地向上沙的方向走去。

第二章

六月初的时候，贵林收到了一个邮件，来自一个美国朋友吉安娜。

他看完这封信，心里一热，他感到了1998年的燥热从时光隧道的那头滚滚而来。那个夏天，湘西南的小城邵阳有如一个硕大的蒸笼，热气从每一块地皮里钻出来，钻进了每一个角落。还有几个星期，他就要离开家乡的小城，远渡重洋去往遥远的美利坚留学。离开前的一个星期，贵林在难耐的酷热中来到双坡岭的邵阳福利院。他是受老乡兼同学邹鸿之托去拜访邵阳福利院的负责人，打听一个叫邵敏的孤儿的情况。

那时候互联网刚刚兴起，谷歌搜索也刚刚上线。一个叫吉安娜的美国女人在谷歌里用 “shaoyang” 这个关键词搜索。她搜到了当年正在康奈尔大学念书的邹鸿的网站。邹鸿在学校的网页上写着 “Hometown ：shaoyang” 。吉安娜如获至宝，她给邹鸿发了一个邮件：“1996 年底，我领养了一个叫邵敏的邵阳女孩。我们一直想知道她当年被送到福利院的情形，我们也想知道她亲生父母的情况。” 她还把邵阳福利院负责人的一些信息告诉了邹鸿。邹鸿把这些信息转给了贵林。贵林决定在出国之前去一趟邵阳福利院。

于是在记忆中那个酷热的夏天，贵林走进了邵阳福利院院长林女士的家。她儿子开的门，贵林事先打了电话，林女士已经穿戴齐整在客厅里等着他。他说明了来意，林女士说对这个叫邵敏的女娃娃有印象，是她把邵敏带到长沙，然后把孩子交接给那里的负责人的。她并没有直接和来中国接邵敏的吉安娜接触，只知道收养邵敏的是一个单亲母亲，住在美国的加州。

当贵林问起林女士有关邵敏身世的情况，她有些迟疑，只说邵敏是被一个好心人在人民广场的喷泉附近捡到，并送到福利院。孩子身上有一个纸条，写着她的生日，1996 年 1 月 3 日。

“就这些了？” 贵林很不甘心。

“好像就是这么多了。” 她非常谨慎地回答。

贵林还以为会有一些戏剧性的情形，比如孩子的亲生父母会留下一个纪念品，一张照片，作为孩子一生的牵挂。

“没有。” 林女士很坚决地否定，贵林有些失望。他又问了些问题，她说我不能回答，现在外面说我们卖小孩，我们还是少说些为妙。

贵林恍悟她为什么口风这么紧，不肯多说一个字，定是有人嘱咐了的。他们又稍微聊了些，她就陪贵林到邵敏住过的房间去看了看。很大的一个房间，有一间教室那么大，很多张床摆在那，有些凌乱，绵软的日光斜斜地从小小的窗户里照进来，是一番破旧的景象。贵林在得到她的允许后，照了些相片，又在外面照了些照片，房舍，孩子玩耍的地方，还有门口邵阳福利院的牌子。

然后贵林就告别了林女士。他回望那个小山坡上的福利院——它曾经是那个叫邵敏的小女孩的立身之处，虽简陋，却是给予了她又一次生命。而且，因缘它，邵敏找到了一个新家，一个有爱的家。他想，这何尝不是这个女娃娃的福地，她和这家福利院结的，该是一个善缘。

到了美国，贵林通过邹鸿，和吉安娜建立了联系，把那些相片寄给了吉安娜。吉安娜在邮件里感谢贵林给邵敏带来这么多珍贵的资料。贵林却心里有愧，信息实在太少了。

又过了几年，贵林毕业了，去了纽约工作，2002 年的独立日贵林和翊欧准备去南加州玩一趟。他想起了那个和他来自同一个故乡的小女孩，更多的也是想起他自己，他想去看看那个叫邵敏的女孩子。他于是给吉安娜发了个邮件。她特别高兴，说非常期待贵林的到来。

那天在拉古娜海滩游玩以后，他们就去了吉安娜在尔湾的家。她家在离海不算远的山上。山上是大片大片的黄。贵林看惯了东部绿色叠嶂的山，对这样的黄很不习惯。好在进入小区，又是绿树盈盈，满眼葱郁。道路齐整，一栋栋红色瓦楞的漂亮别墅在绿影里齐齐整整地伫立着。

他和翊欧到达吉安娜居住的二层楼的房子时已是傍晚。那是栋精致的房子，房子外墙镶嵌着大块灰白的石头。贵林按了门铃，一个五十多岁的女人开了门。她是个瘦削的女人，看起来有几分严肃。

“你是吉安娜吗？”贵林问她。

“不，我是莉安，我是吉安娜的……伙伴。”她说。她用的英文是“Partner”。贵林那时到美国不久，并不了解这些特定的词汇，心里有些疑惑，Partner 是什么意思？待他们进得屋内，另外一个年纪相仿的白人女子走了过来，她稍胖些，圆圆的脸，脸上是灿烂的笑容。原来，她才是吉安娜。她过来和贵林、翊欧拥抱，看起来颇有些激动。贵林暗想，这才是信中那个热情洋溢的吉安娜。

“詹妮弗！”她叫出了一个名字，然后，从厨房那边走出来一个六岁左右的小姑娘。她的眼睛很大，很黑，大得都有些不像亚洲小孩了，可是她那有些塌塌的小鼻子，她翘翘的嘴，她乌黑的头发，甚至是她的眼神，都透露了她的亚裔身份。那是多么亚洲的一个小孩子，多么邵阳的一个小孩子啊。贵林看着这个六岁的孩子，她和他来自同一片故土，她就是那个中国名字叫邵敏的女孩子。她走到他们的面前，看了看翊欧，轻轻地喊了一声阿姨，又走到贵林的面前，叫了声叔叔。她的眼神好安静，甚至是有些深邃，全然不像一个六岁的孩子。他的心变得无比柔软。他握住了她小小的手，这双小小的手的主人和他一样来自千里之遥的小城邵阳，这个小小的姑娘是和他一样有着颠沛的经历。

他们在客厅里坐定。一个二十岁左右的白人女孩走了出来，詹妮弗走过去，依偎在她身边，白人女孩给她梳头发，那也是一个安静的女孩子。再然后，又走出来一个十四五岁的白人男孩子，也是安安静静的。一开始给他们开门的那个瘦削的女人也过来了，坐在吉安娜旁边。贵林大致有些明白她和吉安娜的关系了。但是他又有些糊涂，这是怎样的一个家庭组合呢？

“这是莉安的女儿阿黛拉。” 吉安娜指着那个二十岁左右的白人女孩说。

“这是我的儿子杰夫。”她又指着那个男孩说。然后，她温柔地看着邵敏：“这是我和莉安的孩子。”

贵林终于算是明白了这样一个家庭的组成了，的确是有些复杂。但是，他能感觉到，这是个有爱的家庭，是个融洽的家庭。

吉安娜看着邵敏，眼里都是慈爱：“詹妮弗刚到这个家的时候一直都不说话，后来，她开口说的第一句英文话是‘You guys speak like animals（你们说话像动物一样）’。”

贵林听到这句顿时泪如雨下，旁边的翊欧也在哭。那个穿越重洋来到一个陌生国度的小小的人儿，突然被空投到一个完全陌生的环境，就像一个在密林里迷了路的人。周围的人和她长得不同，语言也完全不通。她该是经历了怎样的困惑、怎样的跋涉才慢慢找到一份认同和信任？或许是她自己都没有意识到，她幼小的心灵曾经历了怎样一番挣扎，而那挣扎背后深藏着怎样的惶惑和恐惧。

吉安娜递给贵林一块纸巾，又递给翊欧一块纸巾。

“詹妮弗的眼睛好大，学校里老师说只有她的眼睛是真正的大眼睛。” 吉安娜接着说，脸上都是骄傲。然后，她又说，“詹妮弗，你要给叔叔阿姨看看你脚上的幸运胎记吗？”

詹妮弗有些羞涩地指指她小腿上的一个暗色的胎记：“My

lucky star。”她说。贵林低头看着那个椭圆形的胎记。

他们又聊了一阵，因为有别的安排，他们得走了。“谢谢你给她带来的小礼物。” 吉安娜说，“只可惜你们有事，不然可以和我们一起去木桥社区看烟花。烟花，是你们中国人伟大的发明。”她笑着说。

贵林拥抱了那个六岁的来自他的家乡的小姑娘，像是看着童年的自己，那个站在钟家村的山坡上眺望山外面的世界的孩子，他的眼眶再一次湿润。他想，那个腿上有着幸运胎记的小女孩，她真的是个幸运的小女孩，她腿上的是一颗真正的幸运之星。

回去后许久贵林都没有和吉安娜再联系。过了好几个月，吉安娜给他写了很长的一封信。她说她很抱歉一开始没有说明她是一个同性恋。她和莉安以前都有自己的家庭和亲生的孩子。后来离了婚以后，各带着自己的孩子住在了一起。可是她们想要一个共同的孩子，于是就想到了领养。她当初为了领养邵敏，撒了谎，说她是单亲母亲，她请他原谅她。她说她和莉安是真心相爱，她们还去加拿大领了结婚证书。

贵林回了信，告诉她自己对同性恋没有任何偏见，也觉得邵敏是个非常幸运的孩子，能生长在一个有爱的家庭。

吉安娜很高兴。那之后他们一直都有联系，只是后来贵林搬到加州，因为月月的事情，又去了阿富汗，和她已经疏于联系了。这一次她在邮件里说到邵敏今年高中毕业，她想趁这个暑假上大学之前去邵阳看看——她其实一直是想找到她的亲生父母的，吉安娜问贵林能不能帮忙联系一下。

贵林回了信说当然，他第二天就在高中群里问有没有谁知道怎么联系邵阳福利院。他还是1998年去的福利院，电话早就不通了。结果樊小北说你没听说邵氏孤儿的事情吗，福利院恐怕不会见这家美国人。贵林还在纳闷什么是邵氏孤儿，宋晓环私信给他一个信息：“还是三年前曝光的事情，邵阳福利院不少孩子并不是被父母遗弃，而是因为超生，被计划生育的人强行抢走，送到福利院。然后福利院又把这样的孩子转让给外国人领养，从中牟利。”

贵林惊呆了，很多年前林女士的那句话突然又回到他的脑海，原来，他们真的有卖孩子的事情，卖这些来自邵阳，孤儿院又都给他们取名姓邵的孩子。他想起六岁的邵敏的那双大眼睛，想起她羞涩地指着脚上的胎记，说那是她的lucky star，他心里像堵了一块铅，难受极了。过了两天，他把这个消息转告给吉安娜，并告诉她恐怕不能去邵阳福利院了，也因此少了寻找邵敏亲生父母的一条重要线索。

吉安娜很快回复，说无论如何，她和邵敏都要去邵阳一趟，并问贵林有没有别的途径寻找邵敏的亲生父母。

贵林想了想说他可以帮忙把邵敏的基本情况写成一个帖子，放在微信上，微信传播很广，也许能找到她的父母，再有他也许可以通过电台广而告之。贵林又建议吉安娜使用微信，吉安娜上了微信后，沟通方便了许多，他们商量着把帖子定了下来，信息很快就发到朋友圈，贵林的中学同学也帮着发到各个群里，可是电台的事情却没了下文，贵林估计还是和邵氏孤儿有关，电台怕那些被强行抢走孩子的父母找了来，影响不好。不过没隔多久，贵林就陆续收到一些在1996年1月3号遗弃了孩子的父母来信。贵林把这些信息转给了吉安娜，并说如果需要，他可以陪同她们一起去邵阳，他现在人在深圳，离邵阳不远，也正好可以回老家看看。两个人就把邵阳之行的日期定了下来。

公司的事情还是忙碌。益分期和壹诚信两个对头在校园这个市场上的竞争愈演愈烈。益分期奉行的准则是快，用他们自己的话就是："你先冲上去，打完了再想为什么这枪出错了，子弹卡壳了。不然你晚一步，连出手的机会都没有。" 而壹诚信的邓总却是个计划性极好的人，就像他头脑清晰地规划他的职业生涯的每一步，他在壹诚信的发展上也是一步一个脚印，他总是先拟订好计划，按计划做好一步接着做下一步，事先把会遇到的阻力也一一标注。如果说常总是狼的风格，那么邓总就是鹰的风格，狼是有狠劲的，下手快，狠；鹰却是目光如炬，站得高，盯住了一个目标，迅速俯冲下来，也是毫不留情。

邓总是熟知他这个老同学的风格的，但是还是被益分期校园贷款项目立项到项目上线的速度之快惊了一下。如果媒体上报道属实的话，他们的十几个人，七天，就把应用 App 上线了。主管技术的刘伟说，他有个朋友在益分期，可以问出来他们为什么能这么快。

"这可是商业机密呢。"贵林说。

"这个嘛……"刘伟打了个哈哈，不再说什么。

两天之后，刘伟果然回来报道，原来益分期的 App 只有前台，后台都是直接转成 Excel 单子，手工处理订单。

"怪不得这么快。"邓总点头，"我们先不用那么急。后台处理还是要软件，不然量大了就会成为瓶颈，得不偿失。"

"顾客风险这一块可以先暂缓。"他转向贵林，"一开始的用户门槛反正低一些，可以先继续用人工审核。一部分员工先抽去做订单处理。"他有条不紊地布置着，贵林点点头。

一个月后，壹诚信的 App 也上市了。

两个人一开始都是非常原始的市场营销策略，去校园里线下拉顾客。常总是最先奔赴北京市场的。他一下手就印十万份传单，他手下运营负责人原来还想说印两万份试试水，看到老总这个架势就把话给咽进去了。益分期保持着一天刷一个学校的速度。第一天北京邮电大学，第二天北京化工大学，第三天北京交通大学。刚开始的几天，这三个学校一天的销售额就达到五万，常总露出了微笑，他觉得要立住脚跟，就一定要快。

壹诚信这边也是不示弱，不过他们更稳扎稳打，他们把分期的平台都做得差不多了才开始大面积地面推广。负责地面推广的小金从广州的大学招了十来个地推人员，在深圳短期培训，再发往北京。北京的市场益分期先行了一步推广，不过市场潜力很大，壹诚信的产品口碑好，很快也立住了脚。

一场没有硝烟的战争在这两家公司之间不动声色地进行着。地推人员很快向全国发散，推广各自公司面向大学生的分期借贷产品。常总保持着他一贯好斗的作风，壹诚信紧跟其后。

深圳的八月是雨季，有些许酷热，有很多的雨。雨中的高楼湿漉漉的，天空里堆积着团团层层的云，黑的云，乌黑地压下来。大雨过后，清水洗尘，一切都更鲜活明亮了。

贵林现在每周三去健身馆上瑜伽课，那天去了却没有见到阿芳。他发微信问她。她简单地说脚轧伤了，困在住处动不了了。

“很严重吗？”贵林问，“我来看看你吧。”

“还好吧，你不要来了，你那么忙。”阿芳说。

“有人照顾你吗？”贵林问。

“没有。”隔了一阵，阿芳说。

“那我更要来看看你了，再忙这点时间还是有的。”

阿芳不再坚持，给了他她的地址。

贵林放下手机，走出健身馆，路过他常去的那家湘满园餐馆的时候，迎面看到公司的刘伟和一个年轻时尚的女孩走了过来。刘伟看到贵林，有些尴尬：“这是我的一个师妹，来深圳这边出差。”

“噢，你好！”贵林向他们打了个招呼，说是有事，先走了。他走在路上，想起刘伟办公室的桌子上有一张他一家三口的相片，他的妻子模样温婉。他耸耸肩，继续往前走，走到路口，他喊住了一辆出租车。

出租车在上沙的一栋灰白色的老楼前停了下来。街道狭窄、拥挤，沿街的各种小店杂乱无章。有理发的、配钥匙的、收废品的、改衣服的，还有做各种小生意的。男人们聚在一起一边打着纸牌一边等着生意，女人们聊着天，手里纳着花鞋垫。他们看见贵林都抬了头打量着他。贵林有了一丝不安，像是闯进了一个不属于他的地盘。

楼不高，只有八层，周围都是好多栋这样不太高的楼，楼和楼之间都隔得特别近，近得两座楼之间的人都可以从阳台上拉手。而不远处，就是一栋栋二十多层高的新楼。新楼把这些旧楼围在一起，遮住了天日，这些旧楼就是深圳所谓的城中村的拉手楼。贵林一抬头，几乎每一个阳台上都紧紧密密地挂满了衣服和被单，色彩斑斓，像挂万国旗一样。这里房租相对比较低，一般都是合租，住的人多，晒的衣服也就多。贵林想他平日见的都是那个光鲜摩登的深圳，却不知深圳也有破旧的一面。一个分裂的深圳，贵林想这可是国际接轨，和纽约差不多了。

阿芳的同屋阿菱开的门。她是个四十来岁的女人，脸色有些黄，她对贵林笑了一下，又进了她自己的屋子。阿芳房间的门开着，贵林走了进去。她坐在床上。房间不大，一张单人床，一个小桌子，一把木椅，一个小衣柜，柜顶上却是端端正正地摆着贵林在喀布尔送给她的淡蓝色的盘子。里面虽是简陋，倒也干净整齐，只是有些阴暗潮湿，散发出一股薄淡的霉味。灰淡的光线从蓝色窗帘的缝隙里照进来，成了一束光，细细的微尘在光束里旋转。

贵林一眼看到那个盘子，就对着阿芳笑了。阿芳却是有些不好意思，像是被人看透了心思。贵林想她送给他的那个盘子，自己倒是放在硅谷的存储室了，心里有些过意不去。

“大白天还拉着窗帘？”他掀开了窗帘的一角，他听见对面楼女人斥骂孩子的声音，看见对面阳台上的衣服好像伸手就能拿过来，楼和楼实在是隔得太近了，他又拉上了窗帘。

看房间里的情形她还是孤身一人。贵林这么想着就问了：“你一直一个人？”这几个月来，他一直没好意思问她有没有老公或是男友，她也从来不说。阿芳没说话，只是点了点头。

“你的脚怎么回事啊？”他在阿芳旁边的木椅上坐了下来。阿芳就说了一下那天的情况。

还是前几天阿芳去推销健身卡的时候，下了雨，有辆送外卖的摩托车右拐的时候没看到过马路的她，直接从她左脚上轧过去了，血从她的脚背上大股大股流了下来。

“姐，我是打工的，没有保险啊。咱们私了了吧。”卖外卖的小哥不是本地人，一看这情形也是又急又慌。

“那你怎么也得把人家送医院吧。”周围的人七嘴八舌。

“可是我这一单得马上送到，不然我这工作就没了。”外卖小哥都要哭了。

周围的人就说让这个小哥先把身份证留下来放在阿芳这里抵押，等他送完了再去医院找阿芳付医药费。外卖小哥想了想说好，阿芳看他年纪那么小，估计二十都不到，也不像个撒谎的样子，心里就软了。这时候，大家打 120 喊的救护车到了，阿芳留了外卖小哥的微信和身份证，就上了救护车去了附近的南山医院，那个小伙子也急匆匆地走了。

可是到了医院过了好久小哥也没来，阿芳给他发了一连串的微信都不回。她再看那个身份证，心里起了疑心，一查居然是个假的身份证。真假身份证外面看着一样，真的里面有磁条，假的没有。

“哎呀，这人也太不厚道了。”贵林叹道。

“是啊，好几千块钱的医药费，这个人大概一开始就存了心要赖掉这笔钱。唉，我辛辛苦苦干两个月的工钱呢。”阿芳叹，“而且这一个月估计都不能走动，这个月也没法去推销健身卡了。”

“你真不容易。”贵林摸着她脚上的石膏板，他差点脱口而出，“我来养活你吧。”话到嘴边，却成了另外一句话，“这一阵我多过来照应你。”

“那怎么好。”阿芳也摸着脚上的石膏。贵林把自己的手放在她的手上，两只手一起摩挲着石膏板。

贵林 8 月中要回邵阳，早先就告诉阿芳这几日怕是都不能过来照应她。要她另寻一个人。阿芳说我这边你不用担心，只是你自己事情那么忙呢。贵林知道她有些疑惑为何舍得花这么多时间去陪他们。他在微信里也不好说，也就没有回话。

贵林回邵阳临行前一晚去了阿芳家。他在附近的店里买了些外卖，又从超市买了些食品，拿到阿芳家里。阿芳的同屋阿菱不在。两个人吃了饭后，贵林扶着她坐在阳台上。白天的闷热还没有完全退尽，这边的房子之间隔得又近，没有几丝风。贵林就把那个电风扇移到阳台上，电风扇吹着，倒还有几分凉气。

“我都好多年没有用过电风扇了。还是小时候在老家用。”贵林这些年在美国，房子里一般都是有空调，在上海、深圳的公寓里也都是用空调的。

“体验一下底层老百姓的生活也好。”阿芳笑着说，贵林也笑。

“爸爸，你什么时候过来看我？ 你都两个月不露脸了。”突然传来了一个小姑娘的声音。两个人顺着声音看过去，却是对面阳台上的一个小姑娘在打电话。

“出差，骗人，你两个月都在外面，你福田那边的家也不要了？你就是不要我了。”

“你不要糊弄我了。我都十三了。” 那边停顿了很久，大概是故意换了个话题。

“我妈？我妈她挺好的，上次还给我带了个毛公仔。”

“你来看我吧。我外公现在也不会赶你了。”小姑娘又把话题拧了回来。不知道那边的父亲说了些什么，小姑娘突然提高了声调，“你又不来看我，又不给抚养费，我妈说你都半年没给抚养费了，再不给她就要把你告到法院了。”她说着气冲冲地挂了电话。坐在那呆了半晌，又打了个电话。

“妈，你什么时候回深圳？”小姑娘又开了口。

“你就准备长住北京了？当初你们离婚的时候，你抢着要我就是不想付抚养费吧？好嘛，现在就把我丢给外公外婆。”

“下次回来给我买礼物？算了吧。你上次买的那个毛公仔，我早扔了。我都十三了还玩那种东西，你不要再糊弄我了！”

“我下个星期开家长会，王萌萌说她爸爸妈妈都去，偏偏我爸妈没一个能去。”小姑娘说着，声音又低了下来，有些哽咽了。

那边的妈妈大概是说了些什么，小姑娘声音又软了下来：“你说话算数啊，下次回来带我去香港迪士尼玩。”

两个人聊了些家常就挂了。小姑娘在阳台上一个人站着，看着城市密不透风的高楼。

阿芳长叹了口气：“想起了我爸我妈。这样的父母跟没有有啥区别。”

贵林看着她：“你不懂那些没有父母的孩子的苦。”

“噢？”阿芳抬头看着他，“你的父母不都在老家吗？”

“他们并不是我的亲生父母。”贵林的话一出口，自己都有些不可置信，他是个非常内敛的人，自己的身世极少与旁人说起。他不知道为何眼前的这个人总是让他不由自主就说起了过往和隐痛，是因为她也有一个破碎的过去，是因为她这样在底层挣扎的人让他消除了某种压迫感？还是他和她之间某种隐秘的牵连让他对她生出了一种莫名的信任和倾诉的欲望？

电风扇的风有规律地吹过来，吹过去，却怎么也吹不散这么多年滞留在他心中的那一场梅雨。

对面阳台的小姑娘已经进去了，贵林看着那个孩子凝视过的那些高楼和城市的霓虹。这个庞大而拥挤的城市啊，这是和他出生的那个空荡沉寂的钟家村多么截然不同的一个地方啊。

“我原本是姓钟，而不是吴。”他轻轻地说。

第三章

钟贵林最早的记忆是关于死亡的。

他记得那么多细节，灰色的云雾迷蒙一片，似有似无，雨水从乌黑的屋檐角滴落在青石板上，灵堂里一批又一批跪下去又站起来的白色人影，泥泞的山路上，破碎的花瓣嵌进了黑泥地里，成了暗黄的一片。

那一年他才四岁，他不知道那到底是一刀刀一笔笔镌刻在记忆深处的，还是从大人的叙述中拼凑出来的记忆场景。

正是梅雨季节，天就一直青灰着，云被风吹得慌里慌张，雾气四散。云层下的人也是慌慌张张，却是越聚越拢。他跟着人群聚到了电线杆下。地上有个黑乎乎的人躺在那，背对着天。钟贵林走近人群，人群看到他都自动闪开。他走到最里面，往下看，看到地上的那个人一动不动，周围有一摊摊的血，混在泥土里，成了暗红的一片。那个人腰上挂着一个钥匙串，上面有个玻璃线织的小鱼儿，沾了泥，成了灰不溜秋的了。钟贵林认得那个小玩意，是父亲织的，那原是黄澄澄的身子、绿眼睛的小鱼儿。他想，父亲是晕过去了吗？他站在那怯怯的，抬头看到对面的华大叔，华大叔看到他，眼睛就转到一边，不敢看他。周围一圈的人都不敢看他。他小小的，站在那，好像一个人站在荒野里，然后他听到很远的地方传来了母亲的声音："钟枣强，钟枣强！"他母亲付春芳一路哭喊着，披头散发地跑了过来。人群自动给她让了一条道，她走到最里面，全没看到贵林，眼睛只是看着地上的那个人，她才看了一眼，人一下子就瘫软在暗红的泥地里，喉咙里发出了一声凄厉的喊声："钟枣强！"

钟枣强的寡母王朝英知道独子出了事并未说一个字，只是茶饭一概不吃，被送到公社卫生所吊盐水吊了三天，出殡那天她一个人待在屋里。贵林看见她坐在厢房一角草编的蒲团上，闭着眼，似老僧入定，嘴里不住念着，和着屋外的雨滴声。深灰的屋檐檐角上翘，而屋顶上是深到乌黑的一片片瓦檐。雨水从那檐角上一滴滴落下，滴在长廊上的青石板上，又溅起，成了粉身碎骨的晶莹。

贵林还站在门槛上呆看着奶奶，就被母亲春芳喊了去。她给他换上白麻衣，腰上系了根草绳，头上戴了白布帽子。帽子后面拖着个长长的布条，不时碰在泥地里，黑黑的一截坠在身后。他手里端着灵牌走在前面。上山的时候贵林觉得好像父亲就在旁边，牵着他走，他一路走得轻快，不像个才四岁的孩子。父亲葬的地方在青霞山的山崖边上，路不好走，山路泥泞，送葬的人群把路边刚开的水米花踩得东倒西歪，花儿一片片都倒在了黑泥地里。好在那天开始还下着雨，后来就停了，到了落葬的时候太阳将出未出，在乌云边上勾了条金边。华大叔说是个好兆头，你爹会保佑你呢。贵林不作声，往山下看，绿幽幽的稻田里一片片漆黑如墨的屋檐就是钟家庄。封棺的时候，付春芳眼睛肿成了桃子，却是一滴泪都没有了。

祖孙三代，孤儿寡母混混沌沌地过了一年。这一年钟贵林去的最多的地方就是公社汪支书家。付春芳每天拉着他站在支书家门口，央他发放因公抚恤金。钟枣强是公社电工，那天修电线时天气不好，电线漏电。公社汪巴丹支书一开始还答应得好，后来就老是推说县里没钱下来，他也没办法。他眼睛有些斜，看着看着就斜到付春芳胸上去了。付春芳气得拉了贵林就回家。

到了第二年开春快到清明的一天，春芳说是要带贵林去镇上。贵林自父亲过世就没去过镇上了，心里高兴，晚上都睡不着了。他隐约听到母亲和奶奶在堂屋里说话，母亲似乎隐隐还在哭泣。母亲好像是提到抚恤金终于落实了，一个月有十多块钱。贵林记得母亲很久没有带他去汪支书家了。有一次，他看见母亲一个人从汪支书家那边的路头上走过来，低着头，脸上一丝笑也没有。

第二天母亲拉着他去镇上，他们沿着小渠走。小渠里的水是从水库里流下来的，下了几番春雨，溪水涨了几篙，但是依然清亮见底。贵林停住脚，细细地看，看到小小的只有拇指大的黑鱼贴着鹅卵石游。溪水一路哗哗前行，碰到石头，就成了银白。小渠沿着山转了一个弯又一个弯，他们也走了十几个弯，才远远看到五凤镇。

镇上沿街的一路都是小摊小点。有卖油煎豆沙饼的，有卖米糕的。贵林站在那个麦芽糖的画糖摊前就动不了脚了。画糖人的是个老汉，脸膛黑黑的，笼着手坐在小马凳上，看着贵林就露出一丝笑：“细伢子来一个？”小锅里流动的是金灿灿的麦芽糖，香气漫延到贵林的鼻尖，贵林看着春芳。春芳从衣兜里掏出一个透明的塑料袋，又从塑料袋里掏出一个五分硬币，递给老汉，老汉站了起来，伸出手接过硬币，他的手和脸一般黑黝黝的。“伢子，你先转个东西。”老汉前面是个木质的圆形转盘，上面画着十二生肖，贵林开始转动转盘中间的木条，木条转过公鸡，转过龙，停在旁边的五点。贵林眼睛一直盯着转盘，看看木条差点就停在龙那一格，心里直咬牙，怎么就差那么一点点。老汉拿了一个勺，从小锅里舀了一勺糖，在锅子旁边一个白石板上飞快地点了五下，又拿了根竹扦子，按在中间，等了一会儿，铲起来，递给贵林。贵林都要哭了。

“我给你一角钱，你给伢子做条龙吧。这伢子是属龙的。”春芳说着，从塑料袋里掏出一张皱巴巴的毛票。老汉接了钱，又舀了一勺麦芽糖，画了条龙，递给贵林：“拿稳了啊。”贵林喜滋滋地看着，那条糖龙是透明的，阳光下更是透着亮黄色和麦芽的芬芳。“你家伢子将来是要成人中龙凤的呢。”老汉看了一眼贵林。春芳叹了口气，拉着贵林继续往前走。

春芳拉着贵林进了镇上唯一一家照相馆。上午的阳光还不强烈，从窗户缝隙里渗进来，软乎乎地，照相馆里每一个物件都像在打盹。照相的小伙子从三脚大架子上面的黑布后面探出头：“大姐笑一个。”春芳就露出笑。“细伢子靠妈妈近一些，头不要歪，笑一下啊。好！”他飞快地按了一下手里黑色的东西。贵林盯着那个东西看了半天，他还不知道那个就是快门。许多年后，他一次又一次拿出那帧黑白两寸照片看，那时的母亲还很年轻，母亲的手搭在他的肩上，他的头靠着母亲。那时的他还只有五岁。

过了几天就是清明。祖孙三代去青霞山顶上给钟枣强上坟挂亲。山顶上风大，吹着天上的浮云动，吹着山下的钟家村也在转。坟头已经长了草，春芳把墓碑前面的杂草拔掉，露出“先父钟枣强之墓”几个暗红的大字。她摆了三个青瓷的碗，满斟了酒，又在前面摆了两根红香烛和三根香点上。王朝英取出一沓厚厚的碑钱开始烧。贵林认得那碑钱，是母亲从镇上的铺子买的草纸，土黄色的一沓，奶奶这几天每天都坐在长廊上用木工锉打孔。春芳叫贵林跪在地上磕头，自己也跪了下去：“枣强啊，你莫怪我啊。我就要走了，我原是要带着贵林走的，娘说你们钟家三代单传，这个根要留下来。”说着，眼泪一行行就流了下来。“妈要去哪里？”贵林心里不解，看了看春芳，又看看王朝英。朝英不说话，还在烧碑钱，黑色的纸灰被山风吹起，像黑蝴蝶一样在香火的迷烟中到处飞舞。朝英拿了袖子抹眼睛，不知道是不是纸灰进了她的眼。

母亲付春芳是一个星期之后走的。天才麻麻亮，贵林还在睡觉。她看着他熟睡的样子，眼泪又忍不住哗哗地流。王朝英说你走吧，别把娃吵醒了，就更动不了腿了。她狠了心抹着泪转身就走了。她出了门没多久，贵林就醒转过来，一转身看见母亲不在身边，就下了地。他跑到晒谷子的禾塘上，看到土路上的小三轮突突地开起来了，他觉得母亲就坐在上面，他突然发了狂似的沿着田埂跑了起来，他一路跑，一路喊着“妈妈，妈妈！”。哪里追得上，他追了一阵子，一屁股坐在田埂上，看着土路上的小三轮越来越小，车轮扬起的尘土在朝霞的光柱里旋转，沉淀，渐渐地没了踪影。

王朝英是个小脚女人。走路不利索，做事利索。她会做粽子，会做糍粑，还会纳鞋底。贵林觉得这个世界上好像没有她不会做的事。朝英白天在家里编小辫子——用稻草桔梗编的小辫子。贵林蹲在地上看，她的手法怎么可以这么快。“你要学吗？”朝英问，贵林点头。朝英找了个马凳，贵林坐在上面，从水盆里拿了三根浸泡了一夜的桔梗，一头打上结，从一头就开始编，就跟编小辫子一样编，一根用完了，再拿一根，顺在一起再接着往下编，不到一个时辰，两个人面前就团了一堆编好的草辫子，长长的，卷成一团，放在里屋。

那时候的日子长，一天里能编好多的草辫子。到了赶集的日子了，朝英把编好的小辫子装了一麻袋，拿到镇上卖。编草帽的人就要这样的小辫子，他们拿回去，再裁短，一圈一圈就编出来了一顶一顶的草帽。朝英的小辫子辫得扎实、匀称，编草帽的人看了货，很快就收了。

贵林从早上朝英一出门就盼着她回来。下午的太阳照在屋檐角了，大下午了，奶奶要回来了。贵林趴在草垛上看，他看到土路上朝英略微有点驼背的身影了，他从草垛上飞快地爬下来，跑到路口去迎她。朝英看见他，就从麻袋里拿出一把五颜六色的水果糖。贵林高兴坏了，拣了一颗黄色的糖塞进嘴里，又拣了一颗红色的给朝英，朝英说：“奶奶不吃，这都是给贵伢子的，贵伢子辛勤劳动换来的。”朝英总是不太笑的，贵林有些怕她，就不再说什么。

夏天的晚上，风从山谷吹过来，吹到禾塘里。禾塘的前面是条小溪，清浅见底，小溪的下面就是稻田，稻田里有蛙声，高高低低，此起彼伏的。天上的月亮不作声，月色那么浅，那么清，月光下的草垛像是镀了一层银，透着清气儿。朝英躺在草垛下的竹椅上抽旱烟袋。她眯着眼，吸了一口，轻轻地吐出来。贵林看着那烟圈，伸出手去抓。“贵林，你也来一口？”朝英问。她把旱烟袋递给贵林，贵林怯怯地拿过来，吸了一小口就呛着了。贵林一咳，朝英就笑了，笑得眼睛眯了起来：“小东西。” 她一边笑一边拍着贵林的背。贵林想，原来奶奶也有笑的时候。

朝英抽完了一袋烟了，躺在那摇着蒲扇。贵林抬头看天上。蓝黑黑的天上都是星星，多得数不过来，一颗一颗的，比荷叶上的水珠还亮。

“天上的星星真多啊。” 贵林说。

“有一颗是你爸爸呢。他在天上一直看着你呢。” 朝英也抬起头。

“是吗？哪一颗？”

“就是西边角上那颗。他在天上会保佑你的。”朝英指着一颗亮晶晶的星。

“我不要他在天上，我要他在地上。”贵林看着那颗星星。

朝英不作声了，贵林也不作声了。夏天的夜里，风竟然有了丝凉意。

过年了。

除夕的夜里，两个人坐在柴火灶前烤糍粑。柴火的火气把贵林的小脸烤得红红的，柴火太旺，朝英就在旁边用三个石头架了个小灶，把白花花的糍粑放在上面烤，空气里开始散发出糯米的清香。糍粑也慢慢变软变松，上面膨胀了起来，渐渐又变成金黄。朝英拿铁夹子夹了，放在灶台上。等它凉了，拿了给贵林吃。“可惜没有白糖。”朝英说。可是贵林已经觉得很好吃了。

远处稀稀拉拉有人家放爆竹，在静静的夜里回响，更添了几分落寂。贵林有些困了，迷迷糊糊他听见奶奶在耳边唱着小曲：

铁打铁，铜打铜，
打把剪刀送姐姐，
姐姐留我歇，
我不歇，我要回去学打铁，
打铁打到正月正，
家家门口挂红灯。

他躺在灶火前眼睛慢慢地睁不开了，只看见父亲、母亲进了门来，拉着他的手就往外走：“贵林，我们去镇上去。”贵林从柴火前站了起来，高兴地一手牵一个，他们走过金灿灿的稻田，走过小渠上的青石板桥，往五凤镇的方向走。贵林抬头看到天上却是一弯新月，在暗灰色的天空中发着太阳般黄亮的光泽，地上是如水的清亮，他有些弄不清是白天还是黑夜。他们沿着小渠一路走，小渠里的水白闪闪的，还有鱼儿从水里跃出来，在空中翻了个跟斗，又掉到溪水里。他们一直走一直走，可是转了一道又一道弯，就是不见五凤镇，却看到了钟家庄黑漆漆的一片片瓦檐。咦？怎么那路是个圆圈吗？怎么又绕回来了。贵林正诧异，父亲母亲都不见了踪影，他难过极了，眼泪就流了下来。“爸爸，妈妈。”他喊了起来，周围却是什么都看不清，只有风吹着村口那棵白杨树，叶子沙沙作响，像秋雨，又像春蚕在咬噬着桑叶。

王朝英听见贵林在梦里喊爸爸妈妈，又见他眼角都是泪，长叹一声。灶里的柴火渐渐地就要烧尽了，只有微弱的火光在土灰里闪亮着，挣扎着。

第二天就是大年初一，贵林一早就去给新毛叔叔拜年，新毛算是他的远房亲戚，据说爷爷辈是堂兄弟。他从家后面的木门走出去，穿过土黄色的毛坯房之间窄窄的小道，又绕过天井里的打谷机，就到了新毛家的后院。后院里有一棵橘树和一棵桃树。橘树冬天并不落叶，墨绿色的叶子像是打了一层蜡，桃树却是光秃秃的，只有些土灰色的枝丫像手掌一样展开，伸向同样灰蒙蒙的天空，像是融成了一片。两棵树并排站在那，一绿一灰，一荣一枯，却都是安安静静的。新毛叔叔坐在凳子上看着院子，脚上盖了一床暗蓝色的被褥，被褥下面是个木制的四方的小火盆，上面有个把手，可以提着走。

贵林从记事起，新毛叔叔就一直坐在那了。他小时候得了小儿麻痹症，很小的时候就不能走路了。每天早上他哥哥把他从床上抱到凳子上，他就坐在那看着小院子，或是做一些活计。他腿不能动，但是手巧，会剪纸，会做装小蝈蝈的笼子。他肚子里更是装满了故事。贵林常来这个小院子，听新毛叔叔讲故事。新毛叔叔爱说鬼故事，贵林每次都吓得捂着耳朵，可是下一次，又忍不住央求他讲。

他最记得的是《翩翩》的故事。翩翩是个仙女，碰到进京赶考落第的书生。一介落魄书生，翩翩却给他做新衣裳，用芭蕉叶子做衬，天上的云朵抓一把下来做棉絮。翩翩手一比画，芭蕉和云朵就变成了舒舒服服的冬袄了。可是，如果书生一说谎，衣服就又变回叶子了。新毛叔叔最后说："看，小孩子可不能说谎啊。"贵林后来长大了，看到这个故事，才知道是《聊斋志异》里的。而且新毛叔叔好多地方说错了，可是他还是喜欢他的版本，尤其是一说谎，衣服就变回叶子那一出。

“贵林来了。”新毛叔叔看见贵林走了过来，脸上露出笑。贵林觉得他一生下来就是笑的，就好比他一生下来就坐在那。他好像也从来不大声说话，总是那么温和，就像小渠里的水，总是不徐不疾地流。

“新毛叔叔，给你拜年。”贵林说，眼睛看了一下他前面的小桌子。桌子上没了往日里那些竹片或是柳条，而是摆着一碟子冬瓜糖和一碟子瓜子。

“今天初一，不做活计了，你吃。” 新毛叔叔像是看透了他的心思。贵林拿了一根冬瓜糖，问他：“你每天都坐在这不闷吗？”

“每天走来走去也会闷的，习惯了就好了。”新毛叔叔又笑了，“会走的，不会走的，最后都得回到原地。这个世界上什么都是圆的。”

“圆的？”贵林听得有些糊涂，他突然就想起那个转糖人的转盘，“什么都是圆的，就像一个转盘？”

“是啊，圆的，连时间都是圆的。” 新毛叔叔笑了，他这次笑得有些凄然，也有些诡秘。

贵林更糊涂了，他待了一阵就往家里走，只听见新毛叔叔在他背后说：“好防佳节元宵后，便是烟消火灭时。”他心里有些发毛，回头看了一眼新毛叔叔，他坐在灰色的屋檐下，脸上的神情像水库里的水，深不见底。

元宵节那天早上，王朝英带贵林去镇上赶集。贵林从画糖摊子过的时候，看了一眼老汉，又看了一眼转盘，什么都没说。王朝英也没说什么，他们去买了些家用，又买了些糯米粉。贵林一天都心里不安，熬到晚上，心里稍稍安定一些。晚上王朝英给贵林做了一碗元宵，没有馅的元宵。贵林吃了一个就不吃了。贵林记起父亲在的时候，常从公社供销社买桂花馅，包在元宵里，汤里还放了红糖，吃起来满嘴都是香甜。这么寡淡的元宵，他吃不下。王朝英叹了口气，把他碗里剩下的几个元宵都吃了。这之后没多久，她说要去洗个澡。她烧了一盆热水，倒在屋子里的圆木盆里，屋子里都是水汽，她关上了门。

贵林在外面等了好一阵，也不见奶奶出来，他在门外喊了一声奶奶，没有回应。他有些诧异，又喊了一声，还是没有，贵林有些慌："奶奶！"他声音很大，周围是一片沉寂。他推开门，奶奶坐在木盆里一动不动，头歪在一边。

"圆的，什么都是圆的。"贵林站在那，看着圆木盆里赤条条的奶奶，脑子就想起了这句话，然后就傻在了那里。

新毛叔叔后来说："你奶奶修得好，走得这么快。"

"可是她为什么扔下我不管？"贵林问。

"你不需要她管了。你自己能管好自己。"新毛叔叔说。贵林皱着眉头，望着远处黑黢黢的青霞山。奶奶和父亲都葬在那高山顶上。

贵林开始吃百家饭，钟家村一户养他一个月，他住在哪家，他父亲那个月的抚恤金就归哪家。这个月轮到他在华大叔家吃饭，他那天听见华大叔在厨房抱怨："这个月就都吃素，没见一点肉。"华大妈看见贵林进来，忙朝华大叔挤眼："镇上闹猪瘟，谁还敢吃肉？" 华大叔也看见贵林进来，生生地把后面一句话吞了下去。他知道自己老婆小气，贵林在的这个月，想着法子克扣伙食，生怕外人吃了。他是个怕老婆的，也就不说什么了。

贵林已经六岁了，开始懂人事了，知道自己有饭吃就不错了，也不敢言语。只是他看见华大叔的大儿子外号叫鼻涕虫的每天背着个书包去山顶上的小学校上学，心里羡慕得很。有一回，他一个人跑到山顶上的学校，隔着窗棂，他看到学生们手里的教科书封面上有两个“红领巾”站在鲜花里，那个民办女老师带着同学们念书：“毛主席永远活在我们心里。” 他心里有些发酸。山下就是钟家村了，快到夏天了，水稻开始抽穗了，绿油油的一片片里有零星的几点黄。他爬到小学校后面的一棵高高的枞毛树上，站在上面往外看。山风吹得树枝一颤一颤的，满山满眼的映山红，团团簇簇，整个山头都是红的。越过那一层层红云，他似乎都能看到山外面的世界了。他在想，绕着山路一层层就到了五凤镇，过了五凤镇外面又是什么呢？

贵林没想到他在华大叔家的最后一顿饭吃上了肉。华大叔家来了个稀客。他远房的一个侄女和她的丈夫来附近探亲，顺道来看看他。他侄女叫李秀梅，那个穿着军装的男人就是她丈夫吴辰刚。吴辰刚参军在大连当兵，李秀梅后来随军也去了大连。

“你们在北方过得惯吗？听说冬天只能吃大白菜啊。”华大妈问。

“还好，小菜是没有南方多，肉类倒是不缺，海鲜也多，毕竟是海滨城市啊。”李秀梅夹了一块回锅肉。

贵林坐在边角，看到那碗回锅肉，忍不住也伸出了筷子，看到华大妈使劲盯着他看，筷子在空中拐了个弯，伸到了旁边的豆腐碗里。

“这伢子是谁？”李秀梅注意到了贵林。

“唉，可怜见的，是个孤儿，爹死了，娘改嫁到邻省，他奶奶几个月前又没了，也没有他娘的信了，现在是吃百家饭。”华大叔说。

李秀梅看了看贵林，又看了看吴辰刚，吴辰刚也盯着贵林看。

“这孩子倒是长得清清爽爽的。”吴辰刚说，“吃肉，吃肉。”他夹了一筷子肉放在贵林碗里。贵林看着华大妈，华大妈也只好说：“吃啊。”他这才把肉往嘴里送。

那天他们夫妇两个和华大叔叽叽咕咕了好一阵。原来他们夫妇两个一直没有孩子，准备领养贵林。华大叔又跑去找公社的汪书记商量了一回，汪书记说是公社没意见。

李秀梅问贵林：“贵林，你愿意和我们去北方吗？”

贵林不作声。

“那个城市好着呢，靠着海，大海，你见过吗？”秀梅又问他。

贵林还是不作声。

“经常有肉吃呢，还有带鱼，炸得金黄的带鱼。”吴辰刚说。

贵林抬起了头，问他：“可以念书吗？”

“当然，当然，大城市呢，有学校，有图书馆。”吴辰刚忙不迭地说。

“好。”贵林说了一个字。

李秀梅和吴辰刚都笑了。吴辰刚摸着他的头：“以后，你改个姓，就叫吴贵林了。好不好。”

贵林又不说话了，看着屋外的稻田和稻田后面一层一层的山。山是黛青色的底，映山红成了一层薄薄的淡红的雾气，缭绕着，晕染着那黛青。

贵林去和新毛叔叔告别，新毛叔叔拿了一张土黄的草纸，给他剪了一条龙：“贵林，你以后要成人中龙凤了。”他笑着把剪纸递给贵林。贵林拿起那条龙，阳光下，土黄色的一条龙，镂空的鳞片，似乎马上就要飞了起来。不知怎么他就想起了糖人摊子的转盘，这一次，转盘停在了龙的位置吗？

第二天一大早，李秀梅和吴辰刚一人拉着贵林的一只手，走到村口的土路上。他们坐上了小三轮，小三轮卷起土灰，在土路上突突地往前行驶，土路一边是渐渐转黄的稻田，一边是小渠，清亮亮的，泛着光。天上是刚升出来的太阳，天气有些阴暗，云气缭绕在天上，太阳也失去了光泽，让人弄不清是太阳，还是月亮。开了一段土路，就是山路，山路一道又一道的弯，钟家村的黑屋檐一会儿没了，一会儿又绕了出来。有一阵，贵林想，会不会像那个转盘一样又绕回到村里呢。但是钟家村终于是越来越远了，渐渐地成了一根黑线，又慢慢地成了一个黑点，最后，连那个黑点也不见了，只是远远的一层又一层的山，黛青的山，像波涛一样绵延，仿佛下面暗藏着无数的漩涡，而在那暗涌之上，却有一层轻渺如烟的红萦绕在山边，在天边。

贵林把那些久远的回忆简单地说给了阿芳，他说的只是枝干，那些记忆中的细枝末节，那些如茶泡一般丰盈透明的记忆，那些如茶梗一样清苦绵长的记忆，他都留在了心底。他说完后，眼睛望向了城市的夜空，黑幽幽没有一颗星星的夜空，似乎那个夜空的背后就是几十年前的钟家村，时光的河流从那里一倾而下把他带回到几十年后的人间。

阿芳一直都在安静地听着他的叙述，她的眼泪在这个时候悄然而至。

“那么，你一直再没有见到你的亲生母亲吗？”她握住了他的手。

“没有。我小的时候没有太多感受。越大就越想去找她。就像美国的那个孤儿邵敏。”贵林说，这个想法在月月去世后就更加清晰和强烈。他在去阿富汗之前回过一次国，那时候他也试图去寻找母亲，但是实在心情太糟，又没有足够的信息。他后来选择海归回国也很有这个因素在里面。他在这世上太孤单了，他想找回和自己骨血相连的亲人，他觉得他母亲再嫁，他该有同母异父的弟妹的。

“我这次回邵阳就是想去一趟钟家村。”他说。

阿芳点头，她明白了他为什么那么忙，却要抽出时间陪邵敏去邵阳。

第四章

壹诚信和益分期两家公司在争夺市场的同时，也在争夺 B 轮投资。融资的谈判在背后紧锣密鼓地进行着。

8 月中的时候，俄罗斯的一个投资大枭米纳要来深圳和壹诚信的人见面，邓总本来是准备暑假带家人去普吉岛玩的，就放弃休假在办公室精心准备。贵林本来也是有安排和阿芳去香港玩一趟，也只好后推。几个高层在办公室一次次做路演的预习，把想到要问的问题，尤其是数据过了一遍又一遍。

“听说这个老毛子喜欢喝酒，到时候就看你的了。”邓总对贵林说。贵林喜欢喝酒，酒量在公司也是出了名的。

“哈哈，我还得先学几句俄语啊。”他想起了以前住在大连时去南山电影院路上那一栋栋苏俄的洋房。那时候还没有开放，即便是在大连这样有苏俄色彩的城市，也极少见到俄国人。倒是后来他去康奈尔念书，研究生院有个俄国同学。他后来在硅谷上班时的那个 VP 尤金也是俄国人，他跟他们学到的一句话就是“我们从来不放弃”。

贵林那天一进会议室，看到好些个红色、金色和深棕色的脑袋夹杂在一片黑色的脑袋里。米纳的团队成员很多来自欧洲，邓总好几个高管也是欧洲留学回来的，大家一开口，带着各种口音的英式英语和美式英语在房间交错碰撞。

“真是个地球村啊。”贵林心里感慨。

谈判却比壹诚信的人预见的要简单，见面的气氛一直颇为友好轻松。这家曾经投资过脸书、京西和大米集团的投资人一早就对壹诚信做了全面的研究和调查，知道他们公司的技术背景强，做事稳健：风控系统做得好，他们的电眼系统非常智能，可以很快从数据里挖掘出造假，并排除高风险的借贷人员。所以坏账率一直很低。而且，非常重要的——壹诚信的邓总是腾飞出来的人，腾飞是互联网的龙头老大。腾飞的人也一向以严谨、求实著称。

米纳仔细问了几个电眼系统的问题，贵林有些吃惊他对后面的人工智能技术的熟悉程度。他又问了壹诚信的电商平台的供货和物流问题，就向邓总伸出手：“我决定，投资你们，现在，我们先一起喝一杯香槟吧！”

邓总展开了一个大大的微笑：“香槟怎么够意思，我们早就准备了茅台，听说俄国人喜欢喝白酒的！”

这一次，壹诚信拿到了一亿美金的B轮投资。

而益分期那边的B轮则要艰难得多。益分期刚刚在几十个城市的高校里部署了地推人员。新学期就要来了，抢占新市场的战争马上就要打响，部队也已经开拔，B轮接不上，粮草就断了。一口气接不上，就是死。常总玩命地接见投资人。他一口气见了百来个投资人，可是，没有一个人愿意陪他玩这个游戏。

常总度过了人生中最漫长的一个月，他的现金储备本来就不多，很快工资就要发不出去了。可是他心里备受煎熬，脸上还得笑着，不然肯定会影响士气。

但是再怎么笑，还是没人买他的账，这已经是他创办的第八个创业公司了。他甚至在圈内有了常败将军的绰号。他所有的希望都寄托在两天后和资源资本的罗总的会谈上。成了，这戏他们可以接着唱下去，不成，就得让大家都走人了。

那一宿他没睡。早上看到眼圈是黑的，拿了他老婆的BB霜涂了涂，再看看镜子，怎么看怎么别扭，干脆又用水抹了。他对着镜子龇牙笑了笑。

罗总有些吃惊眼前这个精神抖擞的常总。他听说了他这一个月满世界跑，就是没人给钱。他居然没有从他的脸上看到一丝疲惫。除了眼圈是黑的，他整个人意气风发，头发支了起来，像只马上要上罗马竞技场的斗牛，牛气冲天。

罗总第一次发现了这个连续创业失败者的不同于常人的地方。他有一股劲，一股不服输、好斗好胜的劲。他身上的那股子劲感染了罗总。常总在路演的时候意气风发地展示他们的方案图：“我们已经在几十个城市开始部署，我们的目标是两百个城市，所有的一线、二线城市我们都要攻下！”

罗总看到了常总破釜沉舟的决心，他看到了他的狠劲和他的执拗。他决定领投益分期五千万美金B轮。

罗总走后，常总一个人在办公室整个傻了，他看着墙壁半天说不出话，秘书敲了半天门，他才听到。他没告诉罗总，这是他最后一根救命稻草，他帮他续上了这口气，如果罗总也不给钱，他是打算明天去公司宣布玩不下去了，大家去吃散伙饭。

壹诚信刚刚拿到B轮，公司里上上下下都松了口气。贵林也请了假，坐上了返乡的火车——深圳直达邵阳的火车。他在人群中看到父亲吴辰刚瘦小的身影和妹夫彭劲。吴辰刚在抽着烟，看到他说：“回来了。”就把他的拉杆箱拿了过来，然后又递了一瓶矿泉水给贵林。“渴了吧。”他说。

之前贵林打了电话过来说可以坐出租车，从火车南站到家不过十多分钟，他又会说邵阳话，不怕被宰，吴辰刚说反正我没事，贵林想想就没再说什么。

彭劲一边开车一边问深圳天气怎么样，工作机会多不多。彭劲是从邵阳工业专科学校毕业的，毕业后分在第二纺织机械厂做一个技术员，颇有些怀才不遇之感，一直是想去南方的城市混一混，可是他老婆吴竞芬不肯。竞芬是吴辰刚领养了贵林以后生的。她在吉首师范学院毕业以后被分在中学教书，平常忙得团团转，但是在这个小城买了房子、车子，又生了孩子，工作家庭基本安定，不想动了。彭劲拧不过吴竞芬，也只能把去南方的心思搁置一隅。

吴辰刚问：“这次回来有什么要紧事？”贵林年初过年的时候

回来过，虽然只住了几天。

“嗯，两个美国朋友，他们想来邵阳看看……”贵林不好说国际友人此行的目的是寻亲，便只能含糊其词。“噢，那要带他们去莨山看看。”吴辰刚说的是邵阳的一个丹霞地貌风景点，前几年刚刚被批准为世界文化遗产。“嗯，再说吧。”贵林说。吴辰刚就不再作声，他似乎已经习惯了和贵林的这种交流方式，从贵林六岁来到他们家起，他一贯是惜字如金，不太爱说话的。贵林见吴辰刚不作声，忙说：“有时间一定去。”他觉得养父这些年脾气好了许多，他年轻时候脾气是很躁的。

小城的街道上是满满当当的私家车、公交车和叮叮当当的自行车，两旁是红红绿绿的店铺和有些灰污的高楼。贵林每次回来都会发现一些小变化，记忆中那些小店小街在地图上慢慢地消失，然而他总能从现在的模样里找寻出时光的旧痕，就像现在车子驶过西湖路，他还依稀记得他小时候，那里是一畦畦碧色连天的菜田。菜田旁边有一个墓碑的加工小作坊，他每日去上学看到那个石匠坐在一块块长方形的石头之间，先是用铁锉凿出一个个字，然后用黑笔把那些字一个个填黑。那个人像是时时都在忙碌的，这个小城总是不停地有人死去，这世界上总不停歇地有人死去。贵林那时还小，但是石匠已经给他上了一课，让他明白死亡是一件时时刻刻在发生的事情。

车子经过西湖路，上了西湖桥，很快就到了他们家住的江北的税务新村，吴辰刚从大连复员回来就一直待在这个单位。他原先是要去外贸局，后来妻子李秀梅劝说他去税务局，她那时候在大连的一家街道办事处上班，看到老板把那些来收税的人当神一样敬，吴辰刚想法子进了税务局。后来外贸局很快就倒掉了，吴辰刚的一个战友从外贸局出来后，去开了饭馆，结果却是做成了小城一家连锁大饭店的老板。吴辰刚每次去那个战友那喝酒的时候总想着当年要是他没听秀梅的话是不是现在做大老板的就是他了。

他家在四楼，打开厚厚的铁门，右边是一溜的鞋柜，里面是木地板。餐厅摆放着的还是那张红木的椭圆形餐桌，电视柜上还是那尊观世音菩萨像，一股熟悉的气息扑面而来，贵林心里一热，这是家吗？李秀梅从厨房里探出头："回来了。"贵林喊了一声妈，她就又接着做菜。吴竞芬中午的时候也过来了。她喊了一声哥，就去了厨房帮李秀梅做菜，厨房里的两个人倒是话没个歇停。吃饭的时候大家都不太说话，李秀梅对于这个养子一直是不冷不热的态度，这倒和她一贯待人的态度是一致的，周围的街坊邻居、同事，她都是这个态度，不会特意跟谁走得近。

吃了饭，小憩了一会儿，贵林就去宾馆找到了刚刚到达的吉安娜和邵敏。吉安娜老了不少，当年那张圆胖胖的脸颊长出了两道深深的法令纹。但是她还是像多年前那样给了贵林一个大大的拥抱。邵敏，也就是当年的那个詹妮弗已经出脱成一个大姑娘，眉眼间有着南方女孩的秀气，只是皮肤黑黑的，她笑了一下，还是当年有些羞涩的笑。

贵林说明天就会有几对父母来和邵敏见面，你们觉得概率大的就可以做一个亲子鉴定，今天下午他们可以在邵阳城里转一转。吉安娜谢过贵林，詹妮弗在一旁并不太言语。

他带着她们去了广场，当年邵敏被捡到的地方。邵敏站在那，四处的车流不息，风向东吹，风向西吹，风在广场的空地上打着转。

她看着周围一圈的高楼，微微皱起了眉头，脸上也有了些迷惘。贵林指着中间转盘的喷泉，就是那里。邵敏点头，当年是她的亲生父母狠心把那个襁褓里的孩子放到那喷泉的附近，还是计划生育的人强行从她亲生父母那里把她劈手抢走？时光已然无从做出回答。邵敏一个人默默地走在了前面。

吉安娜在后面对贵林说："邵敏一直是个乖孩子，但是到了青少年期却出了不少状况。不知道是因为她特殊的同性恋家庭，还是因为她的出身，或许两种都有。有一阵，她甚至还去吸毒。"吉安娜说着脸上黯然失神，"她一直不承认自己吸毒。我偷偷地跑到她高中，喊了个开锁的，把她的车子打开，翻出了毒品，她却非常生气，说我侵犯她的隐私，要把我告到警察局。"吉安娜说着眼泪都要掉了下来。

"后来她一直说要寻找亲生父母。可是那时候我已经知道邵氏孤儿的事情了。我怕她知道自己是被抢来的，和我疏远，一直没有答应她来。现在想想，那是个错误的决定。"

贵林看了一眼吉安娜，原来她早已知道邵氏孤儿的事了。

"但是这不是你的错。"贵林说，"你已经做得很好了。在中国，大部分养父母根本不会支持孩子去找亲生父母。"他从来没有跟吴辰刚和李秀梅说起自己想寻找亲生母亲的意思，但他知道他们是不高兴他去的。其实他小的时候并没有去寻亲生母亲的想法，他对她是有怨恨的，他渐渐长大，不再恨她，但是也没有坚定地去寻她的意思，直到月月离世。

吉安娜看着不远处的邵敏："但愿明天的来客中有她的亲生父母。"贵林却是知道这样的寻找其实很难。他听过类似的报道，一个从武汉被领养的女孩后来去了耶鲁大学，她回来寻亲见了五十多对遗弃了孩子的父母，却没有一对是她的亲生父母。

第二天他们最先见到的一对父母是邵东县的，他们是做生意的。那时候他们做烟花生意，被人骗了一车烟火，讨债的都追着他们，他们仓皇躲藏，就把是女孩的老二扔了。“我们是希望这个孩子能过得比我们好……”女人说着开始啜泣。邵敏拥抱了她，那个女人抱着她哭得更凶了。贵林问那个孩子身上有没有什么明显的胎记什么的。“没有。”女人摇头，邵敏叹了口气。

第二对是隆回县来的一对父母，他们生下头胎孩子没多久就去深圳打工，婴儿放在乡下家里被爷爷奶奶带着。一天下午镇上计生委一行十多个人冲到婴儿家里，奶奶看他们气势汹汹赶紧抱着小婴儿躲到猪圈里，然而那群人很快把她找到，领头的人劈手就把才半岁的婴儿抢走了。他们夫妻听到消息后从深圳赶回老家去要孩子，却被告知孩子是非法被别人领养，属于“非法婴儿”，必须带走，除非交上一万元罚款。等他们凑够了钱，他们却变卦了，说是给钱也拿不回了，他们后来辗转才知道孩子被卖到了邵阳福利院，改姓了邵，又被一个美国家庭领养了。这么多年，他们一直在上访，一直没有放弃把孩子寻回来的信念。

“我的孩子被他们没收了。我总是梦到她，还是小娃娃的脸，我可怜的孩子……”

他们几乎是一边哭泣一边讲完这个悲伤的故事的，贵林一边翻译，一边默默地流了泪。邵敏和吉安娜也在哭，宾馆的客房里弥漫着积攒了十八年的悲苦。

可是邵敏实在是不像这对父母。

这之后又有几家不同的父母来过，他们中那些当年主动放弃婴儿的人无一例外是希望这个孩子能被一家更富裕的家庭领养，能过得更好。他们都在婴儿的包裹里留下了出生年月，有些还留下了一个纪念品。而那些孩子被强行抱走的父母则是悲愤难当，泪流不止。无论是哪一种情况，他们都生活在深切而真实的悲凉里，他们的人生因为这个孩子的缺席而永远地残缺。

邵敏和每一对父母拥抱，他们中很多人从来未曾和一个陌生人拥抱，他们拥抱着邵敏，他们流泪，对她鞠躬，请求她的原谅或是祝福她。

最后来的那家是一个父亲带着三个姐姐过来，母亲前几年得病过世了。这一家为了生一个男孩，放弃了第四个女婴。可是交谈起来很多情况不符合，比如他们当年是把孩子放在长途汽车站，孩子的脚上没有胎记。那个头发花白的父亲失望得流下了眼泪，他泪眼涟涟，抬起头问："你能原谅我吗？我对不起你，我一辈子都在内疚。我妻子去世前一直都不能心安。"他的三个女儿在哭泣，吉安娜也在哭泣。

"我原谅你，我当然原谅你。"邵敏说着，眼泪夺眶而出，她觉得，这一刻，她就是眼前这个可怜的父亲多年没有相见的女儿。

"是不是我是个很丑的娃娃，所以你们抛弃了我？"邵敏问，多年积攒在她心头的疑惑在这个时候也一倾而下，似乎眼前的人真的就是当年扔掉她的父亲。

"不，不是，你非常漂亮，是我们太自私！"父亲又一次流下悔恨的眼泪。他们相拥而泣，他们互相宽慰，眼泪流到了一起。他们不是血亲，但是这一刻，他们都感受到彼此的伤痛，深藏了十八年的伤痛。贵林的心也在疼。

告别的时候，这个绝望的父亲又一次抓住了邵敏的双臂：“答应我，你一定要继续找下去，你一定不能放弃，直到找到你的亲生父母的那一天。”

邵敏没有说话，她看着他祈求的眼神，他的双臂在颤抖，他的心在流血。他需要听到他的女儿不会放弃，就像他不会放弃。这一刻，她就是他们失散多年的女儿。

“我答应你。我会一直找下去，直到找到的那一天。”邵敏含着泪说。

那家人都走了之后，吉安娜说：“八个家庭，他们每一个都在1996年的1月抛弃了或者被抢走了孩子，再推广到其他月份、其他城市，整个中国还有多少这样的孩子？”

“要是上了报纸或者电台，来找你们的人就更多了。”贵林说。

“其实每年都有从中国领养的孩子在美国自杀。他们有很多心理问题，自卑，敏感，多疑，没有安全感。”邵敏声音低沉，“很多在学校被歧视，被欺负。我在的那个高中还好，因为亚裔孩子很多。我的朋友都是亚裔。”

贵林心里一颤，被领养的孩子的那种深深的自卑他知道得太清楚了。那种自卑是会追随着他们一辈子，他们会不由自主地把自己深深包裹，他们对这个世界总是怀揣着细微的恐惧。

“妈妈，谢谢你带我来，这一次来邵阳，我突然才意识到，自己多么幸运。”邵敏握住了吉安娜的手。吉安娜的眼泪流了下来，贵林把纸巾递给她，就像多年前在她的家中，她把纸巾递给了他。

回深圳之前，贵林问她们之后有什么安排。

“我们去北京看一看。我有个高中同学，她这次和她妈妈去北京参加她妈妈的老同学聚会，我们约好在北京见，之后一起去深圳、香港那边玩一玩。”

“那好，你到深圳我们可以再聚聚。”贵林说。

“不必麻烦你了。”吉安娜说，“已经给你添了很多麻烦了。”

“在深圳一起吃个饭没有问题的，我要尽地主之谊。”贵林笑着说。

贵林和吉安娜、邵敏告别之后，收到公司的一个紧急信息，公司的电眼系统出现了一些问题，有好几笔诈骗的交易没有被系统查到，损失了二十几万。

贵林只得取消了原来去钟家村的计划，提前回深圳了。说实在的，他也不知道从何和吴辰刚、李秀梅说起寻亲的事情，不如干脆下次直接从深圳去钟家村，这样也免得他们心里不舒服。贵林心里主意已定，第二天就准备回深圳。吴辰刚送贵林去的火车站。到了安检口，贵林说：“爸，你回吧。”吴辰刚说好，却站在那不动，一直看着，可是贵林没有回头，吴辰刚叹了口气，好半晌才转身。

回到深圳，贵林就马上去了公司。召开了几个技术骨干开会。几个骨干没日没夜 debug，终于发现了问题，一个小小的 if 条件不对，结果让这几个骗子钻了空子。其实是个小 bug，不过原来写这个代码的人走了，他的代码写得不清不楚，也没有注释，后面的几个程序员都没有发现。贵林知道程序里总是有各种各样 bug，主要是测试的时候要扎实，各种变量测试、黑盒测试、逆向测试都要。第一批代码开发得匆忙，也没有什么专门测试团队，小公司就是这样，不像大公司有各种各样测试团队。这次 bug 排除之后，他马上着手组建测试团队，不然以后还会出这样的娄子，得不偿失。

贵林负责公司的电眼系统。电眼系统分两部分功能。第一部分是审核用户。这是电眼系统老的功能，现在又加了新的部分，审核每一笔交易，就是抓套现或者骗人的情况。壹诚信做的是校园贷，每笔贷款都很小，几千几万块，如果都用人工审核，显然是不现实的，他们一直在开发这个系统，建立模型，然后再不断筛选出最好的评判风险的规则和体系。现在，他们的这套系统已经每天能处理几十万笔交易，而且每一笔都是秒级通过，这中间用到的技术、大数据分析、优化算法和机器学习都是贵林在以前那个创业公司就在做的东西，和他后来在高博做的东西也是相关的，只不过高博是用在企业内部数据管理，这些却是与金融相关的。贵林做得还算顺手，不适应的地方也有，第一个就是因为国内的信用系统还没有建起来，获取用户信用史这一步就变得非常艰难。很多时候就只能从头做起，从各个地方抓取用户的信用史。第二就是国内做事情受大环境影响太大，尤其是他们做的是 P2P 这个敏感行业，政策上一点风吹草动就会影响到公司决策。好在人都是最有韧性的，总都能适应过来。北美的职场似乎变得有些久远了，只是，他还不时想起高博公司的那个 foosball（桌上足球）和后面的小高尔夫球场。

一个星期后，贵林在福田的一家川菜馆又一次见到了吉安娜、邵敏，以及邵敏的同学和妈妈。

“你好，我叫林玉溪。”邵敏的同学瘦高的个子，和邵敏一样，也是晒得黑黑的。两个人都是穿着牛仔短裤，露出长长的腿。

“我叫林晚。”旁边是一个模样温婉的中年女子，她有一张皎洁安静的脸。

贵林也介绍了一下自己。

点好菜，再攀谈起来，才知道林晚也是北大毕业的，是比他高几届的物理系的一个师姐。

“物理系，那你认识贾云成吗？”贵林问。

“你是说贾胖子？”林晚笑问，“现在在上海易人贷公司的那个？我们是同班同学呢。”

“是他。我们在纽约认识的。可是他一点也不胖啊。”贵林有些诧异。

林晚又笑，原来上大学的时候他们班上有个曾同学曾刚，人很胖，还有个贾同学贾云成，人很瘦，偏偏两个人又走得近，就给他们起了真胖子、假胖子的绰号。

“可是，这次同学聚会，我看真胖子叔叔一点都不胖啊。”旁边的玉溪说。

“是啊，他减肥了呢。”林晚说。

贵林又问玉溪去什么大学。

“纽约大学。”玉溪说，“我一直特别喜欢纽约。这次贾叔叔也说纽约是个神奇的地方。”她眼睛里充满了对新生活的向往。

“你是想离我越远越好吧。”林晚笑道，她是个单亲母亲，当年她还在做留学生的时候怀上了玉溪，并执意生下了这个非婚生的女儿，女儿青少年期的时候，也是一大堆的矛盾，好在现在都过去了。

席间大家又聊起了深圳的文化和夜生活，林晚听说贵林喜欢喝酒，就给他介绍了福田的一家酒吧：“是个清吧，老板我认识，唱歌唱得不错。我们待会儿就要去那坐坐的。你要一起去吗？”

贵林要赶一个电眼系统改进报告，就说：“我今天就不去了，你告诉我酒吧名字和地址，我下次去。”

几个人就在深圳的夜色里道了别，贵林又一次拥抱了邵敏和吉安娜。

“希望你能早点找到你的亲生父母。”这话是说给邵敏的，似乎也是说给他自己的。他又和林晚、玉溪挥手道别：“希望你喜欢纽约大学。”他把她们四个人送上黄色的出租车，然后自己一个人在薄薄的月光里踽踽前行。天上没有星星，城市的夜空没有星星，可是有月亮。月亮是拿不走的，他想到这一点，心里有些宽慰。

第五章

报告写完那天，贵林长长地舒了口气，绷得紧紧的神经也稍微松弛了一些。他给阿芳发了个微信，准备晚上再去看看她。阿芳说好啊，正好她的脚好多了，可以一起走走呢。

阿芳开的门。贵林看到另一间房子阿菱的灯是黑的，就问："阿菱不在？"

"嗯。"阿芳简单地答了一句。

贵林想这个同屋怎么总是不在呢，但又不是熟人，不好多问的，就问阿芳脚好些了吗？

“好多了。”阿芳说，“你饿了吧，我来做点方便面当消夜吧，我这一阵没怎么买菜，简单一点啊。”她说着就去了厨房，贵林也跟着去了。阿芳用锅烧了水，把方便面放在锅里煮，而不是放在方便面的盒子里焖。“这样更筋道。”她说。很快方便面就发出诱人的香味。贵林从后面看着她窈窕的身段，他觉得那比方便面还要诱人。

“你去我窗台上的玻璃杯子里掐几根葱。”阿芳说。贵林走进阿芳的房间，这才注意到窗台上有一个透明的玻璃杯，里面长着一根根葱。想来前两次光线太暗，他没有看到，他掐了几根。

“我记得在喀布尔你的玻璃杯里是放着玫瑰的。”他把葱递给她。

“现在更现实了。你看，多方便，要用就现摘。”她说。贵林想，她真是个聪慧的姑娘，可惜时运不济，没有念什么书。其实他当年也是有考中专的想法，想早点自立，离开那个家，多亏当年的初中班主任劝住了他。如果是上了中专，他是不是也是被买断，下了岗呢?

方便面撒上青葱就更诱人了，他很快就吃完了。她坐在床边看着他吃：“我不饿的。”

“可是我还饿。”他放下了饭碗，坐到了她的身边，他抱住了她，他的嘴贴近了她的唇，她没有躲闪，也在热烈地回吻着他。他的手开始不安分地在她身上游走。

“不可以的。”她虚弱地说，用手推着他。他已经把她压在了床上。

“真的不可以。”这一次，她的声音大了起来。他的手已经摸到了那一块丰润的草地，那里是湿润的。

“我的脚。”她叫了起来，“放开我。”贵林只好从她身上站了起来。

“可是，我根本没有动你的脚。”他委屈地说。

她没有说什么，而是站了起来，把窗帘一把拉开，对面楼里的情形立时一览无余。他的脸沉了下来。他实在搞不懂她，她也是想要的，他能感觉得到，可是为什么要这样。

“还有一个他吗？”他哑着嗓子问，“你不想背叛他？”

“没有。”她的眼睛里噙着泪。

“可是为什么？”他脸色柔和了一些。

她没有回答他的问题，只是低下了头。

他觉得索然无趣：“那我走了，你多保重。”

他关上了门，心里发闷。房间里，她跌坐在床头，眼泪从眼角无声地流了下来。

B轮资金终于到位了。邓总把这个消息通知大家的时候，管HR的李总说好家伙，这下我有得忙了。公司那一阵进进出出都是面试的人，或者西装革履，或者T恤衫加仔裤。没两个月，原来那个地方就装不下了，只得搬家。公司在南山科技园又租了一个办公楼。这回是栋八层楼的高楼。公司把七层八层都租了下来。新办公楼前没有棕榈树，但是种了一簇簇紫色的绣球花，深紫色的阴影浮动，暗香袅袅。

贵林那天下班的时候回家晚，电梯里只有他一人，到了五层进来了一个穿着职业套裙的姑娘，浅灰色的裙子服帖地附着在她的身体上，像是照着她的身段量身定制的，把她的曲曲折折都勾勒了出来，黑色的露趾高跟鞋露出没有涂过的指甲，她的眼睛像小鹿一样湿亮。贵林一直用眼睛的余光看着她，她像是注意到他的目光，侧过脸朝他一笑，贵林有些尴尬。

出了电梯，他放慢了脚步，走在她的身后。他们一前一后朝着地铁口走去。他看着她旖丽的背影快步地走着，她可走得真快，高跟鞋在水泥地面上踩出有节奏的嚓嚓的声音，那声音让夜晚也变得轻盈。他们都上了蛇口方向的2号地铁线。他们都上了同一个车厢，他不敢靠近她坐，只是远远地看着她在看手机。然后，她在比他早一站的湾厦站下了车，他有些失落。

第二天，他查到了五楼有两家公司，一个是君耀律师事务所，一个是一家高科技硬件公司，他猜她一定是那家律师事务所的，只有事务所的员工才会穿职业套装。

那几天，他天天走得晚，他想这样或许在电梯里又会遇到她，可是一个星期过去了，他都没有偶遇她，他暗笑自己的守株待兔。他意识到他上一次这么迷恋一个身影还是高中的时候，喜欢校花程薇薇——他曾经想象过也许会在深圳街头和她偶遇，但是，这么久了，他从未遇见过她。这些年，好像都是女人主动喜欢他，他似乎已经很难动心思了。自己居然又动心了，他觉得实在有些不可思议。

他那天吃过中饭后站在公司餐厅的窗户前看着楼外，这个位置能看到进进出出大楼的人群。他终于看到了她，长发飘飘的背影，他迅速地下了楼，快步跟上了她。她走进了附近一家小餐馆，他也毫不犹豫地走了进去，店子生意不错，居然要排队，他排在了她的后面。

“两位吗？”领座员显然是把他们当作一对了。

她回头看到是他，贵林也有些尴尬："我们……"

"你要是不介意，我们可以拼一桌，也省得你再等了。"她倒是落落大方。

"可以吗？"他心里一百个愿意，嘴里却吐出这样一句话，他真想打自己一嘴巴。她笑了，领座员把他们带到了一个桌子旁。

"我叫吴贵林，在七楼的壹诚信公司。"他介绍了自己。

"我叫欧阳露，在五楼的讯远公司。"她也介绍了自己，居然是那个高科技公司的。

"噢？我还以为你是君耀公司的。"他说完突然意识到自己说得太多了，这不是明显暴露他去查了五楼有哪些公司吗？

好在她没有意识到这一点，又或者意识到也没有点破，只是说："我看起来像个律师吗？"

"嗯，像，像个能干的律师。"他笑。

"恭喜你答对了，我就是个律师。"她的眼睛在闪。

"噢？"他眉毛挑了一下。

"我是讯远公司的律师，负责很多 IP 纠纷，有时候也管管公关方面的事情。"她有些得意地笑了，她有一张青春又干练的脸，年轻真好，他想。

那顿饭他吃得很饱，能不饱吗？他在半个小时前刚吃了一顿。吃过饭，他们走回办公楼，眼看着要进电梯了，他鼓起勇气把那句话说出来了，像当年那个鼓足勇气给校花写了情书的高中生："可以加个微信吗？"

"当然。"她拿出手机扫了他的二维码。

"小露？"他看着她的微信名字，"我还以为你是梅花鹿的鹿。"

他听她说她名字的时候，眼前出现了一头欢快的小鹿的样子。

“哈哈，你怎么没想到‘路人甲’的‘路’？”她笑。

他回到办公室，打开了微信，找到了她，她的微信头像是她的背影，让人联想翩翩的优雅的背影。他把她的朋友圈一直翻看到2013年她发的第一条，看起来她没有男朋友或者是老公，至少微信上没看出来，他松了一小口气。

他平常极少发朋友圈，他也不怎么看朋友圈，他有时候看到朋友圈发的亲朋好友的讣告，更是恐惧。很多年前，除了那些名人名家，普通人都是安安静静地死去，最多是几个亲朋好友知晓，而现在，每一个人的死亡都以这种最快捷的方式传递给一群并不在意他生死的人，每一个人的生平都在世界面前一览无余，他为之不安。他想微信真是这个时代最神奇也最无稽的发明。然而现在他感谢微信，那个鲜活的姑娘就像天上的风筝，而微信是那一根细细的游丝，他可以顺着那根线安静地看那只纸鸢在天空中飞翔的痕迹。微信把那个可爱的姑娘二维化了，成了微信上那个小小的头像。

她发朋友圈频率不算高，大概三四天一次，有时候是各种好吃好玩的帖子，有时候是朋友聚会的照片，没有铺天盖地的美图自拍照，他对她好感又多了些，她看起来和她的朋友圈一样干干净净，她看起来很快乐，没有破碎忧伤的过往。而阿芳的朋友圈和他的朋友圈一样，没有一点更新，他想他还是喜欢阿芳的，尤其是她的身体让他迷恋。可是她的过去太支离破碎，太不体面了，而现在的她似乎也还不够体面。他又想到她那日的反应，多奇怪，他觉得他应该和她断得干干净净，反正现在他们也还没有什么实质性的关系。他于是又有些庆幸那天没有和她好。他想他现在需要的是一个纯净的姑娘，一个体面的姑娘。他想到体面两个字，脸上有点发烧，他在心里吓了一下自己。

很快就到了年底，那天在公司的月会上，邓总又问起地推情况如何。小金说已经推广到一百二十个城市了。

“益分期呢？”邓总问。

小金迟疑了一下：“他们是一百七十个城市。”

“还有什么招数可以加快推广速度？”邓总问。

“赠送小礼券。不过，要增加一些成本了。” 小金说。

“多少钱？”

“怎么也得四十万。”

“我批了，你去跟财务联系。”邓总干脆利落地说，“还有，地推要讲效率，什么时间、什么地点适合推，都要事先调查好，不做无用功。”

“另外，张总，你去联系几个媒体，多报道一下我们的产品和服务后续，口碑非常重要。”他又嘱咐公关经理张总。张总点头。贵林看他有条不紊的样子，心里服气。一个创业公司的老总很重要的是有眼光和前瞻性，他是一个公司的千里眼，事先就得把会碰到的麻烦事想到。事先预见、及时规避是比事后处理高一个段位的方法。

几个月后，壹诚信校园贷的销售总额慢慢逼近益分期。壹诚信公关部门工作做得到家，网上壹诚信产品的口碑超过了益分期。益分期公司的负面消息却多了起来，很多抱怨订单出错或者延迟的反馈，用户使用经验不好，贵林想他们手工处理订单的后果果然慢慢露了出来，人工处理免不了出错。其实壹诚信也有不好的消息，不过他们公关做得好，刚露出苗头就给灭了。

壹诚信很快就超过益分期成了校园贷的 No.1。但是没多久，益分期的销售额又上来了，反超壹诚信成了 No.1。

益分期在上海下了狠功夫，几乎每一家上海的高校都被益分期的广告淹没。传单必须放在学生的桌子上，还要有电话回访，确认收到员工才会有发单费。他们像一群狼，像一群蝗虫，发誓要攻下上海堡垒。而一群狼行动起来，是令人胆寒的。

两个公司在校园金融这个领域明争暗斗，百度上的指数你追我赶，过山车一样跌宕起伏，相持不下。

贵林是在国庆休假的时候意识到秋天的到来的。深圳其实只有两个季节，夏季和秋季。深圳的秋天是明爽而旷达的，天空是碧蓝而高远的，秋风轻轻掠过树枝，只染红了树梢的几片叶子。他有几次在海湾看到成群的鸟儿在天空飞翔，黑压压的一片，时而掠过海面，时而躲进灌木丛，很是壮观。据说这些南徙的鸟儿会在深港边界的红树林稍作停息，然后继续南飞。还有一回，他经过莲花山的风筝广场，看到天空里飞满了各式的风筝。

他这一阵忙得很。公司搬家后，离阿芳那家健身馆远了，他也不大去了。除了抽空看看小露的朋友圈，他和这个世界似乎隔绝了。他想起了林晚说的那个酒吧，他走出了公寓，跳上一辆出租车，走进了这家名叫橄榄蓝的酒吧。

酒吧里有好几棵枝叶繁茂的橄榄树，树下是一张张桌子，贵林坐在了一棵靠近树的桌子旁边，再看那些树，却是假的，只是叶子油亮，看起来几可乱真。最前面有个小小的舞台，上面有两个人在唱歌。人不多，不知道是时间还不够晚，还是这家店子生意不够好。

酒保拿着单子过来，他点了个小菜拼盘和一杯清酒。

这时候，橄榄树干和枝丫突然一下子就变成了蓝色，原来那上面绕了一圈蓝色的小灯，在那蓝莹莹的枝丫间是片片的绿叶。贵林像是明白了为什么这家酒吧叫橄榄蓝。

台上上来一个男人，高瘦的个子，他坐了下来，手里拿着一把吉他，他调试了一下，开始唱歌，是一首熟悉的老歌——“天之涯，地之角，知交半零落。一壶浊酒尽余欢，今宵别梦寒。”是《城南旧事》里的主题歌。贵林愣在了那里，眼泪没知没觉地滑落了下来。歌唱完了，他忍不住走上去和那个歌手说话。原来他居然是这里的老板，他的名字叫梁久柯。

“我很少唱了，偶尔为之。”梁老板说。贵林也简单说了下自己的情形，海归，从旧金山回来的，原来在上海待了一年，现在在深圳创业。

“旧金山？我的前女友以前在加州伯克利大学念书。她是北大物理系毕业的。”梁老板脸上突然有了一丝不羁的笑意。

贵林想，北大物理系，难道是林晚？他原还想说是林晚告诉他这家酒吧的，想想就没说了，而是换了个话题。

“你这里装饰得很特别，为什么叫橄榄蓝？”

“《橄榄树》那首歌你知道吧，流浪，流浪远方，我好像一直在流浪。蓝色是大海的颜色。深圳和我的家乡大连都靠海。”

“你是大连人？”贵林脸上露出一丝惊喜，“我小时候在大连住过四年。就住在中山区，气象台附近，你知道吗？”

“中山区？我也是啊，我住在祝家街。”梁老板俨然也很高兴。

他们聊起了北方的那个城市，聊起劳动公园的小树林总有年轻人在里面谈恋爱，孩子们就故意穿行其中。他们还说起星海公园的海滩和友谊广场骑马的交警。

贵林又一次梦到那个北方的城市是几天以后的事情，它的颜色在梦境里不停地变换。有时候它是蓝的，肃穆的蓝，荡漾着，海水一般，向他涌来。有时候它是粉的，似乎洗了一遍又一遍，只剩一层浅浅的粉，浅得都快成了灰白。更多的时候，那城市是灰的，铁青的灰，那灰里有星星点点在跳跃，闪闪烁烁，光影无限。

即便是在梦里，他也清楚地知道那个城市叫什么名字。他曾经在那个城市生活过四年。然而他很少和人提及，似乎它在他成长的道路上是缺失的。他想他知道为什么，然而它总是鬼不溜秋地在他的梦境里晃来晃去，于是他知道大概永远也绕不开它。总有一天，梦会把他带回那个城市，梦会完成它真正的情境。而那其实是个美丽的靠着海的城市，那个城市的风里略带着一点咸味和海藻的气息。

他那时差几个月就七岁了。有一天他站在气象台的高墙上，发现原来南山电影院就在山的那一边。而他住的铁山巷在山的这一边的山腰上。只是隔了一座山，山那边似乎是另一个世界了。

永军家和电影院也隔了一个山头，他家在山这边的山脚下。那里有一家福利工厂。工厂大门两端各有一个高高的红砖柱子，一块圆拱形铁皮的两端便落在两个柱子之顶。黄褐色的铁皮经了年岁，长了铁锈，边界已然模糊，但还是能辨认出“昆明街福利厂”六个暗红的大字。进了大门先是看到两旁低矮逼仄的房子，灰黑色的砖房，一栋连着一栋，破落得像一幅斑驳的旧画。永军家就在其中的一栋房子里。走过这些房子，再往里走一阵就是厂区。这个厂子是做标准件的。贵林每次上学都要从厂子门口经过，有时候，他会看到轮椅里的人用手推着轮子艰难地前行，有时候，他会看到几个人，边走边打着手语。

贵林上的小学叫向阳小学。学校在一个小山坡上，山上到处都是槐树。他第一天上学，班主任带着他进了教室，她的眼睛在教室里迅速地扫了一圈。“吴贵林，你坐到季永军旁边。”她手指着一个眼睛细长、皮肤黝黑的男生。贵林走到他旁边，坐下来，拿出一个铅笔盒，然后把他的小黄书包塞进书桌里。他在一旁看着他，眼睛是亮的。 他冲他轻轻地笑了一下，他没有笑。

贵林放学回家要经过解放路，解放路是一条大马路，老师负责把学生送过马路。红灯的时候，大家三三两两拉着，说着笑着过马路。永军一个人，低着头往前走，贵林也是一个人。他们两个落在后面了，老师说，你们两个小男生快一点，快要变红灯了。他们就都加快了脚步。过了马路，他们一前一后往前走。过了十五路公交车站就是福利厂了，永军回过头看了一眼，然后迅速地拐进了福利厂。贵林不知道永军有没有看到他，他站在福利厂的铁皮门下，看着永军的身影消失在一栋砖房里。贵林继续往前走，拾级而上。上山的青石路两旁是高高的竹篱笆，篱笆上爬着牵牛花藤，初秋了，花还开着，团团簇簇，只是下午的牵牛花都有些蔫了。他记得早上的时候，它们都还骄傲地挺着小喇叭，宝蓝色居多，中间掺了几朵玫瑰红的，红得有些落寞。

他们两个是过了大半个学期才熟悉起来的。永军总是低着头，课间休息很少动，也不怎么说话。贵林和他一样不爱说话。他刚从南方乡下来到这个城市，他的普通话说得不好，何况他从小话就不多。慢慢地，他们两个在回家的路上会说说话。他们说的都是学校里的事，老师、同学和作业，两个人好像约好了不说家里的事情。有一次放学回家的路上，贵林说起刚看过的一个电影——《孔雀公主》。“真好看，孔雀公主站在那里，头顶着花冠，王子射箭的时候把她吓坏了。”

“你真幸福。我喜欢看电影，不过看得很少。”永军黑亮的眼睛如秋阳一般沉暮下来，那沉寂中闪过一丝羡慕和沮丧。

贵林发现原来自己也有让人羡慕的地方，心里颇得意。他的父亲吴辰刚在武装部，每个星期都会拿到几张电影票。“或者，我哪次可以请你一起看。”贵林说完这话就有些后悔，他其实并没有支配电影票的权利，他一定是被那丝得意冲晕了头脑。

但是已经晚了，永军高兴地说：“好啊，我请你吃韭菜盒子。”

贵林说了那话几个月后还没有兑现他的诺言，他有些讪然，尤其在学校他们两个是同桌，他只恨不得他们之间隔了帐幔，他不必看到永军黑亮的眼睛。还好永军没有再提及电影的事。

有一天下了雨，教室外面是铺天盖地的雨，雨把天和地都扯成了青灰色。大家都等在教室里，发愁这一下怎么回家。这个时候教室的后门开了，进来一个中等个子的中年男人，穿着件蓝色卡其布的工装服，他的眼睛很亮，可是，贵林一眼看到了他的不同之处——他的上嘴唇裂开，像是……兔子的嘴唇。他没有顾及满教室好奇的眼光，径直走到永军的面前，递给他一把黑布伞。那个男人没有说什么，他甚至都没有笑一下，转身就迅速地离开了教室。永军的脸涨得通红，他把伞放在课桌旁边，把脸埋在了书里。陆陆续续有别的同学的家长送伞过来。没有人给他送伞。贵林的脸也涨得通红，但是没有人注意到他，有谁会注意到一个瘦小的带着南方口音的小男孩没有人给他送伞呢？

然而永军注意到了，他轻轻地问："你没有伞吗？我们可以共一把伞回家。"贵林点点头。他们两个一起走进了大雨中，雨很大，极目处，烟雨迷蒙一片。天地间都是水，溅起的水珠打湿了他们的裤腿。他们走在雨中，没有说话，他们一句话也没有说。到了福利厂，永军问贵林："要不我送你回家？"贵林看看线一般的雨水，点点头。他们默默地上了山路，青石板很滑，有几次贵林差点滑倒，永军扶住了他。

他们终于到了贵林家在半山腰的房子，这是栋四层楼的房子，青红砖的楼房。他们进了门，"你要不要坐一下？"贵林问永军。永军显然是有几分好奇，点了点头，贵林便又后悔说了这个客套话，他其实并不想邀他进来。

贵林家是个两居室的房子。客厅很大，既是客厅，又是饭厅。客厅的墙上挂着一张三个人的合影，他站在父亲和母亲之间，没有一丝笑容。他挡在那相片前，然而永军还是看到了："你是独生子女？"贵林没有说话，点点头。永军又看了一眼那照片，再看看他，然后把目光转到了别的地方，不再说什么。贵林松了口气。

"我回家了。"永军说。

"嗯。"贵林没有挽留他。

贵林隔着窗户看着他的黑布伞消失在一片雨雾中，天空依然灰暗，远处的桃树林在水雾中变得模糊混沌，窗外的一切都静然无声。

他们照旧是一起放学回家，他们照旧说着原来的话题，他们都不说家里的事。

又过了一个月，有一天贵林高兴地跟永军说："我们一起去看电影吧，我有一张多余的票。”永军睁大了眼睛，连声说好，似乎不敢相信自己的好运气。

周六的那天下午，吴辰刚带着两个孩子一起翻过山去南山电影院看电影。他们一路走得欢快，先是经过一个文具厂，之后是一大片桃树林，桃花已经谢了，露出深褐色的树干和树丫，有一种细致嶙峋的美。过了桃树林很快就到了山顶上的气象台，他们在山顶上甚至看到了海，海成了一条线，一条细细的蓝线，泛着光，星星点点跳跃着。气象台往前就是下山路了，山这边俨然是另一个世界，马路宽敞起来，路的两边是一排排的法国梧桐，机动车多了起来，路上却没有什么尘土。梧桐树后面是一个个的大院子，庭院深深，高高的铁门给这些院子添了几分神秘。隔着高墙，能看到里面一栋栋漂亮的俄式小洋楼，据说里面住着资历很深的首长。他们这样把这些大院子一一走过，南山电影院就出现在路的尽头了。

南山电影院的房子看起来很普通，灰色的楼，平屋顶，并没有什么特色。里面的凳子有些年头了，人一站起来，凳子翻起来，会发出沉闷的响声。电影院分两层，他们的票一般是二楼的，位置都很偏。但是这些和电影本身比起来，简直微不足道。那天的电影是《牧马人》，他们其实都看不太懂，但是他们的眼睛一动不动地盯着那个屏幕看了两个小时。

看完电影，经过桃树林的时候，贵林央求再玩耍一会儿。吴辰刚想了想便答应了，他先一个人回了家。贵林和永军在桃树林里爬上爬下，找剩下的几个毛桃。他们玩累了，就躺在桃树下的草地上，抬头看天，天空是清浅的淡蓝，蓝得像透明的海。月亮很早就出来了，是半月，挂在天际，像一枚贝壳。而他们便如躺在海底的水草里。这个时候有一架飞机匀速飞过，在月亮之上飞过，它飞得那么高，那么舒展，如一条白鲸在海水里遨游。然后，贵林听到永军说：“看，气球！”他的语气里充满了惊奇，仿佛气球比飞机还要稀罕。

“那是气象台放气球测试风向，我们每天在阳台上都会看到。”贵林有些嘲笑永军的孤陋寡闻。他不好意思地笑了：“我家在山脚下，很少看到呢。”

他们一起看着那气球越飞越高，慢慢地也飞到了月亮之上，终于是不见了踪影。

“谢谢你，我真喜欢今天的电影。”永军说。

“我也是。”贵林看着天空。

“如果我有一个亲生父母从美国回来找我，我会不会跟他们走？”永军像是在喃喃自语。

贵林没有作声。隔了许久，他说：“至少，你有亲生父母。”

“你也有啊，而且你的父母都好的。”永军声音低了下去。贵林想起了他父亲的兔唇。

“嗯。”贵林还是很简短地应了一声。永军有些意外他的回答这么冷淡，他转过脸看着他，像是想从他的眼睛里找出谜底。

“是的，他们都好。”贵林闪开他的眼睛。

晚霞把天边映得绯红，桃树林像是搽了一层浅浅的胭脂，那胭脂四处弥漫着，一树，一叶，一风，一露，都挑染了一抹红。贵林带着永军爬到了气象台的高墙上。他喜欢从这个高高的地方看这个城市，城市似乎就在他们的脚下，远处深蓝色的大海温柔地围绕着它，晚霞也给它披上了一层霓裳羽衣，浅灰，深蓝，粉紫，这个城市在这一刻华丽得像天边的一块锦缎。

“真好看啊。”贵林说。只是它那么好，那么美，却是不属于他的，他叹了口气。永军也叹了口气。

起风了，永军家住的那个破旧的老街在风里一点一点映入他们的眼帘，风，破碎的风，如那座老街一般破碎的风。天色渐渐暗淡，浅灰色的时间静静地流过，他们默默地往回走。

又过了两个星期，他们又约了一起看电影。吴辰刚这次居然答应他们两个人单独去看。这次是个喜剧片，《小小得月楼》，看到那个胖胖的中年女人滑着香蕉皮摔了个大跟头，他们两个都笑得合不拢嘴。

回家的路上，永军说：“你爸妈不看吗，把票让给我，多不好意思。”

“我妈妈怀了小毛头，天天在家吐，不舒服。”贵林心情好得很，顺口回了他。

“噢。”他应着，过了一阵，他皱了皱眉头，“现在不是不准生二胎吗？”

贵林木在那，什么话也说不出来，永军看了他一眼，不再说什么。

转眼就是一年，贵林八岁了，家里添了个小妹妹。这一年，吴辰刚和李秀梅都忙得没有时间看电影，贵林和永军两个人看了好多电影。永军每次都对贵林谢了又谢，还常带韭菜盒子给他吃。吴辰刚和李秀梅都是南方人，不会做这些面食，可是贵林却喜欢吃。只是永军从来不喊他去他家。

有一次他们看完电影经过气象台。这时候气象台的气球正徐徐升起，从他们头顶飞过，穿过那些小洋房灰色的尖屋顶，穿过粉白的桃树林，越飞越高。

“我觉得这个城市对我来说像个气球，它不属于我。”永军看着天，气球已经快看不见了。

贵林也看着那气球，心里一激灵，脱口而出：“不仅这个城市不属于我，连我的父母都不属于我。”

“嗯？”永军瞥了他一眼。

贵林并不看他：“我不是我爸妈亲生的，我是他们领养的。”

永军很震惊地转过身子，看着他，半天才说：“我不会跟别人说的。”

“嗯。”贵林觉得喉咙突然有些哽咽，他的眼泪就要掉下来了，但是他深吸了口气，没有哭，而是抬头看着那个气球。气球，像气球一样的城市，像气球一样的父母，他们飘在那，晃荡着，没有定数，早晚都会离他而去，又或者，他早晚都会离开他们。

那之后不久永军邀请贵林去他家吃饭。贵林之前从来没有去过他家。他家住的那栋砖房是和另一家合住的。他家在二楼，楼梯在外面，没有遮挡。屋子里面光线不好，客厅的墙上挂着几张电影海报，《庐山恋》和《神秘的大佛》。贵林看到里屋一个微胖的中年女人从炕上站了起来，下了地，走到客厅。她的眼睛也是细长的，她朝着贵林笑，她的身上带着一团踏踏实实过日子的温暖。一种久违的慈爱在空气里流淌。

“阿姨好。”贵林说。她却没有回话，只是又朝他笑笑，然后向永军打着手语。贵林极力掩饰脸上的震惊，永军的脸上露出一点点尴尬，但是那尴尬快速地退去，他甚至不知道那是否真的存在过。

“我妈妈，她让我告诉你，到我家不要见外，想吃什么跟我说。”永军看着贵林。

“韭菜盒子。”贵林说。

那是他吃过的最好吃的韭菜盒子，热乎乎刚出锅的韭菜盒子两面都煎得金黄，刚刚好的黄。里面的粉条韭菜不知道加了什么调料，香喷喷的。

吃了饭，永军送他出门，贵林轻声说：“我不会跟别人说的。”

永军什么也没说，但是他能感觉到他们之间那种心领神会的默契。他们都是不属于这个城市的人，他们都有难以启齿的秘密，那些关于他们从何而来的秘密。

他们两个走得更近了。一年又一年，二年级到四年级，他们两个好像总是在一起。他们一起做作业，一起去学校后山上撸槐花吃，一起去劳动公园玩，一起坐旋转木马，一起在这个无法靠近的城市里游荡。有一次，旋转木马旁边的空地里搭了一个白屋顶的大大的帐篷房子，据说是一家杂技团在这里安营，要演一个秋天。

“我听说那些杂技团的女孩子白天表演，晚上要陪老板睡觉。”永军说。

贵林听了很难受：“她们的父母怎么会把她们送到这种地方。”

“也许她们没有父母。”永军说，贵林的脸色一变。永军忙岔开话题，回家的路上，他们都没有说话。地上都是梧桐叶子，他们踩在上面，沙沙地响，夕阳把他们两个人的影子投射在那一地的落叶上，他们似乎突然就变得很高很高。他看着两个瘦长的影子，心里涌起了一层悲凉，那细微的悲凉和沙沙的脚步声搅在一起，让人无端地不安。

和永军一样，他人生的路从一开始就有了残缺，他那时不知道那样的残缺会嵌入他每一个细胞，并且一直跟随着他。许多年以后，他看到了那种残缺带来的伤害。如海底的暗涌，不动声色地伤害着他周围的人，也伤害着他自己。

冬天来了，过了元旦贵林就十岁了。大连的冬天不算难过，但是寒风乍起，吹在脸颊上还是生疼。他在15路公交车站附近徘徊着。看到一辆车过来，他就凑过去，眼睛盯着地面，他在等待那些下车的乘客丢下小小的票根。李秀梅的单位可以报销车票，她要他去捡这些票根——他家里并不富裕，现在又添了个妹妹。一辆车子开走了，他搓了搓手，抬起了头，他看见了不远处的永军。他转开了头，假装没有看见他。贵林的脸一定是红了。

快放寒假了。有一天贵林去永军家做作业，回来后发现他的那本蓝皮的《新华字典》不见了。他记得在永军家里拿出来用过。第二天上学的时候他问永军，永军说不知道啊。贵林有些狐疑，也不好说什么。他后来又去过永军家一次，也没有找到。但是他觉得他的记性不差的，除了永军家，他想不起来别的地方。有一天课间休息的时候，他趁永军不在，翻了他的书包，果然他的字典在永军的书包里，只不过把蓝皮换成了绿皮，但是贵林在最后一页找到了“贵林”两个字。永军回来时，看着那本字典，面如死灰。

贵林看着他，嘴角露出一丝鄙夷和一丝无人察觉的释然。

贵林找到了一个理由疏远他。他知道他所有小心裹藏的秘密，知道他的过往和他的现在。他们是如此相似的物种，他知道这个物种所有的自卑和不安。又或者，他是想惩罚他，惩罚一个和自己一样微小甚至更微小的同类。那时的他大概没有意识到一个少年可以有如此幽微又复杂的心绪。

他不再和他说话。有几次，他的胳膊肘故意碰到他，他只是把手肘缩回来，却并不看他。他可以感觉到他无声的悲凉慢慢地向他这边蔓延而来，但是他并不看他。他们不再结伴回家，他们一前一后。他在前面踢着小石子，贵林跟在不远处，不和永军有任何目光的交汇。那时的他觉得他的存在是一张纸，随手放在一旁，随时可以捡起来。那个寒假，他们没有任何交往，整个寒假都没劲透顶。贵林一天天盼着寒假赶快结束。他一个人坐在电影院里，想起和他一起看电影的时光。在电影院漆黑的空间里，他们都变成了自由自在的鱼，他不必掩饰自己，他可以和他说他最阴暗最真实的想法。他们是同一类鱼，被上帝放逐在海洋的同一个角落。他们的触觉无比灵敏，海水些微的冷暖变化都会被他们迅速感知到，放大展开，细细碾磨。

贵林心里长出了一个大大的洞，他想，一开学，他便要同他和好，他一定是等在那的。他没有想到他再也没有机会来填这个洞。

这一年是1986年，吴辰刚要复员了，他们可以选择留在大连或者是回到家乡的小城。吴辰刚年前填了留在大连的志愿。然而那年冬天特别冷，他们吃了一冬天的白菜。李秀梅说："这不行的，我们还是要回老家。"吴辰刚说："大连是个好地方呢，比老家的小城好几百倍啊。""可是再好也不属于我们。"李秀梅说。贵林看了她一眼，原来她和他是一样一样的想法。吴辰刚于是追到沈阳改了志愿，很快就听说武装部的另一家要搬到他家这个房子，他们挤在一个海军大院的宿舍很久了，等不及要搬过来。他们原是准备学期结束夏天回南方的小城的，因为这个缘故他们必须春天就得走了。这之后不久就又开学了。一切似乎都太快了，快得他还没来得及整理他的心情。离开大连的那天是星期一，整个周末他都心神不宁，心里像有万千个小虫子在咬噬着他。

星期一那天他特意去了学校和老师同学告别。然而永军居然没有来。他冷在了那里。他胡乱地说了几句道别的话，班主任说：“那么，再见了，希望你回到家乡学习进步。”她看着他，像是通知他他已不再属于这个学校，也不再属于这个城市。他几乎就要哭出来了，他默默地看了一眼永军坐的位置，转身出了教室。他走出校门回头看了一眼这个学校，校门上“向阳小学”几个字干干净净的，仿佛什么都没有发生。

他们坐的军用吉普车停在楼下。车子穿过文具厂，穿过那一片桃树林，树林里的绿叶已经抽出来了，在早春的下午散发着桃树叶子的清香。他记得桃花灿烂的时候，一枝枝，一串串，香雪海一般徜徉在整个山坡上。他和永军一起爬到树上摘了桃花，插在水瓶里，摆在书桌上，粉白的桃花，大朵大朵地盛开，一屋子的明媚芬芳。过了气象台就是下山的路，吉普车向着大海的方向奔去。他又一次看到那些神秘的大院，院子里漂亮的苏俄式样的小洋楼，和那些青灰色的屋顶。这条道路两旁种了很多法国梧桐，叶子那么细密，连蓝天都遮住了。道路的尽头静静伫立着南山电影院。他想起了他和永军一起看的《城南旧事》，小英子最后是坐着三轮车离开的，那柔软、缓慢而忧伤的曲调在通往南山电影院的道路上，在大海的穆蓝、桃花的粉白和小洋楼的青灰色中飘了过来：

长亭外，古道边，芳草碧连天。
晚风拂柳笛声残，夕阳山外山。

一切都离他远去，那些蓝的、粉的和灰的，气象台每天都会升起的气球，南山电影院一场又一场的电影。那条通往南山电影院的道路，白天的道路和晚上的道路，上山的道路和下山的道路，它们不像是同一条道路，更像是无数条不同的道路，散发着不同的气息、不同的光亮。

他们是坐轮船回南方的。就要起航了，万吨轮船如同一个怪兽一般发出长长的鸣笛。码头上送行的人群在不停地挥动着手，没有人给他们送行。他站在甲板上，低头看见咫尺之遥的海水是灰蓝的，泛着泡沫，天空却是深蓝，像冰一样冷，像海一样深。那个城市在他的目光里慢慢地越变越小，终于成为海天之间漂浮的一个黑点，最后，那个黑点也坠入了海平线，整个城市仿佛都沉入了海底。

他知道，那个城市，连同城市里的那个少年从此就长眠在他的记忆之中了。

他们回到了南方的小城，好奇怪，在这座小城里，他依然没有找到一种归属感。那种被摒弃的感觉像是从北方的那个城市一路南行，寻了他来。这个南方的小城那么小，小得连一个像样的图书馆都没有。他上学的那个小学，像是一座破落的寺庙，斜眼睛的校长走起路来和她的眼睛一样斜。她执意要贵林降一级："你们这些复员军人的孩子，读书都不行，我知道的。"

吴辰刚赔着笑说，要不就考一考，不行就降级。考完了，斜眼睛的校长拿着贵林的卷子不说话了。几年后当贵林以全校第一名的成绩考入小城最好的中学时，斜眼睛的校长远远地冲他打招呼，他低着头往前走，像是没有看见她。他只想快快离开这个小学，离开这个城市，去更遥远的地方。

后来，他就真的离开了那个小城，海角天涯地离开了它，去了北京，再后来他漂洋过海去了太平洋的另一边，那一年，他甚至去了阿富汗。然而那种熟悉的被摈弃的感觉却如生了根，与他形影相随。北京是不属于他的，美国是不属于他的，它们都那么好，那么美，可是他只是过客。像气球一样的城市，像气球一样的他。过往的岁月犹如一树飘零的桃花，旧时光里的记忆一片片丢失散落，只是少年永军的样子总会在某个时刻浮现，成为那些或明亮或灰暗的场景中唯一不吻合的东西。他会像他一样，不停地在寻找一种归属感吗？他会在未来的某个时光里再见到他吗？

第六章

深秋了，写字楼前的几棵桂花开了，黄灿灿的细细的花儿挂了一树，空气中都是桂花沁人心脾的清香。写字楼开了一个感谢租户的大派对，贵林本不想去，想到或许能见到那个可爱的姑娘，又想到可以喝口酒，就下了楼。聚会派对在一楼的大厅，搭了个小台子，一个摇滚歌手在前面唱歌，后面一个吉他手、一个键盘手、一个鼓手，鼓手有些没太跟上点，乐队节奏有些乱，但是他们似乎都很自得其乐的样子。沿墙一溜桌子上摆着各色小点心，深棕色的海苔蛋糕卷，粉的草莓酥，还有金橙色的蛋挞，小巧诱人，饮料也是琳琅。

他拿了瓶啤酒喝着，没多久，小露果然和她的几个同事过来了，他们说着笑着，朝气洋溢在他们年轻的脸上。年轻真好，他又一次感慨。

她没有看到他，他远远地看着她，没有走过去，他喝完啤酒，转身上楼了。

过了几周，他下楼回家的时候，听到后面有人喊他的名字，回头一看，居然是小露。她加快了步伐，追上了他。他们虽在同一栋楼，上下班时间不同，能碰上的机会并不多，他也不敢主动找她私聊，能做的不过就是在她的朋友圈点点赞，连留言都不太敢写，生怕言多必失。是的，他们就是所谓的点赞之交。

她对着他甜甜地一笑，他觉得她的微笑对于他来说是云朵，是绿叶，是高楼背后的阴凉。他们在地铁上坐得很近，他们又稍微交换了一些信息。他知道了她是中山大学毕业的，广州人。本来是学计算机的，现在改行做律师，工作三年了。他在心里给她算了一下，二十八岁左右，比自己整整小了十岁，他被这年龄的差距小小地吓了一下。

地铁上上来了一个漂亮的白人姑娘，坐在对面打电话，说着法语。那个姑娘小巧的嘴唇翻飞，一长串音符般的话语从她嘴里吐了出来，重音悠长，轻音叮当，卷舌音缠绵，爆破音在灵动地翻转，听起来不啻音乐。他们两个相视一笑，不再说话，只是听着对面的姑娘说话，像是一起在听音乐会。

那之后，他们私聊得多了些，但也不过是简单的问答。他们彼此都很客气，这客气制造了一种距离，一种他还没有勇气跨过去的距离。

冬天的一个周末，贵林又去了橄榄蓝酒吧，他现在常来这家酒吧，梁老板不忙的时候也会过来陪他喝喝酒。梁老板会问他一些美国和加州的情况，他问梁老板有关大连的事情。

这一次，他看到梁老板在台上唱一首歌，齐秦的《狂流》。他坐在一旁听，他觉得他唱得很好，很醇厚。但是梁老板没有注意到他，他的眼睛总是看着一个方向。贵林顺着那个方向，看到了一个中年的女子，姣好的脸庞，她也一直看着梁老板。梁老板唱完了歌，就走到了那个女人旁边。他们一直在说着话，他们一起出去的时候梁老板看到了贵林。

“贵林，这是怡敏，是你北大物理系的师姐。”梁老板说。那个女人有着一双明亮生动的眼睛，她冲着贵林一笑，很灿烂的笑容。

“噢，北大物理系，那你认识林晚吗？”贵林说。

“林晚，我闺蜜啊。”那个叫怡敏的女人笑着说，“你怎么会认识她？”

贵林就说了他们怎么认识的，然后说：“我还认识贾云成呢。”

怡敏的脸色突然不大自在，她说了一声：“噢，贾胖子。”然后就不再说什么。梁老板说我送她回去，我们下次一起喝酒。

贵林点头微笑，他突然想起梁老板说起的那个前女友，他以前以为是林晚，现在想来该是这个叫怡敏的。他看看周围，有几对情侣在低低地私语，他突然就觉到了寂寞，他打开了微信，他有两个加星星的朋友，一个是阿芳，一个是小露。自从那次和阿芳分手后，他都好几个月没有和她联系了，他想问问她最近怎么样，但是他看到了小露的微信，他的手指滑动了一下，停在小露的头像上，他给她发了个微信：“你在干吗？”

“据说这句话的意思就是‘我想你’。”小露很快就回了微信。

然后贵林看到满屏的星星。微信真是个聪明的东西——太聪明了。

贵林笑了。“是的，我在想你在干什么？”他接着又说，“我在福田的一家酒吧。”他想她是个聪明的姑娘，她一定知道他这句话什么意思。

“好好享受你的美酒吧，可惜我现在在广州。”她打了个调皮的眨眼睛的表情。

“好吧，那下次吧。”他有些失望，实际上是很失望。他是个害怕被拒绝的人，他这样的人，得鼓足多大的勇气才会主动开口。他就想到她说的路人甲，自己不过是她的一个路人甲吧，他的自卑感又迎头击中了他。

那之后他们沉闷了好一阵，但是几个星期后他又在一家他常吃中饭的小店碰上了她。他们又一起吃了中饭，他们谈得很愉快，她笑起来像一朵大丽花，舒展而大方：“相信吗，我会看手相。”她诡秘地看着他，他笑着伸出了他的左手，她握住了他的手，有一丝麻麻的小小的电流从她的手中传到了他的手中。

“你有两条婚姻线，你离过婚？”她歪着头问。

“真的吗？”他没有直接回答她，他看看自己的左手，他看不出命运的纹路。

“你的事业线看起来绕来绕去，你换过很多工作？”她又拿过了他的左手。

“的确。”这一次他回答了她的问题。

“你会发财哦。”她笑。

“借你吉言。”他笑了。

他心里又燃起了一些希望，他想她还是喜欢他的，但是她似乎也没有主动邀请他做过什么。他实在有些搞不懂她，或者说搞不懂现在的年轻人。

她真的是个聪明的姑娘，有些太聪明了，他觉得她像一条小泥鳅，他抓不住。

很快，情人节铺天盖地而来，微信群里飞扬着各种玫瑰图片和各种打趣的段子。他原是打算情人节送一束玫瑰给她，找个由头挑明了。可是情人节之后没几天就是春节。他已经回了邵阳过年，而且他和她除了那次看手相，没有任何亲密接触。他想想觉得不妥，就决定还是再等等。

春节的那天他收到了阿芳的春节问候——“贵林，春节快乐，天天快乐！”虽然只是短短的一句话，还是很暖心，他想她是一直记得他的，虽然那晚她似乎有些难言之隐。他心里又起了怜惜，他问她过得如何，她却只是简短回答，还好。他也不好再问。

春节过后回到深圳，他闻到了鸡蛋花浓郁的香味，他看到了路旁的木棉花开了，深红的花朵，朵朵团团，他就意识到，他到深圳快一年了。那天他和小露在下班的那条通往地铁的林荫大道上又碰上了。夹竹桃的叶子依然青翠，春天的气味是美妙的，让人眩晕的，他突然停住了脚，看着旁边的小露。

“你愿意做我的女朋友吗？”这一次，他没有犹豫，干干脆脆地说了出来。

“噢……可是……我好像没有想清楚。”这一次，磕磕巴巴的是她。她的眼睛看着那些夹竹桃。

“没有想清楚？”他失望极了，沮丧地看着她。

“我好像也是喜欢你的，可是，我的一个大学同学，情人节那天，给我送花了。我……”

他一下子就凉在那里，他想说，他原本也是准备情人节给她送花的，但是他说出来的却是：“噢，那么，你接受了吗？”

“他人在香港，从网上下的单，好像没法拒收。”她半认真半玩笑地说。他突然发现她特别会说话，似乎她并没有主动作出任何选择，似乎如果情人节是他给她送花，她也同样会接受。他帮她把后面一截话说了出来：“那么，你就是接受他了。”

她抿了一下嘴，没有直接回答他的问题：“你真的是个很好的朋友。”

“谢谢。”他无力地说，一种深深的挫败感终于慢慢袭来。他突然发现自己做了一件特别愚蠢的事情，为什么挑这个时候表白，他们还要这样尴尬地一起坐好几站地铁吗？这个时候，她的手机非常识时务地响了。

“你接电话，我先走了。”他感谢这个打来电话的陌生人，他溃不成军地从她面前消失。

回到寓所，他倒头就睡，好在第二天是周六，他醒过来，阳光懒懒地照进来，他的脑子有些疼，他好像慢慢才觉到了被拒绝的难受。他想女人真是奇怪，有时候她们是个好东西，让你忘记烦恼，有时候她们又变成了烦恼本身，他骂了一句去他妈的，心里却他妈的疼了一下，他站起来，看到窗外的木栈空无一人，暗红的一片铺向园子的那一头。

贵林晚上去了橄榄蓝，他觉得那种强烈的挫败感大概只有酒才能压下去。梁老板那晚不忙，就过来陪他。梁老板是个话不多的人，这很好，他对于话不多的人有一种天生的好感。他们之间有一种默契的熟稔，像泉水一样清澄。他们喝一种日本的清酒，酒很醇，些微的甜，有水果的清香。他们边喝边聊，更多的时候是沉默。

“你今天心情不好。”梁老板说。

“嗯。”

“女人吗？”他又问。

“嗯。”

“女人和故乡是男人思念的源泉。”梁老板说，他的嘴角出现了那种熟悉的戏谑的笑，“女人是靠不住的，还是说说故乡吧。”

贵林笑了，他问梁老板还记得气象台脚下的南山电影院吗，还有一个福利厂。梁老板说他记性真好，不过电影院好像拆了，福利厂也不在了。他叹了口气。梁老板说大连变化很大，该回去看看的。他想起了那个和他一样不爱说话的少年，他心里的那个黑洞从记忆深处又长了出来，他似乎听到了那个北方的城市海浪的声音。

那天晚上他又一次梦到气球里的那个城市，他想他得去一趟大连。梦境里，那通往南山电影院的道路在月光下变得清晰无比，必须得去了，循着梦的轨迹而去。梦最终得做完整。

但是那一阵公司忙着找各种电商合作，各种平台评估协商会谈很多。每加一个合作商，他负责的电眼系统就要把新的电商加入系统。他每日从清晨忙到黑夜。这样很好，他把自己深深地埋在各种数据和各种会议里，这样那种被女人抛弃了的痛楚感和挫败感就可以暂时离开他的身体。

秋天的时候正好公司要派人去大连见一个合作商，他主动请缨。出差前一个星期他去了一次橄榄蓝酒吧，他跟梁老板说他想找一个老朋友，他的父亲叫季解放，他母亲是个聋哑人，他们以前住在昆明街福利厂。梁老板说这个不难，他有个老同学在公安局。贵林出发前一天，梁老板居然真的给了他一个电话号码。

他回到了阔别三十年的大连。这个城市，似乎更俊俏，更时尚了。他呼吸着这个城市的风，略带着海水咸味的风。记忆穿过世纪而来，他看到的还是三十年前一样整洁无尘的道路，道路两旁是似曾相识的法国梧桐，深灰的树干笔直挺拔，连天的绿叶交错重叠，安静地守护着这个美丽如昨的城市。它依然那么好，那么美，饱含着海洋清新的气息。

他事先打了一个电话，很苍老的声音，是永军的父亲。他们稍微说了几句，他说记得他的，贵林说永军还好吧，他顿了顿，然后说你来看看吧。他们约了时间见面。

他们搬到了白云街，是那条老街的拆迁房。他们家在顶楼，没有电梯。他爬到第六层，已经气喘吁吁。铁皮门开了，贵林看到了一个少年，七八岁的样子，黑亮细长的眼睛，皮肤黑黑的，他差点脱口而出“永军”。然而他很快地转过身，冲里面的屋子喊了一声：“爷爷奶奶。”

两个白发的老人互相搀扶着走了出来。贵林认出了他们，永军的父母。他父亲的兔唇经了岁月不再那么显眼。他母亲身上的温暖却是隔了一层薄雾，一层让人琢磨不透的清雾。

然后他看到了他们身后的墙上挂着一张相片，相框上缠着黑纱布。他从那张相片上看到了少年永军的影子。他心里陡然一惊。

“伯父伯母，永军他……”

“坐吧。”他父亲没有回答他的问题，而是微笑着招呼他坐下，“小石头，你去拿西瓜出来给叔叔吃。叔叔是你爸爸小时候最好的朋友。”

他看看墙上的相片，再看看那个孩子。他可以确定墙上的是父亲，是这个孩子的父亲。

“永军，他三年前走了。”他父亲终于开了口。

一声钝响在房子里回响，他的心猛然一抖，眼前似乎有半树桃花簌簌而下。他觉得自己掉进了一个黑洞，一个深不见底的黑洞，一个他永远没有办法爬出来的黑洞。

“他在星海公园玩的时候，为了救一个溺水的儿童去世的。”他父亲接着说，“政府还给他发了一个好市民荣誉勋章。”他指了指墙上，贵林才注意到他的黑纱照片旁边挂着一个荣誉证书，烫金的荣誉证书。

“他终于属于这个城市了。”贵林轻轻地说。永军的老父亲抬起昏花的眼睛看着他，没有明白他说什么。

“他在日记里多次提起你，说这辈子做得最傻的一件事就是拿了你的字典。”他父亲接着说，“也怪我们，他一直想要一本字典，我们没有买给他。”贵林呆呆地坐在那，心里堵得慌，却是一句话也说不出来，他的眼睛终于转向了坐在他旁边的那个孩子。

“他母亲去年改嫁了。小石头现在跟着我们。”永军的父亲顺着他的目光，也看着那个孩子。他的脸上有一种老年人的脆弱、酸楚和被时光抚摸过的沧桑和坦然。

沉郁一阵阵向贵林涌来，他深呼了口气，伸出手，抚摸着那个孩子黑黑的头发：“几岁了？”

“八岁。”

“还记得爸爸长什么样子吗？”

“记得。”他看了一眼墙上的父亲。

贵林想起了四岁那年的那个梅雨天。他记得他穿过人群，走到父亲面前，父亲躺在泥地里，一动不动。他抬起头，周围一圈的人没有一个敢看他，他站在那，小小的，好像一个人站在荒野里。那是他人生最初的记忆，关于死亡的记忆。

贵林看着那个孩子，他像极了永军，但是他却从他身上看到了自己的影子，他低着头，不说话的样子像是世界上另一个他，少年时代的他。他是个安静的孩子。他想起了喀布尔的街头，那些因为战争失去了父亲，流浪在街头的孤儿。他记得他们眼中轻微的恐惧，对这个世界的恐惧，那是他熟悉的恐惧。

他仿佛看到了两个瘦削的少年，并肩走在去南山电影院的路上，他们一路走来，地上是两个孤零零的小影子，天上飘着的是五颜六色的气球，蓝的、粉的、灰的气球。他的鼻子有些酸，他觉得他的眼泪就要流下来了，他深吸了口气，就像他少年时一样，没有啜泣，也没有流泪。

从大连回到深圳不久，他想起了阿芳，他们好像有很久没有联系了。他给她发了个微信，他跟她说他回了一趟辽宁。他说东北的面食真好吃，他是北方的胃，比之米饭，一直是更喜面食的。

“你来我这里吧，我给你做韭菜盒子。”她说。

她的房子依然潮湿，依然有一股霉味，却也依然整洁。她在喀布尔的那间小屋就是如此干净的。她的同屋的灯还是灭的。

“她回河南老家看孩子去了。”阿芳说，“她孩子得了白血病，他们夫妻都下岗了，她只好来深圳打工挣钱。”

“噢。”贵林心情一沉。

“好了，不说了，我给你做韭菜盒子。”

阿芳做的盒子，不仅有韭菜鸡蛋馅的，还有黑木耳虾仁馅的。半圆的饼子，外面煎得黄脆，齐齐整整摆在一个蓝色的盘子里。还有千层饼，外面焦黄，里面酥脆，切了小块，摆在另一个同色的蓝色盘子里。她还熬了绿豆汤，豆子是白绿色样，豆绿的汤，盛在白色的瓷碗里，看着精致。贵林看到满满的一桌，由衷赞叹：“东北妹子真能干。”

“那是，俺们东北多好的地儿啊，地好，人好，咋就这些年经济一直没起色呢。”她说。

“可能还是历史原因，官僚制度太多，条条框框太多，我其实这次出差去大连就有感觉，想做点事情批准就要好几层。我在上海、深圳觉得做点事情还是容易很多，也不需要关系。”贵林一股脑说了一通，“而且东北公司诚信太差，没人敢去投资啊。”他再一看阿芳扁着个嘴，笑了，“好了，不说了，东北的妹子是好的。”阿芳绷着的脸才放松下来。

她穿着件露肩的短褂，两个圆润的膀子和一截小腰露了出来，他心里又开始发痒，她的身体永远对他有着致命的诱惑。他抱住了她，他们滚到了床上，这一次，她没有拒绝他，而是热烈地张开手臂，紧紧地抱住了他。时隔五年，她的身子还是这么柔软、亲切，她的人还是这么风骚、迷人。他在她的身体上耕耘，翻动着她这片肥沃的黑土地。她在他最后爆发前给他带上了套套，他坚硬如笔，长驱直入。他们一起飞翔，飞翔到高高的云端，然后又慢慢地落了下来。他又一次听到了她那句熟悉的“我×，真爽”。他才意识到自己是有多么喜欢和她做爱。

“我离不开你了。”他说。

“算了吧。没过几天你又会找到一个比我年轻能干几百倍的姑娘了。”她的嘴角又出现了一丝冷意。难道自己和小露交往的事情她都知道？他没有作声，只是用手抚摸着她美丽的肌肤，他摸到了她的右手腕，她的玉手镯下似有一道疤痕。“这是怎么了？”他问。“没什么。”她迅速地把手抽回。这个谜一般的女人啊，他心里有些疑惑，有些不自在。

他没有在这里过夜，而是在午夜时分离开的。

他走在城市最深的夜里，抬眼看到天上的月亮是蓝白色的，据说是因为粉尘折射让月亮成了这个颜色。他想城市真是奇妙，城市是最诡秘的魔术师，它能把本身就是魔术师的月亮变一个颜色。

而市场又何尝不是一样的诡秘？这天贵林打开网，翻看几个常看的科技网站，他看到一个令人吃惊的消息：益分期把原来校园贷30%左右的利率，直接腰斩砍半。利率改成15%。30%原来是校园金融行业大家达成的默契，常总这么做无疑是毙敌一千自损八百的策略，这就意味着益分期每个月会多出近千万的运营亏损。

邓总召开了一个高层的紧急会议商量对策。大家的意见参半。一半认为应该跟进，利率也减半，不然市场很快就会掉份额。另一半认为不该这么冒进，这样对公司的财务是个灾难。贵林是赞成后者的。邓总听了一圈，并没有说出他的立场，而是说他准备给投资者打一圈电话。

一个星期后，邓总做出决定，利息降价跟进，而且，要比他们的还要低。不仅利息低，价格战也拉开了。他们甚至派一个人专门盯着益分期的产品，同类产品一定要比他们低十元。

壮士断臂。

“如果我们现在不狠下心来，市场份额很快就会下降。如果出了局，就根本没有机会扳本了。我已经和这些投资者沟通好了，他们都支持我的决定。”邓总说。贵林暗暗吃了一惊，市场的残酷竞争和血淋淋的争夺比之真正的战场又有何异？不是你死，就是我活。

壹诚信似乎是挺过了益分期的这次偷袭，市场份额急起直追，很快又和益分期平分天下了。

第七章

时光一闪即纵，转眼就到了 12 月，空气里有了一抹微寒，然而依旧是满眼葱绿，这里的冬天也是不冷的，和硅谷一样。贵林想硅谷这个时候该是满街的圣诞歌曲了吧。 那日下班回家他快走到地铁口时，听到了后面一个声音喊他的名字“吴贵林”。声音有点哑，贵林回过头，他看到一张熟悉又有些陌生的脸，一张他再也想不到会见到的脸。

那个人是金筷子餐厅的大厨林师傅。

他留了络腮胡子，细长的眼睛眯着，嘴里叼着根烟。他颧骨的地方多了道疤痕，这是他五年前没有的，贵林不知道那是炸弹炸出来的疤痕，还是刀子划出来的。这疤痕让他看起来有几分凶狠，又有几分陌生。

贵林心里咯噔了一下。

“不错啊，现在更体面了。”林师傅的眼光肆无忌惮地把贵林从头到尾扫了一遍，他的话带着浓浓的东北口音。

贵林皱紧了眉头。

“你这个地方还挺好找。我来是跟你说一声，阿芳是我的人，你不要碰。”他挑衅似的喷出一大口烟。

“你的人？”贵林知道来者不善，只是礼貌地说，“她是谁的人，恐怕还得问她自己吧。”

“男人之间的事情用不着麻烦女人。”他用右手做出一把枪的样子，对着吹了口气，“你还算是个男人。当年在玉叶餐馆圆圆房间里，你用身体挡着她。不然的话，你早就没命了。”他笑了起来，发出当年喀布尔梨树上那种古怪的鸟儿一样咕咕的声音。贵林从头凉到了脚，当年在玉叶餐馆冲进圆圆房间用枪指着他胸口的那个人原来是他！

贵林想起了他生命中最漫长的几秒钟，像一个世纪那么长的几秒钟。他那时下意识地把圆圆推开，而那个拿枪的人居然放下枪走了。

贵林的脚在发抖，但是他还是问了一句：“那么你为什么没有杀我？”他感到他的话像是冰面上一条薄薄的裂痕，而裂痕下面是黑黑的冰河。

“如果当年你是个懦夫，我杀了你，圆圆会乖乖地跟着我。但是你挡在她前面，如果我杀了你，照圆圆的性格，她会杀了我。我当年本来只是要杀了桃姐。没想到你在她房间，就想把你一起干掉。反正那个地方杀一个两个都没人管。”

“那么黄琴也是你杀的吗？”贵林又听到了自己的声音。

“她不是，大概就是谋财害命。可是桃姐那娘们一直扣着圆圆的护照。圆圆没法回国。我就干脆杀了她。”

贵林的脚开始发抖，但是他竭力不露出他的恐惧。

林师傅却注意到了，冷笑一声：“你放心，在这里我不敢随便杀人的。你只要不再去勾搭阿芳，我们就是井水不犯河水。还有，你不要告诉阿芳我来找过你。那个女人刚硬得很，她要是知道了，肯定不会再理我。我没有好下场，你也没有！再说一遍，你不要靠近她，不然小心你的腿！”

贵林没有作声，他心里充满了恐惧和愤怒，那恐惧像是来自遥远的过去。他小时候在的那个小学很差，班上的一个小混混威胁要打他，他那些日子总是找一个高年级的陪着他一起回家，一路充满恐惧，怕那个小混混从哪一条弄子里出来把他打一顿。现在，他居然收到了他还是小学生时经历过的威胁和恐惧。那些灰暗的物质，绕了一个圈，居然又回来了。

他还想说什么，林师傅已经走远了。他觉得腿一软，忙扶住了下楼的扶手。半天他才缓过劲来，沿着楼梯下到地铁站。

他站在站台上，不时地回头张望，他知道他在张望什么，他怕那个男人从后面走过来，把他推向迎面而来的地铁。恐惧像一个影子，紧紧地附着在他的身体上。

贵林没法像甩去脸上的汗水一样甩掉这些细微的恐惧。一个星期他都没有主动和阿芳联系。到了周末，阿芳问他想不想去看场电影，他回说忙着赶一个计划书，就不过去了。他心里像是压着什么，那对人身基本安全的恐惧像悬在头上的一把利刃。马斯洛的需求层次理论说得极是，安全是先于爱和欲的需求。即便如此，他还是为自己的怯懦感到不安，难道就这样和阿芳不再联系？他觉得这也不是出路，他突然特别希望像新毛叔叔或者是艾迪的人在身边，他们是有大智慧的人，贵林为自己的无明感到沮丧。

很快就要到圣诞节了。已经下了好几天雨了。天上的雨水怎么那么多，稍有停歇的时候，天空也是阴鸷沉郁的一张脸，像是随时准备把更多的雨水倾盆而出。贵林想起小时候天下雨，奶奶就说每个人都有伤心的时候，连老天爷都有呢。这一回，老天爷有什么伤心事呢？

他的电话响了起来，他诧异地接了起来，居然是阿芳，阿芳说：“你快来，我在光明新区中心医院。”

“怎么了？”

“你别问了，快来。”

医院？阿芳出什么事了吗？他心里焦急，可是他想起林师傅那句话：“你不要靠近她，否则小心你的腿！”他的腿开始发抖，他跌坐在凳子上，把头埋在手里。良久，他感到了内心一股强烈的耻辱感，烧得他脸红，他腾地站了起来，拿起一把伞，冲了出去。

光明新区中心医院离蛇口有些距离，快到医院的时候，他发现情形不对，好多辆车子都往那个方向去，路上堵得很，好不容易到了中心医院。医院里面一片混乱，哭声、叫声一片，救护车的鸣笛此起彼伏，人们匆忙地走来奔去。“发生什么了？”他疑惑至极，他想起了喀布尔的空军基地医院。他按照她的指示找到了401病房，里面人很多，一间大屋子好多个病床，有人在放声哭泣，有人傻了似的坐在看护的凳子上。

“这是特别急诊室，你找谁？”一个护士挡住了他。阿芳从一个角落那喊了一声：“他找林大诚的，快让他进来。”

他走了过去，他看到了一个濒死的人，嘴唇发乌，脸却比白纸还要白，到处插着管子，那个人颧骨的地方有一道长长的疤痕。

“林师傅！”贵林失声叫了起来。

林师傅的眼睛慢慢地睁开：“好样的，你还是来了。你不是个孬种。你不怕我打断你的腿？”他居然还能笑出来。

“你怎么了？”贵林急切地问。林师傅没有说什么，贵林又看看旁边的阿芳，她的眼睛红肿，但是也是什么也没有说。他看看一屋子的人，每个人脸上都写着最悲恸的神情，他没有说话了。一定是有什么天灾人祸发生了，这个屋子的病床上都是和林师傅一样濒死的人，整个屋子被一种铅灰色的阴霾和悲伤浸泡着。

“听着，吴贵林，你答应我，你要好好地对阿芳。”他听到林师傅的话。

贵林没有作声，阿芳开始哭泣：“大诚哥，你傻不傻……”

“丫头，我知道你的心在这个人身上，这个人不算糟，我希望你过得好……”林师傅又说了一句。

“你好好休息，不要说话了。说话累。”阿芳握着他的手。

“我得说，我要死了，我活不过今天，我自己知道的。我最牵挂的就是我爹娘、我儿子和你……我要知道你有个好归宿，不然我不安生的……”他的声音慢慢低了下去。

“护士！护士！”阿芳大叫。很快两个护士来了，给他打了一针强心剂，林师傅睁开了眼，阿芳又哭了起来：“大诚哥……”

“知道我死的时候，你会流眼泪，我就知足了。”林师傅看着阿芳又笑了，然后他的脸又转向贵林，“你，听见没有，你要娶阿芳做老婆，听到没有！”

“你不要逼他……”阿芳又说，“我是什么样的人，你不知道吗，我最不喜欢勉强人。”

贵林从来没有面对过这样的一个情景，他的脑子一团乱，他是喜欢阿芳的，但是他也没有想过要娶她，他看看阿芳，又看看林师傅，说：“我会对阿芳好的。”

“你走吧，我要和阿芳说话。”林师傅又狠狠地看了他一眼，“我会在天上盯着你的！”

贵林走到门口，像是想起了什么，转身说：“你做的生煎包子是最好吃的。”

那个马上就要消失了的人笑了一下，眼角流出了一滴泪。

贵林走出了急诊病房，像是走出了一团晦涩幽霾的气体。他坐在外面走廊上的凳子上，看了一下微信。现在几乎所有的新闻，他都是从微信上最先得知。是深圳恒泰裕工业园发生了山体滑坡，33栋房子倒塌或者毁损。而所谓的山体其实是一些违规堆放的沙泥和碎石，这几天下雨，那些泥土松动，形成了一股巨大的人造泥石流咆哮而来把楼房摧毁。说起来其实是一桩真正的人祸。那边的房租低，住的很多是像林师傅这样的外来打工人员。贵林坐在那，不时听到急诊病房里一阵阵凄厉的哭声，他就知道这个世界上又少了一个人，少了一个父亲或者是母亲，一个儿子或者是女儿。他想起了父亲，想起了月月，眼角噙满了泪。凌晨的时候，他看到阿芳走了出来，虚弱得像是秋天田野里最后一根麦秸，随时都会倒下。

“你送我回家吧。”她的脸上是已经干涸了的泪痕。贵林什么都没有问，扶着她出了医院。外面又下雨了，漫天的雨，像是整个世界都在下雨，为这些不该逝去的人哭泣。他一手撑着伞，一手扶着阿芳，等了好久，才来了一辆车，他们湿淋淋地上了出租车。她的身子在发抖，头靠在车子后背，眼睛一直看着车玻璃上的一道道水痕被刮雨刷有节奏地抹掉。

他扶着她上了楼，进了她的房间，她说：“我得休息一下，明天他的父母和亲人到，我要帮他们处理一些事情。你走吧。”

“我能帮什么吗？”贵林问。

“不用了。”阿芳说。

“好，需要的时候你尽管说，你多保重。”贵林走出了她的寓所，他心里又难过又压抑，一个活生生的他认识的人说没就没了，那个人两个星期前还跟他说过话，甚至让他感到恐惧。他感到了另一种恐惧，那种不知道什么时候前行的火车就会脱落轨道的恐惧，那种对无常、对死亡的恐惧。

一个星期过去了。贵林给阿芳发了几个微信，她都没有回信，他心里又担心又有些别扭。想来阿芳对林师傅感情还很深，他们之间肯定有很多的故事，也一定有很多的过往。在他没来深圳之前，他们发生了什么？

他给她打了个电话：“我来看看你吧。”

阿芳说好吧。

她给他开的门，她的脸色白得难看。

“你看起来脸色很差。”贵林说。

她没有回答他的问题，而是说：“我不知道林师傅在天之灵会不会安生。”

“怎么了？”贵林问。

她幽幽地吐了口气，说：“违章堆放沙石的公司给死去的人的亲属两个选择，如果列在官方死亡名单上，赔偿二十万，如果不列在那，赔偿两百万。林师傅的父母和哥哥最后商量是要了两百万。”

“所以林大诚这个名字是不会出现在官方死亡名单上的。”贵林呆呆地说。

“嗯。”阿芳说，“他家条件不好，大家都不容易……”

两个人都陷入了沉默。该说什么呢？一个贫困的家庭，两个风烛残年的老人，一个稚子，这样的选择大概谁也不会怪罪。他只是觉得悲哀，一个人，连最后的死亡都不能名正言顺。一股悲凉击中了他，他心里憋闷极了，他想林师傅的父母肯定更加难受，恐怕他们的余生都不得安生。他这样想着，又深深地叹了口气。

“他那时候在沈阳，组织下岗工人和工厂谈判，要求提高工人买断的钱，后来被抓了起来，被判两年监牢，工厂的领导说只要他肯离开这个城市，不再领头闹事，他们就给他一大笔钱，并且免了牢狱之灾。”阿芳说。

又一次良心和金钱的较量？贵林想，命运多诡秘，总是让人陷入同样的困境。

“他就选择拿了钱去了阿富汗？”贵林问。

“他先去的白沙瓦，他有个亲戚在那开中餐馆，后来去的喀布尔。”阿芳说。

“噢。”贵林想大概他杀了桃姐后逃到了白沙瓦。他想问林师傅是不是她在玉叶餐馆的客人，觉得不妥，就换了个问法：“你们是后来在喀布尔认识的？”

阿芳点头。

“他介绍你去的金筷子？”

阿芳又点了一下头。

贵林不再说什么。他想，那个人，爱上了阿芳，自己却又搅了进来，如果没有自己，林师傅和阿芳两个是不是就好好地走到一起了？

夜里他梦到天上都是四处飞舞的石碑，迎着他而来，眼看就要砸在他头上，他醒了过来，一身冷汗。他想起了华勇，想起了保罗，想起了加州的一座座墓园和墓园里一个个墓碑。死亡是一件不停不断在发生的事情，那是小时候的石匠教给他的道理。然而，每一次面对死亡，尤其是这样意外的亡故，他还是觉到一种忧惧从心底慢慢地滋长，让他心里发疼，胸口发闷。他在黑漆漆的夜里祈祷上天，给他勇气不再惧怕这些无常和意外。他又想，无论如何，得去一趟钟家村了，谁知道明天又会发生什么？

春天了，2016年的春。市场的坚冰却没有融化，而是更添了寒凉。亏本买卖带来的恶果跟随而来，这一次，这两家谁都没能幸免。

先是壹诚信，利率一低，销售额迅速增加，但顾客下的单根本到不了货，因为公司现金流跟不上，根本没有能力购买物品。那一阵，公司里面人心惶惶，一方面又希望用户下单，一方面又害怕用户下单，顾客怨声载道，已经有二十多天发不出货了。好在一个投资者临时垫了一笔钱，才把这个缺口补上。

“自己没有现金储存，风险太大，现金流上要足够独立。”邓总在这次危机后召开大会时，发了话，“我们准备组建自己的理财平台。这样一头有钱进，一头才有钱借。”

壹诚信在两个月后成立了子公司金顺理财，金顺理财和原来的校园贷分期电商平台成了平行的两个公司，都归在壹诚信集团旗下。

而益分期那边，问题也是成串。低利息，疯狂地扩张和对地推人员的高额奖励带来了恶果。这是常总没有想到的，甚至是连邓总也没有想到的，他们没有想到，人性是最经不住考验的，尤其是在欲望和金钱面前。益分期的地推奖金政策是按单提成的，拉了几个新客户，就有多少提成，多拉多提成。

很快，多家媒体曝出浙江、山东、四川等地高校多起集体性“被注册”事件，也就是说，这些学生压根自己没有注册，就莫名其妙成了益分期的用户，甚至还收到他们的催债短信。显然，不知道是谁把他们的信息出卖给了益分期的地推人员。

而一些地推人员从传销里得到启发，发展很多下线，由下线们去拉新顾客，自己再提成，轻轻松松赚大钱。

还有一些地推人员和大学生联合造假，找个人拍个照片，再把身份证PS一下，换成另外一个人，然后恶意不还债。总之，五花八门。常总的狠劲在这个时候也展露得淋漓尽致，他把出了造假丑闻的重庆地推团队全部砍掉，一个也不留。

资本的疯狂扩张终于露出了残酷的一面，大家都开始为急速发展付出代价，包括壹诚信。因为，大家都是在一条船上。

公司几个高层有一个小的微信群。那天贵林看到邓总转了一个裸贷的帖子到群里。他心里有些纳闷，邓总是个做事极有分寸的人，转这个帖子，什么意思？他点开了那个帖子，女大学生拿着自己的身份证拍了裸照做抵押借钱，女大学生还不起贷款肉偿，被裸贷逼死的女大学生，看起来有些触目惊心。

“一些小的平台打着互联网贷款的牌子，实际上是私筹高利贷，而且做法很下三烂。”邓总说。

“互联网贷款？这是把咱们互联网金融这一行的水搅浑啊。”公关部的主管张桦新说。P2P、互联网金融，现在是最火的几个关键词，光是校园贷这个行业一夜春笋般的就有了十多个创业公司。壹诚信和益分期是这个行业里走在最前头的两家。

“劣币驱逐良币。”贵林说。

“正是。”邓总说，“这个肯定对我们有很大影响。咱们要提前做好点准备。我有感觉，针对校园贷上面会有动静的。”

“可以拓宽别的渠道。”贵林说，“咱们第一批用户也大学毕业步入职场成了小白领。他们用惯了咱们的产品，以后还会接着用，现在就是培养他们的消费习惯和对壹诚信产品的熟悉程度的时机。”

“对，咱们现在就开始挪用一些资源开发小白领市场。做最坏的打算，最好的准备。”邓总说。贵林心里暗暗佩服邓总的敏锐。一个创业公司的头就是方向盘，而一个创业公司很重要的一点就是找准方向，并且及时修正方向。

贵林开始着手安排手下几个人去做小白领市场。

贵林忙完了这些，请了个假。他从深圳坐火车到了邵阳，他没有回江北税务新村的家，而是直接喊了一辆出租车，踏上了他在心里想象过无数遍的钟家村之旅。

出租车出了邵阳城，很快就上了高速，出租车司机是个热心人，一开始话说个不停，见贵林有一搭没一搭，就住了嘴。贵林就专注地看着窗外。道路两旁是青幽幽的稻田和一座座红檐青砖的房子。他记忆中黑檐黄土坯的房子已然不复存在。车子到了五凤镇，他要司机在镇子里转一转。他记忆中那个黑白的、潮湿的、拥挤的小镇依然潮湿拥挤，只是添了不同的色彩，像是一张黑白的照片被手工抹上了各种色彩，有些不自然，有些不真实。他记忆中潮湿的青石板路都成了水泥路，那家照相馆也是怎么也寻不着了，更找不着有转盘的麦芽糖摊了。他在一家杂货铺停下来，买了香烛和冥纸，然后在旁边的一家小店里和出租车司机一起吃中饭。他看到菜单上居然有油煎豆沙饼，就点了几个。他记得小时候奶奶会从镇上给他买这种豆沙饼，好几个豆饼用草绳子穿起来，一串拎回来，他觉得比水果糖还好吃。豆沙饼上来了，味道却是甜的，他记忆中的豆饼是咸的，淡淡的咸味。

吃过中饭，车子就朝着钟家村的方向驶去。时光把曾经的那条黄土路变成了平滑整齐的柏油路，也同时收走了路上的滚滚黄尘。只是道路依然曲折，一道弯一道弯地绕着，钟家村的那个小黑点慢慢地长成了一大片。慢慢地，近了，近了，村庄变得立体、饱满，像是折叠起来的平面纸房子的模型打开了，成了三维的房子。

他要出租车司机把车停在村口等他，禾塘边上那棵杨树还在，风从高天上吹来，吹得叶子像流水一样地响。

他一个人进了村子，村子里很安静，只剩了老人、留守的孩子和四处游走的家禽。彩色的花公鸡，麻栗色的老母鸡，似乎给这沉闷的钟家村点染了一丝亮色。黄土坯的房子、乌黑黑的瓦檐、黄融融月亮一般土黄的墙都不复存在， 他看到的房子还是80年代修的青红砖房。他走过清凌凌的溪水，绕过几棵枣树，一个猪圈，走到了华大叔家。门是大开的。一个老人坐在屋檐前抽着烟，是他，是华大叔，贵林从那张满是皱纹的脸上除去了时光的折痕，看到了三十年前那张正当壮年的脸庞。

“华大叔！”贵林叫了一声。

老人缓缓地抬起了头，打量着眼前的这个人，浑浊的眼睛里有了困惑。

“你是……”

“我是贵林啊！小时候在你家住过的钟贵林啊！”贵林说。

“哎呀！真的是贵林啊！华大妈，你看看是谁啊。你肯定想不到！”华大叔握住了贵林的双手，激动地摇来摇去。

一个满头灰白头发的老妈妈从里屋走了出来，她看了一眼贵林，大叫了起来：“哎呀，可不是贵林嘛，听说你留洋了，这都多少年没有见面了！”她也是激动得握着贵林的手臂。贵林没想到他们如此热情，心里也不由激动。

华大妈沏了茶，三个人坐在堂屋里聊了起来。不久，周围就围了一圈的娃娃，还有几个别的留守老人。贵林给每个老人敬上烟，他有些后悔没有想到给这些娃娃带点东西，哪怕是几颗水果糖也好啊。

贵林手里拿着茶杯，一边聊着，一边打量着这个屋子，堂屋一角是一个老式的描了花鸟图样漆画的木柜，右边角上是灰黑的厨房和灶台，吃饭的桌子前是几张从未上过漆的老式座椅，一切像是沉睡在久远的某个年代，不复醒来。

“唉，现在的年轻人都出去打工了。”华大叔叹了口气，“虎强也在深圳。”贵林想起了那个鼻子上总是挂着鼻涕的孩子。

“是啊，深圳到处都是打工仔。” 贵林说，其实何止是深圳，还有很多人在广州或者是长沙，在这些城市不知道什么样的犄角旮旯里。他们或者是在工厂的流水线上，或者是在建筑工地上，又或者是做了哪家公司的保安或者门卫，他们成了城市的一员，却是在最靠近地面的一层，尘土一般，被城市的风从一个角落吹到另一个角落。

贵林说起了此番回来的目的，打听母亲付春芳的消息。

“只知道她是嫁到贵州去了。可是具体哪里我们也不晓得了。”华大叔抽着贵林给他的芙蓉烟。

“那你知道我母亲娘家在哪里吗？”贵林又问。

“这个倒是知道，是大山里头的付家村。比咱们钟家村还要偏远。”

贵林便隐约想起外公外婆是来钟家村看过他的。可是他那时实在太小了，连外公外婆的样子都不记得了。他们是住在更深的深山里，下山一次要走上一整天。所以母亲也很少回娘家。

贵林问了些付家村的情形，又和老人们聊了点家常，就起了身，说是去看看新毛叔叔。

“不在这吃饭了？”华大妈问，贵林不知怎么想起了多年前那块回锅肉，笑笑说，“不了，谢谢你们。”

“那你以后常回来看看，哎呀，都长这么高了，一点都不认识了。”华大妈又握住了他的手。

他和老人们道别，就穿过天井，穿过一棵橘树和一棵梨树，到了新毛叔叔家的后院。

他远远看到了新毛叔叔，半躺在房子里的一张藤椅上，脚上还是盖着一床蓝色细花的被子，他的眼睛是闭着的。

贵林走过去，刚走到他的眼前，新毛叔叔的眼睛就睁开了。

“贵客，贵客。”他坐了起来，笑着说，“我说我这几天总是眼睛跳，原来真有贵客远道而来了。”

贵林笑：“好久不见，新毛叔叔！”对面的这个人面容苍老了许多，可是精气神似乎还是多年前那样从容饱满。

“我们贵林真的成了人中龙凤了啊。”新毛叔叔笑着说。

“其实并没有呢。”贵林叹息，“我的生活一点都不圆满，连个家都没有。”

“那你就画一个圆吧。”新毛叔叔笑了。

“可是一个圆能画圆吗？”

“画不圆，也要努力画，要用心画。”新毛叔叔看着不远处的那棵梨树，“以前这里是一棵橘树和一棵桃树，橘树结的果子都很酸。桃树每年都结很多果子，很大很甜，可是有一年突然就枯死了，后来就种了一棵梨树。梨树只开花，不结果。”

贵林不知道他这番话什么意思，便也只是看着那棵梨树，样子和喀布尔的那些梨树似乎并无不同，风渐起，梨花花瓣簌簌而下，在风中打着转，随之悠然落地。

新毛叔叔真是和别人不一样啊，贵林想，可是为什么会和别人不一样呢，他也想不清楚。两个人又闲聊了许久。贵林觉得还是和孩童时那样，爱听他说话，他真的是一个特别会说话的人。他的眼睛里、眉毛里、肚子里满满的都是故事，都是有意思的话。不知道什么时候不远处的橘树上落了只蓝尾巴的鸟儿，就停在那，也不叽叽啾啾地鸣叫，只是安安静静地倾听。

贵林走的时候，新毛叔叔握着他的一只手："你看起来有些焦虑，不要担心，老天爷什么都会安排好的，你还是要去画那个圆。"

贵林若有所思地点点头，他看着不远处的青霞山，山巅上埋葬着他的奶奶和父亲，他想是不是因为父亲的死亡正好是他记忆的开始，所以他的记忆里才会有那么多的死亡？死亡的颜色是和白色一样的虚无还是和黑色一样的肃穆？然而无论哪种颜色，死亡都等在那，等着和每一个人迎头碰上。

"死是什么？"他回过头问新毛叔叔。

"死就是不能再看到眼前这棵橘子树和这棵梨树了。死就是出一趟远门，然后永不再回来。"新毛叔叔说。

贵林默默点头："我得走了，我要去我爸爸我奶奶的坟前拜拜。"

"去吧，人生几何，非方即圆。去如朝露，非黑即黄。"新毛叔叔又说，然后就闭上了眼睛。

贵林听得似懂非懂，也不好再问，就给他鞠了个躬，转身去了。

青霞山的风很大，把山下稻田的清香吹了上来，把天上的云彩吹成一缕一缕的，贵林点了好几次才点着香烛，烧了纸钱，在奶奶和爸爸的坟前各磕了三个头。他坐在那，看山下的钟家村，看那条水渠弯弯绕绕地从钟家村前流走，依然是青翠翠的大地，只是那乌黑黑的屋檐成了斑驳的红和绿，村庄便不再是旧时光里那个纯净的样子了。这时候天上飞来了一大一小两只鸟儿，墨绿色的羽毛，尾巴长长的，贵林想不起来这是什么鸟儿，看起来既不是斑鸠，也不是画眉。它们在空中盘旋了良久，就消失在一阵风里了，像是去了天上。贵林想起了月月，父亲从未曾谋面的孙女儿如今也去了天上。贵林想，父亲和奶奶一定会好好照顾月月的吧，他这么想着，心里却有了一丝锐疼，好像心里某个地方被刺了一下，他捂着胸口，好一阵才缓过劲来。

他回到村口的时候，出租车司机已经睡着了，他唤醒了他，在昏黄的落日里离开了钟家村，身后的村落像是一幅斑驳的旧画，在时光里渐渐剥落，露出最原始的底色。车子上了山路，钟家村忽远忽近，悠悠荡荡，却是安安静静的，像是沉入了水底。他又一次回望那条通向大山的土路，回望那土路旁边清澈的溪流，它千万年地流淌，每一刻都在变换着它的姿态和颜色，贵林知道那是他再也回不去的钟家村。

第八章

回到深圳，回到连轴转的邮件轰炸和会议轰炸里。乡村和大都市迅速地转换，贵林有一些没缓过劲来。这天贵林又差点被网上看到的信息惊了一下，他现在发现，在国内互联网金融领域创业，或者说在国内创业，他必须得修炼得如如不动，因为几乎没几天就有个令人吃惊的消息。这一次的消息是益分期准备全盘从校园金融的领域退出。大概连常总自己也没有想到，他会全盘放弃两年前他创业开始的地盘、现在的核心业务。在这个撤出市场的行为上，常总沿袭了他一贯的作风，快速，迅捷，全盘退出，一点也不拖泥带水。

他应该也是这一次如潮的校园贷负面消息的牺牲品。比起壹诚信，他们受到的牵连更直接也更猛烈，因为其中一个跳楼自杀的大学生从 20 多个平台借了钱，其中一个就是益分期。

常总听到这个消息特意让人查了一下，非常不幸，这个拆东墙、补西墙、债台高筑的小伙子确实是益分期的一个用户。而益分期和壹诚信是这个行当跑在最前面的两家，枪打出头鸟，益分期首当其冲受了影响。随着更多校园贷负面新闻的曝出，暴力催债，高利贷，跳楼，裸贷，一波波冲击着人们的眼球时，加上之前的益分期客户造假事件，常总终于扛不住了。

他决定撤出校园贷市场。这对他来说是个艰难的决定，益分期公司大楼在西湖边上，他一个人去柳浪闻莺那逛了好几个小时，回来就宣布了这个决定。

接着这个决定而来的是裁员的决定。几乎裁掉所有当年像蝗虫一样在各大校园拉来最初用户的元老们。现在校园贷不做了，这些曾经为益分期做出过汗马功劳的人一下子被弃之如敝屣。他们想起常总曾经许诺过的房子、车子和财务自由，被欺骗了的愤怒和不平不断滋长。没过几天，贵林很快从许多百度贴吧里看到很多有关益分期的负面消息和内幕。而这些正是被裁掉的益分期前员工发的。贵林心里有些庆幸，又有些困惑。庆幸邓总现在看起来不是这样的人，可是谁知道将来如何，历史上众多功臣在打下江山之前被除掉的教训还不够多吗？虽然如此，他似乎也没有什么选择，创业像是坐上了过山车，一旦启程，高高低低，已经由不得自己了。

壹诚信也开始大幅度消减校园贷。这个领域风险太大，也太敏感。他们现在又开始考虑转型开发别的领地。大家考虑了几个分期市场，蓝领分期和医美分期。讨论的结果是医美分期更有潜力，市场更大。最好赚的钱都是从女人和孩子身上赚。这个准则不管有没有互联网，都是正确的，女人们为了美不仅愿意付出血的代价，也愿意付出高利息的代价。

很快就有几个别的小公司转战到校园贷。这块肥油太诱人，尤其是现在益分期和壹诚信都撤出了市场，少了两个竞争大头。

几个月后的一天，国家正式出台一个新政策，全面禁止给大学生贷款。贵林不禁赞叹邓总先见。

“上头一个政策那就是天。不仅是要有市场敏锐，还要有政策敏锐。”那天大家在公司讨论这个政策，“幸亏我们及时扔掉了这一块。那几家后来跟进的公司可是惨了。”

三月份的一天，贵林给永军的父母转了一笔钱。他现在时常给永军的父母寄一些钱，他曾经想过领养小石头，但是他想小石头的爷爷奶奶恐怕不会答应，就是他自己，也没有足够的爱心和勇气来领养他。他回想起自己作为一个被领养的孩子的经历，并不是太好，其实养父养母都还是不错的人，尤其这些年，他愈发感知到他们的好，他们的不易，只是那时的他，已然深深把自己埋藏，没有办法和他们更深地融合在一起。他很惭愧，除了钱，他没有其他的办法来填补内心的黑洞。

贵林转完钱，接到华大叔的一个电话，他吞吞吐吐半天才说出委由——能不能在贵林那打个地铺，他来深圳办点事情。贵林知道他是心疼钱，说没关系，我这里宽敞，你来吧。心里却是有些纳闷，他儿子华虎强不是在深圳吗？

华大叔是坐高铁来的，他人生地不熟，又舍不得打的，坐公交转了好几趟才找到贵林这里。贵林说："华大叔，你该告诉我，我给你喊个出租车。"

"已经麻烦在你这住了，不好多麻烦你的。"他黑黑的脸膛上都是褶子，跟油画上的农民是一个模子里刻出来的。

贵林带着华大叔去外面吃了一顿饭，回来的路上华大叔说话了。原来华虎强来深圳打工，却沾染了坏习气，开始吸毒，现在正在戒毒所，华大叔这番是来戒毒所看虎强的。华大叔一边说一边长吁短叹。

"明天是周末，我陪你去看看他吧，我也好多年没看到他了。"贵林说。

"还是你好命啊，当年被吴辰刚收养，进了城，还留了洋……我家强伢子，怎么就成这样呢。"华大叔又是唉声叹气。

贵林不好说什么，只能宽慰华大叔说没事的。

贵林第一眼看到被工作人员带出来的华虎强时，着实没有认出来。华虎强身形瘦削，下巴成了尖的，眼睛却是显得更大了，大而无神，整个身子都没有气力的样子。贵林想起在喀布尔的那座桥下看到的那些吸毒的人。他们有着不一样的面庞，却都是这样破败而颓丧的身躯。

贵林从这个比实际年龄苍老得多的人的身上再找不回来那个儿时玩伴了，那个有着黑黑的圆圆的脸庞，壮得像头小牛一样的虎强已经一去不复回了。他们曾经一起去后山上放牛，一起去树上捉金龟子，虎强会在黄昏的村口用蜘蛛网粘蜻蜓，然后用绳子绑在蜻蜓身上，像放风筝一样牵着蜻蜓飞。那个活泼天真的孩童永远地留在了旧时光里。

华大叔看到虎强的样子，眼睛湿了："怎么这么瘦了。"

"爹。"虎强喊了一声，他看到了华大叔旁边的贵林。

"虎强哥……"贵林喊了一声。

"贵伢子！"那双空洞的眼睛却在这个时候闪了一下，"你也来了。我听说你发财了。留了洋又海归了。"

贵林勉强一笑。

华大叔和虎强聊起了家常，贵林才知道虎强媳妇也在深圳打工，两个娃娃在他媳妇娘家。

"媳妇没来看过你？"华大叔问。

"没有……"

华大叔叹气。

"我第一次进来的时候她还来过一次。"虎强又说，"我保证这是最后一次。"

华大叔看着儿子："你莫骗我，我还能信你吗？"

虎强却不说话了。

告别的时候，贵林看着那个单薄的身子像个纸片人一样慢慢消失在走廊里，那个背影是那么的软弱无力，他心里有了一种哀凉，他不知道虎强是怎么走上这样的歧路的，但他知道一个人从泥淖里拔出来有多么难，他看不到虎强身上有这种力量。

回去的路上，华大叔说："我都七十多的人了，怎么就养出了这样的儿子，真是造孽啊。"他的眼神里是失落和绝望，他不时地看着天空，像是要从那里看到命运的出路。贵林没有回答，他知道华大叔需要的不是一个答案，没有人知道命运的答案。

阿芳的寓所离香港只有一河之隔。这个小区有铁丝的滚网，铁丝网外面是河，隔着河就是香港，对面的灯火、高楼、道路似乎也和这边的没有两样，璀璨辉煌，清晰可辨。可是四十年前，却是全然的两个天地，多少人为了置身对岸的灯火拼尽了力气，甚至是性命。贵林站在铁丝网下，像是重返遥远的喀布尔，透过那重重的铁刺，他再一次看到穆斯林神庙湖蓝的尖顶。

他是很想去看看一水之隔的香港的，他甚至想会不会在那迎头碰上小露和她的男朋友。他已经很久没有和小露联系了。她发在朋友圈上的东西也越来越少，他不知道她是不是发某些朋友圈的时候故意屏蔽了他，故意没让他看到她和她男朋友的照片。

五一过后的一个周末，贵林和阿芳决定去香港玩一趟，正好躲过五一长假游人高峰。

现在，他不知道该怎么定义自己和阿芳的关系。他们时常在一起，有时是在他的寓所，有时是在她的住处。他们有时候还一起出去旅游。他无法抑制自己身体上对于她的渴求和迷恋。他清楚地知道身体的欲望需要找个出口。他这几年单身也时有一些短期的女友，或者就是在酒吧里碰上的一夜情，但是他和她们从不谈论自己。奇怪的是，他在阿芳面前几乎是透明的。她知道他几乎所有的秘密。他和她分享他的快乐、他的痛楚、他的疲惫、他的恐惧。他能感觉到她也是喜欢和他在一起的，喜欢和他做爱，喜欢听他倾诉。但是，他们都没有见过彼此的父母和朋友。他和她只存在于仅有两个人的空间。她是他一个秘密的情人，一个美丽的收藏，一个倾诉的对象，他需要她，身体上的，精神上的，暗地里需要她，却是不能公示于人的。他知道这样对她不公平，但是她似乎并不太在意。

从深圳的落马洲到香港的红磡，高铁四十五分钟就到了。香港是开放的、便捷的，这是香港给他的第一印象。他们都是初到香港，可是各种标志细致入微，非常清楚明确，他们在这个都市里没有迷失方向。香港对他来说更是新鲜的，像他爱吃的黑木耳一样新鲜。他不知道为什么就想起黑木耳，大概是因为香港给他印象至深的就是美食。丝袜奶茶、火腿滑蛋、猪油菠萝包、生滚粥，光是这些名字听着就让他们垂涎。等他们在那些闪烁的霓虹招牌灯下坐定，艇仔粥浓稠的米香，叉烧包带着甜气儿的肉香和奶黄包的奶滋香就都一一弥漫开来。这市井的气息、这人间烟火的气息让他们胃口大开。可惜乐极生悲，第二天阿芳就吃坏了肚子。他们本来是准备在香港待周五周六两个晚上，只好提前一天回来。他们走进阿芳的住处，却看到阿菱的屋子有亮光，似乎还有一个男人的声音。大概是听到了大门的响声，里面的动静小了。但是这样的房间隔音太差，很快那边又有了动静，贵林听出了那种窸窸窣窣的声音，那个男人似乎并不忌讳，动静很大。阿芳皱了眉头。

“阿菱的老公？”贵林问。

阿芳不作声，贵林顿时明白了，也不作声了。

“阿菱是为了她孩子……她一般不在家里的。”阿芳说。

“噢。”贵林脸色不太好看。阿芳是个聪明人，又说，“你放心，我没有。”

贵林没想到阿芳这么直接，倒是不好意思了：“我不是那个意思……阿菱不容易的。”

“她过一个星期就要回老家了。她孩子的病复发了。”阿芳又说，“她这一阵生意接得比较多。”

“噢。”贵林难受极了，“我能帮点什么吗？”

“你有这个心我就很高兴了。”阿芳叹气，“她走之后，我要是找不到室友，只好再换个房子了。”

“你搬去和我住吧。”贵林说。

阿芳猛地抬起头，重复着他的话：“和你住？”

“是啊，不收你租金，条件是你帮我做饭，谁让你的菜做得那么好吃。”贵林一本正经地说。

“我要再想想，你也再想想。”阿芳说，“你大概是一时意气用事。”

贵林想他的确是有些一时兴起，就没有作声了。

“我有点累，先休息了。”阿芳看他不作声，就开了口。

“噢，你先好好休息，我走了。”贵林站起了身。

贵林走出了拥挤的城中村，他看到天上有明亮的月亮，但是有一片灰黑的云朵飘了过来，遮住了半个月亮。

益分期在放弃校园贷之后，马上转型做小白领的市场。壹诚信却在医美市场摔了个跟头。医美分期也是一块大肥牛，已经有十几家公司在里面混战了。壹诚信是后来者，市场份额拼不过那几个领头羊。他们很快发现进入医美分期是一个错误的决定。或者说正确的决定，却是错误的时间。他们来得太晚了。亡羊补牢，壹诚信退出了医美分期，全力转战到白领市场。

只是，壹诚信在小白领市场也慢了一步了。他们虽然口碑好，技术强，但是蛋糕只有那么大。益分期放弃校园贷，破釜沉舟，一心一意做白领市场。壹诚信这一年绕了弯路，一直在医美市场上打拼，虽然早就开始着手准备小白领市场，还是有些落后了。邓总虽然预见了校园贷的失败，却错误地走了弯路。一个领导者，再英明，还是会做出一些错误的决定。

现在，壹诚信和老对手益分期一前一后，又都蹚进了同一条河，进入小白领市场的争战。

又是一场硬仗。

那天开高管会议时，邓总说："其实我们要感谢益分期，因为如果没有它，我们一家垄断，迅速增长，很快就会被互联网巨头BAT注意到，并被收割。"

贵林心里一震，他是个科幻迷，特别喜欢大刘的《三体》，《三体》里的黑暗森林法则就是当一个低级文明在宇宙里只要一冒出头，就会被高级文明消灭，因为他们不知道这个文明会不会将来超过他们，并把他们消灭，最保险的就是在这个低级文明还没有强大时就把它扼杀。而现在，恰恰是因为益分期的存在，使得壹诚信不够强大，才得以保全。壹诚信和益分期其实亦敌亦友，就像三体文明和地球文明一样，互相制衡，才不至于被更高级的文明发现。

壹诚信虽然正式进入小白领市场晚了些，还是做了不少进入这个市场的准备工作，很多如运动户外、家电等针对小白领的产品和电商伙伴的合作意向早就开始谈了。现在整个公司集中做这个市场，又马上增加了珠宝、教育培训、旅游等针对年轻人和小白领的消费分期产品。夏天的时候，他们做的电商平台的第二版终于正式上线了。这个版本把这些新的小白领市场都加了进来。步步为营，壹诚信在一个个新领域里拼杀，大家都干得很苦，加班加点是常事。慢慢地，在这个市场终于立住了脚。邓总总算松了口气。

平台上线后，贵林歇了口气，准备休息几天。他想去一趟付家村。这些天，他已经从网上仔细查了去付家村的路，路不太好走。

就当是去旅游一趟了，他这么跟阿芳说。“我和你一起去吧。正好想去山里看看。”阿芳说，他想了想答应了。

他们还是先坐火车从深圳去邵阳，又从邵阳开了车进了山，最后几里山路不够宽，旁边就是深壑，车子勉强开了进去，司机吓得直冒冷汗。他们问了几户人家，找到了付春芳的一个堂兄，才知道付春芳的父母亲都过世了。付春芳有三个姐姐，都嫁到山外头，一个弟弟，前几年也得病去世了。付春芳自父母过世后就再也没有回来过。他们也不知道她嫁到哪里去了。只知道是贵州的深山里，好像嫁的男人是个少数民族。贵林听了好不失望。

远房舅舅家请他和阿芳吃中饭，还拿出特制的曲黄米果酒，这种酒有些像玛格丽特鸡尾酒，透明的波罗蜜一样的黄色，散发着果香，喝起来不上头，有些微的甜。阿芳也忍不住喝了一杯。

吃过中饭没多久阿芳就觉得头有些疼，就进了里屋小憩。贵林在外间和远房舅舅聊着天。

他突然听到里屋传来了一个熟悉而苍老的声音：“贵伢子，你进来。”那声音像是来自遥远的时光隧道的那一头。他不由自主地站起身，跟随着那个声音来到床边。

阿芳睡在那，眼睛闭着，神情自若，却是在说着话，用一种完全不同于她平日的声音。那是贵林的奶奶的声音，他长眠了多年的奶奶的声音。贵林简直不敢相信自己的耳朵。外屋的舅舅也走了进来，站在贵林旁边张大了嘴。

“贵伢子，过来啊，让奶奶看看你。”声音又从阿芳嘴里传出来，带着一丝缥缈，带着浓重的湘南口音。

贵林不由走了过去。

“贵伢子是最喜欢吃豆沙油饼的啊……”

“奶奶！”贵林一下子就跪在了床前，双手握住了眼前这个人的手。

“来，让奶奶摸摸你。”那手还是阿芳的手，动作却是迟缓，贵林像是感到一种神奇的亲情穿越时空而来，他的眼泪一下子就涌了出来。

“莫哭啊，伢子……”奶奶的手划过贵林的脸，声音充满了夏日的暖。

“奶奶……”贵林感受着那双手，泪水不住地流淌。

“贵伢子，你妈妈在月亮河，苹果园，石头寨……”

贵林还在哭泣，听到这句话心里一惊，难道奶奶知道他是来寻母亲，告诉自己母亲在的地方，可是月亮河，石头寨，这是哪里呢？

“奶奶，你说清楚一点，月亮河，苹果园，这是哪里？”

“水中镜月，石头开花，好了，我不能再多说了，姑娘身子受不住了……”

“贵伢子，莫怕莫怕，都会过去的……我走了……”说着，声音就没了。床上的阿芳眼睛缓缓地睁开，看着跪在他面前泪水涟涟的贵林，吃惊极了。

“贵林，你怎么了？”她的声音变成了带着点东北口音的普通话，她想坐起来，脑子却是晕得厉害，又躺在了床上。

贵林呆呆地看着她，半天没有缓过劲来，他把刚才发生的事跟阿芳说了下。阿芳只是不相信：“怎么可能，我怎么可能说这些话？”

旁边的远房舅舅说：“这种魂灵附体的事情我很小的时候碰到过一次，说的话都是当事人怎么都不知道的事情。”

贵林说："我奶奶都是叫我贵伢子，这个我没有和阿芳说过。"

阿芳半信半疑地说："太神奇了。奶奶还说了你妈妈在的地方，月亮河，苹果园，还有什么？"

"她还说水中镜月，石头开花。我还想问，她说你身子受不了，就消失了。"贵林说。

"神奇。"阿芳还在惊叹，"不过，你把这些信息记下来，说不定有帮助。"

贵林点头。

第二天两个人告别了付家村，回了深圳。回程的路上，贵林看着靠着车座熟睡的阿芳，心里还在想着那些温暖如春带着湘南口音的话语。"奶奶，奶奶。"他在心里念着。

阿芳醒了过来。他有些尴尬地笑了。"你找好室友了吗？"他问阿芳。阿芳摇头。

"你把房子退了，和我一起住吧。"贵林说。

阿芳久久地看着他："真的？想清楚了？"

"想清楚了。"贵林坚定地说，他不知道是不是奶奶的声音给了他力量。

回到家贵林一直在网上搜这几个关键词，"贵州，月亮河，苹果园，石头寨"。他搜到从贵州安顺到黄果树瀑布之间有一个布依族的石头寨。可是旁边的河是叫白水河，而不是月亮河。他还搜到凉都六盘水有个月亮河，可是没有石头寨，月亮河那么长，他的母亲会在沿河的哪个地方呢？这可真是大海捞针啊，他皱了眉头。

阿芳是一个月之后搬到贵林的寓所的。她的东西不多，就是几箱衣物。她看到贵林寓所里面空荡，问可不可以买几样装饰品？

“当然，这也是你的家了。”贵林说。

阿芳淡然一笑：“我不知道这里是不是我的家，不过我现在住在这，就想把它整得好看点。”

她去罗湖商业城买了些仿古的青花瓷瓶，里面插上一两枝玫瑰或者是莲花，摆在桌子正中，立时有了丝古意和盎然的生机。她把在喀布尔买的那个淡蓝色的盘子也摆放在茶几一角，房子里又有了丝清奇的阿拉伯情调。她又买了绿色的发财树，摆在屋子一角，房间里就有了浓浓的绿意和春天的气息。贵林笑她怎么这么爱财，她有些幽怨地说，你是没缺过钱的人，不懂俺们的苦。

她是个巧手的人，又勤快，知道贵林爱吃面食，变着法子做新鲜面食。有一次，她在面里加了红苋菜的汁水，发出的面成了浅粉，做出了玫瑰花样式的馒头，他拿在手里，半天没舍得吃。每天桌子上的菜都不重样，贵林有一次兴起，把她那几天做的菜名记了一下：清蒸鳜鱼、干煎小黄鱼、雪菜炒墨鱼、红烧茄子、炒黄豆芽、炒空心菜、青椒茭白丝、香椿炒鸡蛋、毛豆酱黄瓜，琳琅满目，荤素搭配，还必定有一个汤——鲫鱼萝卜汤、老鸭扁尖汤、雪梨瘦肉汤……广东人是非常喜欢喝汤的，她想来也是入乡随俗了。他想，她真是个聪颖的人，可惜时运不济，当初如果是念了大学，也不会早早下了岗，大概也不会去摆水果摊子，碰上那样的事情，以至再无法走上平整的人生路了。

“可惜你没有碰到我初中班主任那样的人。”他说，又说起自己如果不是因为那个老师，差点也是念了中专。

她叹了口气：“好多人念了中专不是也过得很好，还是一个命吧。”

第九章

年底的时候，公司的高层有一个不大的饭局庆祝新年，贵林记起上次类似的饭局张总张桦新带上了他的小情人，这次自己带上阿芳，人家也不知她的来历，只是她的漂亮倒是一目了然的，这样想着，就跟阿芳说了。

“你确定？”阿芳问，贵林觉得她很有意思，从不逼着他，似乎也不在乎自己的名分，却像是看透了他心里那点小心思，他有些吃不准她是真不在乎，还是另有所图。

“当然，你不想见见我的同事？”他反问。

“我还是不去了吧，有些怕。”阿芳说。

“怕什么呢，又不会深聊。”贵林安慰她，“人不多的。”

“好吧，你想清楚了就好。”阿芳说。

饭局是在一家日本料理店，外面的牌子低调素朴，根本看不出是个高级餐馆，里面是日式的庭院，竹叶揽翠，灰青色木纹格状隔门，每一个包间私密性都很好。房间里有各种精致的日本特色的小摆件。桌子是日式风格的小矮桌，放腿的地方很体贴地凹了进去，垫子都是细竹编制，素雅舒适。

大家坐了下来，贵林一看，对面的CFO严申带的是自己的妻子，刘伟带的那个姑娘看着眼熟，贵林想了起来，上一回在湘满园附近碰到刘伟和这个姑娘，刘伟说是他的小师妹。管公关的张桦新带的姑娘不是上次聚餐那个了，不过照旧是年轻貌美，精干优雅。严太太其实样子还是好看的，只是到底年纪大了些，眼角有了皱纹，脸上的腮红略微多了点，显得不那么自然。大家一聊起来，这些女孩子一个个要不是些小总管，要不就是自己开了小公司。刘伟的小师妹原来还在杭州的益分期工作过的，现在在南山科技园另外一家互联网公司。

“这是弃暗投明啊。”张桦新笑着说，“深圳的公司更有前途的。”

“什么啊，她这是为爱放弃一切呢。”张桦新的女伴笑着拍拍张桦新的肩膀。

刘伟的小师妹有些尴尬地笑笑，也不说什么，只是抬眼看了一眼刘伟，刘伟却低下了头。贵林突然明白了刘伟当初是怎么知道益分期后台用的是spreadsheet。女人为了爱，真是不惜一切代价的。

问起阿芳，她有些不好意思，只说是在一家健身馆做事。贵林感觉到了她的不自在，拍了拍她的肩膀。

很快就上菜了。先是各种腌渍小菜，甜咸适宜，接着是刺身，食材特别新鲜，刺身像是刚从海里捞起来，切得厚薄适宜，蘸了酱料吃，鲜嫩滑腻，入口后，鱼香还在唇齿间回味。松叶蟹是当天空运过来的，蟹黄特别肥美，蟹子多，咬一口满满都是子，接下来的寿司也是琳琅新鲜，好吃好看。

张总说："真是新鲜，日本料理和女人一个道理，要的就是一个新鲜。"当下严太太脸色不大好看。张总的女伴忙说："所以你们这些男人只能一起打江山，不能共富贵的。"张总意识到说错了话，忙招呼着大家吃上来的甜点。甜点是慕斯巧克力，底下一层黑色的巧克力上面摆了鹅黄色的一块奶油，还有几片绿叶插在上面，做出了小庭院的样子，几个女宾都纷纷拿出相机拍照。阿芳只是看着，贵林突然意识到自己带她来其实是不太适宜的。那些女的，不管是正的，还是偏的，都是受过良好教育的能干精明人，而且骨子里是有些势利的，阿芳落了单。最后饭局结束的时候，几个女宾笑嚷着照合影，阿芳推辞不过，只好斜坐在旁，跟她们一起合了个影。

回去的路上，阿芳没怎么说话，贵林知道她想什么，也没有太说话，他以前觉得他喜欢她，两个人在一起就好，但是这次却是意识到，有些距离是怎么也无法拉近的。

第二天上班，张总走到贵林办公室，他把门关了："贵林，昨天那个阿芳是你的新女友？"

贵林不知道他这话深浅，想了想说："算是吧……我们……也是刚认识。"他不知道为什么最后一句要扯谎。

“刚开始啊，那我就说实话了。”张总诡秘地笑了一下。原来昨天他把相片发到他在的一个小群里，有一个他的朋友私信问他女宾里最右边那个姑娘是谁的女伴。他说是公司首席风控官贵林的新女友。他朋友告诉张总两年前他在东莞的玫瑰园见过这个姑娘，她在那里小有名气，经常被翻牌子的。

贵林听了脸色大变，嘴里却是喃喃地说着：“这不可能……”

“你是怎么认识她的？”张总又问。

贵林支支吾吾说了些健身馆健身之类的鬼话，张总说反正话我给你带到了，其他都不是我的事了。说着就走出了贵林的办公室。

贵林头靠在真皮转椅上，转了一圈，看到了外面的写字楼，云朵的影子投射在对面高楼的玻璃窗上，云朵慢慢前移，那些阴影便也前移，找不到一个安安稳稳落脚之地。

那天他早早下了班，阿芳还在做晚饭。

“今天这么早就回来了？”阿芳从厨房探出头，“猜我今天做什么好吃的？”

贵林闻到了一股浓稠的花香，那味道似乎来自久远的北方。他想起来了，是槐花的香味。那时候住在大连，他上学的向阳小学的后山上都是槐树，到了春天，满山满树槐花的甘甜被山风一股股吹到校园，他有时候和永军一起跑到山上，爬到树上，撸了一串串的槐花就往嘴里塞。秋天槐树结了果，学校还组织学生去采槐树果夹里的种子，说是要寄到大西北帮着植树造林。

“是槐花吧。”他说。

“答对了！”她笑，原来她今天去一个朋友家，朋友给了她很多干槐花，她把槐花磨碎了，揉在面里。馒头还在锅上蒸着，香气已经四处散开，她的脸在雾气里变得模糊。

他吃了好几个馒头，好香，可是他心里却是大不自在。她看出来了：“你怎么了？”

“噢，没什么，就是问一下你听说过玫瑰园吗？”他咬了咬牙，又加了一句，“在东莞。”

阿芳的脸一下子就白了，她不是个会掩饰的人，她放下了筷子。

“所以，这是真的？”他的心在下沉，他多希望她会一脸雾水，但是，她没有，她俨然是很知道这个地方的，她没有说什么，什么也没有，她没有否定，也没有肯定，那么，这就是真的了。

他的嘴角有了一丝讥笑：“这一次，你不会又是被骗进去的了吧。”

他想听她的解释，他想要她给出一个掷地有声的解释，他想要她帮助他原谅她。但是她居然没有，她只是有些无力地说：“现在，现在的我真的是清清白白，从你到深圳的那一天起就是清清白白的，这样可以吗？”

“可是，谁知道下一次你会不会又重操旧业？”他嘴角又是那种讥笑，那样的笑击中了她。

她愣在了那里，竟一句话也说不出来，他心里发冷，又有些犹豫，她的过去真的有那么重要吗？他肯定是在乎她的身份的。她那时在阿富汗做过，那是没办法，而现在，她回了国，她完全可以不做这一行，他想不清楚她为什么要那样，除非她是个自甘堕落的人。

他们一晚上都没怎么说话，在床上也是都平躺着，眼睛看着天花板，他甚至都不太敢碰她了，他想起每次和她好，都是带了套套，又稍稍放了心。

她一夜没睡，他能听到她辗转反侧的声音。他迷迷糊糊睡了过去，睁开眼却不见了她。他猛地坐了起来："阿芳！"他大叫。他跑出了卧室，还好，她还在，一个人坐在客厅沙发上发呆。他走过去抱住了她。她在他的怀里抽泣起来。他摸着她的头发，心里有一丝疼。

第二天，张总又诡秘地走了过来："那位姑娘在玫瑰园是叫圆圆，哈哈，自比陈圆圆吗？"

他心里又难受又耻辱。似乎还有几分愤怒，嘴里却是淡淡地应了一声："噢。"张总笑着出去了。

他把电脑狠狠地合上，脑子里乱如一团麻。

晚上他回得有些晚，他有些不知道该怎么面对她，或者说面对眼前的僵局。他在快到寓所门口的时候，有些怕她不在，但是他似乎又是有些期待她的消失，这样，他就不必再做出什么选择了，他想，他是个懦弱的人，懦弱得甚至连结束都说不出来。

她在家，他看到她的时候有些高兴，又似乎有一些失望。

她做了满满一桌子菜。卤牛肉、干煎带鱼、仔鸡烧豆干、炒四季豆、炒卷心菜，还有一个响螺片玉竹汤。

散伙饭吗？他想，或者还是她想竭力挽留什么。

"吃饭吧。我今天去渔人码头买的新鲜带鱼。"她的语气平静。他想，那就应该是后者。

"这么多菜啊。"他说，"辛苦了。"

她笑笑，没说什么。他们默默地开始吃饭，她说了些她工作上的事，他听着，淡淡地应着。他不知道该怎么处理他们的关系，他于是把它丢在一旁，决定先不去想它。公司里的事情还不够他忙的吗？

没多久，张总的一个女下属跑到贵林办公室，她郑重其事地说张总在他办公室和她说话的时候总是动手动脚，已经对她构成很大的困扰，问贵林该怎么办。贵林吃了一惊，他也风闻这个张总在外面有些不检点，哪知在公司里面也这样。其实公司里这些男男女女的事情说不清楚，有时候是女的自己靠上去，就像白爽那样，想走些捷径，那些高管也会提携着和自己关系特殊的女人，有时候互相也不免动了些真情，不过只要表面上家里安稳，大家也都是视而不见。可是如果是女方不愿意的，那就构成了性骚扰，就比较麻烦。

贵林跟这个女下属说他知道了，会找张总谈谈，你放心。

又过了一个月，张总的另外一个女下属也来贵林办公室抱怨，张总老给她发一些黄段子，她该怎么处理。

贵林叹了口气。他上一次和张总说了以后，张总说那个女的诬告。

“也不看看她自己那张大饼子脸，我会瞧上她？”他哼了一声，贵林见他那样，也不好多说什么。

现在，又是一桩，看来这次是坐实了张总有越界了。

“另外……”那个女下属犹豫了一下说，“张总说你的新女友是做那一行的，说看不出来你看起来老老实实的，其实却是烟花柳巷的常客。”

贵林眉头皱了起来。

“吴总，你不是那种人，我们大家心里清楚，我就是提醒你一下，张总说的我们也是不信的。”

“我们？”贵林反问。

“噢……”女下属有些尴尬，“嗯，他把你的事跟我们几个女的都说了。我们几个受他骚扰的女的有个小群，互相有通气。这次你们要是不处理，我们几个要联合起来的。”这个女下属看起来也是个厉害角色。

“好的，我会处理好的，你出去吧。”贵林把她打发走了。他知道这个女下属是个小快嘴，这么说，全公司都知道他的女友是做那个的，他脸上有些发烫，心里又有些愤恨，这愤恨不知是对张总，还是对快嘴下属，甚或是对阿芳。

他向邓总报告了性骚扰这件事。

“看来坏事也能变好事。”邓总笑了，“这个人人品不好，早就想开他了。可是请神容易送神难。他知道公司好多秘密，不敢轻易开他，不然他把我们这些商业秘密都泄露了，对我们非常不利的。这下好了。”

那天周五，他没有直接回寓所，而是一个人去了橄榄蓝酒吧，他想他或许可以和梁老板说说他的境况，问问他的意见。他带阿芳来过这里。梁老板和她一见如故，很聊得来，大概都是东北老乡的缘故。

但是这一次梁老板不在，他要了一杯生啤坐在那儿喝，然后他看到了一个久违了的身影走了进来，依然娇俏的脸，黑色的荷叶边的掐腰绸裙，外面穿牛仔小套装，那个人是小露。

他说：“嗨！”她看到了他，走了过来。

“好久不见。”他说。

“是，好久不见，快一年了呢。”她说。她最近心情有些闷，想起了他以前说起过的这个酒吧。

“那一次，我就在这里给你微信，可是你说你在广州。”他笑。

“我记得的，你问我在干吗。不过，我真的在广州。”她拿起了手里的酒杯，透过酒杯打量着他，“你好吗？”

“还好。”

“还是一个人到处逍遥啊，我还以为你肯定有女朋友了。”她的眼睛盯着他。

他心里有些慌，却并没有纠正她，而是顺着她的话说：“是啊，一个人。”

“我也是一个人。”她笑，“我和我男朋友分手了。”

“噢？香港的那个？”他问。

“是。”

他很想问问为什么，但是他没有，而是说：“好可惜，他错过了世界上最聪明伶俐的姑娘了。”

“你真这么认为？”她娇笑，她的脸那么干净。是的，干净，干净得像一张白纸，没有任何乌七八糟的水印。

他很久没有这样轻松的心情了，面前的人是他一直心仪的姑娘，比阿芳年轻，比阿芳能干，比阿芳纯净。他们聊得很开心，他甚至都没有注意到梁老板回来了。快十一点的时候，贵林和小露一起走出了酒吧，梁老板看着他们离去，他甚至看到贵林的手轻轻地搭在那位姑娘的肩上。

贵林一身酒气回到寓所，阿芳没有问他去哪了，他也没有解释什么，而是一头倒在床上就睡了，阿芳给他盖上被子，坐在客厅沙发上无聊地刷着手机。

梁老板的微信是这个时候进来的，他想了想，觉得还是要给阿芳发个微信："你和贵林分手了吗？他刚才带了个姑娘来我这。他肯带到我这，说明是公开了。"

阿芳看到这条信息，人整个呆了。

原来他整晚上都在那里喝酒快活，带着他的新女友！这边她还住在他这，那边就带着新女友公开见朋友了，阿芳心里一阵阵发寒，痛苦清晰地流过心头。这些天她并不好过，她知道他也是如此，但是她实在舍不得离开，她是爱他的，只有她自己知道那爱有多浓厚，照她的性格，她该是早就搬走了，然而她没有，她似乎是一直等着这最后的审判的到来，不到这一步，她就不撤退。她只是没想到，他如此绝情，如此急不可耐。

眼泪就这么涌了上来，她坐在黑夜里，泪水淹没了她。然而她不敢大声哭出来，她怕惊醒梦中的他，怕他看到自己如此狼狈，如此不堪。她坐了很久，迷迷糊糊地坐在沙发上睡了过去，等她醒过来的时候，已是凌晨四点，她在很短的时间里迅速做了一个决定。她于是起身轻轻地走进卧房里面，把大衣柜里面自己的衣服收整好，放进箱子里。她就两只箱子，一手一个，然后换好鞋子，走到了门口。她突然就还想再看一眼他，就放下手里的箱子，蹑手蹑脚走到卧室门口，他突然翻了个身，把她吓了一跳，月光照在他熟睡的脸上，清明而平静，她心里像是被什么钳了一下，细细地疼了一下，她眼睛有些湿润，喉咙有些哽咽，她赶紧转身而去。她看了一眼这个小屋，看了一眼自己亲手布置的一花一木，轻轻地把门带上，下了楼，走进了麻麻亮的天色里。月亮还残留在天上，凌晨五点的小区寂静幽深，路灯还在亮着，灯光散淡，没有方向，灯光下的花木也都成了灰蒙蒙的。她能听见自己高跟鞋的声音回响在小路上，她便有些害怕，害怕扰到了还在熟睡的人。

她去了健身馆，她想先把箱子带到健身馆里，剩下的事情，走一步是一步吧，她只是觉得黯然，人生的路，她只错了一步，为什么后面就跟着都错了？黑过的人生，怎么就那么难洗白呢？

贵林是早上八点多醒来的，觉得头有些晕，晚上他做了一个接一个的梦，杂乱无章又毫无生气。他坐了起来，他常常在早晨初醒时迷失自己，不知身在何处。但是今天他觉得更加迷惘，他总觉得屋子里像是少了点什么，他站了起来，房间里格外的安静。他意识到房子里少了早餐的香气，他走进厨房，黑漆漆的煤气灶，什么动静也没有。“阿芳！”他喊了一声，没有人回答。他四处寻找，客厅，阳台，到处都没有她的踪迹，然后他看到大衣柜的门是开着的，阿芳的衣服连同她的两个箱子不见了，茶几上那个淡蓝色的盘子也不见了。他终于反应过来了，这个冬天的早晨，阿芳走了，他跌坐在床上，半天没有回过神，心里却像是有什么地方空了。

他拿出了微信，只要她不把他拉黑，她就是一个风筝，飞不远。他写了几个字，他想问她为什么离开，想问她怎么想的，但是他觉得那有些矫情，她一定是因为他这些天的冷淡，包括昨天晚上一个人去喝酒，也没告诉她，回来倒头就睡。他的确有些倦了，也有些承受不了她的过去。他想了想，写了几个字，你在哪？他在要发送那个信息时，眼前出现了小露的脸。阿芳在最合适的时候退场了，难道这不是天意吗？他把那几个字又删掉，把手机扔在了一边。

中午的时候，他随便热了点昨天的剩菜剩饭吃，阿芳的手艺好，隔了夜的菜吃起来还是很有滋味，他想，他还能吃出滋味，那么，她的离去并没有给他带来太多的煎熬，他为自己的镇定和无情吃了一惊。

到了第二天傍晚，他终于还是发了一个微信，两天了，从周六的早上到周日的晚上，她已经离开了三十四个小时了，他觉得再不问一句有些过分了。

“怎么了你？”他发了这一句。

到晚上快十一点的时候，她回了一句：“没怎么，你好好的啊。”

他突然心生惭愧：“你现在住在哪？”

“总有地方住，你不必担心。”

“回来吧。”

“不了，结束了，不必了。”

他被“结束”这两个字深深地刺了一下，这个女人，坚韧如水。水，最柔软，也最有韧性，没有什么可以摧毁无形也无色的水，水，永远能把自己把控得不动声色。她是个骄傲的人，她比他先说出了这两个字，她比他勇敢。

他扔下手机，在浓重的夜色里昏昏睡去，明天，明天，所有的问题都等到明天再来解决吧。而明天，总是有很多的问题。上了创业这条贼船，似乎就没有一口气可以松了。

那天晚上十二点，贵林刚刚审查完一个风险报表，就看到销售部的销售总监在高管群里发了一条信息。

“出了个娄子。”他把问题简略地说了一遍。原来公司刚刚做的一个促销活动，市场那边的一个职员犯了一个错误，本来条件是买满一千块可以得到一个买下一样产品打五折的优惠券，哪想这个职员写成了一百块，少写了一个零。十分钟之后错误被发现并迅速更正，可是这十分钟之内，已经有一千个人领取了优惠券，如果他们这一千个人每个人都用了这个优惠券，损失可达几百万。

最后协商的策略是马上租用 call center，给这一千个人一个一个打电话，告诉他们是失误，请他们理解，并退换优惠券。第二天贵林碰到销售总监，问他处理得如何。

“一宿没睡。”他眼圈是黑的，“好在一般的人都还配合，都退了优惠券，几个难磨的只好给他们赔偿一些现金。”

“叫得越凶的，赔得越多。”贵林笑着说。

“哈哈，的确如此。”

很快就到了春节，他照旧是回了家乡的小城。小城到了春节期间就堵上了，他不太愿意出门，天天待在家里，上网下棋，或者是看看朋友圈，像是回到了喀布尔似的。春节他收到了几个春节祝福，小环发了一个，小露发了一个，连翊欧都发了一个，可是阿芳没有。他有些失落，想主动给她发一个，却是没有。他想，他们大概就会这样渐行渐远了。

他现在常和小露约会，一起到南山影剧院看电影，一起去莲花山爬山，有一次他们一起去听一个音乐会，男高音在唱帕瓦罗蒂的《重归苏莲托》，他于是想起了喀布尔那一片片罂粟田，那个曾经和他在罂粟田里翻滚的女人现在却从他的生活里消失了，那个曾经分享过那么多秘密的人如今却不知在哪里，他心里有些难过。他无法解释对她的情感和自己的态度，像是个转盘，每次都停在不同的刻度，有时候觉得释然，有时候又无与伦比地想念。

春节过完了很快就到了情人节，他想起了去年的情人节，这一次，他从网上订了一束红玫瑰。

“谢谢！”小露的微信回得很快，他想她真是个幸福的女人，每个情人节都能收到花。那一晚，他们去香蜜湖附近的一家高档餐馆吃了一顿浪漫的法餐。餐厅的墙纸是暗黄色的，是那种低调的奢华，像是这个时代的底色。整个餐厅满满登登，都是些被爱和鲜花环绕的女人。他有些不太适应这样的场景，桌上的玫瑰那么大一枝，大得有些失真，他想他是和这样的摩登时代有些格格不入的，东西自然都是好的，顶级的食材，顶级的环境，顶级的厨子，也因此就贵。结账的时候，他小小地心疼了一下。小露没有在意这些，她那晚心情极好，以至于他问她要不要去他那里的时候，她居然答应了。

她的身子那么滑腻，像晚餐上的小羊排一样滑嫩新鲜，他感到心旌摇曳，热血在他的身体里奔腾，他需要这样的奔腾，需要一个身体让他驰骋。她的身子不如阿芳那么丰满，她小小的，紧紧的，他在她的身体里一下子就炸了，而不像在阿芳的身体里，他可以纵情地游弋，深深浅浅地自由出入。她的声音是嘤嘤的，小而细，而不是阿芳那样肆意、风骚。他似乎不能阻止自己把这两个人对比，他为自己的这些念头惭愧。他在拥着她的时候，想起了阿芳，心里有了一丝难过。然而春天是让男人困乏的季节，他很快就睡了。那丝难过也就没了踪迹。无论如何，他的身体似乎又有了一个新鲜的园地可以落脚。他想，男人真他妈贱，可以这么快就把前一个女人抛到了时间的暗流里。

贵林渐渐感到了一些小露和阿芳的不同。小露不爱做饭："我实在无法理解为什么要把时间浪费在做饭上，要是有一种药丸，吃下去，人就不饿了。多好。"

他有些吃惊她这样的想法。"信不信有我这种想法的人还不少呢。"她笑，"我觉得不久的将来就会有这种能量丸。"

“不久的将来都是机器人了，连能量丸都不需要了。”他笑。他们于是经常去吃外卖，他们上班的地方在一起，经常一起在科技园吃了晚饭，再回到各自的寓所，只是周末才在一起。刚开始的时候他们还常一起打的，后来两个人时间表实在不同，就都是自己坐地铁。街上越来越多的共享单车。他骑上单车，到地铁入口不过五分钟，等到了南山科技园再骑上一辆小黄车到公司，倒也方便。

他们都觉得还是需要各自的空间，保持一定的距离未尝不是一件好事。何况他们都忙，就算在一起也都是一人一个手提，自己做自己的事情。小露是个聪颖的姑娘，他喜欢和她交谈的机锋，她的脑子里总有那么多稀奇古怪的主意。她也是个有些任性的姑娘，他总是让着她的，再加上他们见面也不那么多，冲突还不算太多。更何况，他们两个都是忙。

现在，益分期和壹诚信又陆续开始寻找他们的 C 轮投资。似乎创业公司永远的主题就是拿投资，从最开始的天使投资，到 A 轮、B 轮，往往要拿到 D 轮才能熬到上市。越到后面，越艰难。只要某一轮融资不到，公司就会挂掉。就算融资到位，某一轮增长不力，或者一次公关事件踩踏，或者是上面的政策改变，都会影响到公司生死。中间的变数实在太多。再加上偶发的黑天鹅事件，最后成活下来的创业公司可以说是九死一生，那些活下来的拼的不仅仅是实力，还是运气。

这一次益分期率先拿到了一亿美金 C 轮投资。而投资人是投他们 B 轮的罗总介绍的另一家投资公司坤纬公司。坤纬的孙总同样是被常总的狠劲感染了。常总是个非常有煽动力的人。当年和他一起打天下的地推人员都是被他的那股子劲给带动起来的。孙总第一次去益分期的时候，他们还是在一个大开间，地上还是油不拉几的，空气里似乎还有刚吃过的盒饭便当的油腻味。孙总以前也做过一家上市公司，也是这么从底层做起来的。眼前的场景何其相似，他心里感慨，当即就拍板投了益分期一亿美金C轮。

而壹诚信的C轮则是颇等了一阵。最后费劲心血找到了一家大型保险公司领投的一亿五千万美金C轮投资。两家公司就这么你一轮，我一轮，明里暗里斗着法。

C轮融资定了下来，益分期在小白领市场上却走得并不顺畅。他们一开始采用原来校园贷一样的做法，地面推广，在商场门口发传单，主要针对年轻人、小白领。每注册一个就发送巧克力或者是小首饰。这个策略一开始还不错，数目增加还挺多，但是很快就发现这些人只是注册却并不购买。益分期的软肋是后面的平台技术支持和风控。他们几乎比壹诚信晚了一年才开始从一家美国公司挖了一个CRO，也就是类似贵林在壹诚信的位置。而这位CRO也因为和益分期气场不和而很快离开了益分期。技术和风控的滞后的后果是严重的，益分期明显在新的市场底气不足，资金流也出现了问题。

常总又一次陷入了困境。

而这边，壹诚信虽然C轮慢了一点，却依然是稳健的作风，邓总在业界的好口碑和团队的高素质很快为他们赢得了D轮投资。壹诚信公司上下士气高涨，大家都在准备着向着资本的最高殿堂，到纽约交易所上市发出最后的冲锋。公司的事情也是越来越多了。

贵林加班越来越多，有几个周末，小露在他这边，他晚上一点多还在电脑上。小露睡觉浅，有几次贵林很晚上床把她给吵醒了。她有些许不快，就委婉地提了出来。贵林心里明白了，有几次太晚，干脆就睡在客厅沙发上。可是沙发有些软，他第二天起来腰酸背痛，心里也有些不快，只是也不大好说出来。

生活就是这样的吧，有得有失，每个人都有每个人的好，也有每个人的孬，不可兼得，他想，就这样了吧，这样就很好了。但他有时候还是想起阿芳，却不是对她身体的欲望，而是和过去的记忆有关的东西，他会想起她那件月白的衬衣，想起那个淡蓝的盘子。而和记忆有关的东西就是感情了。他想，他到底对她生出了感情，他想到这一点，想到现在不知人在何处的她，心里就有了些愧疚和忧伤。

第十章

过了一阵，快到年底的一天，贵林看到益分期向纽约证券交易所递交了 IPO 上市的申请招股书的消息的时候，眼珠子都不转了，他仔细地看了那三个字，的确是益分期，而不是壹诚信。

壹诚信的人都没想到又被益分期来了一个偷袭。那天壹诚信的人都在讨论这件事，连平素一向沉得住气的邓总脸色也是难看。

常总绝对不是一个一般角色，而是个狠角色，甚至是个偏执狂。而没有一点偏执、没有一点韧劲的人在创业圈是活不下来的。在白领市场的消费贷失败后他开始尝试更多种转型，很多转型公之于世，也有很多大概被扼杀在摇篮里。壹诚信的人看着他试了房贷、车贷、高管贷，都是短时间没有增量就马上关停。他是个没有耐心的人，又是个极有耐心的人，但是他最不寻常的就是他的狠劲和他的韧劲，一次次失败，一次次又挣扎着站起来了，九死而一生，他是打不死的小强，终于试出了最适合他们也最快捷暴利的路径——现金贷。

不知道是天意还是有意为之，常总把益分期的总部设在离金融巨头蚂蚁金树两个街区的地方。常总走路就能到蚂蚁金树的总部。这大概也是和常总快速的作战作风一致的。他那些天几乎每天都跑蚂蚁金树，就差在那安营扎寨了。蚂蚁金树的牛总终于答应和他们战略合作，并注入宝贵的 D 轮投资。

实际上蚂蚁金树如此扶持益分期也是因为京西集团的入场。京西集团是壹诚信的 D 轮投资方，蚂蚁金树和京西是互联网时代走在最前沿的两个集团，也互为竞争对手。京西加盟壹诚信并和壹诚信战略合作让蚂蚁金树看到了危机，他必须扶持自己的电商分期战略伙伴，他们也没有太多选择，这个市场的领头羊就是益分期和壹诚信。邓总棋失一着，他没有想到拿到京西集团的 D 轮投资居然给对手一个起死回生的契机！

益分期用蚂蚁金树的王牌产品快付宝引流，导入了很多快付宝顾客，益分期做现金分期贷款，钱直接从益分期的产品导入快付宝的钱包里。这一招太狠。益分期的顾客成倍增加，总收入比去年同期增长了 300%，同时利润也增长了 50%。现金贷是一个利润极高的行当，但是，风险大，政策约束大，壹诚信一直不敢大张旗鼓进入现金贷。这也让益分期钻了空子，吃了大份。

常总这一次把他的快战快决的风格做到了极致。递交 IPO 上市申请不到三个月，他们就在纽约交易所成功上市。

那一阵，邓总心情不是太好。同一个行当已经有一家针尖对麦芒的对手成功上市，必然要影响到他们上市的市值和上市的时间。他和常总，从大学开始就认识，现在是亦敌亦友的关系，从世俗的角度来说，这一次，他输了。他一直是以自己稳扎稳打的风格为骄傲的，事实上，他也一直是资本青睐的那一个，从 A 轮到 D 轮投资，除了 C 轮，他稍稍慢了点，其他几轮都是走在益分期前面，并且比常总拿到投资要轻松。他也看到了益分期在和蚂蚁金树联手后的迅猛增长。他之前觉得太快了并不是件好事。看起来他这次错了。这是个资本快速迅猛积累的年代，资本越来越远离实业，这是个血淋淋只看重速度的时代。速度，时间流逝的快慢更有决定力，而不是质量。资本唯一的目标就是迅速地席卷，迅速地聚敛，所谓长期发展早就被甩到后面。在那些被常总无情抛弃的早期员工眼里，他是个冷酷冷血的人，而在投资人眼里，这也许就成了魄力和决断力。在现代社会的商业世界里，道德、原则似乎没那么重要，成者为王，败者为寇，这是创业者和投资人共同信奉的信条。

邓总从来没有这样深深的挫败感。壹诚信整个公司气氛也不太对劲。贵林收到了王伟平的微信："我们两个居然都错过了益分期！！！"他连打了三个惊叹号。

然而壹诚信还是得继续朝着既定目标——纽约交易所上市奔。

准备上市之前的日子是格外忙碌的，像高速旋转的陀螺。日子一忙就快了起来，2017 年几乎就是这么不经意地从指尖溜走，转眼就到了 2018 年。

2 月的一天，小露给贵林打了个电话："北京的那家好莱互联网公司，给我一个首席法律顾问的位置。两万股原始股，工资比现在多 20% 呢。”她的语气是兴奋的。

“什么？好莱？你怎么去面试了，在北京呢。”他记起她前一阵说过这家公司，他一听是北京的就否决了。没想到她不死心，还是去面试了。他马上就要登上第 206 场路演的大厅，那下面有几百个投资者和同行等着他。“我待会儿给你打过来。”他挂了电话。

台下黑压压的人头，大家都低着头，或者看着手机，或者看着手提。他突然感到一阵强烈的心悸，像是心脏马上就要跳了出来，他感到一阵阵恐惧，他用力扶住了桌子。好在过了一分钟，他的心跳又慢了下来。他艰难地把这一场路演做完。他的思路有些混乱，以至于最后阶段有投资者问他这个风险管理的模型的理论基础是什么，他答不上来，只好说这个我要核实一下。底下有了细细的哗然，他的心跳又加速了，恐惧，又一次蔓延过来。

回到酒店，已是晚上，他看到小露给他写了个微信：“我们还是分手吧。”他恍然意识到他们下午是在说她的新公司的事情，但是他实在太忙，没怎么搭理她，他给小露打了个电话。

“怎么了？”

“没怎么，我想了很久，我觉得我们还是分手吧。”小露的声音出奇的平静。

“怎么了，又耍孩子脾气。”贵林是了解她的，有时候像个孩子，喜欢说些赌气的话，这一点倒是和秦翊欧有些像的，爱说硬气的话。贵林想，现在这些书念得多的女人怎么都是越来越坚硬了。可是，男人其实是吃软不吃硬的，他觉得要是小露也像晓环那样柔顺一些该多好。

“不是耍脾气。我本来是想问问你的意见，要不要去北京那家公司。可是你忙得都没有时间和我商量。”她语气里终于有了几分怨气。

“我下午有个很重要的路演，你又不是不知道。”他的口气也有些硬了。

“是的，重要的连几分钟时间都不能给我！我已经想清楚了，我准备接受北京那家公司的 offer。”她的语气也坚硬起来。

“你其实是很想去，是吗？找我商量不过是托词，你一直是个特别有主见的人。”贵林突然有些生气，话也犀利起来。

“也许是吧。对你来说，事业是最重要的，我在你这里没有位置。”她说，她说话是简洁的，她没有像某些女人一样罗列一堆的证据。他这一年，倒有一半时间是在出差，或者是开会，每个月一次的大会每次要开到凌晨两三点。

“对你来说，我不一样没有位置吗？我们都太忙了，忙得没有时间顾及对方。”他针尖对麦芒地说了起来。她这一年不是一样三天两头加班，出差吗？

那边突然沉默了，半天她说了一句：“你说得对，我们都把自己所谓的事业看得比对方重要。贵林，我们都是自私的人。”

他震了一下，他从来没有这么想过，但是，今天，她说了以后，他不得不承认她是对的。是的，她是个聪明的姑娘，他没有看走眼，她比别的人看得更透。他吸了口凉气，是的，他们都是自私的人，为了所谓的事业和成功，把最亲密的人扔在了一边。当年他是这么失去月月的，现在他又重蹈覆辙了。他半天没有回过神来。

过了好久，他说了一句：“一个月，一个月后就在纽约上市了，我们一起去敲钟。”

“你以为敲了钟以后你就可以轻松，可以全身而退了吗？那只是一个开始。”

他意识到她也许是对的，他们会一直忙碌下去，敲钟上市只是另一个循环的开始，这是一场永远也不会结束的征途，一场永远也不会结束的游戏。他的心口突然一热，心跳又是猛烈加速，他害怕那颗心脏会跳得太快，他腿一软，坐到了沙发上。

“北京的公司，你一定要去吗？”他又一次发问，声音有些弱。

那边又停顿了很久，然后说：“是的。”

小露是个决然的人，她很快搬去了北京，她实在不想错过这次机会。她在搬到北京一个月后把他从微信里删除，她觉得与其长痛，不如短痛，她和她的前男友就是因为异地恋，没能维持下去。她不想再重复一场失败的异地恋。贵林那一次给她微信时，看到“对方不是你的朋友，需要对方验证通过”的字样，一下子就傻在那里。他觉得心里有些绞痛，他觉得大概还是她对他爱得不够，一直是他在追逐着她，依顺着她。他其实在她第一次选择时就败了，败给了香港的那个前男友，现在，只不过是又一场重复两年前的失败。他不知道，在小露的内心深处，她还是希望他会回过头来哄着她，她等了一个月才删掉他。但是她错了。她没有意识到他是自卑和骄傲，懦弱和勇敢的混合体。他有勇气去阿富汗那么危险的地方，却没有勇气去劝她留在深圳。他已经认定她不够爱他，他一直是个被外力推着向前的人，他是个害怕失败的人，他又是个多么骄傲的人，有些东西，他宁肯失去，也不会强求。他于是用内心的自卑和骄傲又一次包裹了自己。

他把自己更深地埋在工作里，还有一个月公司就要在纳斯达克上市了。或许，那时候，再去找小露，让她回心转意，他这么想着，更没命地干活。

短短一个月，益分期的股票已经在股票市场翻了好几番。益分期市价一度高达 20 亿美金。

邓总那几天眉头紧皱。

果然，一路高调的常总惹怒了不少仇富、眼红的公司和群众，他们在各个网络论坛向益分期、现金贷和整个 P2P 市场讨伐。上面的政策也开始紧缩，监管加严，而这一行是对政策非常敏感的，益分期的股票像过山车一样狂跌。而上市需要倚靠的那些投资集团对同一行业的壹诚信也产生了怀疑，信心也随之下跌。

2018 年的头几个月是邓总也是整个壹诚信公司最难熬的几个月。一次次修改上市申请书，上市总值一次次下调。最终从原来的预备融资六亿美金降到两亿美金。

好在上市的计划还没有最终被枪毙。大家都小心翼翼，如履薄冰，生怕一个政策的改变，或者是市场的风向转换对上市造成不可逆转的伤害。

上市之前的融资和路演是最熬人的。贵林作为电眼的主要构建人和公司风控的首席代表，经常被问到各种问题，他只觉得疲惫。而邓总显然身上压力更大。那天贵林到他办公室商谈一个计划书。说完正事后，邓总打了个哈欠。

“昨晚没休息好。”邓总说。

“我最近也休息得不好。”贵林老实地说。

“我现在只希望快点上市，快点过去。”邓总叹息了一声，“好像都没有什么快乐可言了。可是背后又有这么多员工了。有时候真不知道是他们在为我打工，还是我在为他们打工。”

难得看到邓总这一面，贵林不说话了，他静静地听着。

“不过，很快就到了！光亮就在前头。”邓总马上又恢复了精神抖擞的常态，那难得的一点真情流露马上被包裹了起来。贵林点点头，走了出来。他知道邓总是个非常谨慎的人，他必须得振作起精神，不然对公司的士气是很大的打击。

公司为纽约上市做了一系列的准备。他们先是在香港和英国做了很多路演，上市前一周，他们在美国巡回路演，他们专门包了一架私人飞机，在城市之间穿梭。旧金山、波士顿、纽约……

每一个人的神经都绷得很紧。每次路演，先是CEO，接着是CFO、CRO和财务总监。因为P2P的风险控制很重要，作为CRO的贵林一直是被问问题问得最多的。他还要记住各种数据，神经像是一根细细的琴弦绷紧。

最后一站是纽约。他们一行到达纽约城的时候已是夜晚。飞机下的纽约城灯火流连，绵延成海，金灿灿的一片，那金色的光影和薄雾笼罩着整个城市，一直蔓延到大西洋之上。这是地球上最悲喜交加的城市，这个欲望都市的明耀和辉煌引领着一批又一批朝圣者从世界上每一个城市出发，来到资本的最高殿堂——纽约交易所等待一个钦定：上市，go public。是的，人类发明的这个简单的词汇背后蕴藏着资本更加疯狂地积累、掠夺、操纵和控制。

上市那天一大早，一行人坐着大巴到达时代广场华尔街的纳斯达克交易所。贵林看到楼上挂着高大的广告牌，上面半截是粉色的，下面是天蓝色。用中英文写着壹诚信的字样。过了安检，吃过早餐，一行人来到发布会的大厅，一切也都已准备就绪，蓝色的环幕屏幕上写着壹诚信和NASDAQ几个字，前面的发言台上也写着壹诚信的字样。

先是纳斯达克的主席讲话恭喜壹诚信，接着是邓总讲话，他的发言很简短：“今天我们将敲响纳斯达克的钟声，这一刻是属于每一个壹诚信人的荣耀。钟声响起后，我们将登上一个面向世界的舞台，但在我看来这并不意味着成功，而只是另一段新的征途的开始。希望大家在钟声响起后快速清零，用平常心来对待上市。这只是一个开始。”

贵林在下面听着，是的，这只是一个开始，不断地开始，又不断地结束，永无止境。

说完话，邓总按下一个很大的圆圆的按钮，同时钟声响起。内外的大屏幕同时显示上市成功，时代广场所有显示屏都播放着壹诚信的图像，大厅里有蓝色彩纸从天花顶上一倾而下，四处飞扬，飞到了蓝色的环幕荧屏上，飞到每一个人的头上身上。贵林和几个主要负责人也站上了台，站在邓总的周围，和大家一起欢笑，对着四处响起的照相机微笑。接下来就是香槟酒会，大厅里音乐响起，每一个人都在欢笑，大家一边喝着酒，一边盯着屏幕看交易信息，眼看着股价越升越高，每涨过一个10%，大家就欢呼如潮，大厅里气氛高涨，欢乐爆棚。很快就涨过了50%，一度还熔断了，大家开始有些担心涨得太快了，真正是有钱人的烦恼。

有几个负责人的妻子或者是女友也加入了欢庆的队伍。贵林这才意识到，他没有妻子或者女友相伴。他突然觉到一种无与伦比的孤独。这样的欢乐时刻，他却无人分享。这一刻，他比任何时刻都更意识到家的意义所在，家，就是和你一起分享这样珍稀的时刻的地方。但是，他没有家，没有和他分享快乐的人。

他突然感到胸口一阵剧痛，伴之快速的心跳，这一阵，他已经经历过好几次这样的心跳，难道自己心脏有什么问题了吗？他几乎都要站不住了。旁边的 CFO 严总扶了他一下："你没事吧。"他轻声问。

"还好。"贵林头上已经渗出了豆大的汗滴，他强忍着，和几个主要负责人一起合影，和更多的人一起合影。他又一次想到了家，家，也是能和你分担这些苦痛的地方。但是，现在的他，站在世界上金融中心最亮眼的地方，却没有人和他分享快乐或者苦痛。他站在那，突然想大声地哭泣。

过了两天，团队就回到了深圳。

晚上他在审看这个季度的风险控制的数据报表。他最近一段加班比较多，一是公司刚上市，事情多，二是他似乎也没有家累牵挂。一忙就忘了点。好在现在工作地点很灵活，他就在寓所里干活。十二点了，该休息了，他想。他刚站起来，就又一次剧烈地感到心跳，似乎那疼痛钻到了心肝里，他额头上的汗大滴地流了下来，突然呼吸都变得困难，他觉得自己马上就要死了过去，他感到一种巨大的恐惧潮水一般向他涌来。他拨了 120。

救护车很快赶到，几个医护人员赶到的时候，他觉得自己的心已经跳到嗓子眼，他大口大口喘着气，气息凌乱，医护人员扶着他上了车。

医院询问他的紧急联系人的时候，他在脑海里搜索了半天。公司的人他不想让他们知道，深圳的朋友似乎和他联系多的只有梁老板。他留下了梁老板的名字和电话。

“现在不要联系他。”他说，已经快凌晨一点了。

医护人员看了他一眼：“你都这样了。”

他没说什么，他从来不愿意多麻烦别人，这是他一向的风格。

还好，他的心悸和呼吸在两个小时后恢复了正常。

“你家族有心脏病遗产史吗？”医生问。

“家族？”这两个字触动了他。他想起了逝去多年的父亲、奶奶。奶奶是猝死，但是之前从未有心脏病，父亲也是意外事件。他也不记得母亲春芳有心脏病。“没有。”他说，“不过……”

“不过什么？”

“没什么。”贵林是想说他的至亲去世的时候他还小，他也不是特别清楚他们的病史，但是他想了想还是没说了。

“你最近这种状况有多久了？”医生又问。

“这样突然的心跳，气短，心慌恐惧，好像有好几个月了。不过都不是很严重，挺一挺都过去了。”贵林说。

“我们要给你做个全面的心电图检测。”医生说，“要尽快。”

贵林点头，他是个有个小毛小病都丢在一边的人，看医生也是能拖就拖。

但是心电图却显示他的心功能正常。

“可是最近，发病却越来越频繁了。”贵林皱了眉头。每一次发病，他就像马上要掉进死亡的深渊。那种濒死的恐惧的感觉让他痛苦不堪。

“你大概得去看看心理科医生。”

“心理科？”他疑惑地问，“可是这是心脏的问题。”

“去吧，听我的。”医生不再说什么。

他又拖了一阵，终于约到了一个心理科的医生。是个小有名气的医生，姓倪，带着副眼睛，很斯文，很“医生”。他听他说完症状，又看了一下他的心电图：“听说过恐惧症吗？”

“恐惧症？”他重复着这个词，摇了摇头。

“这是一种心理病症。心理上的恐惧，往往带来很多生理上的反应，比如手脚麻痹、心跳加速、呼吸困难、眩晕，还会出现幻觉，会有非常真切的濒死体验。发病很急。”

贵林立时觉得手脚开始麻痹，但是他有些搞不明白这是幻觉还是真实存在的症状，他突然又觉得心里一阵发疼，他觉得自己像一个溺水的人，眼看就要被水底的暗流卷走。

“你做什么工作的？”倪医生问。

“科技金融，创业。”他木木地回答。

“噢。”倪医生若有所思地点点头，“压力很大吗？”

他不知道怎么回答，很多时候压力是一点点堆积，而他像是在温水里煮的青蛙，慢慢地接纳着一个又一个压力，直到压力变成身体的一部分。直到身体里的压力撑出了他的承受力，开始火山喷发似的一阵阵喷发。

“这个病有些悖论。你越恐惧，发病就越频繁，发病时间越长。有些像一个圆圈，一次次袭来，又一次次退去。不过呢，就像过山车，总会结束。”倪医生说。

贵林听着。

“你过去有过恐惧的经历吗？”倪医生问。

贵林想起了喀布尔的人肉炸弹，玉叶餐馆对着他胸口的枪，想起了目睹的华勇的死，想起了濒死的林师傅和虎强空洞的眼神。天哪，他的记忆里为什么会有这么多恐惧的经历和悲伤的印痕？

但是他没有跟医生说这些，而只是轻轻地点了点头。

“你平常可以和你信任的人谈一谈，到底是什么在困扰着你。”倪医生又说。

“噢。我不想麻烦别人。”贵林应了一声，他也是没有勇气说他现在是孤零零一个人住着。

“其实怕麻烦别人的人是内心封闭的人，这样的人，一般很被动，难以发出对关系的渴望，所以经常会退回到孤独中。”倪医生又说。

贵林心里一震，看着他，喃喃地说：“好像是这样。”

“怕麻烦别人的人，也怕自己被麻烦。你可以说是独立，也可以说是自私。”倪医生又说。

贵林再度一震，他想起了小露那句我们都是自私的人。

“深度的怕麻烦哲学，是在生命早期、在家中就建立的。你可以说说你个人经历吗？”倪医生笑着问。

他小小地震了一下，他把自己的情况基本没有什么保留地说了。倪医生频频点头。

“现在你先多锻炼，多排解，还是不要那么快用药物和其他强制干涉性治疗办法。”倪医生说。

贵林点头，他也觉得自然治愈最好。

公司那边也像他的身体一样，上市还不到一个月的时间，风云突变，很快 P2P 市场进入严格监管。速度之快，令人瞠目。本来还有几家 P2P 公司准备到纽约上市，很快也陷入了僵局。邓总在公司内部说，只能说我们还是非常幸运，赶在监管之前上了市。但是，股价却是在一直下跌。不仅是壹诚信，益分期也在跌，其他 P2P 行业的公司无一不在下跌。整个 P2P 产业陷入了一种迷局。前几年打着金融创新的牌子，各种 P2P 公司纷拥而出，有民间团队、有个人私贷、有自融和资金池，也有像壹诚信和益分期这样正规一些的金融公司。大家一窝蜂地搞互联网金融创新。可是很多公司根本没有专业的信贷经验，没有风控意识，没有对风险的敬畏，或者有些人原本就是想捞一票走人，所以出现了诸多如庞氏骗局或者高利贷互联网等乱象，整个行业名声一败涂地。国家因此介入，从年初开始整治，各种清算和清盘，一些风控不好、平常就有问题的公司纷纷落马，还有钱租宝等几家大的公司爆雷，很快波及整个 P2P 产业。

三月的时候，贵林去上海出了趟差，他和上海的几个大学同学约着吃了顿饭。有一个同宿舍的李建后来改学经济，现在是在复旦经济学院教书。还有一个王刚是一家民营银行的精算师，算是还在做老本行。大家约在黄埔江边吃饭。席间免不了就说起了 P2P。

李建说："P2P 作为创新，要解决问题的初衷还是好的。现在墙倒众人推，一棍子打死，并不是好事，而是全盘扼杀创新。"

贵林也是同样的观点："那时候贷款难，贷款贵，这样的大背景下才会出现网贷这样的创新，但是由于现实中基础设施没有跟上，导致鱼龙混杂，可是现在孩子已经生出来了，总不能再把它塞回去吧。"

王刚却是不同的观点："P2P 初衷不坏，但是在中国的土壤里异化了，风险太大，做不好，管不了就只能取缔，解决问题看成本，风险和成效，既然现在解决不了，那就规避风险。要我说啊，至少要关掉 99% 的 P2P 产业。”

“可是目前投资者接近两千万人，借款人也有两千三百万人了，要是直接关掉这么多家，监管部门承担不起这个民意啊。而且现在 P2P 和正规金融机构已经有了千丝万缕的联系，正规机构把钱投进去获取固定收益，甚至还有企业借 P2P 自融，如果取缔 99%，会触发系统性风险。”李建正好是做 P2P 的研究的，数据背得溜熟。

“金融本身是靠信用运行，但是现在国内网贷的审核不严，没有监管，信用丧失殆尽。而普通老百姓根本分辨不了好的 P2P 和坏的 P2P，且缺乏投资风险意识，一赔钱就闹，一闹政府就紧张了。”王刚还是坚持他的观点。

“总得有人创新吧，总得有人吃第一口，不创新就会被欧美国家甩在后面。”李建说。

“说白了所谓金融创新就是钻各种空子，金融创新是从华尔街那边学来的，华尔街的问题还少吗，没必要引进这些打着创新的牌子钻空子的 P2P 公司。现在投的人越来越多，借的人也越来越多，风险越来越大，必须要监管。” 王刚还是和他上大学时候那样拧。

“可是现在监管部门处理问题就是简单粗暴一刀切。这种思路只会让情况更加恶化。其实要是早一点监管可能会好一点，让那些不规范的平台早点出局也不至如此。但是前几年政府都没有什么动作。”贵林说。

“你知道吗，一个监管者跟我说，他们已经知道一个平台有很大的问题，但是如果他们直接杀死，那些投资者不会放过他们，会围观，要求把平台负责人翻出来，他们只是觉得监管者断了他们财路，唉，人性太复杂。”李建说。

“是啊，就是人性的问题。很多国人都太想赚钱了，而且都想赚快钱。P2P的平台公司，公司的投资人，平台的借款人都是想赚快钱，为了赚快钱可以不顾一切风险。”王刚说。

“没错，人性使然。”贵林点头。

几个人都笑了，开始说来说去都不能达成共识，一说到这个，都同意了。

“总之现在的消费金融市场从野蛮生长变为强力监管。肯定有一些专门掘金的会在大捞一把后退场，但是认真做的会留下来。”李建也是个爱抬杠的，还是意犹未尽。

“哈哈，不说这个了，喝酒，想当年踢了球最爽的就是去小南门的老虎洞喝酒啊。”贵林说，几个人都笑着干了一杯。窗外，黄浦江依然浑黄，依然奔流不息，对面陆家嘴的高楼上，云朵的影子投射在淡蓝色的玻璃上，不动声色地缓缓前行。贵林想起四年前就是在这附近的一家餐馆和贾云成吃的告别晚餐。他本来还想找贾云成吃个饭，可是那几天公务缠身，他根本腾不出时间，就没有跟贾云成说，直接回了深圳。

回到深圳第一晚，他睡不着觉了，他还以为是出差太累。哪想到接连一周，他都睡不着觉了，有一次，他梦见一支枪对准了他的太阳穴，一只看不见的手就要扣动扳机。他惊恐得在梦中叫了起来。满身的汗，他醒了过来，更大的恐惧裹住了他。他搞不清是梦还是现实，他的心跳加速，他觉得又一次站在了死亡的边缘。他抱紧了头。

他的失眠越来越严重，他又看了一次倪医生。

“你以前有过抑郁症吗？”

他想起了月月过世那一段，他连着几日几夜无法入眠，后来也是经常很早醒来，过了很长时间才慢慢好过来。

“是的，有过抑郁症，不是那么严重。后来自己治愈了。”他说。

“看起来像是恐惧症诱发了抑郁症。”倪医生眉头紧皱，“怕是需要药物干涉了。”

他是很反对用药的，怕自己对药物有依赖性。他说我再想想。他走出诊所，走进了拥挤的人潮。城市的气息朝他扑面而来。这纷纷扰扰、熙熙攘攘的气息，这城市挥之不尽高楼和霓虹交织的气息。他深深地呼吸着这城市的气息。

然而他越来越不想与人接触、与人交谈，除了少数几个朋友。他像是回到月月去世那一阵，心情沉郁，睡眠越来越差，他恐惧地想起了华勇，他在难民营和阿富汗残虐的经历最终从水底喷薄而出，击垮了他。贵林觉得自己似乎也累积了太多灰暗的记忆，它们蓄谋已久，很快就要向他发起总进攻。他每日如履薄冰，害怕失去控制，害怕将会死去，恐惧层层堆积，再加上抑郁，他觉得生命中从来没有哪一刻像现在这样如此难熬。即便是月月去世那一阵，他似乎也没有这么黑暗的心境。他一次又一次想到了死，他为脑海里不时涌出来的这个念头恐惧不已。上帝给了他、给了所有的创业者、所有有梦想的人一头庞大无比的白象，传说中的白象，他将为饲养这头白象而耗尽自己的心力和性命。他想是不是该和这头充满诱惑的白象说再见，至少是暂时说再见。

他联系了郭峰，当年就是他介绍他去的阿富汗，他记得在阿富汗工作的日子是悠闲的，没有太多工作上的压力。他记得医生说过最好的治疗还是远离压力。

第十一章

贵林周末的时候去了橄榄蓝酒吧。北方那个城市的四年时光俨然在他的心底留下深深的烙印，而 2015 年的故地重游令他和那个城市达到了某种和解，他不再如过去那样远远地看着它，那个城市渐又清朗可触。尤其是现在，他因为生病的缘故，变得脆弱，他试图抓住生命中任何可以抓住的蔓藤，以至于他把来自那个城市的梁老板当成了一个可以倾诉的对象，把这里当成一个可以疗伤的地方。

梁老板正在指挥着几个人把装在陶瓷盆里的几棵绿宝石幸福树搬了进来。这种树的叶子是大片的椭圆形，中间有几点白。

“这里的春天真好。”贵林没头没脑地说了一句。

“是啊，春天真好。”梁老板回了话，“你先坐坐，我把这边忙完了过来。”

他喝了好一阵闷酒，梁老板才过来，他打量了一下贵林：“怎么了，你看起来精神不太好。”

“嗯。你听说过恐惧症吗？”

“好像没有。”

“我好像对上号了。”贵林说。

“噢。”梁老板看着他，“很严重吗？”

“比较严重，现在又添了抑郁症。”

梁老板看着他：“你是个孤独的人，没有爱的人都是孤独的人。”

贵林抬起头看着他，他想他说得真好，人们孤独，是因为找不到可以相爱的人，找不到可以依靠和信任的人。

“我也是个孤独的人。”梁老板说，“怡敏搬到上海去了。她选择了她的老同学。”

贵林猛然想起前几日在贾云成的朋友圈看到怡敏的照片。那时他还觉得那个女人眼熟，现在想起来是在橄榄蓝匆匆见过一面的。

“难道那个老同学就是贾云成？怡敏和贾云成好了？”贵林这么想着，没有说出来。

“我和她大概就是有缘无分。那时候她为了我放弃了去伯克利的全奖留在北京，我却去了深圳，她后来阴差阳错去了法国留学，给我写的信都被我那时候的女友扣下了。再后来她海归回北京，成了一个单亲母亲。可惜我们最终还是没能走到一起。”梁老板说起那些陈年往事，眼神变得有些恍惚，可是嘴角还是挂着那种笑，有些戏谑，有些不在乎，有些懒洋洋。

贵林想，原来还有这样一番故事，他想梁老板和贾云成是很不一样的人呢。他不好说什么，就说了句劝慰的话："大概你们是一对孪生质数。中间永远隔着一个偶数，那么接近，却永远无法靠近。"

"有意思。"梁老板说。

"其实孤独的人都是一个质数，没有人能真正找到同类，最接近的质数也总是隔了一个数字。"贵林叹息。

"说得真他妈深刻。"梁老板说。两个人便不再说话，只是默默地喝着啤酒，吃着下酒的灌肠。

贵林又一次发病是在一次公司的高层圆桌会议上。他头上豆大的汗珠一滴滴从额头渗了出来。他心跳加速，呼吸极其紧促，他的思维变得不清晰，感觉变得不真实。他似乎又一次坐上了云霄飞车，而这个飞车是会随时出轨的，他脸色灰白，恐惧像一颗子弹，击中了他，在他的身体上开了花。

"你怎么了？"邓总问。

他半天说不出话，又不敢喊120，旁边的秘书把他扶了起来，扶到外面的走廊。他坐在那，闭上眼，等待飞荡的云霄车慢慢着陆。

"我告诉阿芳你现在状况很不好。"有一天梁老板给他发了一个微信。

"她现在在哪里？"贵林问，这一年多，他们都没怎么联系。就是他生日的时候，她发了个微信，"生日快乐"。等他看到回复，问她怎么样的时候，她又不回话了。

"她说要不要回来照顾你。就是照顾你，没有别的意思。"梁老板没有回答贵林的问题。

贵林不作声，他是个骄傲的人，他并不愿意让她看到自己现在的状态。但是，他知道自己需要陪伴，他在她身上找到了一种特别的倾听力，她是他最好的听众。他总是担心某一天的晚餐会是他最后一顿晚餐，担心他会在梦里窒息而死，他恐惧着自己的恐惧，他需要一个可以信赖可以靠近的人在近旁。

“那就是默许了。”梁老板说。

他还是一言不发。

夏天的一个傍晚，他在小区的栈道上看落日。神奇的是落日不远处的云层里出现了一个小小的圆圆的绿太阳，像是太阳的影子反射到云层里。“多么神奇。”他想不通为什么会这样。他听到鸟雀一串串飞过枝头，然后，他看到栈道的尽头走来一个女人，婀娜的身姿，那个人一手提着一个拉杆箱。“多么神奇。”他又一次听到自己发出这样的惊叹。

她已经走到了栈道的这一头，站到了他的近旁，她的脸上有微笑漾开。栈道的尽头，落阳一片橘红，柔软地照在他们的脸庞上，他发现落阳可以这样美，美得无穷无尽，美得光影无限，美得每一道光芒上都写满了希望，写满了爱。

阿芳又一次走进他的生活的第一个月，他的状况还是非常不好。P2P的公司一个接着一个崩溃，公司里的气氛也是有些压抑，刚刚上市的兴奋很快就被各种各样的坏消息冲刷一空。

他的恐惧和抑郁交替而来。有一次，他在梦里大叫，她使劲地摇他，他却怎么也醒不过来。她急得大哭，他像是在梦里听到了她的哭声，终于安定了下来。

第二天早上，她说起昨晚的情形。他有些吃惊，我有这样吗？

他最近总有些搞不清现实还是梦境。

他又去了一次医院，倪医生给他开了药：“不行，现在必须药物干涉了。”

他走出诊所的时候，看到街道旁边一棵合欢，满树的浅粉，是和家乡的合欢一样的毛茸茸的花儿，羽状的叶子，淡粉色的暮霭在树梢上飘动。他其实是喜欢深圳的，他似乎在这个海滨城市里找到了一份久违了的契合。他喜欢在干净的地铁里看到熟睡在母亲怀里的小婴儿，带着小兔子帽子的婴儿，可爱极了。他喜欢大型超市里旋转的木马和展开笑颜的孩童，这个城市，给了他许多晶莹和温暖的记忆。这个城市像一块柔软的海绵，吸收着来自四面八方的人，它包容又有韧性，但是，它和所有的大都市一样，被各种各样的欲望淫浸，城市和欲望纠缠在一起，城市因为欲望而越来越高，越来越宽，欲望钻进了城市的每一个毛孔、每一粒尘土。欲望，或者也可以称作是梦想的东西让这个城市加速旋转，像是迪士尼乐园里的旋转杯，每一个杯子都跟着转盘高速运转，每一个都被不由自主地拉着飞奔，再也慢不下来。他被这欲望或者说是执念缠住了。现在，他终于病倒了，他成了这个城市的一个病人，一个深圳病人。

可是，他是多么喜欢这个城市啊，他坐在街头的木椅上，为自己的下坠和这个城市的美丽流下了眼泪。然后熟悉的疼痛又一次袭击了他，他呼吸越来越紧促，他的心跳越来越快，他惊恐地看到自己的心终于跳出了胸腔，他万分恐惧地叫了起来，他的身子变得轻盈，他看到自己像是长出了翅膀，慢慢地飞了起来，飞出了他躺在长椅上抽搐的身体，飞过田野，飞过深圳和香港之间宽广的海域，飞过香港的青山顶上废弃的无线电基地台。他追随着他的心，飞翔，飞翔，向着更高的云端飞翔。他终于飞到了一个奇特而陌生的地方。这里满树繁花，山坡上遍地香草，香草山前面是一条溪流，溪流里流动的却是乳白色的汁液。贵林再定睛看，哪里是满树繁花，满树都是一个个花朵一般的面包，那原来是一棵棵的面包树。他看到了不远处走来了一个熟悉的身影，那个人是华勇！而他旁边的是一个漂亮的女子和一个小女孩。

“华勇！”他高声地叫了起来。

“亨利！你怎么会来这里？”华勇吃惊地看着他。

“我是来寻找我的心的。我把我的心弄丢了。”贵林说。

“是这样啊，没有心就没有爱了，我们来帮你一起把心找回来。”华勇旁边的女子温婉地说。

“你是玉燕吧！”贵林说，“我知道你，你自己开车从悬崖上冲了下去。”贵林叹息了一声。

“并不是这样呢！”玉燕笑了，“其实那天是因为路上突然出现了一只小鹿，我不想撞到它身上，方向盘一歪，就冲到了海里。是意外。”

“原来是这样！”贵林呆在了那里。

“生命多难得啊，我多爱我的孩子啊，我怎么会带着她去死呢？”玉燕说。

“是啊，生命多难得。当年我其实是一时气愤，去了老兵之家，我并没有想开枪的，我发誓，我没有。”旁边的华勇也说了起来。

贵林想，当年他一直在思索华勇是哪种情形，是一时意气用事，还是深思熟虑，原来是前者。原来他并没有一心去死的。

“我原来还想一死了之，来这个地方。”贵林叹气。

“不，如果你一心寻死，是到不了这里的。”玉燕说，“你的魂灵会一直在人间游荡。”

“噢！”贵林以前一个学佛的朋友说过自杀的人是不能投胎转世的，难道玉燕是佛教徒？

“难道你是学佛之人？”贵林问。

“是啊，我和华勇都是佛教徒，我们在比东难民营的时候就皈依了佛教。菩萨陪着我们度过了很多个黑夜。你皈依佛祖吧！”华勇说。

贵林实在有些糊涂了，他知道香草山，和伊甸园一样，是基督教里充满纯真和幸福的不可抵达的彼岸，然而这里的玉燕和华勇却是信了佛教的，难道这里基督教和佛教已经合而为一，或者，它们根本就是一样东西，只不过在凡尘里是以不同的面目出现？

他这么想着，却看到华勇和玉燕又走了过来。“我帮你找来了帮手，他们能帮你一起把你的心找回来。”贵林看到了他们背后的三个人，他生命中最骨血相连的三个人。他的奶奶、他的父亲和他最亲爱的女儿月月。

“爸爸，奶奶，月月！”贵林大声地呼唤了起来。

他们手牵着手走了过来。月月在最前头，她挣开了旁边两个大人握着的手，朝着贵林奔跑而来：“爸爸，爸爸！”她的笑容是全宇宙最灿烂的花朵，她的声音如婉转的百灵。贵林的眼泪已经如泉水一般奔涌而下，他蹲下了身子，拥抱了月月，他心底涌动着最温暖最动人的涟漪。接着父亲和奶奶也过来了。奶奶还是穿着一个青褂子：“贵伢子，贵伢子！”她说着，抓住了贵林的手。而父亲的脸多像自己的脸啊，那张酷似自己的脸露出了笑容：“儿啊，你都这么大了。”贵林握着他们的手，喜悦的泪水盈满了眼眶。

他们还沉浸在重逢的喜悦中，华勇说：“你们快啊，帮贵林赶紧把心找回来，不然他就回不去了。”

父亲、奶奶和月月三个人站成了一起，月月的身子下面飘来了一团软软的云朵。她站在那云朵之上，就和父亲、奶奶一般高了。然后他们每个人右手搭在左臂上，左手又搭在旁边那个人的右臂上，他们连成了一个圈，然后让贵林站在了那个圈子里，他们都闭上了眼，默默地念着什么，然后，贵林看到天上飘来了一颗硕大的心，那颗心一下子掉进了溪流，溪流里的牛乳般的水开始涌动，那颗心被那牛乳般的汁液洗涤着，溪流的水激起了层层涟漪。最后，那颗心从溪流里一跃而起，在一棵棵面包树上跳跃着，从这棵树跳到那棵树，被香草山上吹来的风吹拂着。他们三个人更加凝神，念念有词也变成了低声的吟唱。最后，那颗心终于跃到了他们的头顶，在他们的低声吟唱中迅速变小，然后以迅雷不及掩耳之势跳进了贵林的口中。贵林感到心中一阵灼疼，他大叫了一声，醒了过来，却发现自己周围是白色一片，梨花一般白。

“醒过来了！醒过来了！”他听到了一个声音，是带着湘南口音的普通话，他努力睁开了眼，他看到了一张脸，花白的头发，瘦长的脸，瘦小的个子，是吴辰刚。而旁边的是阿芳，焦急地看着他。

“终于醒过来了，我去喊护士过来！”阿芳说着出了病房。

“爸爸……”他的头脑里是一堆的稻草。他没搞清楚为什么自己到了这里，为什么连吴辰刚也来了。

“你在街头发病，晕了过去，被好心人送到医院。我是昨天晚上赶到的。”吴辰刚说。

“噢。”贵林脑子还是有些晕，是他做了一个长梦，还是他的魂灵去了一趟天堂？那一切都那么真实、细腻、充满质感，他觉得自己胸腔里的这颗心似乎还带着香草山的清香。他记得月月穿着件泡泡袖子的裙子，正是她下葬前穿的那件。然而，那一切似乎在一瞬间就消失了。为什么不把他留在香草山，为什么他们帮他找回了心，却要把他送回人间？他长长地叹了口气。他似乎还沉浸在那个长梦里，心里哀伤，什么也不说。

“你从小就身子有些弱。”吴辰刚见他不说话，叹了口气，“又不爱和我们说话。”

贵林想说些什么，嘴动了一下，说出来的却是：“我想喝点水。”吴辰刚站了起来，拿了一瓶矿泉水给贵林。贵林喝着水，往事像水瓶里泛起的泡泡，一个一个浮出水面。

他六岁记忆里那辆绿皮火车从旧时光里缓缓驶来。从南到北的火车，他们坐了好久好久，贵林还记得在一个无名的小站，他喝水的时候把一个白色搪瓷杯子的盖子丢在站台上。火车开动了，他看着那个永远也捡不回来的盖子，心里涌起小小的惶恐，就像看着他永远也回不去的山村岁月离他而去。

火车到了大连，吴辰刚直接去了他工作的武装部。时候很晚了，武装部的人都下班了，只有一个山东籍的老厨师在，他是个和蔼的老人，给他们三个人热了白花花的大馒头吃。

“这个娃娃看着灵光呢。”老厨师摸着贵林的头，“吴参谋长好福气啊。”他说着递给贵林一个馒头，贵林接了过来。

“还不谢谢你爸爸妈妈。”老厨师说。

贵林迟疑了好一会儿，说：“谢谢叔叔阿姨。”吴辰刚脸上有一丝失望。贵林已经六岁了，这之前，他已经有两年没有喊爸爸了，这两个字对他而言有些生疏，有些遥远。同样地，他也不喊妈妈。只是半年过去了，他还是喊叔叔阿姨。李秀梅就有了些怨言，偷偷地跟吴辰刚说："这么久了，也不喊爸爸妈妈。这么各色，养不熟。早知道咱们要领养一个年龄小一些的。"吴辰刚没有说什么。

他们一开始住在一个海军大院，其实是战士的营房，是走廊最靠里的一间。打开窗户就是大阳台，大大的阳台，有一个小操场那么大，而且还有一个铁楼梯，下了楼梯，又是另一个大大的阳台，贵林特别喜欢那些阳台，经常在阳台上站着，看楼下的风景。很快就到了夏天，有即将退伍的战士敲门，想到那阳台上留影纪念。他看着他们一群群的，说说笑笑的，在那阳台上，站成一排，心里有说不出来的感觉。这个城市，原来也不属于他们。

走廊的另一头是一个图书室。管图书的战士是江西萍乡人，算是半个老乡，江西老表。贵林喜欢去图书室。他哪里见过这么多书，欢喜极了。他一开始不怎么认字，只是看图片，江西老表见他聪颖，就教他识字。他慢慢就能认字了，常泡在图书室。似乎在书里，他可以找到另一个世界。他特别喜欢高尔基的那套书，那些插图是那么精美，富有质感。他看到《我的童年》，小高尔基被主人毒打，肩膀上进了二十多根刺，就在那抹眼泪。吴辰刚看他小小的，看书也会发痴，偷偷地跟李秀梅说："这孩子将来念书一定行。"李秀梅叹息说："行又怎么样？"

贵林渐渐不满意只在图书室看书，他想去学校念书，他问吴辰刚："叔叔不是说大城市有学校吗？"可是北方的学校是要七岁才能念书的，贵林还不到七岁。吴辰刚和李秀梅就商量了个法子。李秀梅那时还没有工作，就天天拉着贵林站在教室的后面听课。学校的老师最后有些感动，大概也是缠不过他们，终于答应破格让贵林念书。

第一天上学的那天，吴辰刚送贵林到友谊小学，还递给他一个铝饭盆，“中饭在里头。”他说。他转身走了没多久，听到后面的贵林说：“爸爸……”贵林声音不大，可是吴辰刚听到了。他转过了头。

“嗯……下午，我是自己回家吗？”贵林没话找话说了一句。

“第一天我来接你，以后你自己回。”吴辰刚说。贵林点点头。吴辰刚心里有一片暖意。

过完春节没多久，江西老表从家乡探亲回来到贵林家小坐，神情很失落。李秀梅问起缘由，他说是未婚妻和他分手了，跟了别的人，据说那个人是念了个大学的。他然后说他学了一种巫术，只要用食指指着他不喜的人，就会有坏运气降临到那人头上。贵林不知道为什么会记得这个所谓的巫术，只觉得有一些诡秘，不好，但是又忘不了。

有一天，吴辰刚回来很高兴，说是终于分到了一套房子，是在半山腰的铁山巷，山顶上有一个气象台。他们搬家走的那天，江西老表送给贵林高尔基三部曲《童年》《我的大学》《在人间》。“贵林，你将来要好好念书，不要像我，没念什么书，未婚妻就跟人跑了。”贵林接过书，点了点头。他大概一直是记得江西老表这句话，一直都很发奋地念书。他在很多年后在大洋彼岸的康奈尔念书的时候，想起了那个矮个子胖乎乎的江西老表，他想老表没说错。可是当多年后月月离他而去，翊欧也弃他而去时，他觉得老表说错了，他念了这么多书，还是妻离子散，孤单一人。

贵林是喜欢铁山巷的房子的，喜欢楼前的桃树林和气象台日日升起的气球。他似乎也是更喜欢新的向阳小学，比之之前的友谊小学。那一年，他居然被学校合唱团挑中，尽管他站在最后一排一个不起眼的位置。他能感觉到这个大城市的脉搏，这是一个全然不同于钟家村那个小山村的地方，他呼吸着这北方城市的气息，他多么渴望这气息进入他的血液、他的身体。

可是他太不起眼了。班上选三好学生没有他，选班干部也没有选他。他本来就自卑，那次选举之后更甚。他的朋友永军说，没什么，我也不是班干部嘛。他还是不高兴。这件事情让吴辰刚知道了。吴辰刚就去找了他的班主任周老师。那天贵林看到吴辰刚进了周老师办公室，很是诧异，就偷偷地站在门后听着，他听到吴辰刚用浓重的带着南方口音的普通话和班主任说着什么，可是他听不太清楚他到底说了什么。

没过多久，周老师说是班上要添一个纪律委员，吴贵林平常很安静，就选他了。贵林又高兴又诧异，他觉得一定是吴辰刚说了什么。果然不久班上的同学就传来了闲话，原来是周老师的孩子一直想去当兵，吴辰刚在的武装部正好是负责征兵的。班长是校工子弟，估计是他传出的话，他跟班上同学说："这就是一桩交易。"班上的孩子就都不怎么跟贵林玩了，除了永军。那一阵吴辰刚见贵林不高兴，问了起来，贵林说了实话。

"不过还是谢谢你。"他说。吴辰刚叹了口气，不再说什么。贵林打那以后心里就和吴辰刚亲近了些，尽管李秀梅总还是那样不冷不热。

搬到铁山巷一年之后，李秀梅意外地怀上了，两口子喜不自禁，贵林不知道该高兴还是不该高兴，他只是觉得妹妹出生之后吴辰刚就没以前那么努力对他好了。贵林看着李秀梅对新生的娃娃笑得那么由衷，那么灿烂，心里有些酸。他从来没有见她这样对自己笑过，他对这个妹妹也有了一丝怨，没有她，养父养母会对他好很多吧。他不知道是不是自己太敏感。他渐渐又把自己包裹起来，他觉得自己又变成了一个没人疼的孩子，一个找不到归属感的孩子。

后来他们回到了邵阳，吴辰刚沾上了酗酒的坏毛病，他是一直爱喝酒的，不过以前在大连很少有酒局。他喝醉了酒，要是遇上不顺心的事，就动手打人，李秀梅他是不敢打，就打两个娃娃。妹妹吴竞芬是个女娃，他也不太打，倒是贵林打得多些。贵林心里更生了怨恨，觉得是因为自己不是亲生的缘故，也就和他愈行愈远。吴辰刚是农村里出来的兵，当年去当兵体重太轻，在衣兜里偷偷地揣了两块石头，重量才过关。他是个有狠劲的人，当年在抗美援越的战争中是立了功，还得到首长接见，才得以留在部队，又碰到了一个赏识他的老上级朱司令，把他从内蒙古调到了大连，一路靠自己摸爬滚打。他在部队里久了，不免沾染了些暴躁气，又是上过战场的人，脾气说上来就上来了。他其实是个粗粗拉拉的人，不把这个养子当外人，想打就打了。他不知道这是个敏感又自卑的孩子。越打两个人越是生疏。贵林上了高中，执意要去学校住宿，周末回到家，也是埋头看书，两个人自那以后已经没有多少机会修复彼此关系的裂痕了。

后来贵林越走越远，对养父养母就只是客客气气，吴辰刚也慢慢灰了心，不再对彼此关系改善有什么期待。只是这次贵林一生病，他一听就急了，当天就赶了过来，好在贵林醒了过来，却也还是和平素那样，和他说不上话。

护士过来了，说你爸昨天晚上到的，守了你一晚上了。病房的窗台上摆着一盆火龙果，满身的绿，有些像仙人掌。贵林想起邵阳老家阳台上的仙人掌。有一年仙人掌开了花，吴辰刚和李秀梅高兴地搬着那盆仙人掌去照相馆留影，还把照片寄给当时还在北大念书的贵林。贵林想到那盆仙人掌，心里突然一软，这些年，对于养父养母，他是有些冷落了。

贵林很快就出院了，吴辰刚在他的寓所里住着。贵林白天还是坚持上班，吴辰刚自己到处逛逛，他这还是头一回来深圳呢。一天黄昏，两个人在阳台上坐着，看落日西沉，倦鸟从天空一只只飞过。楼下的儿童乐园很是热闹，有很多爷爷奶奶和年轻的父母带着小孩子在秋千和滑梯上玩耍。

“这个阿芳不错的，你们什么时候领了证再生个娃崽吧。”吴辰刚说。

“我现在这个状况，一个病人，还说什么结婚生娃。”贵林叹气。

“唉，我这话也是糊涂，你也是受了不少苦的人。过去是我不好，打你打得多了。我知道你怨我。”吴辰刚是个犟脾气的人，很少认错，这一次大老远赶到深圳，看到贵林这样子，心里也有了酸楚。

“爸……”贵林没想到他会这么说，其实这么多年他早已原谅养父的暴躁。只是有些东西他是一直记得的，那些记忆的印痕刻在时光的树干上，再也擦不掉。他记得初三那年的一个晚上吴辰刚喝醉了酒，他开门慢了些，吴辰刚一个大耳光抡在他脸上。他那天晚上一个人跑到西湖路的坟山那边。黑漆漆的夜，黑魆魆的坟堆，他才站了一会儿，就惧怕起来。好在坟山旁边是个清真寺，他就跑到清真寺外面站着，寺里有个老阿訇把他喊到寺里，给他东西吃，还找了床毯子让他在寺里歇息一宿。“明天天亮了赶紧回家吧，不然你爸妈要着急的。”老阿訇说。贵林想为什么坟山和清真寺这么近，清真寺里面的阿訇们不怕吗？他想不清楚，这个世界上他想不清楚的事情太多了，但是现在他清楚地知道眼前的这个人是在真心忏悔，可是自己又怎么担得起这个忏悔，怎么担得起他们这么多年的养育之恩？

“爸……你别这么说。我自己不好……”他说了这句，更多的却是说不出来了。吴辰刚说：“哎，不说了，只希望你这个什么恐惧症早点好了。其实我自己有时候也是害怕。我见过杀人。有时候不知道为什么，非常恐惧，一恐惧，就发脾气。”贵林点头，像是明白了养父火暴脾气的缘由。

“其实我一开始上战场很害怕的。”吴辰刚幽幽地说了起来。“我是铁道兵，和越南部队没有太多正面冲突，但是那一年在河内附近的一个热带雨林里，我和战友王海与大部队走失了，遇到了一支越南部队。我们两个都躲在树丛里。越南部队人也不多，十多个人，他们发现了王海，把他从树丛里揪了出来……”贵林吃惊地看着他，这么多年，他从来没有听吴辰刚说起过。吴辰刚却突然停止了叙述。

贵林静静地看着他，什么也没有问。

“我一直躲在树丛里，看着他们对着王海的脑袋开了一枪……”吴辰刚终于艰难地开了口，“我害怕极了。吓得根本不敢动……”他没好意思说当时的自己其实是吓尿了。

“我是个懦夫……”吴辰刚木木地说着，“王海还有个遗腹子。

我这些年每年都给他媳妇汇一笔钱，也不敢说是谁寄的……”

贵林看到吴辰刚的眼睛已经红了，喉咙也哽咽了。他像是突然触碰到这个男人的内心和一丝隐痛。他想，原来世界上每个人都有难以逾越的过往和伤痛，他握住了吴辰刚的手：“爸，不能怨你的……”

吴辰刚说：“我出去抽根烟。”他飞快地走出房间，贵林听到了门外吴辰刚大声地哭了起来。贵林想，这个男人，外面看着粗糙，其实心里是柔软的，像一个不轻易打开自己的蚌。贵林觉得这一刻他的心也变得无比柔软。他甚至有些感激这场病让他有机会和养父把多年打不开的结慢慢打开。

吴辰刚住了几晚上，准备回去了，那天晚上，他把贵林喊到跟前，说是有件事情要跟他说。

“你亲生母亲付春芳其实在我们回到邵阳不久来找过你。”吴辰刚开了口。贵林屏住了气，心扑通地跳了起来。

“她到处托人问，好不容易找到我们，她原来是打算带着你走的。我舍不得，可是也理解她，再加上我们也有了你妹妹，可是她后来又改主意了，你那时候刚刚考上省重点市二中，她觉得带你回贵州的小山村，你就没什么前途了，就又把你留了下来。”

贵林心里炸了一个响雷，原来母亲没有忘记他！母亲没有抛弃他，她为了儿子的前途，狠了心走了，就像当年狠心把他留在钟家村。

风带着梧桐树叶的气息，带着遥远的钟家村的气息，带着酸楚的亲情从时光深处吹了过来，吹得月光凄美，吹得贵林眼睛模糊。这些年他一直是有些怨恨母亲的，怨恨母亲抛弃了他，他成了个没有根的孩子，性格上不免就有了些孤僻。现在，他知道，他竟误会母亲了，只是他性格最深处的孤僻自卑已经刻在那，再也无法磨去，且在这一次集中爆发，让他病倒了，这样一笔账，又如何理得清？

“我们，也是太自私，这么多年一直没告诉你……”吴辰刚叹气。

贵林强笑：“不怪你们的……那你知道她现在在哪里吗？”贵林没有告诉吴辰刚他其实偷偷去过钟家村，还去过母亲的娘家。

“我只知道是贵州，好像是一个叫桐梓的地方。”吴辰刚说。

吴辰刚走后，贵林和阿芳说起这个信息。

“贵州，桐梓。”阿芳念叨着，“还有你奶奶说过的月亮河，我们去网上搜一下吧。”两个人说着就打开了电脑。

“看，这个！”阿芳指着第三条，贵州桐梓小水乡月亮河。

“小水乡……月亮河……水中镜月，石头开花……”贵林想起奶奶那八个字，心中一惊，难道是这里？“奶奶是说过石头寨的。可是石头开花什么意思？”

“我觉得可能得亲自去一趟，大概这小水乡附近有个石头寨？又有很多花？”阿芳说。贵林没作声。

“去吧，就当去玩一趟，你现在的状况也是需要休息，我陪你一起去。”阿芳说。

“你为什么对我这么好。”贵林叹了口气。

“这辈子欠了你……”阿芳眼睛看着远方，神情迷茫。

“嗯？”贵林疑惑地看着她。

“没什么，逗你玩呢。”阿芳却又恢复了笑颜。贵林摇摇头，这个女人，永远有他猜不到的秘密。

到了 5 月，P2P 整个产业也一直没有太大起色。很快，益分期的市值从顶峰时接近百亿美金一路走低，跌到现在的二十亿美金，尽管他们现在已经从人人喊打的现金贷开始转型向汽车贷发展，虽然第一季度总收入增长了 80%， 但是因为开发了新的业务汽车贷款，各种研发启动资金随之增加，纯利润降低了 30%。而这时壹诚信刚刚上市不久，还没有第一季度报表，但是股票还是受大环境影响，一起下跌。好在没有益分期跌得那么狠。

“现在，我们和益分期是一根绳上的蚂蚱了。”那天开月会的时候，邓总叹息说，“一荣俱荣，一损俱损。”

第十二章

开完了月会，贵林去了邓总办公室。他没跟邓总说他的病情，也没说他要去贵州寻亲，只说临时家里有些事，要请一个星期假。他和阿芳先坐飞机到重庆，他们之前都没有来过这个城市，到处弯弯曲曲，高高低低，那天正好起了雾，长江上的雾气和歌乐山的雾气连成片，整个城市如海市蜃楼一般。贵林想起他离开旧金山时，飞机下的城市也是如此缥缈。他突然意识到自己离开硅谷已经五年了。五年，竟是弹指一挥。

他们租了一辆吉普车，上了渝黔高速，向着贵州的方向疾驰。

到处都是蜿蜒的山路，一个弯接着一个弯，像是钟家村的山路弯弯。进入桐梓以后，路边出现了碧绿蜿蜒的梯田，间或有明亮亮的水塘。他们到达小水乡的时候已是晌午，这里是个不大的旅游景点，常有人来月亮河露营。他们走进一家旅游公司的小门铺，问附近有没有石头寨，问了几家都说不知，问到第三家说是离刘家坝十多里地的地方有个寨子，好像是有很多石头，但是也不叫石头寨，而且寨子里的很多人都搬出了山，寨里的人越来越少了。

两个人想了想决定去碰碰运气，问清了路，就往刘家坝方向开，到了刘家坝，车子不能再往前开，他们就嘱咐了吉普车司机等在刘家坝，两个人就沿着月亮河走，很快就看到一个小瀑布，瀑布下有布依族的女人穿着蜡染的蓝衣服在洗衣服，她们抡着木棒槌，唱着山歌，清脆的歌声黄莺一般在水面上滑翔。他们沿着河走，河水清凌见底，河床里深深浅浅地铺满了大大小小、颜色各异的鹅卵石，橙黄、乳白、墨绿、赤紫，绚丽多彩，光滑圆润，像是女娲补天剩下的石子。

“真美。”阿芳忍不住赞叹。贵林也赞叹，突然想如果当年母亲把他带到这里，也不失是个好去处啊。两个人一气走了十多里地，他们转过了一道山弯，突然，阿芳站在那不动了，嘴里只是喃喃地说着：“苹……果……园……” 贵林也呆住了，不远处，有一个层层石头垒起来的石旮旯。石旮旯上是一个不大的苹果园，苹果树，翠绿的树，一棵连一棵，手挽着手站在一起，绿袖子似的。树的后面是山，高的山，青绿的山，缭绕着一层似乎是亘古不变的薄薄的雾气。

“那么，就是这里了。”贵林呆呆地说，他的心跳似乎一下子就加速了，心里居然涌起了一层细微的恐惧。他们走过苹果园，转到了山坳坳的那一头，远远地他们看到远处一座灰白的寨子。他们几乎是一路小跑跑到了寨子。近了，现在能看到这个不大的寨子的确几乎都是石头砌成的。石头墙、石头屋顶、石头的阶梯把家家户户连成一片，石阶被时光磨得凹陷下去，愈发光滑，而有些人家的房子下面还有清清的溪流从门前的石板下流过。

“桃花源一般。”阿芳感叹。

他们在一家门前门后有很多梧桐树的人家停了下来，敲了门。一个样子清秀的中年女子走了出来，满脸疑惑地看着他们。

“我们想打听一下寨子里有没有一个叫付春芳的女人？”贵林问，重逢的喜悦激荡着他的心。

“付春芳……？”那个女人脑子似乎转得特别慢，半天还说不出什么。

“芬水！”她后面一个男人对着她喊，“你还不快进去。”一张山里男人黝黑的脸露了出来，他把那个女人往里面拉，对着阿芳和贵林粗声粗气地问：“你们找谁？”

贵林就又重复了一遍。

“不认识，你们快走吧。”男人就要关门，门后突然露出一个七八岁女孩的脸。

“月月，你来这干吗？给我进去！”男人把那个女孩也往屋子里推。

“月月！”贵林听到这个，如有雷击一般看着那个女孩，那双明亮的眼睛多像他的月月啊！他的心里一阵绞痛，他心跳得厉害，他捂住了自己的胸口，阿芳忙扶住了他。那个叫月月的女孩子已经一晃就不见了。

“怎么办？”贵林看着阿芳，“不在这……”

“我们再问一家吧。”阿芳说。

他们又敲了一家门，那是个有些破落的院子。一个老人开了门，她的背有些驼，一张苍老的不知岁月的脸，似乎每一条褶子里都布满尘埃。

“请问你们这里有一个叫付春芳的女人吗？”这一次是阿芳开口问的。

老人迷茫地看着阿芳，然后用一种奇怪的语言说了几句。阿芳和贵林面面相觑。

“走吧。”贵林沮丧地说，“她说的是天书。”

“再试一家？”阿芳问。贵林无力地点头。

第三家的门却是柴门紧扣，怎么也敲不开。

“事不过三。”贵林长叹了一口气。

“不，我要再试一家，好不容易到这，不问出究竟我不死心。”阿芳说。贵林想，她就是这样一个一根筋的人，一根筋地对他好，一根筋地做事情。这不是个寻常女子啊。

第四家出来一个十八九岁的年轻小伙：“付春芳？这个名字我没听说过啊。”

贵林沮丧地说：“也好，这样就死了心了。天色不早了，我们回吧。”

阿芳不再说什么，叹了口气，两个人就沿着来时的路走，不多久就又走到了苹果园。果园里到处鸟雀啾鸣，轻渺的云雾在山脚萦绕，美若仙境的一个地方，连时间似乎也驻足不动。

两个人就要穿过苹果园时，听到后面一个清脆脆的孩童的声音：

“叔叔阿姨！”他们回过头，看到的居然是第一家见到的那个小女孩，那个叫月月的女孩子！

“我知道付婆婆住在哪，你们跟我走。”月月开口说。

贵林又诧又喜：“真的吗？”

“跟我走吧。”女娃娃转身又往寨子的方向走。

“你的普通话为啥这么好？你们村子里的老人说的话我们都听不懂呢。”阿芳跟在她后面问。

“我跟我妈学的，我妈说普通话。这里的老人说的是布依族的土话。”月月回说。

贵林想起了刚才那个清秀面孔的女人，不像是本地人，不会是被拐卖到这里的吧，想到这，他心里跳了一跳。

“你怎么出来的？”贵林想起那个样子凶恶的男人。

“我爬到墙头，墙外就是棵梧桐树，我从树上溜下来。”这显然是个机灵的孩子。

月月带着他们从另一条路进了寨子，特意绕开了她的家。他们在寨子里的石板道上绕来绕去，最后绕进了一个巷口，贵林远远地就看到一家人的石头墙的石头缝里开出了好几朵雨百合。杯口大的花，纯白洁净，开在灰白的石头缝隙里，有一种别样的生动和灵秀。

“是这家吗？”贵林的声音在颤抖。

“是啊，叔咋知道呢？”月月吃惊地看着他。

“水中镜月，石头开花……”他直直地向那个院门走去，痴了一般。

月月已经蹿到他前面去敲了门。

开门的是个老汉，一张山里人特有的黑脸膛，额头上皱纹很深，脸上倒还好，没有太多皱纹，看着是个敦厚人。

“骆大爷，我骆阿婆在吗？”

那个叫骆大爷的老汉应着：“在呢，在弄晚饭嘞。”

“这有两个人是来找骆阿婆的。”

老汉看到了他们两个，却只是盯着贵林看，看得有些发呆，却是一个字也不说。

“骆阿婆，骆阿婆。”月月在叫，贵林跟着她进到了屋子里。他们几个人一前一后进到了堂屋里。贵林看到了一个背影，一个正在灶台前忙碌的上了年纪的女人的背影。斜阳透过窗棂，照出了一道道光柱，尘埃在光柱里翻滚，她站在光柱里，像是背负着无数的尘埃，看得见的、看不见的尘埃。

她转过了身子，贵林几乎一眼就认出来了，他从她的脸上看到了自己的眼、自己的眉毛。那张脸，正是他钱包里那张母子合影里母亲的脸，只是添了岁月的褶痕。她也看着贵林，吃惊地看着贵林。

“妈……”他轻缓地怯弱地说出一个字，那不仅仅是一个字，更是一声呼唤，一声在岁月里浸泡得太久的呼唤。

“是……贵林……吗？”老人发出了一声苍老而带着点迟疑的声音。

“是的，是我，是你的贵林。”贵林对咫尺之遥的那个老人说。她的脸沧桑又熟悉，那是他的母亲，他时时思念的亲生母亲。他觉得跟她的距离那么远，远得像是隔了一个世纪。然而亲情像烛火，细弱，恍惚，却在剪掉灯芯的那一刹那闪烁起来，升腾起来，坚定起来，她从一个遥远而浑浊的地方伸出手，准确无误地抓住了贵林的手。

“贵林！我的儿啊！”她的手在抖，然后她的整个身子在抖。贵林一把抱住了她：“妈，我来了……”他们的眼泪顺着各自时间的沟渠一起奔涌，终于在这一个时刻汇合。周围的几个人都在跟着抹眼泪。

“儿啊，我对不起你啊。”老人反复地说着这句话。贵林握着她的手，笑着摇头：“我早该来找你的。”

他们坐了下来，渐渐说起，知道旁边的老汉骆禾是付春芳现在的老伴。他们生了一儿一女，女儿嫁到安顺了。儿子媳妇在深圳打工。

“把娃娃就丢在老家了。女娃扔在我这里，男娃扔在外婆家。”付春芳指着一个七八岁的丫头说：“翠翠，还不过来喊伯伯。”那个叫翠翠的小丫头就走了过来，蚊子一样地喊了声“伯”，就又和月月站在一起了。

“我也在深圳呢。”贵林说，意识到自己原来还有一个同母异父的弟弟也在同一个城市里奔波，他突然觉得那座城市又多了一分亲切。

阿芳说：“这次多亏了月月，才找到伯母。”就把他们刚才找了好几家，几番周折差点就走了的事情说与他们听。付春芳说，她来这个村子是三十多年前的事情了，现在大家都叫她骆阿婆，很少有人知道她叫付春芳了。

“那为什么月月知道？”贵林有些疑惑。

“月月和翠翠一般大，两个人常在一起玩，我就和月月妈妈唠嗑，有时候说起那些陈年伤心事，这个小丫头想是听了去了。”付春芳叹了口气。

“月月妈妈……”阿芳脸上露出了些疑惑。

“唉，你是说芬水吗，那是个可怜的女人，好像是有一年月亮河山洪暴发，她被冲到岸边，被人救起，脑子撞坏了，以前的事情都不记得了，就给送到这个村子给人做媳妇。她说的是普通话，还会说英语，估计以前是城里的读书人。前一阵寨子里好像有两个城里人来寻她，被月月爸爸赶走了。”

“噢……”贵林叹气，心想怪不得芬水的老公防着他和阿芳。那也是个有很多故事的女人啊，一个人似乎活到一定岁数就都有了很多故事。记忆里随便翻一翻都是故事，可是，这却是个没有记忆的女人。

“可惜了……”阿芳叹息，像是想起了自己的过往。

贵林想自己的月月是在天上了，而如今是地上一个也叫月月的小姑娘把他引领到这里，似乎冥冥中，一切都有天意，想想不觉心中对天上的神灵有了敬重之意，不由合了掌，把手放在胸口。

外面暮色已沉，付春芳说这一带山路艰险，黑灯瞎火的太危险，你们就在这里住上一宿吧。贵林也是想和母亲多说说话，想给等在刘家坝的吉普车司机打电话才发现这里没有信号。阿芳说，不妨的，我们明天一大早出山。

付春芳就接着做饭，阿芳也忙去帮着打下手。贵林想去帮忙，两个女人都要他一旁休息，贵林就坐在石凳上，打量着房子。这房子都是石头砌的，石凳子、桌子是一整块的青石板子，靠墙是个木头柜子， 屋梁上吊着藤篮和农具，极简单清素的家具摆设，骆老汉在一旁抽着烟，也不大说话。看得出这是个清贫之家，贵林有些感喟。

晚饭做好了。阿芳已经和付春芳混得很熟了，她帮着端菜，上饭，和春芳说着话，俨然就是个小媳妇的样子。贵林看着阿芳，就想，大概自己真的和她这一辈子纠缠不清了，他这一番寻亲，从付家村到石头寨，她都一路跟着，甚至奶奶托的话，也是从她口里出来的。

付春芳做了一桌子菜。凉拌折耳根、干熏牛肉炒野葱、红辣子炒魔芋豆腐，还有竹筒饭，端到桌上满屋子的清香。贵林这一阵子病痛折磨，睡不好吃不好，这么多天头一回吃得这么爽，尤其是那个折耳根，他以前没有吃过的，脆嫩爽口，越嚼越香，他一口接一口地吃。

吃过饭，几个人坐在院子里说话，四野静谧如水，月亮是淡黄的，清影晕染开来，把天空也勾染了一层黄融融的小边。星星一颗一颗从湛蓝的天空中闪了出来。他想，只有在这里，在这样遥远的山村，才能又一次见到星星。贵林像是回到小时候和奶奶坐在禾塘里看星星，天上也有一颗星星是父亲吗？是不是还有一颗是奶奶，一颗是月月？他们都在天上看着他吧，看着他终于和母亲重逢的这一刻。月光下的一切都是如此静谧、安宁，却又带着一丝恍惚。

“你父亲，和别的男人不一样的，他手巧，青竹片儿也能做成蝈蝈，他还爱拉二胡，爱看着月亮发呆，是个心细的人。”付春芳开了口，记忆从银白的月光里穿梭而来。贵林记起父亲给他的那个弯月的小瓶子，他那时候带去了大连，后来搬家回邵阳，是跟着大物件托运回南方，却是怎么也找不回，他懊恼了许久。他想父亲原来是这样一个心细敏感的人，喜欢月亮，喜欢二胡，自己倒只得了敏感，巧手和乐器却是一样都没有。他原先对于父亲所有的记忆只是躺在泥地里的人和那座高高的青霞山。现在父亲在母亲的叙述中一点点活了过来，他慢慢记起了他们在一起的几个时光的片断。父亲去世前只是一个丈夫和一个父亲，因为月月的出生，他变成了爷爷，然而现在，月月却没有了，他们在另一个世界是否会认出彼此，因着那些模糊的相似?

他犹豫着要不要说月月的事，想了想还是说了。春芳开始抹眼泪："怪不得我跟芬水家的月月特亲热，原来我有个亲孙女就叫月月。我是常年给你烧香拜佛，要是我知道有个孙女，我也会给她烧香，兴许就能躲过去了……"说着又抽泣起来。

贵林也是伤感，也不说话了。阿芳说，好不容易找到了亲人，大家都该高兴呢。付春芳就抹了眼泪，说："贵林，你现在个子一下子高了许多，我上次见你还是个小个子，坐在教室第一排呢。"

"难道你那时见过我?"贵林吃惊极了，他只知道母亲是见了养父吴辰刚的，却是不知道她原来也去找过他。

"你那时在市二中，我问了你养父你在哪个班，偷偷去了学校看你，从小花园那隔着窗户看你，你那时又黑又瘦，坐在第一排。我那时好希望你往窗户外面瞧一眼，可是你上课可专心哟，眼睛盯着黑板一动不动。"

贵林鼻子一酸，眼泪差点又要滚落下来。

"那天你下了学回家，我偷偷地在你要经过的路上扔下五块钱，你低着头走路，看到了，捡起来了，四周看了看，就把钱塞到裤兜里了。"春芳又说。

贵林心里又起了个小小的炸雷，他一直记得那五块钱，那时候的五块钱对他是笔小横财，他犹豫了很久要不要交给老师，最终的决定是自己留着，拿去买了他爱吃的红萝卜条和麦芽糖。

"你可害了我，我以后到了那个路口就低着头看地，哪想再也没有那么好的运气了。”贵林笑着说，眼睛里带着泪。

几个人就那么说着，聊着，轻轻地哭泣着，似乎要把这三十年没说上的话都说出来，把这三十年经历过的苦痛和欢乐都告诉对方。夜很深了，他们才去歇息，他躺在床上，却是一点也无法入眠，天快亮了，才眯了一小会儿。半梦半醒间，他觉得自己时而站在青霞山顶，时而飘浮在一个个面包树上，他在过去和现在之间游荡，在幻境和现实之间穿梭，在一片片流淌的梦境里徘徊。

第二天他们一大早就要走了。

“我会经常来看你的，你也可以到深圳去住啊。”贵林说。

“深圳……我这里还有娃要带呢。”付春芳说，“我在山里住惯了，你骆伯伯是布依族人，大概深圳是住不惯的。”

贵林叹气：“总是要去玩玩的。”他想拿些钱给母亲，却发现都没有什么现金，他现在都是用支付宝或者微信支付，钱包里几乎没有现金。他就问了母亲的邮寄地址，又问了弟弟的联系方式。

“这个妹子好呢。”春芳指着阿芳偷偷地跟贵林说，“我们两个投缘，名字里还都有个芳字呢。”贵林笑笑说：“她的确是个好姑娘。”

他不知道该不该告诉母亲自己精神上的病，也不知道该不该说起他在考虑去非洲的事情，他上个月收到郭峰的回信，说联合国儿童基金组织在埃塞俄比亚有一个工作机会，建立一个数据库，帮助没有父母的儿童找到新的去处。阿富汗现在越来越危险了，最好不要去，埃塞俄比亚相对安全很多。他于是申请了一个去埃塞俄比亚工作一年的项目。生活中还有那么多不确定，他不知道自己还有没有缘分和阿芳走到一起。

飞机降临深圳的时候，他心里又有了些恐惧，城市让他有一种压迫感，他没得病以前不是这样的，他是喜欢城市的便捷和城市的气息的，那些他从六岁起就沾染的城市的气息。

一个星期，他的工作邮箱几乎要爆掉了，近几千条邮件，为什么会有这么多邮件？他有一种压迫感。过了几天他收到联合国儿童基金的回信说是他的申请批准了，秋天即可启程。

他一个人去了海边，海水拍打着沙滩，涌上来，又退下去，一波又一波，不断地开始，不断地周而复始。他在一个栈道停了下来。正是清晨，他听到栈道下面啾啾的鸣叫，清清脆脆的，像是燕子的声音。他仔细一看，是一些燕子，在栈道下面的木柱里穿飞，忽上忽下，像是他小时候家里乌黑的瓦檐下翻飞的燕子。他知道这城里的鸟儿，花儿不再是他旧时相识的鸟儿、花儿了，但是他只是觉得亲近。他觉得它们都是有灵性、通人性的，世界有了鸟、有了树、有了花，这个世界就能叫世界了。他想起阿富汗那些没有父亲的孩子，想起了童年的自己，想起来永军的孩子小石头。他想，遥远的埃塞俄比亚一定也有很多这样安安静静的孩子。他们也是这个世界的一部分，因为他们，这个大千的世界才成为一个完整的大千世界。他或许能帮到他们。他们或许比壹诚信更需要他，又或者，他也是更需要那样一个可以让自己放下压力的更安静的世界。

只是，阿芳怎么办？

他决定跟阿芳说出自己的迷惘，也听听她的意见。晚上吃过饭，快休息的时候，他终于把话说出了口。

阿芳半天没有吭声，半天说了一句："一定要去那么远吗？"

是啊，一定要去那么远吗，可以去的地方并不少，可以回美国，可以回邵阳老家待着，可以去大连海边住住，可以去贵州石头寨，甚至什么也不做就留在深圳。贵林突然发现，他其实是个自由的人，他可以有这么多选择。那些他曾经落过脚，却找不到归属感的地方，如今也在时光里慢慢地变得温软，变得可以触碰。他想，或许是他现在心境慢慢宽了，广了，又或者是因为这场病。他在慢慢地艰难地和它们一一和解，和这个世界和解，和自己的内心和解。这样的和解如同雪山上的融雪汇成的溪流，清澈而寒凉，蜿蜒曲折地在大地上寻找自己的方向。

"说起来你可能觉得我太不现实，我觉得那里更需要我，我也是需要那里的。说老实话，也是想去一个新地方看看，我好像一直是喜欢这种漂泊的感觉。"贵林一边和阿芳说着，一边梳理着自己的思路，那里可以更放松，那里会有一次全新的感受和经历，埃塞俄比亚，保罗的故乡，马蹄莲的故乡，将会成为他生命中一个崭新的坐标。那个坐标会在多年后和邵阳，和大连，和美国，和阿富汗一样成为他生命中的一部分。

"你是个有主见的人。"阿芳叹气。

"其实并没有，但是和你一交谈，就想通了。"贵林说，"一年很快的。"

"我会一直等着你的。"阿芳说。

"我并不值得。"贵林想起他以前是怎么无情地把她甩在一边。

"我这辈子欠你的。"阿芳认真地说。

"这辈子？难道不是上辈子？"贵林笑着说。

"是的，这辈子。"阿芳脸上有一种玄妙和坚定，"很晚了，你睡吧。我去阳台透口气。"

第十三章

她站在阳台上抽烟，往事在阴翳的烟气中忽远忽近，和烟头一样忽明忽暗。记忆原已淡薄，却在夜风里复又清晰。

她离开阿富汗的时候，贵林并没有给她留下一点联系方式，没有电话，没有电子邮件，一直到她上飞机都没有留，她于是知道他根本不想和她再有什么纠葛。她难过，在飞机上哭了一路。她对他是动了真心的，然而她却不过是他的一个过客。

她先是回的沈阳，父母亲见到她高兴得号啕大哭，她也跟着落泪。亲情，总是浓于水，总是隔不断。她先是在母亲家里落脚，找工作找了几个月找不到，继父就给她脸色看了。而父亲家根本没有她立锥之地，她的继母是个厉害角色，她一早知道。半年后，她收到了林师傅的消息。林师傅前不久从巴基斯坦回来，在深圳落了脚。她于是就去了深圳。林师傅是在喀布尔的玉叶餐馆第一次遇见她的，那以后就喜欢上她了。他对她是掏心窝地好，阿芳难得沦落天涯碰到一个真心待她的老乡，心里是感激的。但是很快贵林就来到喀布尔，她无可抑制地爱上他，林师傅看在眼里，虽然难受，但也无能为力。黄琴出事以后他很担心阿芳的安危，阿芳自己也早就想回国，可是桃姐扣着护照不给，本来他那天晚上只是想威胁一下桃姐，哪想她动手反抗，两个人打斗的时候，枪走了火，他把桃姐杀了，之后又去了白沙瓦躲风头。

阿芳知道林师傅一片赤忱，当年保释金也是他东借西补凑出来的，她是个知恩知分寸的人，到深圳没多久就和林师傅在一起了。贵林于她便成了一个遥远的旧梦，一场不真实的梦。她只是没有想到她一直不能把他忘怀。几乎隔一阵，她会去网上搜索他的信息。他有一个领英的账号，她找到了他，知道他回到了硅谷，先是在高博公司，接着去了惠源公司。她关注着他的一点一滴的行踪。后来，他的领英账号上放了一张他的头像，她心跳了起来。她想他样子还是好看的，只是多了些皱纹，总还是那么严肃。她用手抚摸着电脑屏幕上那张脸，那张常出现在她梦中的脸，心里有一种悸动。她喜欢他，他的样子，他的内敛，他的聪明，那个喀布尔的下午，当他说起月月和他内心的隐痛以后，她对他又添了份怜惜。而她在他心中却只是一个照影，一个和喀布尔有关的照影。

林师傅在一家工厂做保安，她在流水线上做女工，一家做手机的工厂。他们租住在城中村，生活在这个城市的最底层。“阿芳，委屈你了，将来我一定要你过上好日子。”林师傅总这么跟阿芳说。阿芳觉得日子虽苦虽闷，总还是平平安安，也就好了。尤其深圳不是个那么势利的城市，来了就是深圳人。深圳的草木更是有情的，无论你是有钱无钱，都是一样地盛放。她喜欢了这个城市。喜欢它的整洁，它的活力；喜欢到处开放的鸡蛋花，那花形特别精致，玫红的颜色，即便是碰上风雨，落在地上，也是明媚如初。

阿芳并不知道在平静如水的生活之下是暗流汹涌。她不知道林师傅跑到巴基斯坦后，在白沙瓦认识了一个大毒枭。金新月地区正在慢慢取代金三角成为中国最大的毒品源地。所谓金新月地区指的是阿富汗、巴基斯坦、伊朗三国的三不管地带，那里是苍莽的山区，因为这个地区形状像一轮弯弯的月亮而得名。而这条国际贩毒路线是从白沙瓦到伊斯兰堡到中亚地区，到喀什到乌鲁木齐再到香港，再从香港向中国内陆或者南亚国家扩散。

林师傅是香港到内地的联系人，结果被盯上了。他其实那时候也早有预感，就向阿芳坦白了，让她搬出去找个地方避避风头。阿芳不肯去，他便说，你若心里真的有我就赶紧走，留在外面，我要是进去了你或许还能帮我走动走动，不然你也白白牵连进去我就是罪人了。

阿芳一狠心搬了出去。林师傅也很快就被抓了起来，等着判刑。阿芳是自己选择去东莞的。她那时只是想陪陪酒赚点快钱，她需要钱，需要钱去打理律师，这样能让林师傅轻判一点。她想不明白为什么她这辈子就这么跟钱杠上了。她一开始只是陪陪酒，陪喝酒陪唱歌陪着玩玩台球什么的。这些她都在行，老天给了她一张漂亮的脸，一个学什么都快的好脑子，可是没有给她一手好牌。有一天晚上，有一个偷窥了她很久的熟客借着酒劲掏出一大沓钱问她干不干，见她不动声色，又掏出一沓，厚厚的几沓钱摞在桌子上，她一仰头把面前的一杯洋酒喝下肚跟他走了。她不知道这和喀布尔的经历有没有关系，应该是有的。她曾经是沈阳艳粉街一个刚硬的女子，敢拿水果刀扎人的硬气女子，如今，在东莞的酒绿灯红下，她没能控制住对金钱的欲望。更何况，那似乎还有个正义的由头，她是个义气女子，林师傅曾经为了她杀了人换了她的自由，又是因为她的缘故去了白沙瓦，入了邪道，她若弃他而去，于心何忍。她想，她不过是用一用自己不再纯净的身子来换林师傅的自由。他们彼此相欠，应该是这样的。她拿了钱为林师傅四处奔走，林师傅最后判了三年，而照他的情况，原来是要判十年的。她用她的身子为他换来了七年的自由，她想，值了。可是命运却是如此翻云覆雨。他刚出狱几个月工夫，就碰上了人祸，早知这样，还不如在监狱里待着，或许就能躲过那场劫难。阿芳想到这，心里堵得沉沉的。

她人漂亮，高挑，又聪颖，不过到底年纪大了，三十岁。这一行吃的是青春饭，她和九〇后的稚嫩女子没法比年轻，好在也有喜欢她这种成熟妩媚的，站在一排女子里，总是出挑，也总是很快被挑，在玫瑰园里也小有了些名气。她慢慢地就沉入了奢靡，习惯了躺着挣钱，似乎再也站不起来。她并不讨厌和她喜欢的男人做爱，她甚至是喜欢的，她的身子感觉细敏，她享受那短暂的欢娱。然而，做爱却产生不了爱。这个世界上的爱太少了，大概只有做爱的时候才最接近爱。但是那爱那么短暂，花火一般，瞬间熄灭。无数个瞬间，无数个男人，她找不到爱，找不到希望。她从心底里厌倦这种生活，但是却沉溺其中，无法自拔。她们是一群不存在于白天的人，甚至在夜晚也不存在，她们大概在这世界上就没有存在过。她的生活都是灰色，那些男人虚伪又变态，偶有一两个真心的，她又瞧不上，她想她是再也碰不到像贵林和林师傅那样的客人了。周围又有两个同行得了艾滋病，她自己也得了性病，她心里恐惧起来，又恐惧又抑郁，她想到了死，那念头比她第一次被骗到喀布尔要强烈得多。她无法释怀为什么她的生活就像桌子上的鸡蛋，命运的风轻轻一刮就滚到地上砸了个稀巴烂。

她心若死灰，她求死的心比喀布尔那时强烈得多，在喀布尔那时，还有林师傅，还有贵林。现在，她没有一个可以依靠的人。那天她从一个酒店出来已经是凌晨四点，出租车司机问她去哪里，她突然脑子就短了路，她也不知道自己要去哪里。就这么开吧，她说。她于是就在凌晨四点的城市里游荡。她斜靠着窗户，看外面的世界，安静的世界，那么安静，街道上的车子似乎都是安安静静地开着。她意识到这是个安静的司机，不说话，也没有开收音机。她突然就害怕起来了。她终于想起了地址，司机就朝那个地方开。她下了车，心里还是惶恐，她觉得那个司机大概是来自阴府的，大概是来索她的命的。

她突然又意识到今天正是姥姥的祭日，难道是姥姥来唤她了吗？她给姥姥烧了香，对着北方磕了三个头。然后她呆坐在镜子旁边，看着镜子里的自己。她的妆还没有卸，烟熏妆，戴着假睫毛，嘴是血红的，她觉得自己看起来像个女鬼。她心情沉郁到了极点，她甚至都哭不出来。天亮的时候，她割了腕，却又被救了过来。

她是那之后不久看到贵林回到上海惠源总部的信息。她意识到为什么那次自杀下手不够狠，大概潜意识里，她还想活下去，这世上原来还有她惦念的人。以前，他们之间隔了太平洋，那是她怎么也无法逾越的距离。然而现在，她和他之间的距离是她可以跨越的。她要再见到他，她于是去了上海，她在他公司和他的公寓周围悄悄地看他。有一次，她在梧桐树影里看对面街上的他。他像是看到了她，居然横穿了马路过来，她忙闪进了旁边的一家精品店。他看起来还是单身，她心里突然又起了一丝渺茫的希望，一种她知道非常可笑的希望。

万圣节的那个夜晚，她看见他和一个漂亮女人在一起，他们在分别的时候拥抱亲吻。她难受极了。但是，毕竟，他是可以企及的了。她整个的人就慢慢站了起来，她要告别这醉生梦死和长久积淀起来的空虚。再后来，她看到了贵林来到深圳的消息。她的人一下子就振奋了起来，她像是给打了强心针似的。她并不愿意被绝望吞噬，而是不断祈祷有一种希望终将降临在自己身上。现在，贵林成了这丝希望，成了她生命中的光亮，他成了她的救赎。她义无反顾地离开了东莞，去了深圳，她要重新开始，无论如何，她要靠近他。她在他工作的科技园附近找了一份工作。她安排了和他在地铁上的偶遇……

她总是害怕自己的那段历史被他知道，越是怕，越是会发生，墨菲定律吧。他知道以后，他的冷淡让她痛苦。但她熬到最后一刻，他终于放弃了她。可是她不恨他。他救了她，把她从泥淖里救了出来。他不知道她和林师傅这些年的故事，现在不知，将来也不会知，她并不想告诉他这些灰黑的过去，不，不想，那是她自己都不愿意回首的过去。而后来，他病倒了，她几乎觉得那是老天给她的恩赐，让她重新回到他身边照顾他。他曾经那么坚强如冰，却一下子病倒了。她陪着他，在世外桃源般的地方找到他的生母，她陪着他一起哭，一起笑。在贵州的那几天几乎是她生命中最好的日子了。然而，她没有想到，这么快，这个人又要远走他乡了，她心里一阵酸楚。

烟早就抽完了，她还立在阳台，城市的光把城市的黑夜照得通亮。那光亮像是永远不会泯灭，像是五颜六色的烟火坠落人间。城市的风吹了过来，吹动了那些五彩的颜色，天空旋转，色彩旋转，转得她有些眩晕。她决定不再去想，走吧，路啊路，走到了头就又会有路。她回到了卧室，他睡在那，可是她知道他没有睡着。她从背后抱住了他。他也翻过了身，抱住了她。他们抱得那么紧，似乎下一刻就要分离，又似乎再也没有什么可以把他们分离。

很快就到了8月底的报表时间了。这一次益分期总收入和总利润都大幅增加。利润更是增加了40%。可是，股票还是照跌。因为蚂蚁金树和他们合作的合同8月底就到期了。这对于益分期的现金导流显然是个很大的影响。

而这一次，壹诚信第二季度的报表漂亮得无懈可击。总收入增长100%，总利润增长40%。股票一开盘就飙升了20%，不过后来又跌了8%，最后以涨幅12%收盘。

两个死对头现在终于在市值上又接近了，虽然益分期还是比壹诚信高了60%。只是P2P市场依然迷雾重重，任何一点变动都会大幅影响股价。公司上市时大幅聚集了一大笔资产，但是同时就成了这个市场的一个玩物，很多时候，都不是自己能控制，而是人在江湖，身不由己了。贵林知道，这是一场没有终点的比赛，不断地抵达，又不断地清零，不断地开始，他长叹了口气，他想起了自己学过的那个计算机术语，infinite loop（无限循环）。或许，是该退出这一次次不断循环的Loop了。

报表出来没几天，贵林向邓总递了辞呈。

“你确定？你的股票还没有兑现呢。”邓总看着他，简直不敢相信，“而且，现在公司正在向多元化发展，我们在考虑投资一家用区块链控制网贷风险的小公司，在硅谷，你以前在硅谷待过，还想派你去那个公司考察呢。现在是公司艰难的时候，但是机遇也是和困难并存的。我还是非常看好科技金融，特别是分期电商这个方向的，这不，刚刚拿到的数据，预测今年分期电商用户会达到1.7亿。”邓总真是个天生做领导的料，说起来条条砸着响，数据也记得清清楚楚。

贵林心里动了一下，但他终于说了出来：“我其实是得了病，这里压力太大，需要一个减压的地方。”他是个多么复杂的混合体，自卑却又骄傲，敏感却又勇敢，他这样的人，是从来不愿袒露自己的弱点的。他接着又说了去非洲的一年计划。

“噢，如果是这样，公司可以给你一个长病假。你如果从非洲回来再来我们公司，你的股票权还在。不过，我也不能保证你回来公司一定要你，你这个职位肯定不可能。”邓总说。他是个有分寸的人，有一说一。

“嗯。谢谢。”贵林想了想，“那就做病假处理吧。”

贵林想，一年，太多变数，或者，这个公司都不在了，但是留条后路总是好的。然而，他突然意识到，后路也就是原来的路，再一次重复这样的路，他心里不由打了一个寒噤。

“我们得马上招一个新的风控首席官。这个职位很重要。到时候需要你交接一下。”邓总又说。

“那是自然。”贵林一笑，心里又是一冷，这个世界上没有谁是不能取代的。不管是多么伟大的人物消失，地球照旧旋转，太阳照常升起。

“谢谢你。”贵林最后说，“也许我不太适合创业。”

“没有谁天生适合创业的。做创业，需要的是一个人钢铁般的意志。这个需要可以是先天，也可以是后天培养。”邓总说。贵林看着眼前这个年轻的却是饱经风霜的脸孔，不再说什么。

他去埃塞俄比亚之前回了趟邵阳。他们一大家子去吴辰刚战友开的餐馆吃了一顿，又一起照了个大合影。贵林头一次发现，照片里的他是笑的。

他一个人去了资江。他走在新修的西湖大桥上。桥面宽阔，斜拉的铁索让他想起来了旧金山的金门桥。过了桥，就是原来老城墙的地方。老城墙大多已经拆掉，只保留了一小段，下面修成了公园，有各种邵阳的名人的雕像立在那，魏源、蔡锷，还有很多他不知道的人。他面朝着江水而立，江河依旧，风，饱含着力量，向他吹来，脚下的资水蜿蜒而去。他记得小时候，这里是个渡船的码头的，把人从繁华的南门口搬运到荒芜的江北。有一年涨了大水，资江成了一条浑黄的大江大河，江边等了很多要渡船的人。他那一次期中考试没有考好，心里很颓丧，骑着自行车就到了渡口，站在江堤边想着心事，这时候他听到浩瀚的江面上号工的号子越江而来，随即是渡船的身影，人群里发出小小的骚动和喜悦的声音。那一刻，他突然心里就宽广起来，踏实起来，像是也终于等到了要把他渡到彼岸的船。

他是台风山竹过后不久启程去往埃塞俄比亚的。台风前两天他和阿芳去购买各种必备品。商店的生食、熟食、副食，都被一抢而光，几个店子门口铺上了沙袋，像是备荒备战一般。他和阿芳在房间里度过了那个台风之夜。外面是青灰的天，天上暗云翻滚，风把玻璃和门吹得山响，还夹杂着玻璃破碎的声音，不知道是哪家的玻璃爆了。到了下午，风更大了，如虎啸，如狮吼，雨大了起来，大水天上来，连天连地，周围的高楼隐没在苍茫的雨雾中，他们在的这座高楼似乎成了一座孤岛，周围一片片绿树拍打着这孤岛。

自然面前，人如蝼蚁。他和阿芳相依在卧室的一角，看风雨飘摇。他暗自庆幸还有可以相依的人，大概抵御自然和命运的也只有爱了。人类虽微小，因为爱，还可以互相取暖，互相照明。然而过几日他却是要走了。他想起即将来临的别离，又想起不知在哪看到的一句"大抵人生聚散中，灞桥官道雨濛濛"，心里突然就伤感纠结起来。

他和阿芳在台风之后第一次上了街。他们步行到附近的一个超市去买一些他去非洲的日用品。尽管贵林一早强调非洲不是原始社会，阿芳还是坚持要去买。路上满目狼藉，到处是被吹倒的广告牌，小区里那棵木棉树被连根拔起，路上也不时看到倒在地上的大树，人们像是穿行在热带丛林里。那些树，虽是倒了地，叶子却是绿得更深了。他记起初到深圳，被这里的绿迷了眼。深圳的行道树很多是亚热带的阔叶树。木棉树的叶子是嫩绿的，阳光下似乎都成了透明的，把阳光筛成点点碎金。榕树的叶子是深绿的椭圆状，树冠连绵硕大，根系繁多。铺天盖地的绿，叶子连成片，连成云，连空气都沾染了浅淡的绿。

贵林呼吸着台风之后带着绿色的空气，觉得自己的肺腑都清清爽爽。他抬头看天，台风过后的天空难得的高远，高远得像喀布尔的天。临行前一天的黄昏，他站在阳台上，听到秋天的风掠过城市的高楼和高楼的蓝色玻璃，发出温润而柔和的气息，天边渐渐出现了一些他说不出来的颜色，玫红、黄玉、墨紫，像一片片的繁花。这是深圳的天空，他想，明天，他就要出现在另一方天空之下了。

送行的人里有他同母异父的弟弟。他在夏天的时候见过贵林一次。他对自己这个从天而降的哥哥有一丝敬畏。但是，他们很快就不再生疏，亲情永远都有一种穿破时空的力量。他在一家餐馆里做厨师，他说哥你啥时候来尝尝我做的生煎包子吧。贵林心里一个趔趄，他想，弟弟做的生煎包子一定不是世界上最好吃的生煎包子。

阿芳没有落泪，她看着贵林，眼神坚定。他想，她真的不是个寻常女子。

“你到了那里就发个微信。”她说，仿佛他不是要离家千万里，而不过是出一趟差。

“嗯。”他拥抱了她。

“回来了就来酒吧喝一杯。”梁老板也来送他了。

“一定的。”贵林笑，“我们来个一年之约吧。”

飞机终于冲上了云霄。他照旧是看着云朵下的城市。他第一次坐飞机去美国也是这样，喜欢在飞机起飞时看下面的城市。城市在这个时候变得浩远无边。云朵下的一切都像是成了微缩的版本。这个时候，他总是感觉到城市其实是谦卑的、渺小的，就如宇宙中的一粒微尘。

他一路昏睡。他做了一个梦，梦见月光像奶油一样照在树叶上，树叶也有了好闻的奶油味，一个女娃娃在碎银般的月光下姗姗学步，他看不清她的脸，甚至看不清她的肤色。

他正要追上去看个究竟，听到了一个声音："快看！非洲！"是他周围的一个乘客。他醒了过来，睁开了眼，看到了飞机下的非洲大地。

非洲，非洲！正是清晨，嫣红的太阳如一颗饱满硕大的火龙果从埃塞俄比亚高原的天际徐徐升起。霞光四射，到处流动着一种神奇的光彩，而在那万丈的金色光芒之下，一个个五彩绚烂的热气球飘扬在云端。在风中，一个个鲜艳夺目的圆铺陈在天地之间，游荡在时间之外。

贵林顿时想起那时候上 Java 编程课，他想用线程机制编程重复绘制一个圆，他原以为会在屏幕上画出许多个重叠的不同坐标的圆。结果程序运行起来，并未如此，屏幕上不是许多个重叠的圆，而是一个圆画出来后消失，然后随着坐标移动再出现，再消失，如此反复，出现了一个移动的圆。他很是疑惑，调了很多次程序，就是调不出他要的结果。

后来，他多次想起那个程序，那个诡秘的程序像是向他揭示着一个秘密，一个真谛。一个人的一生从起点到终点，不过是在画圆，你一笔一笔，想把这个圆画得很圆。大多数的时候，你是画不拢这个圆的，等你历经艰辛封住了这个圆的时候，这个圆就成了一个零，一切都归了零，成了空。一次次的征途，不过是把这个圆画出来，然后眼睁睁看着它消失殆尽，踪迹全无，不断地开始，又不断地结束。不甘心吗？再来，再画，再满，再一次的烟消云散。如此反复，永无止境。

而现在，那么多的圆同时出现在同一片天空中，它们的影子重叠着，交错着，像转盘，像数字零，像字母O，像一个一个的环，像一颗一颗的露珠，似乎存在于时间之外，永远也不会下坠，永远也不会消失。

太阳已经跃到了云端，在绚烂的热气球之上，在飞云流雾中闪亮着，照耀着苍生。那红亮的圆球背后似有暗流涌动，那积攒了五十亿年的光子奔涌着，喧腾着，恢宏着，纵横着，向人间放射出亘古永存与时间一样古老的温暖和光芒。

第五卷

埃塞俄比亚的马蹄莲

在红色的城墙上

将阴森的光线抛向高高的天穹

在那片野性与皎洁的黑色大陆

诗人在星光下

去寻求采集完美的神所撒下的花朵

——兰波《生活是一首诗——生活在别处》

第一章

飞机飞越那一个个瑰丽的热气球，越飞越低，缓缓进入了埃塞俄比亚的首都亚的斯亚贝巴的上空。贵林看到云层下是一个有些灰旧的城市，灰旧得像是一个被留在了旧时光里的世界。贵林觉得刚才那些热气球像是一个梦境，他从一个彩色的梦中一下子穿越到了一个灰白的世界。

亚的斯亚贝巴的机场比喀布尔的机场要现代一些，大一些，然而里面的时间也还是不太准，总是慢个五六分钟。贵林对此特别疑惑，为什么这些经济落后的地方的钟表时间都不准？仿佛时间到了这里也迟缓了下来。

从机场到联合国临时住处的路上，贵林看到道路两旁的房子都不太高，多是四五层，高楼极少，楼房破旧，路上也有些坑洼。他有些恍惚，像是回到了十年前的喀布尔，又像是回到几十年前的邵阳小城。一路开过去，还看到好几栋烂尾楼，都是修到一半就没有进行下去，残破地伫立在半空中，有些孤凉。而在那道路和楼房之后却还是连绵的山，不像喀布尔的山那样坚硬冷峻，也不似家乡的山那般青润，却是有些慵懒的、土灰的。

好在天是高的、蓝的，浅而蓝的高天上有云，云是轻的、闲的，不紧不慢地在高天上流淌。而在那丝丝缕缕之间有一条醒目的笔直的白线，那该是某个时刻的某一架飞机疾驰而过的流痕。

贵林先是住在联合国安排的一个临时住处，和阿富汗不一样的是，这里没有战火，所以没有防弹车，也没有安全检查官，可以自由选择住处，自由出行。联合国在这里也有一个驻地，不过大多是各种办事机构，像世界银行、无边界医生等组织，也有一些临时住处。联合国驻地没有高墙，也没有铁丝滚网，只有一圈爬满了花草的篱笆。

贵林这一次是在埃塞俄比亚的国家儿童基金会上班，上班的地方离联合国安排的临时住处有些远，办公楼是一座红黄相间的五层楼房，院子的门牌很是破旧。那几日下了班他就在基金会周围晃荡，期望找到一个合适的住处。他的一个非洲同事叫桑达的是个热心的小伙子，知道贵林在找附近的住处，就问了周围的朋友。桑达父亲的一个老朋友华兹先生就住在离基金会不远的地方，走路不过十多分钟的路程。华兹先生和他的太太两个人住在一栋两层楼的房子里，楼上部分是出租的。贵林那日就去那看了看。

贵林没有想到华兹先生是一个白人，他是法国人，一头银发，蓝色的像大西洋一样的眼睛有一丝浑浊，像是岁月积淀下来的阴翳。华兹太太是个纯正的黑人，脸上放着光，像颗黑珍珠，她有一张天真的脸，只是身子有些发福，年轻的时候该是健硕美丽的那个类型。

家里收拾得干干净净，她一定是个勤快的人，贵林这样想着，就想起了阿芳。客厅的茶几上摆着一盆硕大的马蹄莲，十几朵洁白如玉的花儿簇拥着盛放，叶子葱郁，花朵淡雅。贵林看着那盆马蹄莲，有些发愣。楼下两间卧室，华兹先生和太太住在主卧室，旁边还有一间客房，平常就做华兹先生的书房。楼上一间客房是租给客人的，看起来很宽敞，阳光满溢，窗台上也摆着一盆含苞的马蹄莲。屋外就是一株扶桑树，大朵的红花儿开满了枝头，红云一般。贵林一看到那满树的花儿就喜欢了。华兹先生又带他到后院看了看。后院里亦是绿树环绕，有几棵木瓜树，结满了木瓜，还有一棵硕大的仙人掌树，上面也是挂满了浅绿透明的仙人果，靠墙居然还有一棵深圳常见的鸡蛋花，花朵开得极明媚，贵林看了赞叹不已，心想亚的斯亚贝巴这个城市灰头灰脸，却有这样桃花源的地方。唯一不足的是厨房是和他们共用的，不过他想想自己平日也是不怎么做饭的，就觉得完全可以接受。于是他在一个星期之后就搬到了华兹先生家里。

他每日吃过早饭，就走路去基金会的办公室。埃塞俄比亚分雨季和旱季。他到的时候雨季快要结束了，现在是旱季，每日晴空当头，下雨少，比夏天还暖和，是很适宜走路的。亚的斯亚贝巴的路边有很多热带果树，葱郁茂盛的牛油果树，高大挺拔的木瓜树，还有绿油油的杧果树，上面结满黄灿灿的杧果，倒是有些像深圳，但是却是少了深圳的绿树成荫，也没有深圳的道路那么平整清爽。路旁很多盖楼的工地上都写着中国字——这边很多楼房都是国内的建筑公司承包的。路边的小店铺里有很多丝绸的阳伞卖，那阳伞是很有些中国古风的，店主用英语向他打着招呼："China！"这街上是不时能见到黄皮肤黑眼睛的同胞的，贵林想，这大概是店主们喊他"China"的缘故。

他喜欢这样一路用脚走过这个陌生的城市，喜欢听那些陌生的语言，喜欢听轻轨穿城而过，迎风而来。他觉得只有这样，才能真实地感受到这个城市。就像当年在喀布尔，他走过那些罂粟地，走过一条条街巷。不过在喀布尔上街是要偷偷地去，这里却是随心所欲，没有人检查，也没有人阻挡的。他喜欢这样自由的心境。儿童基金会的工作比较轻松，没有截止日的压力，也没有股价的压力。他感到久违了的自在和放松慢慢地回到身体里，就像啤酒里细细的小泡泡，一点点往上冒。他很喜欢当地的一种啤酒，口感清爽，让他想起小时候在大连喝的生啤。

他只是有些想家，这可是他以前没有经历过的。他一直在漂泊，一直像个气球一样，没有定所，只有这一次，他有了厚实的乡愁，他想，大概是他找到了根，他知道他的根，他的软肋在哪里。好在他可以和阿芳时常微信联系，有时还通通视频，真的是天涯若比邻，现代的技术结结实实地把亲人之间的距离拉近了。

贵林到了亚的斯亚贝巴没多久就碰到了一个宗教节日，叫作"found the real cross"（寻找十字架节），是东正教的一个节日。埃塞俄比亚一半的人信东正教，一半的人是穆斯林。非常令人惊异的是这两个宗教居然没有什么大的冲突。东正教的宗教节日全国休假欢庆，穆斯林的宗教节日也是如此，真乃大同世界，贵林为此很有些疑惑。这天他特意去了十字架广场，人群密密匝匝，成百上千的人们聚集在一起，正前方的一个空地上伫立着一棵硕大的绿树，树的正顶上是一束金黄色的矢车菊。大主教开始带领人们做弥撒，唱颂歌，然后，人们点燃了那硕大的树，顿时火光冲天，人群开始欢呼，是那种原始的噢噢的欢呼之声，人们叫着，唱着，拉着手，围着高高的火堆转圈。贵林觉得像是回到某种远古的时代，天地悠悠，大风起于青蘋之末，点燃了这希望的火，向宇宙洪荒蔓延。

回到住处，天已断黑。走近了，却发现华兹先生的院子后面也有一个小小的火堆在烧。华兹先生见到他，便邀请他到后院和他一起庆祝这个节日。

他的太太拿出一盘冷冻的木瓜，拌上白糖，还备上了咖啡："来尝尝世界上最好喝的咖啡吧。"她的声音洋溢着骄傲。贵林喝了一口咖啡，味道还是有些苦涩，他想起很多年前的保罗也是这样骄傲的夸赞埃塞俄比亚的咖啡，他于是开口："是的，这是世界上最好喝的咖啡。"

"埃塞俄比亚地处高原，全年气候宜人，特别适合咖啡豆生长，很多都是自然野生的咖啡豆，有最原始，最自然的味道。"华兹先生说，"我很年轻的时候就来这里了，最爱喝这里的咖啡。"

贵林点头，他还是不太会品尝咖啡，只还是觉得苦，就加了一勺糖。他想可惜保罗不在人世了，不然他到了这里，一定是觉得到了天堂。

华兹先生原来是亚的斯亚贝巴大学的人类学教授，现在退休了，是个很健谈的人。贵林问起烧火堆的缘由。他说据说很多年前的一个女王做了一个梦，梦到烧一个大火堆，火堆倒塌的方向就是十字架埋藏的方向，于是这么多年就一直传袭这个做法。

贵林说："好神奇，我最觉得不可思议的是为什么东正教徒和穆斯林可以和平共处呢？"

"其实老百姓都是想安安稳稳过日子的，管它哪个教派。只有政府唯恐天下不乱，前几天，又挑拨几个部落互相残杀，死了十多个人。"华兹先生叹息。

"唉，人类的天性似乎就无法完全去除杀戮的基因。"贵林说。

"我是研究人类学的，杀戮不是人类的本性，而是一种生存本能。原始社会时，人类就必须靠杀取动物来获取蛋白质。人性有黑暗一面，不要轻易去考验人性。"华兹先生一边喝着咖啡，一边说。

贵林若有所思地点点头，他想起了华勇说到的阿富汗战场上那些骇人的情景，心里有些沉郁。

"哈哈，不说这些了，这么神圣的节日，我要来念一首诗，最好的诗歌都是奉献给神灵的。"华兹先生说着，开始念起了一首诗，他用的是法语，贵林是听不懂的，但是，他觉得那是多么动听而优雅的音乐啊，他记起他和小露在地铁里听旁边的法国女人嘴里吐出一长串音符般的语言，犹如大珠小珠落玉盘。他想，那个聪明伶俐的小丫头现在在哪呢？他很奇怪自己想起她时还会有一丝眷念和温暖。他并不是个多情的人，但是他记得那些温柔待他的女人，也记着那些让他动心的女人，他以前不是这样的，他想，是不是人到了一定年纪，就会如此？

"这是我喜欢的一个诗人兰波写的。他也是法国人，还曾经在埃塞俄比亚做过商人。"华兹先生说，"这首诗里最有名的一句是'诗人，生活在别处。’”

“那么，你是一个诗人吗？”贵林笑着问这个长年生活在非洲大地的法兰西人。

“我不知道我能不能算诗人，我以前也写诗，后来我的爱人离开了人世，我就再也不写了。”他说这话的时候，看了一眼不远处忙碌的妻子，又盯着那堆小火发了呆。贵林静静地听着，他知道，那后面一定有一个动人的故事。

“我年轻的时候去奥莫河谷研究那里的原始部落，那些原始部落的条件极为恶劣。一家二十多口人住在茅草搭的黑棚子里。”华兹先生缓缓地开了口，眼睛却望着那堆火。

“她是一个摩尔西族部落酋长的女儿，她可真美啊！”他说这话的时候，蓝色的眼睛里有一簇火苗燃起。

“摩尔西族？就是唇盘族？”贵林对这个奇异的民族也有所闻，那里的摩尔西族姑娘很小就要把下嘴唇割开，放进一个圆环，把下嘴唇撑成一个圆盘，圆环越放越大，唇盘也越撑越大，而唇盘越大，他们也觉得越美。贵林却觉得别扭极了，为了所谓的圆满和美丽，竟可以这样自残？

“是的。”华兹先生说，“她的酋长父亲不同意我们在一起。后来，我就带着她私奔了，回到亚的斯亚贝巴。后来，又回到法国。我帮她找医生做了手术，把割开的下唇又缝合了。但是，我的父母还是无法接受她。后来我们就又回到了亚的斯亚贝巴。我们慢慢出现了很多问题。有一天，她就跑回了奥莫山谷。”他的眉头开始紧皱。

“噢？”贵林看着他，安静地看着他，火光把华兹先生的脸照得通红。

“后来，她就被她的部落处死了。她跟着异族的人私奔，又没有了唇盘，被他们看作异类，魔鬼附身。”华兹先生艰难地开了口，“她是被火烧死的，他们觉得这样才能驱走她身体里的魔鬼。”

“天哪！”贵林的手开始发抖。

他们不再说话，都静静地看着那堆火，那是多年前烧死那个可怜的黑人女子的火，也是几千年前埃塞俄比亚女王梦到的火，那是愚昧的火，也是神圣的火。火堆燃尽倒下去的方向就是十字架埋藏的方向，那是梦的方向，灰烬的方向，也是命运的方向，神灵的方向。

第二章

这个节日不久后就到了国庆，贵林去了这边的一个湖南老乡会的聚餐。他没想到埃塞俄比亚还有不少湖南人。有一个叫张珊的，是湖南衡阳人，在无国界医生组织服务。还有一个叫李华的，是湖南益阳的，是中通公司的，在这边做电信服务。

张珊是一个产科医生。她在的那家小医院服务的地区是在亚的斯亚贝巴几十里之遥的原始部落。

张医生说她以前在湘雅医院那么多年，碰到的产科疑难病症都没有在这里半年这么多。几乎教科书上所有的并发症和合并症她都在这里见到了。工作量也是极大。这里的新生儿和五岁以下儿童死亡率都非常高。他们觉得只有尽可能多生，才能保证最后有孩子活下来。这里卫生条件极差，妇女又没有条件做产检，很多都不知道自己怀孕多久，觉得要生了，直接就在家里生。那些孕期高血压和妊娠高血糖的情况也没有及时得到处理，往往是难产才会送到医院，可是常常就太晚了。

有一次，她帮一个孕妇分娩，婴儿出现了严重窒息，等孩子出来，只能做心肺复苏。那家小医院没有呼吸机，连新生儿的暖箱都没有。小婴儿像个老人一样不停叹息似的呼吸，他的口里有一口痰，他使劲想把它咳出来，可是他太孱弱了，怎么也吐不出来，这里又没有吸痰的设备，张医生能做的就是拿着气囊帮他复苏。半个小时过去了，孩子的脸慢慢变乌，连儿科医生都撤了，她还在给婴儿复苏，不停地捏着气囊。这个时候那个婴儿的奶奶走了过来，跟张医生说了几句话，意思是你们已经尽力了，上帝要把这个孩子带走，就让他去吧。

张医生说："这些非洲老百姓好像是看多了生死，对于生死特别坦然。他们不和医院闹，反而安慰我。"接着她的眼眶湿润了，"唉，就这么眼睁睁看着一条生命消失了。"

大家都不说话了，贵林心口一疼。

过了一阵，李华开了口，他说他们公司为了搞好和当地群众关系，就给驻地附近的村子免费打了一口井。没料想这口井成了附近村落觊觎的目标， 于是在之后的部落冲突中，这个村子里的人，全部被屠杀，无一幸免。

贵林听得毛骨悚然，他又想起华兹先生那番关于人类杀戮的论谈，心里又生出了一丝丝恐惧，背上也有寒气阵阵袭来。人性，真是一个黑洞吗？这个看起来宁静悠闲的国度，后面却是有这么多野蛮和杀戮。他的身子抖了起来，心跳也加速了，他感到一种强烈的窒息感。这还是他到非洲第一次发病，他捂住了胸口，深呼吸。

“你没事吧？”李华问他。

好在心跳又渐渐慢了下来。“没事。”贵林冲他淡淡地笑了一下。

很快就到了元旦，他一个人走到附近一个高坡上，极目远眺，青峻的山脉连绵着，伸展着，千万年地静穆着，在一片片荒野之上，在那高天流云之下。他想，这么高的地方，能看到遥远的故乡吗？突然一大群老鹰从附近的丛林里疾飞而起，飞上了高天，它们扑打着翅膀，黑黑的连成乌云，场面颇为壮观，贵林看得有些心惊。他想，要是阿芳就在近旁多好。

他觉得这一次，是和十年前去阿富汗不太一样的。那时候，他一个人，无牵无挂，他的心是游离的，找不到岸可以靠。但是，现在，他有那么多人要惦念了。阿芳，母亲付春芳，养父养母，弟弟妹妹，他成了一个有根的人了。他想，春节的时候他得回一趟中国，回深圳，回邵阳，去贵州，他得去看看他的亲人的。

他准备春节的时候回国探亲。他买了回深圳的机票。阿芳知道了特别高兴。“你再不回来我就打算去非洲找你了。我的签证都办好了。不骗你的。”他相信。她是个做事利落的人，充满活力甚至是野性的力量。

他和她每天数着就要再相聚的日子。

他问她要带什么东西吗。“把你自己带回来就好。”她说。他笑了。

1月底的亚的斯亚贝巴，天气温凉适宜。他的飞机是那天晚上十一点的。八点多的时候，天上的明月当空朗照，照得这白日里尘土飞扬的道路一片洁白，他突然想，为什么不走到机场呢，亚的斯亚贝巴的交通并不是那么便利，等个车子就要十多分钟，而走过去也不过是半个小时。他行李不多，就是一个背包而已。他一早听说埃塞俄比亚是非洲比较安全的国家，他自己也时有夜里出门在住宅附近走动的。

他于是就走了出去，走进了无边无垠的月光里，一弯上弦月斜斜地挂在天际，有些慵懒，像是很快就要坠入梦的深谷。他想到很快就要见面的亲人，心情有些迫切。他走了一阵，觉得这条街突然变得有些安静，安静而诡异，灯光也是昏黄，他有了一丝惧意，这恐惧似乎很久没有光临了。他加快了脚步，走了没多久，突然觉到脖子被一条胳膊从后面勒住了。勒得不紧，他还在诧异中，前面又来了个蒙着面的黑人，提起他的脚，晃了不到五秒钟，他就整个地晕了过去。等他醒过来，发现自己已然躺在了路边，他脑子有些迷糊，就像他每个清晨醒转过来不知身在何处，他现在也有些搞不清楚自己在哪里。他看到不远处一个十多岁的黝黑的少年，坐在墙角，这是喀布尔吗？意识慢慢回流到他的脑子，他终于想起自己是在非洲，在埃塞俄比亚的亚的斯亚贝巴，他是要去机场赶回中国的飞机的。旁边有一个行人帮忙用他的手机给他报了警。

他的护照、钱包、信用卡、现金、手机，包括他的联合国的电脑都掉了。

他好不容易找了个地方给阿芳打了电话。

哪想到阿芳一开口就哭了。“我发微信问你咋样，发出去这么久一点回音都没有！又打电话问航空公司，说你根本没有登机，我都急死了！”

“抱歉，真是完全没有想到，我现在也没有手机，看不了微信。短期内护照也办不好，恐怕没法和你一起过年了。”贵林心里内疚，自己为什么要走得这么远，让最在乎他的人着急呢？

“你人没事吧？”她焦急地问。

“人没事，就是那么就晕了过去，可能就是迷药，五分钟就醒来了。以前只是听别人说起，发生在自己身上才相信。”贵林说。

“唉，哪想到非洲比阿富汗还乱的。我们在喀布尔那么久，从来没有被抢劫过。”阿芳又说，“我真不放心。”

“其实真的还好。我平常也没有觉得。”贵林安慰了阿芳一番。他挂了线，去市场买了个新手机——总算是可以上微信了。现在，他觉得没有微信，自己简直就是在太空里飘浮。然后就是各种挂失和补办。他没想到补办护照会有那么多问题。埃塞俄比亚的警察和阿富汗的警察也是半斤八两，办事情各种不靠谱。他第一次去补办护照，他们说是遗失证明和身份证明要英译。贵林好不容易找出了证件的英译本，他们又说必须是要到他们指定的机构翻译过来的英译本。那几天贵林被折腾得没脾气。眼看着新年就要来了，他原先想的办个临时护照再回国的愿望也是被彻底粉碎了。

看起来，他要一个人在非洲过春节了。

阴历二十九那天他打开微信，看到了阿芳的一条信息：“十个小时后，你到亚的斯亚贝巴的飞机场接我，飞机马上就要起飞了。”

“什么，你？非洲？”贵林有些没缓过劲来。

“是的，我们一起过春节。我得关机了，飞机已经开始滑动了。”

阿芳在微信上说。

十个小时后，他在亚的斯亚贝巴的机场见到了阿芳。她站在那，像一棵动人的丁香，她笑了起来，嘴角的疤痕让她的笑格外别致。他紧紧地抱住了她。他想她真的不是个一般的女子。万里的迢迢路，她有这个决心把它一个大跨步就跨了过去。

“我原来想到了埃塞俄比亚再给你打电话，但是怕吓你一跳，又怕你到处乱跑，我要一落地就见着你的人。”阿芳笑着说。

“你还是大大地吓了我一跳。”贵林又看了看她，“你太神奇了。”

“你是想说我比一般人跩吧。”她又笑了。他把她深深地拥入怀中。

华兹先生和他的太太看到阿芳，都说：“亨利，你的太太好漂亮。”

贵林笑笑，没有做更多解释。阿芳却是能听懂一些英文的，想解释自己其实不是他的太太，可是她的英文太蹩脚，说了几句也没有说清楚。贵林在一旁偷偷发笑。

到了他的房间，阿芳说：“你可真坏，我不是你太太，你也不说清楚。”

“如果你愿意，你就可以。”他看着她。她有些发蒙，一时说不出话来。

“我的意思是，如果你愿意，如果你不嫌弃我身体不好，不过我现在身体状况好了不少了……”他有些发窘，他原来是个病人，他觉得一个病人是没有资格向对方求爱或者是求婚的。

“这和身体有什么关系吗？”她终于说出了一句话，她一直以为他没有对她认真过，他是喜欢她的，她知道这个，但是她也是知道那只是喜欢，自己却是一心一意就这么靠了过来。

“是不是我飞到这感动了你。”她低着头。

“是，也不是。”他认真地想了想，“其实，我早就打算等身体好一些，回了国就向你正式……”他好像不太说得出求婚这两个字，似乎这两个字是带着异域色彩，有些洋派的。

“现在，你不过是把那个时间缩短了。”他终于鼓足了勇气，“阿芳，嫁给我吧。”他说这话的时候，突然想起了林师傅临走前说的话，心里有些踏实，又有些恍然一梦的感觉。

阿芳笑了，笑得像一朵带着露珠的莲花，灿烂，明媚：“可是，你难道不该用一个问句，而不是这样的祈使句式吗？”

他不好意思地耸耸肩——这大概是他在美国那么多年留下来的一点痕迹：“阿芳，你愿意嫁给我吗？”

“我愿意。”她的眼泪流了出来，她一把抱住了他，眼泪沾湿了他的衣襟。他们紧紧地相拥相吻。窗外的月亮从云层里露出了脸，在淡灰色的云朵上投下了一缕缕月光。

“就让月亮做我们的见证吧，我，吴贵林和何菲芳，结为夫妻，愿百年好合，白头到老。”贵林说。

“你疯了。”阿芳说，“就这么结了？”

“择日不如撞日。今天是个好日子，我们回国再正式宴请一些朋友。”他说。

“你真是个天真的人。”阿芳说，“你和别的男人不一样。”她想，这也是她这么多年一直喜欢他的缘故。他多奇怪，那么内敛的一个人，却总是做出去阿富汗、去非洲或者是闪婚这样不甚靠谱的事情。

“还需要拜天拜地吗？”他笑了。

“要的。”她也笑了。

他们便双双跪了下来，月光那么纯净，那么温柔，那么恬淡如水。他们跪在那如水如梦的月光中，心里也有了光，月光一样柔软的光，那样的光，是和时光一样沉静，一样长情，一样温存。他觉得，那样的光，是会一直在他们心里流淌，直到他们不再感觉到时间的流逝。

那是个多么美好的夜晚啊，他们像两尾鱼，在如水的月光里纠缠翻腾，此起彼伏，呼吸着彼此的气息。

第三章

他们决定去四处游玩一番。“这就是我们的蜜月了。”贵林笑着说，“可惜只能在附近看看。”

在埃塞俄比亚不像在阿富汗，因为没有战乱，没有 Rest and Recuperation（休息和恢复）的安排，假期少了不少。贵林原来打算带她去埃塞俄比亚附近几个国家转转，因为假期不够多，就只能在埃塞俄比亚境内四处游玩了。可是阿芳还是很高兴，她觉得去哪里不重要，和什么人在一起才是最重要的。

他们先是去了埃塞俄比亚国家博物馆，观看人类的始祖露西

（Lucy）。那是个外形古朴的低矮建筑，从外形看就像是上个世纪某个小县城的一家电影院。露西的骨骸在地下一层。里面空气阴暗，神秘而庄严。在犄角的位置，一个精致的防弹玻璃展柜里，赫然展放的正是露西。淡棕色的骨骼化石，摆在那，零落却又有致，暗淡却又久远，时光在这里深深浅浅、曲曲折折地回溯，回溯到没有亚洲、没有美洲、没有非洲的亘古的320万年前。她是人类的先祖，全人类的先祖。

两个人都感到一种来自时间深渊的敬畏和震慑，便都只远远地看着那个展柜发呆。露西会看到他们吗？露西的魂灵会看到连绵在她的子孙之间，人类历史上从未休止的杀戮和征战吗？

他们叹息着，轻轻退出展厅，上到二层。这里是各种年代画展厅，其中一幅画着古老的非洲人因为气候变更和物产的贫瘠，做出艰难的决定，一路颠沛流离，离开非洲，走出非洲，走向远方，走向了五大洋七大洲。

"据说那些走出非洲的人的基因都是更勇敢，更有闯劲，留下来的都是比较懒惰和更喜欢安逸生活的。"贵林说。

"那你这么觉得吗？"阿芳问。

"这边的生活的确慢了很多，大家都比较悠闲，什么活今天干不了，明天再做，整个节奏就慢了一拍。说实在，我也不知道哪个更好。太快了，转得人都晕了。可是这边似乎又太懒散了。"贵林想起他刚到办公室，桌子下面好几根长长的电线，就那么乱七八糟堆成一团，也是个安全隐患，可是也没有人管。

"没有完满的生活。"贵林想起飞机上看到的那些热气球在空中画出的那些圆，他后来在亚的斯亚贝巴再也没有看到那么多的热气球，仿佛那真的只是一个虚幻的梦，只有在梦里，那么多的五彩缤纷的圆才会同时出现，又仿佛那只是一个神迹，一个只有在高空中才会出现的神迹，而那只是万能的神在天空中无意中留下的一道浅痕。

他们走出博物馆的时候，看到一大群黑鸦从天上俯冲而下，向路旁的麦地里冲了进去，像一片黑云遁入一个空瓶子。贵林心里一颤，心里掠过一片小小的乌云。

他们然后去了贡德尔，距离亚的斯亚贝巴两百多公里。这里曾经是埃塞俄比亚的首都。他们抵达著名的皇家城堡时正是黄昏。

时间在这里堆积沉淀，又从那些孤独的残垣里呈现出来。那些土黄色的昔日的城堡伫立在一棵棵华冠相连的大榕树下，安静，典雅，带着古老又清新的气息，带着颓败又恒久的气息。阳光透过树叶在地上洒下了星星点点的嫩绿，铺天盖地的浓绿之下的土黄起起伏伏，明暗交错。19 世纪的城堡，21 世纪的老榕树，翡翠绿的空气和纯净的阳光糅合在一起，成了一块被时间凝固住了的琥珀。他们都爱上了这个地方。他们站在那废墟之上，看辽阔的非洲大地在眼前翻涌。

"还记得喀布尔的那座神庙吗？那个黄昏？"他说，他记得他们两个并肩站在山头，看落阳穿透几近废墟的神庙的窗棂，成了一束束光。而现在，那落日的光照在阿芳的衣服上、脸上、身子上，她整个的人像是涂了一层金，宛如雅典女神一般迷人而光芒四射。那光像聚集了大自然的精粹，又像是从人的心底迸涌而出。

"记得的。"她笑，"神奇的光。"她记起她还在东莞醉生梦死的时候，有一次她的一个客人送给她一本《圣经》，那是个虔诚的基督徒，也是一个大公司的老总，她大约知道他为什么会来这样的地方，但是她不明白他为什么还要送她《圣经》。那本《圣经》摆在房子的一角，有一天，她偶尔翻开，看到了其中的一句话："神说，要有光，于是就有了光。"她总不太明白，怎样才能有光呢？直到她知道贵林回了国，到了上海，她突然就看到了光亮，就有了从泥淖里站起来的欲望。她想，原来有爱就有光。

"有爱就有光。"她说。

"是的，有爱真好。"他想，如果不是有她的爱，她的不离不弃，帮他找到生母，和养父慢慢解开心结，他大概还在恐惧症的病痛的折磨中，孤独一人活在对月月的自责中。

他们都在默默地想着心事，想着那和光、和爱有关的过往。他们这样想着，都牵住了对方的手，他们就感到了一种彼此救赎的力量和一种彼此相依的温暖。

他们在外面游逛了一个星期，回到亚的斯亚贝巴正是晚上，他们没有打搅华兹先生，直接上楼。贵林看到楼下的那间客房亮着灯，门开了一条小缝，后面像是有一双眼睛在打量着他们。他想华兹先生家有客人来了吗？

在外面这么久，房间看起来熟悉而亲切。他们一起洗了个澡，沐浴而出，她的身上还有水珠，如雨后的梨花带露，她起伏的山丘和沟壑看得他心血喷张。他关了灯，月光像流水一样一倾而入，房子笼罩在银色的水帘之下。他看了一眼天上的月亮，说："生一个像月光一样皎洁的孩子吧。"

她也看到了天上的月亮："来吧，我最想做的就是为你生一个孩子。"他让她骑在了他的身上，像是骑在了一匹骏马之上，她欢快地低吟起来。她的头发飞扬，漆黑的眼睛迷离若失，她的手撑在后面，丰满的山峦高高挺起，他的手抓住了那两座高山，高山在他的手里变成了两团白云，柔软若梦。她低了下来，他的嘴在高山白云之间游荡。然而她又坐了起来，有节奏地起伏着，他也坐了起来，更紧地靠近了她。他们驰骋在非洲的大草原上，他们像藤蔓一样纠缠在一起，他们的每一寸肌肤都密合在一起，他们一起从高山之巅迅猛地滑了下来，他们一起跌入了青草肥美的山谷，一起发出了快乐的欢呼。那一夜，他们相拥而眠，他们都睡得很深沉。

贵林先醒了过来，他要去基金会上班，他今天有个会，他是会议主持人。他看着还在梦境里徜徉的阿芳，她的脸上还带着一丝恬静柔美的浅笑，她一定做了一个最美的梦，他想摸一摸那张光洁细润的脸，但是他怕扰了她的好梦，就伸回了手，轻轻地把门带上，走出了华兹先生的家。

他走出华兹先生家时，楼下那间客房里的一双眼睛看到了他，并且一直注视着他的背影消失在木瓜树的尽头。那双眼睛的主人开始心怦怦地跳，像是马上要跳出了胸腔，但是他没有办法阻止自己轻轻地上了楼，打开了阿芳房间的门——门没有锁。

他看到了床上那个东方女人光洁白皙的皮肤，吊带的睡衣软软地搭在肩上，隐隐露出里面两只羊脂球般的双乳，她的双腿修长，两腿之间的黑地像一个黑洞一样吸引着站在床边的黑人男子。有一股热流从他的下面开始上涌，一直冲到他的脑门，把他整个人冲晕了，他被冲到了暗流的漩涡里，无力自拔，他整个身子都在膨胀，他一下子就扑到了那个东方女人的身上，他的力气和重量把他身下的女人很快就弄醒了。她发出一声尖叫。但是他用一只手捂住了她的嘴，然后在她的身体上蠕动，他那么粗壮，那么有力，东方女人在他的重量下根本动弹不得，她流下了泪，但是他根本没有看到，他猛烈地迅速地冲击，很快就攻进城内，在她还没来得及反抗时，就在她身体里射进了千军万马。她感到一阵剧烈的疼痛，她狠狠地咬了一口那个黑人男子的手，血从他的臂膀上流了下来。他尖叫了一声，像是终于醒悟了过来，他从她身上爬了起来，匆匆地逃了出去。

她躺在那开始哭泣，一瞬间，她就从天堂跌入了地狱。为什么要这样，为什么，为什么？命运为什么要设下这样的陷阱？！她意识到会把房东的夫妻吵醒，就起了身，把房门紧紧关上，然后又开始哭泣，她使劲使劲地哭，泪水一道道从她的脸上留了下来。

她想了想，给贵林打了个电话。她不肯在电话里多说，只央求他快快回。贵林从未听到她如此疲惫和悲戚的声音，很快就回到了华兹先生家。他飞快地上了楼，看到了还在床边哭泣的阿芳。她满是泪痕。她终于开了口，然后又是掩面大哭。

“阿芳，不是你的错。”他心里又惊又痛，他想眼前的女人，她心中的疼痛大概更甚。他抱住了她。他想，怀里的这个人是他的妻子，他和他的妻子遇到事了，他要冷静下来，处理接下来的事。他先去厨房做了个简单的早饭，培根煎蛋，又把面包烤了烤，再热了一杯牛奶。他在美国很多年，都是习惯了喝冰牛奶，可是阿芳是不习惯的。平常都是阿芳给他准备早饭，她会把秋葵切成五角星的样子，和蛋一起蒸，蒸出来的水蛋油光水滑，上面一层小星星似的秋葵。他想自己做的早饭有些粗糙了。

他把早饭端到房里，阿芳不肯吃，她还在抽泣。“无论发生什么，都需要吃饭，吃了饭才有力气对付这些烦心事。”他说。她抬起红肿的眼睛看着他。她看到了一种怜惜。她勉强喝了一口牛奶。

“你先休息。”他安抚了阿芳，下了楼，他听到了楼下华兹先生在厨房里的动静。

“华兹先生，我需要和你说一些事情。”他神情严肃。

他们在客厅坐了下来，他简单地说了一下事情经过。华兹先生的脸变得灰白。

“上帝啊，怎么会这样！”他睁大了眼睛，“那是我妻子远房的一个侄儿，他来我这里小住几天。怎么会……”

“我很抱歉。我非常抱歉，这件事情就发生在我家里。请告诉我我该怎么办。”

他们走进了楼下的客房，房间里一片混乱。那个年轻人已经匆匆收拾了行李，逃了出去。这更证明了贵林的话。

“我们要到警察局报案吗？”华兹先生问。

“我不知道。”贵林老老实实地说，“但是我们准备搬走。在没有找到下一个住宿点之前，我们会搬到一个旅馆去。”

“请你相信我……”华兹先生的脸色更加难看了。

“我可以相信你，可是如果你的侄儿回来我该怎么办？”贵林说。

“我以一个诗人的名义起誓！我会夜夜不合眼守候在楼下的客厅，我绝不会让这个人再踏进我家半步！”华兹先生神色凝重。

贵林不作声。

“请给我一个赎罪的机会。”华兹先生的脸上都是痛苦，“至少，在这里住到你找到下一个住处。”

“好吧。”贵林想了想，临时找旅馆，这么多东西也是不太现实。他给工作的老板打了电话，说临时有事今天要请假了。

他想，或许应该先带阿芳去检查一下，最好不要传染上什么病。阿芳听了面如白灰，她以前是得过性病的，会不会留下痕迹，这次一同都查了出来吧？她推说头晕难受，今天就不去了。

贵林也就不再强求，只是一天都陪着她。到了第三天，阿芳说你去上班吧，贵林看她气色好了些，就去上班了。阿芳就偷偷去了医院，做了性病和艾滋病的检查，得知没有沾染上，长长地舒了口气。但是她心里还是紧紧地绷着一根弦，她知道那是什么。那一天，正好是她的排卵期。她的月经一向很准。

一个月以后，她在卫生间看到早孕的两根红线时，长长久久地呆住了。上帝啊！为什么要设置这样一个困境，这样一个迷局？！她心里又疼又软。这个小生命，刚刚萌芽就让她疼痛了，或许生命的本质在痛苦中才更能显现？

傍晚的时候，贵林刚一回来，她就急不可耐地告诉贵林这个消息。他心里强烈地震动起来。这个小生命会是谁的孩子？要不要留住这个小生命？他觉得头里像是塞满了稻草，混乱得无以复加，以至于他根本无法思考。他再一次想起了新毛叔叔和艾迪，他们现在如何，如果他们就在眼前，他们能给自己什么样的智慧呢？他叹了口气。阿芳也痴痴地坐在床沿，一句话也说不出来。他的目光落在窗台上那盆马蹄莲上，那花不知道什么时候盛开了，洁白的花朵，朝着黑黝黝的天空，尽情绽放，那么无邪，那么从容。他心里为之一颤。

那天晚上，他轻轻地拥着阿芳坐在迷离若梦、如水如诉的月光里。月光浸洇着这片广袤无比又苦难重重的非洲大地。他觉得今天的月亮格外地丰盈，格外地圆润，那淡淡的黄轻轻流淌，像是在诉说着一个不老的传说。他决定不再去想那个是否该来到这个尘世的孩子。他知道天上的月亮会告诉他们怎么做，像河流一样奔腾的时间会告诉他们怎么做，埃塞俄比亚皎洁高贵的马蹄莲会告诉他们怎么做。他们坐在静寂的月亮之下，坐在空荡的天地之间，坐在浩渺的宇宙的一粒微尘之上，倾听着来自时光深处的暗流向他们一点点涌来。

附录

《暗涌》创作谈

二湘

“时间是离弦的箭，是无限的空，是不断的开始与不断的结束。”这句话来自文学评论家岳雯，也是我的第二部长篇《暗涌》的开篇题记。是的，《暗涌》讲述时间的流逝，讲述我们当下的这个时代，讲述我们精神的焦虑，也讲述我们内心不断的迷失和不断的找寻。

我们所在的时代是从前未曾有过的，时间迅猛如风，飒飒而过。这个时代是电子的，科技的，又纠缠着资本和大数据。马云、马化腾所在的杭州、深圳已然超越上海、北京成为新的互联网金融中心，他们的产品潜移默化全面影响了我们的生活，微信、支付宝和它们衍生的产品已经无处不在地渗透到我们的生活中，我注意到了这些人，也对他们产生了浓厚的兴趣。

真正写起来，才发现这是个很不好写的小说。无数的访谈，大量的资料的查找，亲自去这些城市体验感受，给每个城市找了一个专家审查所写细节是否准确到位，最后，还请了两个朋友从头到尾通读审稿把关——这是一部非常费心力的小说。一次次受阻，一次次卡壳，一次次陷入叙述的泥淖，找不到方向，然后一次次把自己、把文字打捞出来。

我首先面对的是书写当下的困难。我也曾被朋友告知，书写当下是不讨巧的。当下是实时的，缺乏时间的沉淀来凸显值得书写的素材。当下是繁复而杂沓的，我们面对的不是素材的匮乏，而是从众多纷沓的素材中挑拣最具代表性最适宜的。同时我们就活在当下，读者都有自身经验来评断当下，来衡量你的作品。所以稍有不准确就会摧毁作品的真实性和可信性。我能做到的就是严谨求实，从某一天的月亮是圆月还是残月，到每一个城市的花草树木、交通线路，我几乎都咨询过并一一求证。

除了书写当下，我的笔触也指向了一段鲜为人知的历史，越南船民偷渡和在马来西亚难民营的历史。周围不少朋友对这段历史一无所知。历史是时光长河里的一团橡皮泥，被慢慢揉捏成各种不同的版本，只留下少许或冷或痛的痕迹。但是如果不写，就连这浅淡的印痕都无处可寻。我于是就写了，我希望小说依凭历史的骨架而更具力量，而写作也因为历史的书写而更有意旨。

然后，是写职场小说的挑战。职场故事非常难写是我这次深刻的感受。职场故事要写得好，需要有戏剧性，要有反转，要一波三折，要写透人性。而且写职场，需要非常多真实的细节，和职场相关的细节，作者需要用这些层层叠叠的细节来填充这个虚构的大厦，来堆砌一个真实世界的样子。这也是一个挑战。第二卷尚好，因为毕竟可以用到自己多年在美国 IT 行业工作的一些经历。但是第三卷和第四卷，因为自己从未海归，也从未创过业，对国内职场并不熟悉，自然也是遇到了很多创作上的困难。好在我有不少朋友，走在科技金融创业的最前沿，他们提供了不少宝贵的一手资料。

小说里写到了很多个城市，从喀布尔到硅谷，到上海、深圳，到亚的斯亚贝巴，涉及三大洲、两大洋。写城市就会写到欲望。城市是和欲望纠缠在一起的，城市因为欲望而越来越高，越来越宽，欲望钻进了城市的每一个毛孔、每一粒尘土。欲望，或者也可以称作是梦想的东西让城市加速旋转。对这些城市的感受，有直接的，也有间接的，无论哪种，我都试图从多方位感受这些城市，努力捕捉城市的细节，感受这些城市的声音和气味，感受它们的光亮和阴影，感受它们的沉浮和叹息。

而对于其中两个城市，邵阳和大连的书写更多来自记忆。记忆也许不够精准，但却是最感性最动人的，尤其当它关乎故乡和童年。冷露无声湿桂花，故乡和童年是每一个人心中最温润最柔软的记忆，只需轻轻地触碰，笔尖的文字就如水一样潺潺而来。你不需要思考，不需要费神，一行行的文字就自然而然迸涌而出。这样的文字，带着旧时光的气息，却是你珍爱的文字，因为那是属于你的最本真最轻盈最赤诚最纯净的记忆，那是来自故乡的云，那是你来时的路，是你千里千寻午夜梦回的地方。

小说时间上着重写的是最近十年的故事，但是纵横四十年，在这之间不断回闪主人公贵林成长过程中几个重要的场景和事件。从他和几个人物的交往中，可以窥见他一路成长的痕迹。贵林从乡村到城市，从南方到北方，从东方到西方的迁徙路线图正是我自己所亲身经历的。把自己的成长经历混杂在如此一幅波澜壮阔、横跨东西的时代画卷里是一个新奇的写作经历。

不过，不管是写战争和创伤，写职场和创业，写城市和欲望，还是写故乡和童年，我想做的都是透过这些表象的东西探索人心和人性，追问生命的真谛和苦难的意义。除了对命运、对自然和对神灵的敬畏，还有什么？我于是写到了照亮人心的光和人性的温暖，写到了不离不弃的爱，写到了生命的坚韧和彼此的救赎。我并不知道这是否就是答案，并不知道，我于是把我的困惑与思索也写在了字里行间。

我在书写的时候不断埋下一些线索和一些小道具以达到首尾呼应和迂回的效果，比如喀布尔买的盘子，弯月形状的小瓶子，同一个名字的电影院，掉在路口的五块钱，窗台上养在透明玻璃杯里的玫瑰和青葱，象征着爱和高贵的马蹄莲，以及每一个地点都有的如水似锦的开花的树——梨树、桃树、蓝花楹、白玉兰、美丽异木棉、扶桑。我希望那些细心的读者能体会到我的用心。

《暗涌》是我的命运三部曲的第二部。命运始终是萦绕在我小说中的主题，不管是命运的狂流还是暗涌。三部曲独立成章又相互关联。我的第一部长篇《狂流》里很多人物如梁久柯、贾胖子、玉溪、林晚、怡敏又在《暗涌》里出镜了，希望这种互文能带给读者更多阅读的快感和惊喜。

我写这部小说的时候，正好在重读作家阿来的《尘埃落定》和《空山》，我深深为这两部杰作充满诗意的语言所吸引，也努力在《暗涌》的语言上下功夫，语言不断打磨，但是总觉得不能达到自己想要的那个境地，尤其有时候看到某些句段，很是不安。不过，比起来，《暗涌》比我第一个长篇《狂流》的语言更成熟精致一些，想到自己是在进步的，向前的，心里又宽慰了一些。

《红楼梦》一直是我非常喜欢的经典之作，每个人名都有含义。在《狂流》里，很多人的名字都有深意，《暗涌》也是如此。男主人公名字“贵林”是“归零”的谐音。而贵林生命中的女人的名字也各有深意和表征。另外一些人名如陆菁敏（精明）、张桦新（花心）、汪巴丹（王八蛋）等，你或许能会心一笑。

最后一卷华兹先生这个名字，来自英国浪漫主义诗人华兹华斯，也来自奈保尔著名的小说《B. 华兹华斯》，小说里写了一个真正的诗人华兹华斯先生，而《暗涌》里的华兹先生也是一个生活在别处的诗人，从某种意义上来说，贵林也是一直生活在别处。我在第二卷里提到了库切，算是对这位同样毕业于得克萨斯大学奥斯汀分校的文学大师的小小致意，有意思的是，库切也曾做过程序员，另外如果你看过库切的《耻》，会对《暗涌》的结局有一种别样的感受。我在这个结局里设置了一个困境，最后的选择是对文中主人公的考验，更是对读者的考问。

故事的结局是小说中新毛叔叔预见的“人生几何，非方即圆。去如朝露，非黑即黄”。而第五卷中的“非黑即黄”则是一个不确定的结局，或者说开放式结局。其实生活本来就是不确定的，或许根本没有结局，或许不止一个结局。

这个故事结局的不确定之处在于结局完全在你的心中，在你的手中。

人生是一场场磨难，爱是牵引我们前行的光，再难再苦也要努力和自己和解，和创伤和解，然而这一生一世的努力是终究归零（钟贵林）还是不会归零（吴贵林），答案亦是在你的心中，在宇宙间从来不会被吹散的风中，在时光深处一点点涌来的暗流里。

图书在版编目（CIP）数据

暗涌 / 二湘著. 一北京 ： 北京十月文艺出版社，
2019.9
ISBN 978-7-5302-1960-7

Ⅰ. ①暗… Ⅱ. ①二… Ⅲ. ①长篇小说一中国一当代
Ⅳ. ①I247.5

中国版本图书馆CIP数据核字(2019)第115143号

暗涌
AN YONG
二湘 著

出　版　北京出版集团公司
　　　　北京十月文艺出版社
地　址　北京北三环中路6号
邮　编　100120
网　址　www.bph.com.cn
发　行　新经典发行有限公司
　　　　电话（010）68423599
经　销　新华书店
印　刷　北京汇林印务有限公司
版　次　2019年9月第1版
　　　　2019年10月第3次印刷
开　本　880毫米×1230毫米 1/32
印　张　16
字　数　360千字
书　号　ISBN 978-7-5302-1960-7
定　价　46.00元
质量监督电话　010-58572393
如有印装质量问题，由本社负责调换。